ÍDOLO ELÉTRICO

KATEE ROBERT

ÍDOLO ELÉTRICO

Tradução Débora Isidoro

Copyright © 2022 by Katee Robert
Direitos de tradução cedidos por Taryn Fagerness Agency e Sandra Bruna Agencia Literaria, sl. Todos os direitos reservados.
Tradução para Língua Portuguesa © 2023 Débora Isidoro.
Todos os direitos reservados à Astral Cultural e protegidos pela Lei 9.610, de 19.2.1998. É proibida a reprodução total ou parcial sem a expressa anuência da editora.

Editora Natália Ortega
Editora de arte Tâmizi Ribeiro
Produção editorial Ana Laura Padovan, Andressa Ciniciato e Brendha Rodrigues
Preparação de texto Letícia Nakamura
Revisão de texto Beatriz Araújo e Carlos César da Silva
Design da capa Dawn Adams/Sourcebooks
Imagem da capa sergiophoto/shutterstock
Adaptação de capa Tâmizi Ribeiro
Foto da autora Bethany Chamberlin

Dados Internacionais de Catalogação na Publicação (CIP)
Angélica Ilacqua CRB-8/7057

R546i
    Robert, Katee
      Ídolo elétrico / Katee Robert ; tradução de Débora Isidoro. — Bauru, sp : Astral Cultural, 2023.
      336 p.

      ISBN 978-65-5566-409-6
      Título original: Electric Idol

      1. Ficção norte-americana 2. Literatura erótica I. Título II. Isidoro, Débora III. Série

23-4689   CDD 813

Índice para catálogo sistemático:
1. Ficção norte-americana

BAURU
Rua Joaquim Anacleto
Bueno 1-20
Jardim Contorno
CEP: 17047-281
Telefone: (14) 3879-3877

SÃO PAULO
Rua Major Quedinho, 111
Cj. 1910, 19º andar
Centro Histórico
cep 01050-904
Telefone: (11) 3048-2900

E-mail: contato@astralcultural.com.br

*Para Jenny. É um prazer compartilhar
algo com você!*

1

PSIQUÊ

Outra noite, outra festa em que não quero estar.
Tento não apertar com muita força o copo de bebida doce e enjoativa à medida que circulo pelo salão. Se me mantiver em movimento, minha mãe não vai focar em mim. Era de esperar que os acontecimentos dos últimos meses fossem suficientes para ela dar um tempo em suas ambições, mas Deméter é determinada. Conseguiu casar uma das filhas — sim, ela está recebendo os créditos pelo casamento de Perséfone e Hades —, e agora eu sou seu foco.

Prefiro arrancar uma perna a dentadas a me casar com qualquer um aqui. Todos têm relações próximas com um dos Treze, que regem o Olimpo: Zeus, Poseidon, Deméter, Atena, Ares, Hefesto, Dionísio, Hermes, Ártemis, Apolo e Afrodite. Só faltam Hades e Hera — Hades porque o título é legado e nem Zeus pode exigir sua presença em eventos, e Hera porque o Zeus atual está solteiro, o que deixa o título vago.

Não vai ficar vago por muito tempo.

O salão é grande, mas notavelmente claustrofóbico. Nem as janelas gigantes voltadas para o Olimpo conseguem combater o calor de tantos corpos. Sinto-me tentada a sair e congelar por alguns minutos, só para respirar um pouco de ar puro, mas, nesse caso, se alguém resolver puxar conversa, não vou ter como escapar. No ambiente principal da festa, ao menos consigo me manter em movimento.

Hoje não é *oficialmente* uma ocasião para bancar a casamenteira, mas poderia ser, considerando a forma como Afrodite desfila pessoas e mais pessoas diante do novo Zeus que está em seu trono, que antes era de seu pai. É enorme, dourado e imponente. Podia até combinar com o pai, mas não é nada apropriado ao filho. Não cabe a mim julgar, mas falta-lhe o carisma que o último Zeus tinha. Se não tomar cuidado, as piranhas do Olimpo o devorarão vivo.

— Zeus — Afrodite chama com tom estridente. Ela vai e volta do trono com frequência suficiente para eu ter conseguido dar uma boa olhada no vestido vermelho que envolve seu corpo esguio e contrasta com a pele pálida e o cabelo loiro. Desta vez, ela puxa um rapaz de cabelo escuro pela mão. Não o reconheço de vista, o que significa que é amigo ou primo distante, ou tem a vantagem duvidosa de ser um dos projetos de estimação de Afrodite. Ela sorri para Zeus enquanto se aproxima andando entre os convidados. — Você simplesmente *precisa* conhecer Ganimedes.

— Psiquê.

Quase pulo de susto quando minha mãe aparece atrás de mim. Tenho de recorrer a todo o meu autocontrole para oferecer um sorriso passivo.

— Oi, mãe.

— Está me evitando.

— É claro que não. — Estou, com toda a certeza. — Fui pegar uma bebida. — Mostro o copo para provar.

Ela olha para mim, desconfiada. Ao contrário de Afrodite, que parece decidida a se agarrar até a última gota de juventude que puder reter, minha mãe se permitiu envelhecer com elegância. Parece exatamente o que é: uma mulher branca, de cinquenta e poucos anos, com cabelo escuro e estilo impecável. Veste-se de poder, da mesma forma que algumas pessoas se vestem com joias. Quando olham para Deméter, as pessoas ficam à vontade no mesmo instante, porque sentem nela a aura de quem vai cuidar de tudo.

Foi assim que ela conquistou o título.

Quando chegou a hora de construir minha persona pública, busquei inspiração nela, embora tenha levado minha imagem em uma direção diferente. A experiência pessoal me ensinou desde cedo que é melhor me diluir a me destacar em uma multidão e me tornar um alvo.

— Psiquê. — Minha mãe segura meu braço e caminha em direção ao trono. — Vou lhe apresentar a Zeus.

— Já o conheço. — Eu o encontrei várias vezes, na verdade. Fomos apresentados há dez anos, quando minha mãe foi nomeada Deméter, e temos frequentado as mesmas festas desde então. Até meses atrás, ele ainda era Perseu, herdeiro do título de *Zeus*. Até onde eu sei, ele não chega nem perto de ser o predador que foi seu falecido pai, mas isso não significa que não é um predador. Ele cresceu no cintilante ninho de víboras que é a cidade superior. Ninguém sobrevive a isso por muito tempo sem ser um pouquinho monstro, pelo menos.

Minha mãe aperta meu braço e baixa o tom de voz.

— Mas vai ser apresentada a ele de novo. Da maneira apropriada. Hoje à noite.

Observamos Zeus mal olhar para Ganimedes.

— Ele não parece muito interessado em conhecer alguém.

— Porque ainda não conheceu *você*.

Rio baixinho. Conheço meus pontos fortes, mas não sou nenhuma beleza de parar o trânsito, assim como minhas irmãs. Minha verdadeira força está no cérebro, e duvido que Zeus se interesse por *isso*.

Sem mencionar que não tenho a menor vontade de ser Hera.

Mas não importa o que *eu* quero, não é? Minha mãe tem planos e mais planos, e sou a melhor candidata entre as filhas ainda solteiras. Apesar de todo meu drama interior, suponho que haja destinos piores do que fazer parte dos Treze. Como Hera, o único perigo real que enfrentaria viria de Zeus. Pelo menos *esse* Zeus não tem fama de machucar as parceiras.

Forço um sorriso enquanto minha mãe me guia por entre as pessoas em direção ao trono dourado e o homem que o ocupa. Estamos poucos passos atrás de Afrodite e Ganimedes quando Zeus nos avista. Ele não sorri, mas o interesse ilumina seus olhos azuis e ele estala os dedos para Afrodite.

— É o suficiente.

Um erro.

Afrodite se vira para nós. Olha para mim, me despreza de imediato e se concentra em minha mãe. Sua rival, embora a palavra não faça jus para a quantidade de ódio que essas duas nutrem uma pela outra.

— Deméter, querida, *sei* que não está pensando *nessa* filha como possível candidata a casamento. — Afrodite examina meu corpo com um olhar direto. — Sem ofensas, Psiquê, mas você não é o tipo adequado para se tornar Hera. Simplesmente não... combina. Sei que entende. — Seu sorriso açucarado não ameniza o veneno das palavras. — Se quiser, posso mandar o plano saudável que recomendo a todas as moças que têm esperança de se casar, enquanto tento encontrar parceiros para elas.

Caramba, ela nem tenta ser sutil. Que simpatia.

Não tenho chance de responder, porque minha mãe aperta meu braço com mais força e oferece um sorriso radiante à outra mulher.

— Afrodite, *querida*, está por aqui há tempo suficiente para ter aprendido a se mancar. Zeus te dispensou. — Minha mãe se inclina para a frente e baixa o tom de voz. — Sei que a rejeição dói, mas é importante manter a cabeça erguida. Talvez possa procurar outro casamento para Ares, por exemplo. Mirar num alvo mais baixo, essas coisas.

Considerando que Ares deve ter mais de oitenta anos e está quase batendo à porta do submundo, não me espanta que Afrodite praticamente lance fogo pelos olhos na direção de minha mãe.

— Na verdade...

— Do que estamos falando?

A pergunta é feita por uma mulher alta, branca e de cabelo escuro que se coloca entre Afrodite e Deméter com uma confiança que só um membro da família Kasios é capaz de exibir. Éris Kasios, filha do último Zeus, irmã do atual. Ela cambaleia um pouco, como se tivesse bebido demais, porém a inteligência nos olhos escuros não é ofuscada pelo álcool. É uma encenação.

Afrodite e minha mãe endireitam as costas, e consigo perceber o momento exato em que decidem ser mais interessante manter a cortesia. Afrodite sorri.

— Éris, você está linda, como sempre.

É verdade. Éris veste o preto habitual — um vestido longo com decote em V que desce até quase o umbigo e uma fenda lateral que mostra a perna a cada passo dado. O cabelo escuro desce em ondas que parecem não requerer esforço, o que é só uma indicação de quanto tempo lhe foi dedicado.

Éris sorri, lábios cor de carmim se curvando de um jeito que me causa arrepio na nuca.

— Afrodite, é um prazer, como sempre. — Éris olha para mim, e seu copo se inclina, respingando um líquido verde com cheiro de alcaçuz no vestido vermelho de Afrodite e no verde de minha mãe. As duas pulam para trás e soltam gritinhos.

— Ops. — Éris leva uma das mãos ao peito, e sua expressão é perfeitamente sincera. — Meus deuses, me desculpem. Devo ter bebido demais. — A mulher balança de novo, e minha mãe se adianta para segurar seu braço, quase tropeçando em Afrodite, que tenta fazer a mesma coisa.

Ninguém quer que a irmã de Zeus caia no meio de uma festa e crie uma cena, envergonhando-o e colocando um ponto final à comemoração.

Estão tão ocupadas com a tentativa de mantê-la em pé que nem notam quando Éris olha para mim e... pisca. Continuo a fitá-la, e Éris acena com a cabeça em uma ordem evidente para que eu escape enquanto posso.

O que significa tudo *isso*?

Não espero para perguntar. Não com Afrodite cuspindo aqueles pedaços de arame farpado que ela chama de palavras em direção a minha mãe, e Deméter cruzando a linha traçada na areia entre ambas. Quando as coisas chegam a esse ponto, as duas podem passar horas em meio à troca de ataques e mais ataques.

Olho para Zeus, mas ele está olhando em outra direção, em uma conversa com Atena em voz baixa. É isso. Se minha mãe está tão determinada a me apresentar a Zeus da maneira adequada, parece que não vai ser hoje à noite.

Ou sou só eu à procura de um bom motivo para fugir.

Não paro para pensar em minha mãe. Ela sabe lidar com Afrodite. Faz isso há anos.

— Com licença — murmuro. — Preciso ir ao banheiro. — Ninguém está prestando atenção em mim, o que é perfeito, para ser bem franca.

Já estou em movimento, escapando em meio ao mar de fraques e vestidos luxuosos em um arco-íris de cores. Diamantes e pedras de valor incalculável cintilam sob as luzes espalhadas pela sala, e juro que consigo sentir o olhar dos retratos pendurados na parede me seguindo. Até um mês atrás, havia apenas onze e uma moldura vazia para a próxima Hera — um retrato de cada um dos Treze. Como se alguém precisasse de ajuda para lembrar quem comanda esta cidade.

Hoje, os treze estão ali, finalmente.

Hades foi acrescentado à coleção, sua pintura sombria oferecendo contraste direto aos tons mais leves dos outros doze. Ele olha para a sala com a mesma expressão carrancuda que exibe a todas as pessoas quando está presente. Queria que estivesse aqui hoje, nem que fosse só para poder contar com a presença de Perséfone também. Essas festas eram muito mais fáceis de aguentar quando ela estava ao meu lado. Agora que foi embora, que governa a cidade inferior ao lado de Hades, estar na Dodona Tower é entediante ao extremo.

Vai ficar muito pior se eu for Hera.

Não me apego ao pensamento. É inútil me preocupar com isso antes de saber quais são os planos de minha mãe e quanto Zeus é receptivo a eles. Em um canto, vejo Hermes, Dionísio e Helena Kasios reunidos em torno de uma mesa alta. Parecem estar jogando algo que envolve bebida. Pelo menos *eles* estão se divertindo. Não tem nada a perder nesse espaço, circulam pelos jogos de poder e pelas ameaças cuidadosamente veladas com a mesma naturalidade com que tubarões se movem na água.

Posso fingir — sou até boa nisso —, mas nunca vai ser instinto, tal como é para pessoas assim.

Sem parar de andar, empurro a porta e vou até o corredor, que está bem mais tranquilo. O horário de expediente acabou, e estamos no topo da torre, onde não há ninguém. Bom. Passo com agilidade pelas portas ladeadas com cortinas que vão do teto ao chão. Elas me apavoram, em especial à noite. É como se eu nunca conseguisse fugir da sensação de que há alguém escondido ali, só à espera de eu passar. Tenho de olhar para a frente, mesmo quando um ruído baixo atrás de mim tenta me convencer a correr. Sei que não devo; são só ecos dos meus passos, dando-me a impressão de que estou sendo perseguida.

Não posso fugir de mim.

Não consigo fugir de *nenhum* dos perigos que me esperam no salão de baile.

Dou um tempo no banheiro, apoio as mãos na pia e respiro profundamente. Água fria no rosto seria bom, mas não teria como retocar a maquiagem, e voltar com um fio de cabelo fora do lugar atrairia os predadores. Se eu me tornar Hera, essas vozes vão ficar mais altas, não vou conseguir escapar delas. Já não sou o suficiente para elas, ou melhor, sou coisas *demais*. Muito quieta, muito gorda, muito sem graça.

— Pare com isso. — Pronunciar as palavras em voz alta me acalma, ao menos um pouco.

Esses insultos não são minhas crenças. Trabalhei muito para que não fossem. Só que, quando estou aqui, onde sou obrigada a encarar o que o Olimpo considera perfeição, a voz tóxica da minha adolescência ameaça voltar.

Respiro cinco vezes. Inspirações lentas. Solto o ar ainda mais devagar.

Quando chego ao quinto ciclo, sinto-me um pouco mais eu mesma. Levanto a cabeça, mas evito encarar o espelho. Os daqui não mostram a verdade, mesmo que essas mentiras estejam apenas em minha mente. Melhor evitá-los completamente. Respiro mais uma vez e me obrigo a deixar a segurança relativa do banheiro e voltar para o corredor.

Espero que minha mãe e Afrodite tenham encerrado a discussão, ou levado a disputa para algum canto do salão de baile, para eu retornar à festa sem ser arrastada de volta ao drama. Ficar escondida no corredor até a hora de ir embora não é uma opção. Eu me recuso a dar a Afrodite qualquer indicação de que suas palavras me atingiram.

Dou dois passos e percebo que não estou sozinha.

Um homem vem em minha direção cambaleando pelo corredor, saindo da área dos elevadores. Por um breve instante, penso em ignorá-lo e voltar à festa, contudo, nesse caso, ele me seguiria. Sem mencionar que estamos só nós aqui, e não daria para fingir que eu não estaria ignorando sua presença. Ele não parece muito bem, mesmo na penumbra. Talvez esteja bêbado, vindo de um esquenta que foi longe demais.

Suspiro, recupero minha persona pública e forço um sorriso ao acenar para ele.

— Atrasado?

— Mais ou menos isso.

Ai, merda. Conheço essa voz. E sempre me esforço para evitar o homem a quem ela pertence.

Eros. Filho de Afrodite. O *peão* das armações de Afrodite.

Desconfiada, saio das sombras e observo sua aproximação. Ele é tão bonito quanto a mãe. Alto e loiro, com cabelo cacheado que ficaria fofo emoldurando outro rosto. Seus traços são másculos demais para sequer chegar perto de algo tão inofensivo quanto *fofo*. Ele é forte, a ponto de o terno caro não conseguir disfarçar a largura dos ombros e os músculos nos braços. O homem é construído para a violência, com um rosto que arrancaria lágrimas de uma escultura. Apropriado, é isso.

Percebo a mancha em sua camisa branca e fico intrigada.

— Isso é sangue?

Eros olha para baixo e resmunga um palavrão.

— Achei que tinha limpado tudo.

É inútil analisar *essa* resposta. Preciso sair daqui, e depressa. Só que...

— Você está mancando... — Cambaleando, na verdade, mas não é por causa do álcool. Ele está falando bem demais, para quem bebeu além do que devia.

— Não. — A resposta é fácil. Ele mente com facilidade. Está mancando, sim, e a mancha com certeza é de sangue. Sei o que isso significa: ele veio diretamente para cá depois de cometer algum ato violento em nome de Afrodite. A última coisa que quero é me envolver com esses dois.

Mas ainda hesito.

— Esse sangue é seu?

Eros para ao meu lado, os olhos azuis totalmente desprovidos de emoção.

— É da última garota bonita que fez perguntas demais.

2

PSIQUÊ

Eros Ambrosia me acha bonita.
Afasto imediatamente *esse* pensamento inútil e idiota.
— Vou fingir que é uma piada. — Mesmo sabendo que não devo. Aqui, não tem nada mais perigoso do que ser uma garota bonita que enfurece Afrodite o suficiente para que ela mande o filho atrás de você.
Especialmente uma garota bonita que pode atrapalhar os planos de garantir que a próxima Hera seja escolha dela.
— Não é, na verdade.
Não consigo decifrar se Eros fala sério, mas é melhor ter cautela. É evidente que ele não quer conversar, e é uma péssima ideia passar mais tempo em sua companhia além do estritamente necessário. Abro a boca para dar uma desculpa qualquer e voltar ao banheiro, onde pretendo me esconder até ele ir embora, mas o que digo é bem diferente:
— Se entrar lá machucado, alguém pode decidir terminar o serviço. Você e sua mãe têm muitos inimigos naquele salão. — E certamente

não preciso dizer que qualquer sugestão de fraqueza vai atrair esses inimigos como lobos?

Eros levanta as sobrancelhas.

— Por que se importa?

— Não me importo. — É verdade. Sou só uma tonta que não sabe quando desistir. Não importa o que mais é verdadeiro sobre Eros, ele não escolheu ser filho de alguém dos Treze, como também não foi uma escolha minha. — Mas também não sou alguém que deseja seu mal. Aceite minha ajuda.

— Não preciso de sua ajuda. — Eros se vira e volta pelo mesmo caminho, rumo ao elevador.

— Estou oferecendo mesmo assim.

Meu corpo decide segui-lo antes de o cérebro ser capaz de interferir, as pernas se movem por vontade própria e me levam para mais longe da segurança relativa da festa. Entrar no elevador é como um caminho sem volta. Queria poder afirmar que minha reação é exagerada, porém a reputação de Eros que o precede é de... muita, muita violência e muito, muito perigo. Junto as mãos diante do corpo e resisto ao impulso de falar sem parar.

Descemos alguns andares, e ele me conduz por escritórios de vidro e aço até uma porta que se abre com facilidade sob seu toque. Só quando estamos lá dentro, dou-me conta de que se trata de um banheiro chique. Assim como o restante da Dodona Tower, é minimalista com piso de azulejos pretos, algumas cabines reservadas, uma área com chuveiro e três pias de aço. Tem até uma pequena área perto da porta com duas poltronas de aparência confortável e uma mesinha redonda entre elas.

— Você parece conhecer bem tudo por aqui.

— Minha mãe tem assuntos frequentes com Zeus.

Engulo em seco.

— Tinha banheiros lá em cima. — Mais perto da segurança relativa da festa.

— Este tem material de primeiros socorros. — Ele se abaixa para abrir um armário embaixo da pia e geme.

Isso me faz agir. É por isso que estou aqui: para ajudar, não para assistir às suas dificuldades.

— Senta, vai acabar caindo.

Fico surpresa quando ele não discute, só cambaleia até as poltronas e se senta em uma delas. Pensar muito em toda esta situação é um erro, por isso mantenho foco na tarefa de entender a gravidade de seus ferimentos, fazer os curativos e voltar ao salão de baile, antes que minha mãe organize uma equipe de busca.

Considerando a última vez em que uma filha dela desapareceu durante um evento na Dodona Tower e que essa filha acabou cruzando o Rio Estige e se jogando nos braços de Hades...

É, melhor não passar muito tempo longe da festa.

Como ele disse, tem um kit de primeiros socorros no armário embaixo da pia. Eu o pego, viro e fico paralisada.

— O que está fazendo? — Minha voz é estridente, mas não consigo evitar.

Eros para antes de tirar completamente a camisa.

— Qual é o problema?

Como assim, qual é o problema? Tenho andado em círculos silenciosos em torno desse homem há uma década, mas nunca o vi menos que perfeitamente arrumado, com as roupas passadas e impecáveis em uma dessas festas. Sua beleza é de tirar o fôlego e perfeita demais para ser real.

Ele não parece muito perfeito no momento.

Não, ele é real demais. Impossível manter a barreira que construí em torno de Eros, o *playboy perigoso*, quando ele tira a camisa e exibe o peito esculpido pelos deuses. A exaustão em seu rosto só o torna mais atraente, o que talvez eu descubra ser terrivelmente injusto mais tarde, mas agora não consigo nem respirar neste espaço, não encontro oxigênio suficiente.

Pânico. É isso que estou sentindo. Puro pânico. Não é atração. Não pode ser. Não por *ele*.

— Você está se despindo.

Sob o tecido branco, vejo curativos aleatórios que alguém espalhou por seu peito, provavelmente ele mesmo. Eros sorri para mim daquele jeito encantador, um sorriso com uma tensão muito sutil nos cantos da boca.

— Tive a impressão de que me queria sem roupa.

— Passo. — A resposta é rápida, e minha persona pública, construída com tanto esforço, desaparece.

— Todo mundo quer.

É estranho, mas a arrogância dele me acalma. Respiro fundo uma vez, outra, e reajo com o olhar que o comentário merece. Provocação. Sei brincar disso. Tenho trocado insultos ardilosos com pessoas como Eros durante toda a minha vida adulta.

— Devo sentir pena de você? Ou está só se exibindo? Por favor, seja claro, preciso ajustar minha reação da maneira correta.

Ele solta uma gargalhada.

— Que espirituosa.

— Eu tento. — Franzo a testa. — Pensei que sua perna estivesse machucada.

— Foi só um arranhão. — O sorriso encantador ganha mais algumas notas de charme. — Quer que eu tire a calça também?

Se vê-lo sem camisa é suficiente para causar essa reação desconfortável, é óbvio que não quero que ele tire mais nenhuma peças de roupa. Posso entrar em combustão, e, se o constrangimento não me matar na hora, vai se transformar em uma arma que Eros vai usar contra mim.

— De jeito nenhum.

Ele termina de tirar a camisa e solta o ar com um sopro ruidoso.

— Que pena.

— Você vai sobreviver. — Deixo o kit em cima da mesa e examino seu peito. Alguns curativos já se soltaram, e há manchas vermelhas onde o sangue entrou em contato com a camisa. O que *aconteceu* com ele? Brigou com uma roseira? — Isso tem de ser refeito.

— Fica à vontade. — Ele se recosta e fecha os olhos.

Estou pronta para fazer um comentário cortante a respeito de Eros esperar que eu faça todo o trabalho, mas retiro as bandagens e as palavras morrem na minha garganta.

— Eros, tem muito sangue. — Não consigo avaliar a gravidade dos ferimentos com a confusão de sangue e bandagens, mas alguns ainda sangram.

— Devia ver o outro cara — ele responde sem abrir os olhos. Confirmando o que eu já suspeitava.

O outro cara ainda está vivo? Não preciso fazer a pergunta. O fato de ele estar aqui significa que foi bem-sucedido na missão. Tem pelo menos uma dúzia de cortes.

— Vou ter de limpar a região, senão os curativos vão se soltar.

Ele acena com a mão. Fui autorizada.

Não me permito pensar, só volto ao armário embaixo da pia e mexo em tudo, até encontrar um cesto com esponjas de banho. Molho duas delas e uso as secas para tentar limpar a maior parte da área ensanguentada. Levo vários minutos até conseguir terminar.

E é mais ou menos o tempo que demoro para perceber que estou dando um banho de esponja em Eros Ambrosia.

Recuo de repente.

— Eros, alguns podem precisar de pontos. — Não parecem tão sérios quanto antes da limpeza, mas não sou médica. Ele certamente tem um em sua equipe, como todos os outros membros e familiares dos Treze. Não entendo por que não chamou essa pessoa, em vez de tentar aparecer na porcaria da festa.

— Estou bem. Os curativos vão segurar até o fim da noite.

Olho para ele, franzindo o cenho.

— Não pode estar falando sério. Acha mais importante ir à *festa* do que procurar um médico e receber o atendimento de que pode precisar?!

— Você sabe melhor do que ninguém por que tem de ser assim. — E ele, enfim, abre os olhos. Parecem mais azuis que antes e uma expressão estranha perpassa seu olhar. Deve ser dor, porque Eros Ambrosia, filho de Afrodite, jamais olharia para *mim* com desejo.

Não consigo parar de olhar para sua boca. É uma boca muito bonita, com lábios curvos e sensuais. Pena que é um assassino.

Para me distrair desses pensamentos absurdos, vou até a pia. Parece que estou fugindo, mas só vou lavar o sangue das mãos. Olho para o espelho e paro. Ele está me observando com uma cara muito estranha. Não é o desejo que já me convenci de que imaginei. Não, Eros olha para mim como se nunca tivesse me visto, como se eu tivesse contrariado suas expectativas, de algum jeito.

Mas não pode ser isso. Não importa se frequentei as mesmas festas, os mesmos salões de baile e eventos que esse homem nos últimos dez anos; não existe motivo algum para Eros pensar em mim, de jeito nenhum. Não passo muito tempo pensando *nele*, certamente. Ele pode ser lindo, mesmo para o Olimpo, perfeito o suficiente para ter sua imagem em todos os cartazes e outdoors, se quisesse esse tipo de trabalho, mas Eros é *perigoso*.

Enxugo as mãos e volto a me sentar na frente dele. De algum jeito, sem todo aquele sangue, a cena parece ainda mais íntima. Afasto o pensamento e começo a trabalhar nos curativos. Espero que Eros afaste minhas mãos e termine o trabalho sozinho, mas ele fica quieto, quase como se nem respirasse, enquanto aplico curativo atrás de curativo. São cerca de uma dúzia de cortes no final, e, apesar de eu ter dito que ele precisava de atendimento médico, os ferimentos são tão pequenos, em sua maioria, que quase pararam de sangrar.

— Você é boa nisso. — Sua voz baixa é cheia de nuances. Não sei se está me acusando ou apenas fazendo um comentário.

Escolho responder só ao que escuto.

— Cresci em uma fazenda. — Mais ou menos. Tecnicamente, era uma fazenda, mas não era a imagem mental que se faz ao pensar em vida na fazenda. Não tinha casinha delicada com celeiro vermelho e desbotado. Minha mãe pode ter aumentado sua fortuna com três casamentos, mas não veio de baixo. A fazenda era industrial, e o cenário refletia essa condição.

Seus lábios se curvam, e alguma coisa leve reluz em seus olhos.

— Tem muitos ferimentos a faca em uma fazenda?

— Admite então... que foi esfaqueado.

Agora ele sorri de verdade, embora ainda haja dor evidente em seu rosto.

— Não admito nada.

— É claro que não. — Percebo que continuo muito perto dele e recuo apressada até a pia lavar as mãos de novo. — Mas, respondendo à sua pergunta, quando há maquinário pesado em grande quantidade, sem mencionar os diversos animais que se incomodam com humanos idiotas, ferimentos acontecem. — Em especial quando se tem irmãs aventureiras, como as minhas. Não que eu vá contar *isso* a Eros. Essa interação já ficou muito íntima, muito estranha. — Preciso voltar.

— Psiquê. — Ele espera eu me virar. Por um momento, não vejo o predador confiante que me esforcei tanto para evitar. Ele é só um homem cansado e com dor. Eros toca um dos curativos no peito. — Por que ajudar o monstro de estimação de Afrodite?

— Até os monstros precisam de ajuda às vezes, Eros. — Eu devia encerrar a conversa aqui, mas a pergunta soou tão inesperadamente vulnerável que não resisto ao impulso de acalmá-lo. Só um pouco. — Além do mais, você não é um monstro de verdade. Não vejo nenhuma escama, nenhuma presa.

— Monstros existem em todos os formatos e tamanhos, Psiquê. Você mora no Olimpo, devia saber disso. — Eros começa a abotoar a camisa, mas as mãos tremem tanto que a ação parece difícil.

Eu me movo antes que tenha a chance de pensar no motivo para essa ser uma péssima ideia.

— Eu ajudo. — Inclinada, abotoo sua camisa com cuidado. Meus dedos tocam o peito nu algumas vezes, e tenho certeza de que imagino sua respiração mais acelerada. Dor. É só isso. Eros não está reagindo ao *meu* toque, certamente. Prendo a respiração no último botão e me afasto. — Pronto.

Ele se levanta. Observo com atenção, mas ele parece mais firme que antes. Eros veste o paletó e o abotoa, escondendo a maior parte das manchas de sangue.

— Obrigado.

— Não precisa agradecer. Qualquer pessoa faria a mesma coisa que eu fiz.

— Não. — Ele balança a cabeça devagar. — Não faria mesmo. — Eros não me dá uma oportunidade de responder. Só indica a porta. — Vamos. Pode ir na frente. Preciso providenciar outra camisa. — E hesita. — E não seria bom se nos vissem voltando para a festa juntos.

De fato, não seria. Os fofoqueiros do Olimpo começariam a falar, e Afrodite e Deméter ficariam furiosas. A última coisa que quero é estar associada a Eros de qualquer maneira.

— É claro.

Quando passamos pelo corredor, Eros toca minha lombar. O contato provoca em mim uma reação intensa como um raio. Tropeço, e ele segura meu braço e me ampara, antes que eu caia no chão.

— Tudo bem?

— Sim — consigo responder.

Não olho para ele. *Não posso* olhar para ele. Foi difícil ignorar essa faísca infeliz entre nós enquanto eu fazia os curativos. Não gosto das possibilidades quando ele está tão perto, com uma das mãos em minhas costas e a outra em meu cotovelo. Definitivamente, não devia...

Olho para Eros, Eros olha para mim e, deuses, estamos muito próximos. É um erro. A qualquer momento, vou me afastar e colocar uma distância respeitável entre nós, e vai ser como se esse estranho interlúdio nunca tivesse acontecido. A... qualquer... momento...

Um raio de luz me ofusca. Eu me solto com um movimento brusco e pisco com rapidez. Ah, não. *Não, não, não, não.* Isso não pode estar acontecendo.

Mas está. Minha visão recupera devagar a nitidez, e qualquer esperança de fingir que uma lâmpada qualquer explodiu se desfaz em fumaça. Vejo a alguns passos de nós um homem baixo e branco, de cabelo ruivo e com uma câmera na mão. Ele sorri para nós.

— *Sabia* que tinha visto vocês entrarem juntos no elevador. Psiquê, gostaria de explicar por que fugiu da festa de Zeus para ficar sozinha com Eros Ambrosia?

Eros dá um passo na direção do fotógrafo, mas o seguro pelo braço e forço um sorriso.

— É só uma conversinha entre amigos.

O homem não perde o embalo.

— Por isso a camisa de Eros está abotoada toda errada? E que vocês parecem estar prestes a se beijar nessa foto? — Ele se afasta antes que eu possa inventar uma mentira que faça sentido.

— Estamos ferrados — murmuro.

Eros usa palavrões mais criativos que o meu.

— Basicamente, sim.

Sei como isso acontece. Antes do fim da noite, sites de fofoca terão publicado fotos minhas com Eros, e as pessoas vão começar a criar teorias sobre nosso *romance proibido*. Já consigo ver as manchetes.

Amantes proibidos pelo destino! O que Deméter e Afrodite pensam sobre o relacionamento secreto entre seus filhos?

Esquece a reação furiosa. Minha mãe vai *me matar*.

3

EROS

DUAS SEMANAS DEPOIS

—Traga o coração dela.
— Meu peito cicatrizou bem. Obrigado por perguntar. Não levanto o olhar do telefone enquanto minha mãe anda de um lado para o outro no quarto, com a saia farfalhando em volta das pernas. Eu a conheço, sei que escolheu a roupa do dia para maximizar o efeito dramático.

Uma artista completa.

O celular não é nem de perto a distração que eu gostaria que fosse. Nas duas semanas desde aquela festa, a especulação e a fofoca sobre mim e Psiquê Dimitriou não acabaram. Pelo contrário, o fato de nos recusarmos a dar quaisquer declarações públicas sobre o assunto só intensificou o boato. Não existe nada que o Olimpo ame mais do que uma boa história, e uma relação entre os filhos de duas inimigas declaradas é, sem dúvida, uma ótima história. A verdade não importa, quando existe uma mentira muito mais interessante para ser contada.

Sem mencionar o fotógrafo e sua foto fabulosa.

Nessa imagem, estamos muito próximos, quase como em um abraço, e ela olha para mim como se me perguntasse alguma coisa. E eu? Aquele olhar só pode ser descrito como *ávido*. Eu não teria cometido a idiotice de beijar Psiquê naquele corredor, mas quem vê a foto jamais acreditaria nisso.

— Pare de brincar com o telefone e olhe para mim. — Minha mãe me encara do alto dos saltos. Ela tem cinquenta anos e, embora possa me esfolar vivo se me ouvir falando nisso, não há rugas nem fios de cabelo branco para revelar sua idade. Ela gasta uma fortuna para manter a pele lisa e o cabelo perfeitamente platinado. Sem mencionar as incontáveis horas com o personal trainer para manter um corpo que qualquer garota de vinte anos mataria para ter. Tudo em nome de seu título, Afrodite. Quando alguém tem o cargo de casamenteira do Olimpo, a negociante do amor, é preciso atender a certas expectativas. — Eros, largue essa porcaria de telefone e me escute.

— Estou ouvindo. — O tom entediado trai minha paciência minguante, mas já estou cansado desta conversa. Tivemos algumas variações dela, umas vinte vezes nas últimas duas semanas. — Já contei o que aconteceu de verdade.

— Ninguém se importa com o que aconteceu de verdade — agora ela está quase berrando, abandonando os tons roucos cuidadosamente controlados pelos agudos estridentes. — Estão arrastando seu nome na lama com essa ligação com a filha da arrivista.

Não aponto que o título de Afrodite não é mais herdado assim como o de Deméter também não o é. Os únicos títulos no Olimpo passados de pai para filho são Zeus, Hades e Poseidon. Os outros membros dos Treze chegam ao grupo adultos, de maneiras legítimas e clandestinas. Minha mãe não suporta o fato de ter sido indicada pela última Afrodite, ao passo que Deméter foi escolhida em uma eleição municipal.

O povo escolheu Deméter, e ela nunca deixa minha mãe se esquecer disso.

— Não vai demorar para o próximo escândalo explodir. É só ter paciência.

— Não *me* diga o que fazer. *Eu* dou as ordens, e você obedece. — Ela para na minha frente e me encara. — Essa confusão é sua. Se tivesse feito seu trabalho da maneira correta, não haveria uma foto sua com *aquela garota*.

— Mãe.

Não sei por que estou discutindo. Quando minha mãe começa a esbravejar, é praticamente impossível mudar de assunto. Essa é uma das razões para as pessoas pisarem em ovos com ela. Até eu piso em ovos com ela. Afrodite pode apresentar nossa relação ao público como a de uma mãe amorosa e um filho leal, mas a verdade é bem menos agradável. Sou a faca de Afrodite. Ela me diz aonde ir, qual vingança praticar, e eu acato as ordens como um soldadinho de chumbo estúpido. Minha opinião nunca é solicitada e, é claro, nunca foi considerada. *Falei* que precisávamos esperar para resolver o problema com Polifonte, em vez de precipitar as coisas na noite da festa, mas Afrodite insistiu em ir até o fim.

Ela sempre insiste em ir até o fim.

— O coração dela, Eros. *Não* me faça pedir de novo.

Engulo a irritação, mas não por completo.

— Vai precisar ser mais específica, mãe. Quer o coração dela *literalmente*? Tem uma caixa de prata preparada para isso? Talvez possa deixá-la em cima da cornija da lareira, ao lado da minha foto da formatura.

Ela emite um som muito parecido com um sibilo de cobra.

— Você é um merdinha, mesmo. — Essa é a Afrodite que ela não mostra a mais ninguém no Olimpo. Só eu tenho o privilégio duvidoso de testemunhar o monstro que minha mãe é de verdade.

Mas não sou eu quem vai jogar a primeira pedra.

Não vejo nenhuma escama, nenhuma presa.

Quase estremeço ao lembrar da voz suave de Psiquê. Pensei que ela fosse mais esperta do que isso, de verdade; só pode ser boba, para frequentar quase os mesmos círculos que eu durante dez anos e *não* me considerar um monstro.

Bloqueio a tela do celular com um gesto teatral e dedico toda a atenção à minha mãe.

— Você decidiu que seria assim, não tente se eximir da responsabilidade agora.

Qualquer outra pessoa recuaria diante do meu tom moderado e temperado com uma pitada de ameaça. Afrodite só ri.

— Eros, querido, você é mesmo demais. Depois daquela proeza de Deméter no outono com a outra filha e Hades, ela realmente acredita que pode me atropelar e colocar *Psiquê* no posto da próxima Hera? Só por cima do meu cadáver. Ou sobre o *dela*, talvez.

Meu peito fica apertado, mas ignoro a estranha reação.

— Se está tão furiosa com Deméter, faça alguma coisa contra ela, não contra a filha.

— Sabe que não é assim. Mãe e filha precisam de uma lição. Deméter tem feito pressão em várias frentes, certa de que é mais que uma fazendeira enfeitada. Isso vai trazê-la de volta à realidade.

Só minha mãe consideraria a morte de um filho como uma ferramenta para trazer alguém de volta à realidade.

Mas ela é capaz de qualquer coisa para manter seu poder. Afrodite é responsável por uma série de coisas, mas sua tarefa mais popular é a de arranjar casamentos entre os ricos e a elite do Olimpo. Os Treze e suas famílias, sim, mas também os que frequentam o círculo de influência mais amplo que nunca é convidado para as festas na Dodona Tower.

Com Deméter invadindo seu território aos poucos, não me surpreende que a cabeça de minha mãe esteja a ponto de explodir. Ela arranjou três casamentos para o último Zeus — o cretino matava as esposas, o que era conveniente para minha mãe, que ama um casamento e odeia tudo que vem depois dele. Garantir uma nova Hera para o novo Zeus é sua maior prioridade, e parece que Deméter está determinada a promover Psiquê à posição de Hera sem consultar Afrodite.

Tento imaginar a situação, mas minha mente se rebela contra o pensamento. Só vejo a linha de concentração entre as sobrancelhas de Psiquê enquanto ela fazia os curativos em mim. Alguém que é boba o suficiente para demonstrar bondade para com o filho do inimigo é o mesmo tipo de pessoa que vai ser devorada viva se ocupar a posição de Hera.

Pigarreio.

— Como está Zeus? Não gostou de nenhuma das suas opções? — Até alguns meses atrás, ele era Perseu, mas nomes são a primeira coisa sacrificada no altar dos Treze. Houve um tempo em que éramos amigos, mas a vida olimpiana acaba por afastar as pessoas. À medida que envelhecemos, mais envolvido Perseu foi ficando com o treinamento para se tornar o próximo Zeus. E eu? Bem, minha vida seguiu um caminho igualmente sombrio. Ainda somos amigos, acho, mas agora existe uma distância que nenhum de nós pode eliminar. Não sei nem por onde começar a tentar.

Deixo o pensamento ir embora. Perseu foi o herdeiro de Zeus durante toda a sua vida. Sabia que herdaria o título quando o pai morresse. Só aconteceu um pouco mais cedo do que todos esperavam... Bem, ele é totalmente capaz de lidar com isso. Não é problema meu. *Não pode* ser problema meu. Afinal, não fui *eu* que matei o homem.

— Não mude de assunto — ela dispara. — Desde que Perséfone fugiu e foi morar com Hades, o Olimpo está desequilibrado. Agora Deméter acha que vai casar mais uma filha com outra posição herdada? E depois? Vai casar aquela filha mais velha e feroz com Poseidon? — Ela bufa. — Acho que não. Alguém precisa frear Deméter, e, se ninguém mais se incumbir disso, seremos nós.

— Quer dizer que serei *eu*. Pode exigir um coração, mas nós dois sabemos que eu vou ter de fazer todo o trabalho. — Não quero que comecem a pedir minha cabeça, por isso tento reduzir os assassinatos ao mínimo. É muito mais fácil remover um oponente com um boato bem plantado ou simplesmente observá-lo até que suas atitudes sirvam de munição para provocarem sua queda. O Olimpo está lotado de pecado, se é que alguém acredita nesse tipo de coisa, e ninguém do luminoso círculo dos Treze está isento de sua cota de vícios.

Exceto, ao que parece, pelas filhas de Deméter.

Elas fizeram de tudo para permanecer longe dos holofotes, e até conseguiram... pelo menos até meses atrás. Desde que o antigo Zeus decidiu que queria Perséfone — e que bobagem foi isso —, o Olimpo enlouqueceu pelas irmãs Dimitriou. Afinal, a história de Perséfone parece um épico de antigas eras, o tipo de porcaria que os sites de fofoca devoram. Zeus a empurrou para os braços de Hades, o que acabou tirando Hades das sombras da cidade inferior. Ninguém estava preparado para *isso*.

Zeus e o restante da cidade superior gostam de fingir que o Olimpo acaba no Rio Estige. Hades era uma espécie de segredinho safado que só os Treze e outros poucos escolhidos conheciam. Agora ele está à vista de todos, e todo o equilíbrio de poder do Olimpo está em transformação. Vai demorar meses para as coisas se acomodarem, talvez mais tempo.

O romance de Hades com Perséfone só aumentou o fascínio do Olimpo pelas irmãs Dimitriou. Todas são atraentes, mas nenhuma é totalmente *adequada*. Perséfone sempre teve os olhos voltados para o horizonte, e sua determinação de encontrar um jeito de sair da cidade sempre foi conhecida por qualquer um que já tivesse ouvido seu nome. Calisto, a mais velha, é tão feroz quanto minha mãe diz. Está sempre tendo ataques ou falando coisas que não devia dizer, recusando-se com veemência a participar dos jogos de poder do Olimpo contra os quais as pessoas se ressentem ou pelos quais são atraídas. Eurídice, a caçula, é bonitinha, doce e ingênua demais para alguém que mora nesta cidade.

E também tem Psiquê. Ela não é diferente das irmãs apenas no aspecto físico; ela é inteiramente *diferente*. Joga o jogo muito bem, e sem parecer jogar. Tem um jeito despretensioso, mas eu a observo há tempo suficiente para ter visto que ela nunca faz um movimento por acidente. Não posso provar, é claro, mas acho que ela é tão perspicaz quanto a mãe.

Nada *disso* explica o que aconteceu na noite da festa de Zeus. Se Psiquê fosse de fato tão ardilosa quanto a mãe, nunca teria ficado sozinha comigo. Não teria cuidado de mim. Não teria feito *nada* do que fez a partir do minuto em que a vi naquele corredor.

Não sou muito moralista, mas até eu acho horrível recompensar sua bondade com a morte.

— Eros. — Minha mãe estala os dedos na frente do meu rosto. — Pare de sonhar acordado e vá fazer esse serviço para mim. — Ela sorri lentamente, os olhos azuis ficam gelados. — Traga o coração de Psiquê.

— Você pensou nisso direito? — Levanto as sobrancelhas, na tentativa de manter a expressão de desinteresse. — Ela é amada por centenas de milhares de olimpianos... como pode ver pelo número de seguidores em suas redes sociais.

Percebo meu erro no segundo em que Afrodite mostra os dentes.

— Ela é uma garota gorda com nenhum estilo e completamente sem sal. O DeOlhoNaMusa e outros sites só a seguem por ela ser novidade. Ela não chega nem perto do meu nível.

Não discuto, porque é inútil, mas a verdade é que Psiquê é linda e tem um estilo que cria tendências, coisa com que Afrodite só pode sonhar. E esse é o problema. Minha mãe decidiu matar dois coelhos com uma cajadada só.

— Não sabia que havia competição.

— E não há. — Ela acena daquele jeito, como se eu fosse bobo o suficiente para acreditar nela. — Isso não tem a ver comigo. Tem a ver com você. — E põe as mãos na cintura. — Quero que cuide disso, Eros. Tem de fazer isso por mim.

Alguma coisa se contorce em meu peito, mas ignoro. Se acreditasse em almas, minhas atitudes já teriam garantido o sacrifício da minha há muito tempo. Nesta cidade o poder tem um preço, e, com minha mãe entre os Treze, nunca tive a chance de ser inocente. Se você não está no topo da estrutura de poder do Olimpo, está sendo esmagado pelo salto de alguém que o usa como degrau. Não tenho escolha. Nasci nesse jogo, e a única opção é ser o melhor, o mais assustador, aquele que as pessoas fariam de tudo para não contrariar. Isso nos mantém seguros: minha mãe e eu. Se significa que, de vez em quando, tenho de fazer esses *servicinhos* para ela? Bem, é um preço baixo a pagar.

— Vou cuidar disso.

— Antes do fim da semana.

Não é muito tempo. Piso na centelha de ressentimento e assinto.

— Já disse que vou cuidar disso, e vou.

— Ótimo. — Ela vira com um movimento dramático e sai do quarto, mais uma vez promovendo o movimento teatral da saia.

Essa é minha mãe. Cheia de proclamações de vingança e implacável com as exigências, entretanto, quando chega a hora de fazer o serviço de verdade, ela sempre tem outra questão para resolver.

Tudo bem. Sou bom no que faço porque sei quando aparecer e quando passar despercebido pelo radar. Afrodite não saberia ser sutil nem se sua vida dependesse disso. Espero trinta segundos antes de ficar em pé e me dirigir à porta. Se ela mudar de ideia e voltar para falar mais besteiras, ficará furiosa com a porta trancada, mas não gosto de ser interrompido quando me dedico a um planejamento.

E, francamente, é bom que ela fique furiosa de vez em quando. Minha mãe controla uma parte tão grande da minha vida que é importante ter ao menos um espaço livre de Afrodite — mesmo que ocasionalmente. Mesmo que eu me irrite com tanto controle minhas opções são limitadas. Minha mãe faz parte dos Treze. Não importa onde no Olimpo eu more, é ela quem dá as cartas, quem tem todo o poder, e sou apenas uma ferramenta que ela usa quando bem entende.

Não sou santo. Há muito tempo fiz as pazes com meu caminho na vida. Mas isso às vezes me sufoca, em especial quando Afrodite dá uma ordem que me parece muito cruel. Psiquê me *ajudou*, e agora minha mãe ordenou que seja a *minha* mão a responsável por atacá-la.

Sigo pela cobertura rumo ao que chamo de cofre, o espaço que uso para guardar coisas em que não quero que hóspedes curiosos — ou Hermes — ponham as mãos. Ela tentou invadir esse espaço dezenas de vezes, e até agora minha segurança funcionou, mas sei que, em algum momento, ela pode conseguir entrar. De qualquer maneira, essa ainda é minha melhor opção.

Assim que tranco *aquela* porta, eu me sento diante do computador e considero as alternativas. Isso seria muito mais simples se Afrodite quisesse transformar Psiquê em um exemplo não fatal. Ela pode estar construindo uma reputação de influencer com aquele jeito quieto, mas é fácil destruir reputações. Fiz isso dúzias de vezes ao longo dos anos e vou fazer muitas vezes mais, sem dúvida. Basta ter paciência e a capacidade para fazer uma jogada longa.

Mas não, minha mãe quer o coração dela literalmente. Coisa de Rainha Má. Balanço a cabeça e abro meus arquivos sobre as irmãs Dimitriou. Tenho arquivos sobre todos os membros dos Treze e suas famílias, bem como de amigos próximos. No Olimpo, informação é noventa por cento da batalha, por isso me esforço para estar sempre informado. Desde a festa, duas semanas atrás, tenho me interessado em particular por Psiquê e não posso nem culpar minha mãe por isso.

Psiquê não precisava me ajudar.

Teria sido muito mais inteligente da parte dela se tivesse me dado as costas e fingido não me ver. Qualquer outra pessoa teria feito isso. Até algumas que considero amigas. Não condeno ninguém por isso. No Olimpo, é cada um por si.

Dou uma olhada nos artigos mais recentes no DeOlhoNaMusa. Perséfone visitou a família no último fim de semana, ficou pouco e causou comoção, porque levou o marido consigo. Ninguém anteviu uma aliança Hades-Deméter, e ela está alimentando a paranoia da minha mãe. Ela mantinha o último Zeus em uma coleira, mas o filho dele não mordeu a isca que Afrodite ainda balança na sua frente. E isso a preocupa.

Paro em uma foto de Psiquê e das irmãs fazendo compras. As irmãs Dimitriou parecem se amar de verdade e apoiar umas às outras. Podem se aproximar dos jogos de poder, no entanto, de maneira geral, ficam fora deles. Não sei se é porque pensam ser melhor do que todos nós, ou se somos todos tão instintivamente bairristas que não as recebemos de braços abertos na primeira aproximação. Minha mãe gosta de atribuir à família toda o rótulo de alpinista social, e vários membros dos círculos mais próximos dos Treze acataram a denominação.

Mas, se fosse verdade, Perséfone Dimitriou não teria atravessado corajosamente o Rio Estige para tentar escapar de um casamento com Zeus.

E Psiquê não a teria ajudado.

Nem eu sei ao certo o que aconteceu naquela noite, mas sei que Psiquê estava envolvida — e não foi para fazer o papel da parte racional que tentou convencer a irmã de que esse casamento ajudaria a melhorar a posição da família. Se fosse qualquer outra família, Psiquê teria tirado proveito da ausência da irmã e se apresentado a Zeus como candidata ao posto de nova Hera.

Em vez disso, ajudou a irmã. Da mesma forma que me ajudou.

Estudo a imagem de Psiquê. Ela tem cabelo longo escuro e lábios grossos, que parecem sempre encurvados em um sorriso enigmático. Contemplo-a e não posso criticar a obsessão dos sites de fofoca; ela parece à vontade com seu corpo, e esse tipo de coisa é sexy pra cacete.

Ela é extremamente fotogênica, mas as fotos ainda não fazem jus à sua beleza. Tem alguma coisa em sua presença que faz as pessoas pararem e prestarem atenção, mesmo quando ela diminui a própria luz como pode, como sempre faz nas festas a que nós dois comparecemos.

Ela não se apagou no corredor, nem no banheiro onde cuidou de mim. Não creio que tenha sido de propósito, mas notei um lampejo da mente brilhante e inquisitiva por trás daquele rosto bonito. Ela pode se comportar como se a aparência fosse tudo que tivesse a seu favor, mas é inteligente. Inteligente demais para ficar sozinha comigo, mas correu esse risco e sofreu as consequências. Por quê? Porque eu precisava de ajuda. *Até os monstros precisam de ajuda de vez em quando.*

Tudo isso me leva a uma conclusão muito infeliz.

Psiquê Dimitriou pode ser o que no Olimpo se chamaria de unicórnio: uma pessoa boa.

Resmungo um palavrão e fecho a janela do navegador. Não interessa se ela é linda nem se respeito como se esquivou com tanta eficiência dos jogos de poder desde que sua família chegou ao Olimpo, se ela é *gentil*. Minha mãe me deu uma tarefa, e sei quais são as consequências de falhar.

Exílio.

Ser abandonado sem nada. *Ser* nada.

Afrodite gosta de me lembrar de que a única coisa que faço bem é machucar pessoas. Mesmo que eu reconheça a evidente manipulação nisso... ela não está errada. Não sei como administrar uma empresa, assim como Perseu. Não sei como encantar as pessoas e deixá-las à vontade, como Helena. Porra, não sou capaz nem de arrombar portas e invadir ambientes, como Hermes.

Sem falar que várias vítimas de Afrodite — *minhas* vítimas — foram mandadas para o exílio. Se eu tiver o mesmo destino que elas, não vou durar mais de um ano sem ser rastreado por uma delas e virar alvo de uma vingança justa.

Melhor não pensar muito no assunto. Vou cuidar da tarefa, depois vou procurar umas parceiras e me jogar em uma semana de sexo e bebida, e qualquer coisa que consiga me entorpecer por completo. Como sempre fiz.

Resmungo mais um palavrão e pego o telefone.

Uma voz feminina e musical atende.

— Eros, meu deusinho do sexo favorito. É meu dia de sorte.

Normalmente, é difícil deixar de sorrir quando estou lidando com Hermes. Ela é incorrigível, e é a única entre os Treze de cuja presença gosto de verdade. Mas hoje não sinto vontade de sorrir.

— Hermes.

Ela suspira.

— É para falar de trabalho, é?

— Trabalho — confirmo. Nem sempre é esse o assunto entre mim e Hermes. Ela e eu ficamos algumas vezes ao longo dos anos, mas nos últimos tempos temos vivido uma relação mais próxima de amizade. Não confio nela, porque sua função, afinal, é praticamente a de mestre da espionagem, mas gosto dela.

— Só trabalho e nenhuma diversão transformam Eros em um chatão.

— Nem todo mundo pode passar o tempo bancando o palhaço na corte de Hades.

Ela ri.

— Isso aí é ressentimento só porque Hades te baniu da masmorra do sexo. No lugar dele, você teria feito a mesma coisa.

Ela tem razão, mas nem por isso vou admitir. O único motivo para Hades me deixar atravessar o Rio Estige nos dois sentidos, sem criar problemas, foi nosso relacionamento mutuamente benéfico. Ele controlava as informações que eu levava para minha mãe. Eu desfrutava de sua hospitalidade. Tudo isso mudou quando Perséfone entrou em cena. Ela fez com que Hades estendesse sua lealdade, antes só dele mesmo, para sua agora esposa — e a mãe dela, Deméter.

Considerando como Deméter e *minha* mãe se odeiam, isso me torna *persona non grata* na cidade inferior, nos dias de hoje. Quando Hades me baniu, tirou de mim minha principal válvula de escape. Não que isso importe agora, mas Hermes sempre soube como encontrar os pontos sensíveis de uma pessoa... e fazer deles molas que pulam ao seu comando.

— Tenho uma mensagem que quero que entregue, mas o assunto é delicado.

Uma pausa.

— Tudo bem, estou ouvindo. Para de brincar com minhas emoções e fala logo o que está aprontando.

Forço um sorrisinho enquanto resumo o que preciso que ela faça. O papel de Hermes nos Treze é de mensageira, espiã e agente do caos, essa última por pura diversão. Sua lealdade pertence a Dionísio, apenas, e, mesmo assim, não tenho certeza de que essa amizade se manteria se as circunstâncias ficassem complicadas de fato. Mas ele não é meu alvo, então não tenho dúvida de que ela vai fazer exatamente o que eu pedir.

Quando termino, Hermes ri animada.

— Eros, seu canalha safado. Eu entrego a mensagem de manhã. — E ela desliga antes que eu possa responder.

Suspiro, me encosto na cadeira e massageio o peito. Minha opinião sobre isso não importa, as engrenagens foram postas em movimento. É tarde demais para recuar e mudar o passado; só posso fazer o que sempre fiz: sair dessa por cima.

Psiquê Dimitriou vai morrer antes do fim da semana.

4

PSIQUÊ

— Juro pelos deuses, se a mãe vier com mais um convite de festa, vou dar uma de Zeus e me atirar pela janela.

Paro no meio da análise dos vestidos pendurados na arara à minha frente. São todos bonitos de um jeito meio pálido, mas esse designer tem o péssimo hábito de só acrescentar alguns centímetros aos seus tamanhos *plus size*, sem levar em conta como minhas curvas são diferentes de um tamanho 36. Ouvi dizer que eles tinham melhorado com a nova coleção de primavera, mas é óbvio que a informação estava errada.

Essa irritação é menos importante do que o comentário que minha irmã fez atrás de mim, e ao alcance dos ouvidos de todos na loja. A *última* coisa de que precisamos é mais um escândalo, em especial agora. Os comentários sobre mim e Eros estão durando mais do que eu esperava — é um mês de poucas novidades no Olimpo, e aquela foto foi *mesmo* excelente para movimentar as línguas fofoqueiras — mas isso vai passar. Sim, vai passar, contanto que fiquemos de cabeça baixa e boca fechada. Eros praticamente desapareceu dos olhos do povo; esperto da parte dele. Eu não tenho essa opção, então o único caminho é continuar vivendo como se não fosse assunto das suposições de todo mundo.

Hoje, isso significa fazer compras.

Que sorte, minha irmã mais velha se sentiu superprotetora e decidiu vir comigo. Viro e olho para Calisto. Como sempre, ela está vestida em um estilo pseudogrunge que a faz parecer uma modelo no dia de folga. Temos o mesmo cabelo castanho e olhos cor de avelã, mas a beleza de Calisto é cortante, enquanto a minha é de uma natureza mais suave. Ela nunca teve de aguentar nossa mãe tentando *gentilmente* orientá-la a experimentar uma nova dieta, mas qualquer ressentimento que eu tenha sentido por nossas diferenças ficou no passado.

O que *não* ficou no passado foi seu descuido. Caminho até o sofá no qual ela está esparramada, na área de espera, e me debruço sobre minha irmã.

— Fala baixo.

Calisto estreita os olhos.

— Que diferença faz para você se esses ratos escutam? Só estou falando a verdade.

Faz pouco mais de dois meses desde a morte "acidental" do antigo Zeus, e o Olimpo ainda está em recuperação. Fazer piada com isso vai ser de mau gosto nos próximos vinte anos, mas hoje é uma excelente maneira de atrair o tipo de manchete de que *não* precisamos no momento.

FILHAS DE DEMÉTER DEBOCHAM DA MORTE DO ANTIGO ZEUS!

Na sequência da fotografia com Eros, minha mãe pode cumprir de verdade uma de suas inúmeras ameaças de jogar as filhas frustrantes pela janela mais próxima. Tenho certeza de que Perseu, ou melhor, Zeus, ficaria encantado com isso. Temos instruções nítidas para evitar aborrecê-lo, e Calisto parece ter encarado essa ordem como um desafio para ver até onde pode ir. Normalmente, seria uma irritação sem importância, mas agora os holofotes sobre nós são mais inclementes. Ainda não consigo acreditar que cometi a burrice de me deixar ser surpreendida sozinha com o filho de Afrodite. Ouvi, pelo menos, três sermões da minha mãe a respeito da minha irresponsabilidade e de como isso vai afetar minhas chances com Zeus.

Ter meu nome excluído da lista de possíveis parceiras de Zeus não é nenhuma grande perda, em minha opinião, mas sou inteligente o suficiente para não dizer isso em voz alta.

Diferente de minha irmã.

Eu me inclino um pouco mais e baixo a voz.

— Sabe que todo mundo está olhando para nós agora. Para de tentar pôr lenha na fogueira.

Calisto levanta as sobrancelhas, nem um pouco arrependida.

— Se parasse de me tratar como criança, eu faria alguma coisa para desviar o foco de você. Não vai exigir muito esforço, e vou até me divertir.

— Calisto, não. — O que ela chama de *ajudar* costuma ser justamente o oposto. Mesmo ciente disso, não consigo deixar de perguntar: — O que você faria?

— Ah, não pensei muito a respeito. É provável que empurrasse Afrodite no meio do trânsito. Talvez tivesse sorte e o babaca do filho dela estivesse junto. Dois coelhos com uma cajadada só.

É claro. Não sei nem por que perguntei.

— Se você irritar Zeus e a mamãe, *eu* vou ter de resolver a confusão. Por favor, por mim... não faça isso.

Ela abre a boca como se fosse rosnar, hesita, e por fim fala um palavrão.

— Tudo bem. Vou bancar a boazinha. Mas estou falando sério sobre a próxima festa. Agora que Perséfone saiu de casa para ir viver sua suprema felicidade de mulher casada, mamãe não me deixa mais inventar desculpas.

Não a lembro de que houve várias festas desde que Perséfone se mudou para a cidade inferior, e Calisto nunca aceitou pressão de nossa mãe. Ela está fazendo isso por mim, para eu não ter de enfrentar as víboras sozinha. De verdade, ela é a única que tem essa capacidade. Depois de ter o coração partido por Orfeu, Eurídice está frágil demais para lidar com as facadas nas costas da multidão cintilante que cerca os Treze — e ela já não era muito boa nisso. Ela é bem capaz de acreditar nas aparências e presumir inocência das pessoas que, ao seu redor, mentem com a mesma facilidade com que respiram.

Calisto não tem esse problema. Por outro lado, ela é bem capaz de atacar alguém com um garfo de salada — ou empurrá-la para baixo de um carro, ao que parece. O garfo ela realmente usou na penúltima festa; foi por isso que minha mãe cedeu e a deixou ficar em casa recentemente. Isso me lembra...

— E Ares? Não tenho visto nada sobre ele no DeOlhoNaMusa. — Pensando bem, também não o vi na última festa.

— Deve estar bem. Foi um ferimento superficial, só isso. — E joga o cabelo por cima do ombro. — Se ele não tivesse chamado Perséfone de p... Volúvel — ela resmunga. — Eu me recuso a repetir. Se ele não tivesse chamado nossa irmã *daquilo*, nada teria acontecido.

— São só palavras, e Perséfone não está nem aí para o que este lado do rio pensa dela. Com exceção da família, é claro.

— Ela não se importa, mas *eu* me importo. — Calisto examina as unhas. — Eles podem lutar com palavras, mas vão acabar entendendo que não paro por aí.

— Insultos e agressão são duas coisas muito diferentes. — Mas, para ser honesta, não acredito que minha mãe tenha encoberto esse episódio como fez com os... deslizes... de Calisto no passado. Se ela tivesse interferido, teríamos sido informadas, porém, depois do sermão inicial, nunca mais tocaram nesse assunto.

— São? — Ela dá de ombros. — Quem diria.

Não há como controlar Calisto. Ela pode comparecer às festas intermináveis para as quais nossa mãe nos arrasta, mas nunca vai participar do jogo. Ainda não entendi bem como ela escapou *dessa*, mas é algo que não posso reproduzir.

— Se eu for experimentar uns vestidos, você vai se comportar?

Ela dá de ombro.

— Não tem ninguém aqui para me tirar do sério, então as chances são boas.

E só permaneceriam boas enquanto isso fosse verdade. Ajeito minha postura.

— Existe uma coisinha chamada autocontrole. Devia experimentar, qualquer dia desses. Pode até gostar dos resultados.

Minha irmã ri. Ela pode ser pouco menos do que perversa com todo mundo que não faz parte de nossa pequena família, mas ri como um anjo — ou uma sereia, para ser mais precisa. Percebo a vendedora olhando, interessada, em nossa direção e quase reviro os olhos.

— Não vou demorar.

— Boa ideia.

Pego as opções mais promissoras na arara e sigo para a área de provadores. São espaçosos o suficiente para caber várias pessoas em cada um, o que faz sentido, porque boa parte da elite do Olimpo parece se vestir por comitê. Talvez eu fizesse a mesma coisa, se minhas irmãs demonstrassem o mínimo interesse por moda. Calisto a ignora, e Eurídice veste o que estiver disponível. Perséfone é a única que gostava um pouco do assunto, mas as excursões de compras com ela ficaram no passado. Está ocupada demais comandando metade da cidade inferior com o marido agora.

Não me ressinto da felicidade de Perséfone. De verdade. Mas sinto sua falta. As raras viagens a este lado do Rio Estige nunca são o bastante, e minha mãe já implica com Eurídice por ir visitá-la com tanta frequência na cidade inferior. Se eu começar a fazer a mesma coisa, a cabeça dela pode explodir. Em especial agora.

Não, querendo ou não, minhas opções são limitadas.

Tiro meu vestido e experimento o primeiro. Como eu suspeitava, o caimento é péssimo. Justo em lugares onde não deveria ser e largo onde devia ser justo. Suspiro e tiro a peça decepcionante.

— Isso é horrível. Eu esperava mais de Thalia.

Fico paralisada com o vestido na mão, a caminho do cabide. Conheço essa voz, mas, mesmo enquanto tento me convencer de que é impossível, olho pelo espelho e vejo Hermes. Ela é uma mulher preta e pequena, com cabelo natural e óculos de armação grande, e tem o dom da imitação. Hoje os óculos são vermelhos, e ela veste calça roxa e brilhante e moletom cor de laranja com capuz e uma estampa de gato de olhos arregalados na parte da frente. Nos pés, ela usa um par de All Star vermelhos. Acho que, quando se é um dos Treze, você pode fazer o que quiser, e as pessoas só aceitam. É o benefício do poder. Hermes, em particular, não parece se importar com o que falam sobre ela. Parece gostar de chocar as pessoas e desafiar expectativas, o que seria suficiente para torná-la interessante para mim, mas faz parte dos Treze, por isso tento ficar longe dela.

Mas agora isso é impossível.

Não tento me cobrir, não fico vermelha, não tenho nenhuma reação que revele minha perplexidade com sua presença.

— Oi, Hermes.

— Oi, Psiquê. — Ela se inclina e olha para meus seios. — Isso é um sutiã Juliette? É maravilhoso. E não estou falando isso só porque suas tetas são nota dez.

Tento não perder a paciência. Não passei muito tempo interagindo com Hermes, mas as poucas conversas que tivemos me deixaram com a sensação de estar andando vendada em um campo minado. Perséfone gosta dela, mas ela agora tem poder suficiente para *conseguir* se relacionar com membros dos Treze sem ter medo de ser atropelada. Eu não tenho essa sorte. Não há nenhum bom motivo para Hermes estar aqui, contudo espero que ela tenha vindo só por curiosidade, e não para cumprir obrigações oficiais.

— Como posso te ajudar?

— Talvez eu tenha aparecido só para bater papo.

Não suspiro aliviada. Não quando percebo *aquele* brilho malicioso em seus olhos escuros.

— E veio?

— Não. — Ela sorri ao ver minha cara. — Tudo bem, é, você me pegou. É uma missão oficial. Tenho uma mensagem para você.

Droga, era o que eu temia.

— Uma mensagem que pode esperar até eu me vestir.

Ela dá de ombros.

— Desculpa, meu bem. Tem carimbo de urgente. Sabe como são essas coisas.

Sei apenas em teoria. Desviei de maneira muito intencional das piores armadilhas que a alta-sociedade do Olimpo tem a oferecer. Em teoria, tenho uma fração de poder, por conta da minha mãe. No entanto, a verdade é bem mais complicada. Mesmo dentro dos Treze, existem hierarquias. Os títulos legados — Zeus, Hades e Poseidon — se destacam. O status do restante flutua de acordo com o ano, a estação, às vezes até da semana. Antiguidade conta para alguma coisa, como as responsabilidades de certos títulos — Ares com o exército pessoal do Olimpo, por exemplo. Junte a isso alianças, rixas e ressentimentos baratos, e, um movimento em falso pode jogar metade do Olimpo contra você.

Todos vimos isso acontecer com Hércules. Como membro da família de Zeus, ele teria sido quase intocável, mas ultrapassou os limites ao mostrar o lado baixo e sórdido da política da cintilante cidade superior. O resultado foi que todos se voltaram contra ele. A história oficial é que deixou o Olimpo por conta própria, porém, como agora todo mundo tem medo até de mencionar o seu nome, a mensagem é evidente.

Desafie os Treze, e eles fazem você desaparecer como se nunca tivesse existido.

Contenho um suspiro.

— Muito bem, vamos ouvir a mensagem.

Hermes se empertiga e pigarreia. Quando fala, é a voz de um homem que sai de sua boca.

— Essa confusão não vai desaparecer tão cedo. Só tem um jeito de impedir nossas mães de brigarem. Me encontre hoje à noite no Erebus. Sozinha.

Conheço essa voz.

— Eros.

Onde ele está com a cabeça? A última coisa que podemos fazer é correr o risco de nos verem juntos. Os paparazzi que alimentam o DeOlhoNaMusa são espertos demais para perder uma oportunidade como essa, mesmo que o encontro aconteça em um lugar aonde nenhum de nós costuma ir. Ser pega em um encontro casual é uma coisa, mas dois? Isso vai provocar uma enxurrada de fofocas.

— Se ele quer conversar, por que não telefona para mim?

Hermes levanta as sobrancelhas.

— E correr o risco de você decidir gravar a conversa e usar isso contra ele?

Ela tem um bom argumento, mas mesmo assim...

— Nada me impede de fazer isso, de qualquer maneira.

— Talvez ele te *acalme*... de um jeito bem sexy. — Hermes saltita no lugar. — Olha só, preciso perguntar. Estavam se pegando no banheiro naquela festa, duas semanas atrás?

— Não. — Minha cabeça traz de volta a imagem de Eros com a camisa suja de sangue, dizendo em voz baixa: *É da última garota bonita que fez perguntas demais.* Ele resolve os problemas da mãe. Afrodite decidiu que *eu* sou um problema que precisa ser resolvido?

Não, isso não faz sentido. Há mil maneiras de enterrar alguém no Olimpo sem nunca ter de ferir seu corpo nem se colocar em combate direto com a pessoa. Mesmo sendo filha de Deméter, não sou intocável, mas, se Eros quisesse *me resolver*, ele poderia. Com certeza poderia fazer isso sem correr o risco de se incriminar me encontrando pessoalmente.

Experimento outro vestido. É tão ruim quanto o primeiro. Deuses, odeio designers preguiçosos. Dar atenção a essa pequena irritação limpa minha cabeça o suficiente a ponto de, quando me viro para Hermes novamente, eu não corro mais o risco de perder o controle.

— Presumo que ele não precise de resposta.

— Não. Sua resposta é aparecer hoje à noite... ou não, se for o caso.

Preciso ir ao encontro. Não tenho escolha. Ele tem razão, precisamos conversar sobre a foto e pensar em um plano. Se Afrodite está tão furiosa quanto minha mãe com a situação, faz sentido garantir que os sites de fofoca tenham outros assuntos para acompanhar e que se esqueçam de nós e do nosso suposto romance proibido.

Ainda assim... não podemos correr o risco de tirarem outra foto nossa. O local que Eros escolheu fica no bairro dos galpões, uma área que a maioria dos Treze evita, o que significa que os paparazzi também não andam por lá. É *provável* que tudo fique bem, mas isso não significa que vou baixar a guarda.

Penso em Hermes. Usar seus serviços é um risco. Ela não é leal a ninguém além de si mesma — e talvez Dionísio —, e isso significa que não posso contar com o sigilo de mensagem alguma. Nada a impede de subir no palco de um karaokê qualquer e expor os podres de todo mundo da cidade, o que ouvi dizer que ela fez cerca de um ano depois de assumir o cargo de Hermes. Ninguém a levava a sério naquele momento, mas *esse* incidente garantiu que todos a vissem como a ameaça que é.

Na verdade, isso me dá uma ideia...

— Hermes, está disposta a se envolver em uma mentirinha amigável? No seu papel profissional, é claro.

O sorriso dela é estudado.

— Sabe, vocês da família Dimitriou, sempre me surpreendem. Aceito participar dessa *mentirinha amigável* de graça, porque você está me divertindo.

Não sei se isso é bom ou não, mas não sou de ficar olhando os dentes de um cavalo que ganhei de presente.

— Saia hoje à noite.

— Eu já tinha planos nesse sentido. Dionísio tem uns produtos novos *muito bons* que estou doida para experimentar.

Ignoro a interrupção.

— Saia e poste alguma coisa. Marque sua localização. Faça as pessoas acreditarem que estou com você. Depois confunda todo mundo. — Não tem álibi melhor do que um dos Treze. Quem vai chamar Hermes de mentirosa? Ninguém. Não na cara dela, pelo menos. Se os paparazzi estiverem ocupados perseguindo Hermes, pensando que estou com ela, não vão farejar o bairro dos galpões. Eros e eu vamos poder conversar em paz.

— Conte comigo. — Ela balança a cabeça. — O Olimpo nunca fica sem graça com você e suas irmãs por aí.

— Eu ficaria bem com um pouco menos de agitação. — Não tinha a intenção de dizer isso, mas é tarde demais para voltar atrás.

Hermes se dirige à porta do provador.

— Levanta a cabeça, Psiquê. Você é uma garota esperta. Tenho certeza de que vai sair dessa por cima. — Ela abre a porta e olha para mim. — Talvez até acabe *em cima* de Eros. De verdade, dessa vez. — E sai antes que eu pense em uma resposta, deixando para trás o som de sua risada.

Tudo bem. O que eu poderia dizer? Eros pode ser lindo como um deus, mas o homem é um monstro. É meu *inimigo*.

Sinto vontade de telefonar para Perséfone e pedir sua opinião sobre toda essa situação, porém, se eu a envolver, ela vai aparecer e ameaçar Eros antes que eu desligue o telefone. Melhor ligar para ela de manhã e contar as novidades depois de ouvir o que ele tem a dizer. Talvez a gente até pense em uma solução que vai deixar todo mundo feliz.

O frio na minha barriga é de nervoso, é claro.

É claro que *não* estou ansiosa por reencontrar Eros.

5

EROS

Chego ao local do encontro mais de uma hora antes do combinado para examinar tudo. Erebus é um bar no limite do bairro dos galpões, na cidade superior. Ainda estamos do lado norte do Rio Estige, mas esta área é um mundo diferente do centro da cidade cuidadosamente organizado, onde mora a maioria dos Treze. O entorno do endereço comercial de Zeus, a Dodona Tower, é visto como um ponto de status, e cada rua nos quarteirões em volta do prédio é uma combinação fria e limpa de concreto, aço e vidro. Uniforme e muito atraente, para quem gosta desse tipo de coisa.

A área em torno do distrito dos galpões na cidade superior é aonde as pessoas vão quando querem um pouco de diversão ilícita, quando não têm força nem coragem para atravessar o rio para a cidade inferior. Aqui quem manda é Dionísio, e tem muito vício à disposição. As pessoas também tendem a fazer vista grossa e cuidar da própria vida, quando estão na área, o que é adequado aos meus propósitos.

Tenho de fazer essa jogada com cuidado. Esse bar é pequeno, mas foi construído no espaço entre dois prédios, o que significa que tem muitos cantinhos e alcovas cheios de mesas nas sombras. Reservei uma no fundo e dei uma boa gorjeta ao garçom para não prestar atenção ao que vai acontecer.

Apesar do que essa tarefa representa e do que minha mãe deseja, não tenho a menor vontade de fazer Psiquê sofrer de verdade. Tenho certeza de que Afrodite ficaria satisfeita se eu a arrastasse para um beco e resolvesse a questão com uma faca sem ponta, mas tudo que Psiquê vai sentir é sono, depois nada.

É o mínimo que ela merece.

Sento à mesa no fundo e massageio o peito com uma das mãos. Agora não é hora para dúvidas, culpa e nem bobagens do tipo. Já fiz pior com pessoas boas, só porque elas atravessaram o caminho de minha mãe, ou ela decidiu que ameaçavam sua posição. O público pode pensar que assassinato é o mal maior, mas não viram alguém jovem e em ascensão perder tudo. Beleza, status, o respeito de seus pares. É *fácil pra caralho* estraçalhar a vida de alguém se você tiver a informação certa e os recursos certos.

Dito isso, nem eu mesmo consigo me convencer de que matar Psiquê é um ato de misericórdia.

Nunca foi assim. Eu só ia atrás de pessoas que o mereciam, gente que, de fato, ameaçava minha mãe. Era um caçador de monstros, de pessoas que pretendiam prejudicar a única família que tenho neste mundo. Até que um dia levantei a cabeça e percebi que sou o maior de todos os monstros. Sacrifiquei demais, apaguei muitas linhas para a moralidade ser mais do que uma teoria.

Não havia como voltar atrás.

Não *há* como voltar atrás.

No momento em que Psiquê entra no bar, eu a sinto. Os poucos clientes ficam em silêncio, atentos. Não importa se ela veste jeans e um casaco preto que a cobre até os joelhos, ainda é bonita o suficiente para fazer o trânsito parar. Ela caminha pelo bar lentamente, estudando cada mesa com aqueles olhos cor de avelã, até enfim me ver.

Ainda bem que ela não chegou muito perto, porque respiro fundo ao me sentir o único foco dessa mulher. Estava distraído demais na noite da festa para apreciar sua presença imponente. Mesmo com dor e cheio de raiva, notei como o vestido cinza envolvia sua silhueta generosa e oferecia uma sugestão provocante dos seios e da bunda grandes. Em especial quando ela se inclinou para trocar meus curativos.

Foco.

Ela se aproxima da minha mesa e senta à minha frente, sem hesitação. Apesar de tudo, gosto de como ela não se acovarda nem se retrai. Entrou aqui confiante, e tenho a sensação de que ela aborda todas as situações do mesmo jeito. Pena que esta noite a coragem não vai ajudá-la em nada.

— Psiquê.

— Eros.

Ela me estuda por um longo momento. Está comparando minha aparência hoje com o estado em que eu me encontrava na última vez que conversamos? A única vez, na verdade, com exceção de um punhado de trocas de cumprimentos em festas ao longo dos anos. Mesmo sendo filhos de membros dos Treze, não frequentamos os mesmos círculos. As mulheres Dimitriou se mantêm afastadas. Outra coisa a respeito delas que faz Afrodite subir pelas paredes.

Psiquê se inclina para trás com lentidão.

— Muitas pessoas mandam um e-mail quando querem me encontrar. Você tem competência para descobrir o número do meu celular. Por que acionar Hermes?

Porque um e-mail pode ser hackeado e um telefonema pode ser rastreado. Apesar do que todos acreditam sobre Hermes, ela trata com seriedade o título e sua função. Se uma mensagem tem de ser sigilosa, é isso que vai ser. Nem mesmo os títulos legados conseguem pressioná-la para compartilhar uma mensagem.

Se Psiquê vai ser assassinada, não quero nada me ligando ao caso.

Se? Por que ainda estou cogitando um *se*? O destino dela foi selado no momento em que minha mãe exigiu seu coração. Não, antes disso, quando ela me tratou com bondade, quando todo mundo naquela festa teria se afastado de mim. Até meus amigos teriam fingido não ver o sangue e o modo como eu mancava. Todos funcionamos sob a mentira cuidadosamente equilibrada de que não sou mais que o playboy filho de Afrodite. Um pouco liberal demais com seu charme, um pouco duro demais para se envolver em qualquer coisa parecida com um compromisso.

Ninguém fala sobre o que mais eu faço por minha família.

Ou quem paga o preço.

Não há espaço para dúvida em relação ao preço a ser pago esta noite. O único caminho é em frente. Não é como se eu já não tivesse feito coisa pior. Minhas mãos estão cobertas de sangue dos inimigos de minha mãe, reais e imaginários. Há muito tempo me conformei com a certeza de que nunca as limparei. Não tenho mais qualquer inclinação para travar essa dura batalha pela santidade. Meu fim é no Tártaro.

Inclino o corpo para a frente e apoio os cotovelos sobre a mesa.

— Sei que Hermes já disse isso, mas preferi ter essa conversa pessoalmente.

— Ela comentou. — Psiquê tira o casaco, revelando um suéter preto e fino que abraça seus seios com perfeição. — E o peito?

A pergunta me confunde.

— O quê?

— Seu peito. Estava cheio de cortes há duas semanas. — Ela aponta com a cabeça para mim. — Conseguiu encontrar um médico?

Levo a mão ao peito antes de conseguir conter o impulso.

— Sim. Não era tão grave quanto parecia.

— Sorte a sua.

— É claro. Sorte. — Foi um desleixo da minha parte. Se eu não tivesse apressado o serviço para chegar à festa a tempo, nunca teria baixado a guarda o suficiente para deixar o pai de Polifonte me acertar tantas vezes. — Mas saí vivo daquela luta. Nem todo mundo saiu.

Psiquê inspira lentamente.

— Por exemplo, a garota bonita que fazia perguntas demais?

É. Eu disse isso a ela, não disse? Não me dou ao trabalho de sorrir.

— Minha mãe se incomoda com muitas garotas bonitas no Olimpo. — Pessoas bonitas, na verdade. O gênero importa menos do que beleza e atenção, e Afrodite quer a maior parte das duas apenas para si.

— Quem era?

— Saber não vai fazer a menor diferença.

Psiquê sorri com tristeza.

— Mesmo assim.

Eu estava falando sério quando disse que saber não faria diferença. Não vai salvá-la. Não mudará o que vai acontecer aqui, hoje à noite.

— Polifonte.

Ela franze a testa.

— Não reconheço o nome.

— Não tem motivo para reconhecer. — Polifonte não tinha subido degraus o suficiente da escada social para frequentar as festas da Dodona Tower. Porra, ela nem sequer subiu o suficiente para fazer mais do que colocar a si mesma em perigo. A idiotazinha achava que podia enfrentar Afrodite sem sofrer as consequências. Mesmo que não tivesse irritado minha mãe, ela teria provocado a fúria assassina de outra pessoa importante em um mês. Tinha a boca muito grande e pouca cautela.

— Eros... — Ela balança a cabeça, assume uma expressão retraída.

— Esquece. Acho que não importa.

De repente quero muito saber o que ela ia dizer. Ia mencionar que me pegou olhando para sua boca? Ela mordeu o lábio em resposta àquele olhar. Acho que nem percebeu. Assim como também não percebeu que encarou minha boca por vários segundos antes de superar o momento. Se fôssemos quaisquer outras pessoas, em qualquer outra situação, eu poderia tê-la beijado naquele momento.

Poderia puxá-la para o meu colo e afugentar toda a desconfiança. Primeiro com um beijo, depois com uma sedução lenta que, sabemos, teríamos apreciado demais.

Balanço a cabeça. Que porra de ideia é essa? Mesmo que tivesse quebrado essa regra, só teria tornado a situação muito pior para nós dois.

— Tem razão. Não importa, mesmo.

— É o que eu disse. — Psiquê pigarreia e se aprumar. — Então, vamos direto ao ponto. Queria me encontrar para falar sobre como vamos desviar a atenção da mídia de nós dois. Bem, de você, em específico. Tenho certeza de que Afrodite não está satisfeita com a situação, e você não tem a mesma prática que eu para lidar com essas coisas. Tenho algumas ideias.

— Como é que é?

— É por *isso* que estamos aqui, não é?

Eu poderia matar Hermes por colocar *essa* ideia na cabeça dela. Eu lhe disse para trazer Psiquê aqui de qualquer jeito, dizendo qualquer coisa, mas não esperava que ela usasse a boa natureza de Psiquê contra ela. O desânimo é inevitável.

— Você veio porque acha que preciso da sua ajuda para manipular a mídia e desviar a atenção deles para outra pessoa. — Como se eu já não tivesse feito isso.

A bobinha correu para cá, se jogou na minha armadilha sem pensar duas vezes porque acreditou que eu precisava de ajuda.

Acho que vou vomitar.

Psiquê fica parada.

— Não é por isso que nos encontramos?

— Não — respondo, quase gentil. Deuses, eu me odeio nesse momento. — Não é por isso que nos encontramos.

Ela pigarreia.

— Então você está aqui em uma missão oficial.

— Estou. — A palavra soa quase como uma desculpa.

Um instante de silêncio. Outro. Ela alinha os ombros.

— Não é possível que ela esteja tão furiosa por causa de uma foto.

— Na verdade...

Psiquê continua como se eu não tivesse falado.

— Por outro lado, imagino que não seja tão simples assim. Ela e minha mãe estão brigando há uma década e ela não vai gostar de Deméter pisando em seus calos. Mas o motivo não importa. O que importa é que ela não tem nada para usar contra mim. Não tenho esqueletos no armário. E isso significa que ela vai inventar alguns. — E cruza os braços sobre a mesa, embaixo dos seios. — O que vai fazer então? Você vai fabricar um escândalo sexual sórdido? Talvez até tentar me exilar, mesmo ciente de que não vão conseguir. Minha mãe não o permitiria.

É evidente que Psiquê não está levando isso a sério, e de repente preciso de sua seriedade. Não sei por quê. Meu trabalho seria muito mais fácil, se ela não pensasse estar ante uma situação de vida ou morte, literalmente. Mesmo assim, me pego dizendo a verdade:

— Afrodite não quer arruinar sua vida. Ela quer você morta.

Psiquê fica pálida.

Espero lágrimas. Talvez até uma tentativa de fuga. Ela não faz nada disso. Depois de uma pausa breve para se recuperar, só endireita as costas e sustenta meu olhar.

— Eros, você não me dá a impressão de ser um homem desprovido de inteligência.

— Obrigado — respondo com tom seco. A experiência me deu um mapa de como essa conversa se desenvolveria, e Psiquê não correspondeu às expectativas. Contrariando o bom senso, permito que a curiosidade interfira na minha determinação de encerrar logo a história. Eu sabia que ela era diferente de qualquer pessoa com quem eu já lidei. Suspeitava de que era formidável, mas é mais do que eu poderia ter imaginado.

— Você deve saber quem está do meu lado. Se fizer alguma coisa comigo, Perséfone te rasga em milhões de pedaços e Hades vai ficar por perto para garantir que ninguém a impeça de ir até o fim. — Psiquê se inclina para a frente, e não consigo deixar de espiar o colo impressionante pressionado contra o decote em V do suéter. — Não vou nem dizer o que *minha* mãe faria. Diferente de Afrodite, Deméter não tem restrições a sujar as mãos quando a situação pede sua ação direta.

— Está dizendo que sua mãe assassinou o último Zeus?

— É claro que não. — Ela ri baixinho. — Sabe muito bem que isso é um boato sem fundamento. Não vamos fingir que sua mãe não teria se agarrado a essa versão e insistido nela, se tivesse um fiapo de evidência.

Ela não está errada. Mesmo assim, acho interessante que não declare que Deméter é inocente. A história oficial pode ser que Zeus quebrou a janela de seu escritório *acidentalmente* e também *acidentalmente* despencou para a morte, mas todo mundo sabe que isso é invenção.

Não que tenha alguma importância.

Isso tudo está saindo de controle muito depressa.

— Psiquê...

— Não terminei. — Ela olha para a bebida que pedi, a que contém o sedativo que vai nocauteá-la e garantir que não sinta dor. — Tem um elemento adicional que você precisa considerar, antes de seguir adiante. Minha mãe está arranjando um casamento entre mim e Zeus. Imagino que ele não vai agradecer se você matar a futura Hera.

A compreensão traz consigo uma frustração intensa o bastante para me fazer queimar, virar cinzas.

— Se isso já estivesse acertado, nem haveria um problema para ser resolvido aqui. — Nem Afrodite se atreveria a atacar a futura Hera.

— Talvez, mas ainda é um risco bem grande. Como eu disse, você me dá a impressão de ser inteligente, portanto, já deve ter pensado nisso.

O típico cumprimento do avesso. Mesmo contrariado, sou obrigado a reconhecer que a admiro. Ela chegou aqui esperando uma coisa, mas mudou de rumo sem a menor hesitação e está bem perto de me superar.

— Se não tivesse pensado, não seria tão inteligente, seria?

— Exatamente. — Psiquê inclina a cabeça de lado. — E, agora que disse tudo isso, tenho uma pergunta.

Apoio as costas no encosto da cadeira, resmungando um palavrão, e aceno com uma das mãos.

— Por favor, não me deixe interromper seu monólogo brilhante.

— Obrigada. — Ela dá um sorriso que quase combate o medo à espreita em seus olhos cor de avelã. Presumi muitas coisas sobre essa mulher quando sua família entrou em cena dez anos atrás, e essas presunções só se confirmaram nos anos seguintes. Depois que Psiquê me ajudou na festa e agora que temos essa conversa, sou forçado a admitir que posso ter me enganado completamente.

Ela não é uma *influencer* fútil cujos únicos hobbies incluem gastar o dinheiro da mãe e tirar fotos bonitas para seus seguidores. Existe um cérebro ardiloso naquela cabeça bonita, e ela usa cada gota de sua inteligência para tentar escapar viva desta situação.

Psiquê prende uma mecha de cabelo escuro atrás da orelha.

— Se a estabilidade é tão importante que Deméter, Hades e até Zeus estão se dedicando a garantir que ela aconteça, acha mesmo que vão deixar acontecer essa vingança mesquinha da sua mãe sem impor limites? Talvez até finjam não ver nada quando ela ataca alvos fora de seu círculo imediato, mas não sou uma socialite qualquer de quem ninguém nunca ouviu falar. Sou filha de Deméter. Se você me atacar, eles vão entrar em ação. Vão acabar com ela e com você junto.

Ela não está errada. Quando a maioria dos Treze quer a mesma coisa e entra em um acordo, eles formam uma força quase impossível de parar. Pena que isso não vai fazer nenhuma diferença para a mulher sentada a minha frente.

— É uma história bonitinha. Mesmo que seja verdadeira, não tem a menor importância.

Seu sorriso desaparece.

— Do que está falando? Acabei de citar várias das pessoas mais importantes desta cidade e imagino que Poseidon também vai ficar do lado delas, considerando que odeia todo mundo que faz qualquer coisa por uma posição. São os três títulos legados. Sua mãe é inteligente o bastante para saber quando foi vencida. *Você* é, com certeza. Ninguém com um mínimo de bom senso insistiria nisso, não contra todas essas forças.

Contenho um suspiro. Esse é o cerne da questão, não é?

— Que coragem a sua, imaginar que minha mãe e bom senso alguma vez estiveram juntos. Você a conhece mesmo?

Psiquê abre a boca, parece reconsiderar o que ia dizer, e por fim fica ainda mais séria.

— Pensei que a vingativa mesquinha fosse um personagem.

Minha vida seria muito mais fácil se fosse, se minha mãe não vivesse para ver a derrota de qualquer um que se atreve a cruzar seu caminho, mesmo que de passagem.

— Ela é perfeitamente capaz de lidar com as consequências. — De um jeito ou de outro. Não sei como Afrodite vai lidar com isso, mas já sei o que diria se eu lhe levasse essa questão.

Seu trabalho não é pensar, filho; é punir quem eu digo que tem de punir. Mate a garota e arranque o coração de Deméter com isso.

Psiquê fica ainda mais pálida.

— Está falando sério.

— Estou.

— Acabei de dizer que posso reunir um grande número dos Treze contra você, e não importa quais argumentos eu use, porque a pessoa que lhe dá ordens se importa mais com uma vingança pessoal do que com a vida do próprio filho. — Ela me encara, procurando em meu rosto algo que nunca vai encontrar. — Era por causa dela que estava correndo para a festa, não era? Por isso não procurou um médico primeiro? Aposto que ela ficou furiosa com seu atraso.

Psiquê está chegando perto demais da verdade.

— Isso não é importante.

— É claro que é importante. Você estava *ferido*. Até minha mãe, que é toda cheia de maquinações e implacável, se importaria se uma de nós estivesse ferida.

Olho para ela com a expressão que a declaração merece.

— E isso apoia o meu ponto de vista, não o seu. Mas não importa, porque ninguém vai me responsabilizar por isso. *Você* garantiu minha impunidade. — Destravo meu celular e abro um aplicativo. Ponho o aparelho em cima da mesa, entre nós. Psiquê se inclina para a frente, lê algumas publicações e vai perdendo cada vez mais a cor. Já sei o que ela vai ver. Hermes, Dionísio e uma morena curvilínea se divertindo muito na cidade. O rosto da morena não aparece na tela em momento algum, mas tem um tipo físico e um cabelo tão parecidos com os de Psiquê que todo mundo vai acreditar que é ela. — Essas fotos têm localização e hora. Ninguém vai acreditar que você está aqui.

— Hermes sabe.

— Hermes está fazendo o jogo dela. Não está do seu lado. Não está do lado de ninguém, só de si mesma. — Pego o celular de volta. — E ela não vai contar a verdade, justamente pelos motivos que você acabou de relacionar. Está tão interessada em estabilidade quanto Zeus e os outros. Não vai fornecer nenhuma informação que possa começar uma guerra. — Hermes é caótica o bastante para eu não fingir que sei de que lado ela vai estar, normalmente, mas *sei* que essa é a verdade.

No fim, ela serve ao Olimpo, assim como o restante dos Treze.

O lábio inferior de Psiquê treme, mas ela faz um esforço evidente para controlar a reação.

— Você merece mais do que ser simplesmente a arma de sua mãe, Eros.

— Nem perca tempo ao tentar apelar para minha humanidade. Não tenho nenhuma.

Ela se debruça e abaixa a voz, os olhos cor de avelã são suplicantes.

— Ajudei você há duas semanas. Não precisava, e nós dois sabemos disso. Talvez você não tenha humanidade, mas com certeza acredita em equilibrar os pratos da balança. Está mesmo disposto a retribuir minha ajuda com violência, só porque isso aborreceu sua mãe?

— Psiquê... — Droga, eu não devia ter falado o nome dela. A sensação é boa demais, me faz querer coisas que não são para mim.
— Para. Nada do que você disser vai fazer diferença.

Pela primeira vez desde que nos sentamos, o medo real ganha vida em seus olhos. Psiquê chegou aqui pronta para ajudar o filho da inimiga de sua mãe e acabou construindo uma argumentação espetacular que teria funcionado, se eu fosse qualquer outra pessoa, se ela já não tivesse sido ferramenta da própria ruína por confiar em mim o suficiente para criar um álibi que esconderia sua localização. Faz muito tempo que não sou desafiado, muito tempo que ninguém nem tenta resistir, me superar.

Muito tempo que ninguém me trata nem com uma centelha de bondade.

De repente, cubro sua mão com a minha. Sua pele é surpreendentemente quente.

— Foi uma boa tentativa. Você deu o melhor de si.

— Estranho, mas isso não faz com que eu me sinta melhor. — Ela olha para nossas mãos. — É melhor tirar sua mão daí. Não preciso de consolo do meu assassino.

Algo formiga em mim, e removo a mão de cima da dela e a levo ao peito, massageio a região e sinto mais da sensação de antes, de quando ela cuidou dos meus ferimentos. Que porra é essa? Não posso estar sofrendo um ataque de consciência *agora*. Não posso salvar essa mulher. Sou a arma preferida de minha mãe, mas não sou a única. Se eu me recusar a cumprir essa missão, ela vai mandar outra pessoa, alguém que não vai se incomodar com o terror e com a agonia de Psiquê. Alguém que vai simplesmente acabar com ela.

— Foi isso que fez com Polifonte? Sugeriu um drinque, depois a levou para um beco e a matou? Tenho de reconhecer que ela foi valente, resistiu bem, mas é evidente que não teve sucesso. Quantas vezes já fez isso, Eros? Essa é a vida que você quer, de verdade?

— Para. — A palavra soa mais ríspida do que eu pretendia, mas sei o que ela está fazendo e não vai funcionar. Não me coloquei de propósito nesse caminho para me tornar o monstro de estimação de minha mãe. Mas estou aqui, e agora não há mais volta. — Eu estava falando sério. Não vai conseguir me convencer a desistir disso.

Ela desliza os dedos pelas pontas do cabelo, girando as mechas de um jeito que parece quase doloroso, mas sua expressão é calma a ponto de ser sinistra.

— Eu queria ter filhos. Isso agora parece bobo. Por que ia querer trazer crianças para este mundo? Mas queria. Pensei que teria mais tempo. Tenho só vinte e três anos.

Merda.

— Para — repito.

— Por quê? — Alguma coisa raivosa e incisiva rompe a calmaria. — Isso me faz parecer mais humana? Fica mais difícil puxar o gatilho?

Sim. E antes já era um esforço descomunal.

— Não importa o que eu quero. — Não era isso que eu queria dizer, mas acabo falando muitas coisas que não queria quando estou perto dessa mulher. Ela é tão corajosa, e acaba comigo ter recebido a ordem de matar essa luz. Mas não existe alternativa.

A menos que tenha de fato um jeito de retribuir sua bondade...

Não. A ideia é péssima e não é infalível. Minha mãe é como um cachorro com um osso quando se dedica a uma de suas vinganças. Afrodite não vai permitir que nada a impeça de punir Psiquê e Deméter com a morte da filha. Se eu tentar me colocar em seu caminho, ela vai desviar de mim e matar Psiquê do mesmo jeito.

— Promete que não vai fazer mal às minhas irmãs.

Interrompo os pensamentos traiçoeiros e a observo.

— Sabe que não posso. — Quando Psiquê me encara com mais intensidade, eu cedo. — Olha só, Perséfone está tão segura quanto é possível, porque é casada com Hades, e ninguém quer o bicho-papão do Olimpo batendo à sua porta. Calisto está segura por um motivo parecido, provavelmente, ninguém quer se meter com seu tipo de crueldade. Ela não joga de acordo com as regras, e isso é o suficiente para fazer a maioria dos inimigos pensar duas vezes. E Eurídice... — Dou de ombros. — Tudo que ela precisa fazer é passar uma temporada prolongada na cidade inferior, e poucas pessoas vão conseguir chegar perto dela. Hades e Perséfone jamais convidariam o pessoal da minha mãe para atravessar o rio e lhe fazer mal.

— E tudo isso deveria me fazer sentir melhor? Bastava prometer que não faria mal a elas.

Eu a encaro.

— Você não acreditaria.

— Podia me dar sua palavra.

Sei que ainda está tentando parecer mais humana aos meus olhos, provocar minha consciência inexistente, mas quando foi a última vez que alguém deu alguma importância à minha palavra? As tarefas de minha mãe arrastaram meu nome para a lama, e foi merecido. Ninguém confia em mim, porque basta aborrecer Afrodite, e a palavra dela silencia a minha. Ela aponta, eu resolvo. Minha palavra não significa porra nenhuma.

Talvez por isso, acabo perguntando:

— Se eu desse minha palavra, você acreditaria?

— Sim.

Tenho a sensação de que a palavra passou por cima da mesa e me acertou como um soco no estômago. Não há qualquer sombra de dúvida nessas três letras. Se eu desse minha palavra, ela acreditaria em mim; simples assim. Olho para essa mulher que desafia todas as minhas expectativas. Estava meio convencido de que ela ter cuidado de mim naquela noite foi casualidade ou alguma coisa que eu poderia ignorar, pelo menos. Mas não foi casualidade. E sua presença aqui hoje é prova disso.

Psiquê é mesmo uma boa pessoa que conseguiu, de algum jeito, sobreviver à política do Olimpo.

E minha mãe quer que eu apague essa chama.

Engulo em seco.

— Sério?

— Sim — Psiquê repete. Para de enrolar o cabelo e me dá total atenção. — *Vai* me dar sua palavra?

Balanço a cabeça devagar.

— Não posso prometer nada.

— Ah. — A decepção em seu rosto bonito me corta como uma faca. Não sou uma pessoa boa. Nunca tive a chance de sê-lo e nem lutei contra o destino quando o caminho se abriu na minha frente. Mas matar Psiquê? A ideia já me causava desconforto antes e, depois dessa conversa, ela me causa mal-estar físico.

Eu... não posso fazer isso.

Talvez eu tenha uma alma, mesmo que empoeirada pela falta de uso, porque pensar em pôr fim à vida dela provoca tamanha repulsa que estou prestes a fazer algo imperdoável. Dou um gole na minha vodca tônica, e o ardor do álcool não ajuda a dissipar a repentina determinação que cria raízes dentro de mim.

Um plano insano vai se formando, um plano muito inconsequente. Desafiar minha mãe é um risco, contudo, é um risco que estou disposto a correr. Psiquê já se arriscou duas vezes por mim. Certamente, posso retribuir de alguma forma. Não sou tão bom quanto ela, no entanto. Não é a bondade que me faz falar. É pura *vontade* egoísta.

— Pode ter outro jeito.

6

PSIQUÊ

Parece que foi um desvio especialmente cruel do destino que deu a Eros Ambrosia o rosto de um deus dourado e nenhum coração. Sentado ali, ele parece encontrar o único feixe de luz neste buraco escuro de lugar e me contempla com os olhos azul-claros e vazios. Sem culpa. Sem piedade. Não há nem antecipação pelo que vem a seguir. Também não tem sede de sangue, só uma espécie específica de cansaço, como se já estivesse farto desta música e desta dança e só quisesse acabar logo com isso para poder ir para casa e dormir.

Eros exibe quase a mesma expressão que vi quando agradeceu por minha ajuda.

Eu me recuso a ter esperança de que ele está me oferecendo uma saída, mas beiro a um desespero que me deixa meio tonta. Pensei que tinha sido muito astuto criar aquela linha do tempo com Hermes a fim de poder encontrar Eros e traçar um plano com ele. O que eu estava *pensando*? A primeira coisa que devia ter feito era procurar Perséfone. O fato de Eros não ter sido um monstro comigo há duas semanas não significa que é inofensivo.

Se eu soubesse que estava em perigo, teria fugido para a cidade inferior e aceitado a proteção de Hades e Perséfone. Teria sido uma solução temporária, mas ao menos minha vida teria se prolongado além desta noite. Esse tempo extra teria me dado a oportunidade de pensar em um jeito de sair dessa confusão, de preferência sem envolver minha mãe.

Se ela descobrir que Afrodite tentou me eliminar, vai para cima da mulher com tudo que houver em seu arsenal. E minha mãe tem muitas coisas no arsenal. Ela pode não ter matado o antigo Zeus pessoalmente, mas sem dúvida provocou uma sequência de acontecimentos que culminaram na morte dele. Minha mãe também é a única razão para essa morte ter sido considerada um acidente, não um assassinato. E ela ajudou a abrir caminho para a volta de Hades à sociedade. Há algum tipo de informação sobre Poseidon que garante o apoio dele na metade do tempo, pelo menos. Entretanto, mesmo com tamanho poder à disposição, ela vai jogar todo esse cuidado pela janela e cometer alguma insanidade, como tentar atropelar Afrodite. Alguma coisa sem *negação plausível*.

Se eu soubesse...

Mas não importa. Ficar pensando no que poderia ter sido é uma receita para o desastre. Cometi um erro. O fato de não saber qual seria o preço desse erro não me isenta de fazer o pagamento.

Eros me observa com tanta atenção que quase me distraio e dou um gole no drinque que já esperava por mim. Agora que sei o que está acontecendo, tenho certeza de que está envenenado, só não sei se é uma dose letal ou apenas o suficiente para me deixar incapacitada.

— Pode ter outro jeito — ele repete, como se quisesse tranquilizar nós dois.

Depois de tudo que disse, agora ele me oferece uma alternativa. *Por quê?* É mais um jeito de me atormentar? Quero gritar na cara dele, jogar essa bebida envenenada em seu rosto e vê-la escorrer por seus traços perfeitos. Talvez eu tenha sorte e o líquido queime sua pele, distraindo-o por tempo suficiente para eu fugir.

Analiso os arredores. Está ainda mais escuro do que antes, e as pessoas começaram a entrar. Este é o lugar mais distante das iluminadas ruas no entorno da Dodona Tower, sem sair da cidade superior. Também estou em uma região que não conheço bem. É inteiramente possível que todas essas pessoas estejam na folha de pagamento de Eros — de *Afrodite* — e, no momento em que eu tentar escapar, vão me pegar e me trazer de volta.

Não, estou sem opções, e ambos sabemos disso. Tento engolir o pânico que atrapalha meu esforço para pensar.

— Qual é o outro jeito?

— Não vai gostar dele.

Eros fala com um tom tão calmo que não seguro o riso.

— Ah, claro. Porque gosto muito mais da ideia de ser assassinada.

Finalmente, ele cria coragem e diz:

— Casar comigo.

Não reajo. As duas palavras não formam uma frase que faça sentido. Pelo contrário: quanto mais tempo pairam entre nós, menos compreensíveis elas são.

— Desculpa, acho que não ouvi direito. Posso jurar que você disse "casa comigo".

— E disse.

Ainda não há emoção em seus olhos, nenhuma reação que indique o que está pensando. Normalmente, consigo captar *alguma coisa* das pessoas à minha volta. Até os melhores mentirosos emitem sinais, e passei tempo suficiente andando pelas festas para decifrar a maioria dos jogadores de pôquer. É questão de sobrevivência, e sou muito boa nisso. Sei que Ares coça a barba quando quer estrangular alguém. Sei que Perseu — Zeus — fica mais frio quando tenta ganhar tempo antes de dar uma resposta. Até o antigo Zeus, embora não fosse transparente, ficava mais barulhento e ruidosamente feliz quando estava furioso.

Eros não demonstra nada.

Por instinto, estendo a mão para o drinque e me detenho a tempo, empurro o copo para o outro lado da mesa.

— Não tem graça.

— Quem está dando risada? — Ele suspira como se estivesse cansado da conversa. — Falhar com minha mãe tem consequências, e não estou disposto a enfrentá-las. Não posso sair dessa sem matar você ou me casar com você.

Deixo escapar uma risada histérica, pego o copo *dele* e o esvazio de uma vez só. Vodca tônica. É claro. Estremeço.

— Isso é ridículo. Por que só essas duas opções? Se não quer me matar, é claro que tem outra atitude que possa tomar.

— Não tem. — Eros gira os ombros. — Olha, se eu me casar com você, isso me liga a Deméter, e te liga a Afrodite. Ela não vai poder me exilar sem causar comoção, e, se você aparecer morta de repente, não vai haver negação plausível. Se fizermos tudo de um jeito convincente, todo mundo vai acreditar que é uma história de amor entre os filhos de duas rivais. Como as duas últimas semanas já provaram, a mídia adora essa merda tipo Romeu e Julieta.

— Não é uma boa comparação para me convencer. Romeu e Julieta morreram.

— Semântica. Você sabe que estou certo.

Massageio a garganta, no ponto em que ainda sinto o ardor do álcool, e tento pensar em como vou lidar com isso.

Casamentos por conveniência não são ocorrências desconhecidas no Olimpo, em particular entre as famílias dos Treze. Todo mundo está sempre disputando poder, muitas vezes por meio de alianças, e usar o casamento para selar uma é uma prática antiga. Mas é que... mesmo com as evidentes articulações de minha mãe, eu achava que evitaria me casar com alguém que tem a intenção declarada de me prejudicar. É o padrão mais baixo possível, mas aqui estamos.

— Está falando sério? — pergunto por fim.

— Estou.

Isso não precisa ser uma armadilha elaborada. Ele já me trouxe ao distrito dos galpões, e, pelo jeito das ruas dos arredores, têm muitos becos onde ele pode jogar meu corpo sem ninguém ver. *Eu* abri caminho para que isso acontecesse sem gerar consequências e não posso culpar ninguém por minha ingenuidade, exceto eu mesma.

Não, a única coisa que faz sentido é que Eros está mesmo se oferecendo para casar comigo. Ele tem razão, de certa forma; se fizermos os movimentos certos, ficaremos intocáveis. Não tem muita coisa que o Olimpo ame mais que fofoca. Um casamento secreto entre mim e Eros causaria comoção, as pessoas praticamente se atropelariam para publicar a notícia em primeira mão. O fato de *ainda* haver comentários sobre aquela foto é prova disso. Daí em diante, conquistar o apoio das pessoas vai ser brincadeira de criança, todos vão torcer por nós de longe. Se alguém nos prejudicasse de algum jeito nesse estágio, o Olimpo teria uma revolta nas mãos e nem os Treze poderiam sufocá-la. Seriam forçados a responder as perguntas incômodas sobre o que acontece longe dos olhos do povo, e ninguém deseja isso.

Nem Afrodite.

Então, sim, o plano pode dar certo. Só tem uma questão gritante. Comprimo os lábios e examino Eros. Ele é atraente, sim, mas nem a aparência impecável consegue dispersar a aura de perigo em seu entorno.

— Ninguém vai acreditar que perdeu a cabeça e se casou com *alguém* de repente. Você é frio demais para algo assim. Você não faz o jogo da mídia, e ela se ressente por isso.

— Não faço o jogo porque o acho chato, não por ser incapaz.

Eros é tão confiante que quase acredito nele, mas isso pode ser um tiro no pé de uma dúzia de maneiras diferentes, e isso sem nem pensar muito no assunto. Sei que *eu* consigo fingir; é o que faço desde que minha mãe se tornou Deméter e arrastou a família para longe da nossa idílica vida no campo e para o ninho de cobras que é o Olimpo.

— Prove.

A mudança é quase instantânea. Eros sorri para mim, e é como se o sol tivesse saído de trás de uma nuvem. O sorriso ilumina seus olhos e o rosto todo. Ele se inclina sobre a mesa e segura minhas mãos.

— Eu amo você, Psiquê. Casa comigo.

Sinto um arrepio, e meu coração bate tão forte que consigo ouvir a pulsação dentro dos ouvidos. Mesmo sabendo que é uma farsa, não consigo evitar uma reação.

— É o suficiente, acho — respondo, a voz fraca.

E, sem esforço, ele vira a chave e a frieza retorna ao seu rosto.

— Como eu disse, sei fingir.

Não quero fazer isso, mas minhas opções estão entre ruim e péssima. E isso significa que não tenho escolha. Mesmo assim, preciso insistir:

— Por que faria isso? Por que não fazer o que sua mãe quer?

— Diferentemente de minha mãe, sou capaz de deixar as emoções de lado e raciocinar de um jeito lógico. — Quase dou risada; não consigo nem imaginar Eros experimentando emoções. Ele continua, me observando com atenção: — Se alguma coisa acontecer com você, sua mãe vai perder a cabeça e virar a cidade de cabeça para baixo até encontrar o culpado. Existe uma pequena chance de ela encontrar um rastro que a traga até mim. Não acho que seria divertido.

Quando ele coloca as coisas desse jeito, tudo faz sentido. Talvez não seja capaz de deter a mãe, mas sabe que *ele* vai ter de arcar com as consequências se levar isto adiante.

— É o único motivo?

Eros desvia o olhar, o primeiro sinal de que talvez não tenha um controle tão perfeito assim sobre si mesmo.

— Não tenho consciência, portanto, não perca tempo com ideias esquisitas.

— É claro que não — murmuro.

— É horrível ter de fazer isso depois de você ter me ajudado — ele fala, tão baixo, que as palavras quase se perdem no murmúrio geral do bar.

Não consigo decidir se esse reconhecimento melhora ou piora a situação. É óbvio que não é algo que eu possa tentar usar como vantagem, não depois de ele ter sido tão objetivo sobre suas intenções. Não importa se Eros acha isso horrível; vai fazer do mesmo jeito. Suspiro.

— Concordo, mas só com uma condição.

— Você parece ter a impressão equivocada de que tem alguma coisa com que negociar.

O medo tenta bloquear minha garganta, mas abro caminho à força mediante a reação instintiva que tenta sufocar minhas palavras. Não posso permitir que o medo me domine agora. Só tenho uma chance e preciso arrancar dele todas as promessas que puder.

— Nós dois sabemos que tenho.

Depois de um bom tempo, ele olha para mim e abaixa a cabeça.

— Qual é a condição?

— Não vai fazer mal à minha família. Nem às minhas irmãs nem à minha mãe. Não vou usar esse escudo só para uma delas levar o tiro.

Ele hesita, mas por fim concorda com um movimento de cabeça.

— Tem a minha palavra.

Não sei se isso é suficiente, mas não posso redigir um contrato e... falando em contratos! *Cacete.*

— Também preciso de um acordo pré-nupcial.

— Não.

Faltam dois anos para eu completar vinte e cinco anos e ter acesso ao fundo que minha avó deixou para mim. Não é uma quantia insignificante; pessoas foram mortas por menos. Por outro lado, suponho que Eros tenha alguma coisa semelhante em seu nome. Não importa o que mais é verdadeiro sobre Afrodite, todos sabem que a fortuna dela pode competir até com a de Poseidon. Uma das vantagens desse título em particular é o dinheiro ligado à *Afrodite*, não à pessoa que o personifica. Mas as últimas três pessoas que se tornaram Afrodite garantiram a tranquilidade dos filhos, então não há motivo para pensar que com Eros seja diferente.

— Por que não?

— Porque isso é um romance avassalador, e pessoas apaixonadas o suficiente para correr ao altar não pensam em redigir acordos pré-nupciais.

Droga. Ele tem razão.

— Certo.

— Se já estamos de acordo, vamos embora. — Eros se levanta da mesa e estende o braço. — Meu carro está na rua de trás.

Seguro sua mão com cautela e lhe permito me puxar do assento a fim de me colocar em pé. Espero que ele me solte, mas Eros só entrelaça os dedos nos meus e se dirige ao retângulo escuro de sombras no fundo do bar. Quando nos aproximamos, noto que ali tem uma saída. Só quando percorremos o corredor estreito e sombrio e passamos pela porta estreita, percebo que isso também pode ser uma armadilha.

Tento parar onde estou, mas Eros me puxa com facilidade, sem perder o ritmo. Ele é mais forte do que parece. O pânico ameaça me dominar, e tento regular a respiração.

— Eros...

— Dei minha palavra, Psiquê. — Ele me conduz pelo ar gelado da noite. O terreno é escorregadio sob minhas botas, mas ele não parece ter problemas com isso. — Sei que ela não significa merda nenhuma pra muita gente, mas significa muito para mim.

É evidente que não aprendi a lição, porque acredito nele. Mesmo sabendo que é capaz de mentir com muita eficiência, a expressão estranha em seu rosto quando eu disse que acreditaria em sua palavra é suficiente para me convencer de que ele está dizendo a verdade.

Fiz minha escolha. Não foi exatamente uma escolha, mas vou sustentar a decisão. Só quando entro em seu carro esportivo requintado é que realmente me dou conta das implicações do que aceitei fazer.

Eros liga o motor, e eu olho para ele.

— Não podemos contar a verdade a ninguém.

— Para quem eu contaria? — Sua voz assume um tom muito casual, como se fosse óbvio que não existe ninguém próximo o bastante em quem confiar, alguém para quem queira contar o que está acontecendo. Sei que não tem irmãos, mas com certeza tem amigos. Eu o vi muitas vezes com os irmãos Kasios, mas amizades nos círculos mais altos do Olimpo costumam ser mais alianças políticas do que outra coisa.

Eros põe o carro em movimento.

— Isso significa que não vai contar para suas irmãs.

— É um pouco mais complicado que isso. Elas não vão acreditar que tive um romance avassalador. Nós contamos tudo umas às outras.

— Tudo? — Ele para em um cruzamento e olha para mim. A luz vermelha do semáforo dança em seu rosto e destaca os lábios sensuais.

Deuses, que homem bonito. Sempre acho que estou me acostumando com isso, mas, a cada vez que olho para ele, sofro o choque de novo. Isso vai perder força. Precisa perder. Não me imagino em contato próximo com ele por um período prolongado e ainda ser afetada nesse nível. Tem muita gente bonita nesta cidade e não é por isso que perco a cabeça. Ele vai fazer parte desse grupo em uma semana. Espero.

Ele falou alguma coisa?

Tento me recuperar.

— Sim, tudo. Elas não vão acreditar em um relacionamento secreto.

— Convença-as, Psiquê. Se alguém souber que isso não é de verdade, nós dois vamos pagar caro.

O peso do que estamos fazendo me faz escorregar para baixo no assento desconfortável. Mudo de posição, mas não melhora muito.

— Quanto tempo?

— Quanto tempo o quê?

— Quanto tempo isso vai durar?

— O tempo que for necessário.

Eu o encaro.

— Não chegou nem perto de ser específico o bastante.

— Tudo bem. — Eros dá de ombros. — Até minha mãe não ser mais Afrodite.

Acho que é o mais razoável, mas ainda pode ser muito tempo. Só existem três jeitos de um dos Treze perder seu título: morte, exílio ou aposentadoria. Posso contar nos dedos quantos escolheram a terceira opção na história do Olimpo. Um grupo um pouco maior foi forçado a se aposentar por degeneração da saúde física ou mental que os impedia de cumprir seus deveres. Os números ainda não estão a nosso favor. Afrodite não vai deixar o cargo de maneira voluntária e ela tem cinquenta e poucos anos. Se ninguém interferir, pode permanecer na posição por décadas.

Não posso passar décadas encenando um casamento. *Não posso.* Mal me permiti começar a sonhar com um amor, uma família e tudo que isso representa. Se passar vinte anos casada com Eros, nunca vou viver esses sonhos. Só de pensar sinto um aperto no peito de um modo que dificulta minha fala:

— Você não vai matar Afrodite.

— Ela é um monstro, mas é minha mãe. — E faz uma curva, seguindo na direção norte. — Também não vou permitir que você faça alguma coisa que a ponha em perigo.

Isso limita nossas opções consideravelmente. Miro pela janela. Quanto mais nos afastamos dos galpões, mais os prédios nas ruas se tornam diferentes. As grades desaparecem das janelas. As ruas são mais limpas. Quando entramos nos quarteirões dos arredores da Dodona Tower — onde fica o centro de poder de Zeus —, as lojas adquirem uma estética uniforme que é tão sem personalidade quanto impecável.

Vários quarteirões a noroeste da torre, Eros entra em uma garagem subterrânea. Consigo permanecer em silêncio até ele estacionar o carro e desligar o motor. Ficamos ali sentados por um momento, e o ar parece ficar mais pesado entre nós. Não consigo fitá-lo. É muito perigoso, muito volátil. As palavras borbulham, escapam antes que eu consiga pensar melhor nelas.

— Sabe, acabei de me dar conta de que já quebrei a regra de não ir a outro lugar com alguém cuja intenção é me fazer mal.

Eros olha para mim de um jeito estranho.

— Você sempre faz piadas ruins quando fica nervosa?

— Não. Nunca. Mas também nunca fui ameaçada de morte, então existe uma primeira vez para tudo.

— Vamos conversar lá dentro.

Desço do carro e avalio o espaço à minha volta. O prédio onde minha mãe mora fica a alguns quarteirões do centro da cidade, e, embora seja agradável, é muito evidente que nosso bairro não tem o mesmo interesse em acompanhar o que os Treze consideram bonito. Minha mãe gosta de ficar perto da área agrícola, para quando houver questões inevitáveis lá, ela poder chegar rápido de carro. Nossa vizinhança e nossa casa são caras, porém discretas.

Não há nada de discreto neste lugar. Até a garagem cheira a riqueza, desde a fileira de automóveis absurdamente caros até a iluminação forte revelando tudo e a área envidraçada dos elevadores. Tem até um guarda de segurança em uma guarita de vidro, um homem branco em um uniforme preto comum. Olho para Eros.

— Essa segurança é realmente necessária?

— Depende da pessoa para quem você perguntar. — Eros abre a porta de vidro para o espaço que abriga o elevador e recua um passo, deixando-me passar primeiro. Enlaça minha cintura com um braço e quase saio do meu corpo. Tenho de fazer um esforço enorme para não empurrar seu braço e relaxo como se sentir o toque de Eros fosse algo que acontece o tempo todo.

Entramos no elevador, e quase nem espero a porta fechar para tentar me afastar. Eros só me segura com mais força.

— Têm câmeras.

Certo. Eu devia ter pensado nisso. É claro que há câmeras cobrindo cada centímetro de espaço público neste edifício. Falo por entre os dentes, mas espero dar a impressão de um sorriso.

— Ainda não começamos com isso.

— Começamos no segundo em que você disse "sim". Relaxa e para de ranger os dentes. — Eros sorri para mim, seu sorriso de mentiroso com olhos brilhantes e lábios encurvados. — Afinal de contas, estamos apaixonados.

7

EROS

Tocar Psiquê foi um erro. Ela é tão macia que tenho uma necessidade quase incontrolável de passar as mãos por todo o seu corpo e... Porra, preciso me controlar. Sentir atração por ela é útil para a mentira que estamos criando, mas perder o controle é inaceitável.

Minha mãe vai ficar furiosa.

Melhor não dividir essa informação. Ela detém a maioria das cartas, e tenho tão poucas que existe uma chance muito real de ela jogar a cautela ao vento e me exilar por isso. Por mais inconsequente que seja, ela vai perceber que esse casamento não é de verdade. Não que faça diferença. Para Afrodite, não importa se estou perdidamente apaixonado pela filha de Deméter ou criando uma farsa, uma manipulação. Ela só se importa com seus resultados.

Não, Deméter é a pessoa a quem temos de convencer. Preciso dela ao meu lado e preciso disso para ontem. Se ela estiver ao meu lado — ao nosso lado —, vai poder interferir e nos proteger de um jeito que nem eu posso. Sou apenas o filho de Afrodite. Deméter faz parte dos Treze e tem mais poder e alianças do que qualquer pessoa.

Existe um motivo para Afrodite odiá-la tanto, afinal.

Minha mãe me penduraria no varal se achasse que isso poderia favorecê-la de algum jeito. Deméter ameaçou matar de fome metade da cidade para trazer Perséfone de volta, para tirá-la de Hades — e cumpriu a ameaça. Se não fosse pela precaução de Hades, as pessoas poderiam ter morrido. Então, sim, precisamos convencer Deméter de que estamos irremediavelmente apaixonados, de forma que os lendários instintos maternais superprotetores entrem em ação. Uma missão impossível, mas, se tem alguém capaz de realizá-la, somos eu e Psiquê.

O elevador para em meu andar, e a porta desliza em silêncio. Minha suíte ocupa toda a cobertura, por isso aqui só tem um pequeno espaço com uma porta. Solto Psiquê e destranco a porta.

— Bem-vinda ao lar.

Espero que continue a mostrar nervosismo e as garras na mesma medida, mas ela olha para mim com um sorriso largo.

— Obrigada, baby. Estou muito feliz.

É mentira. *Sei* que é mentira. Mas isso não diminui em nada a força da minha resposta. Balanço o corpo para trás e tenho de cerrar os punhos para não a tocar. Ela me odeia, e não sei o que sinto por ela de maneira geral, mas há química suficiente entre nós para deixar tudo complicado. Não deixei de notar como os olhos dela buscam minha boca a todo instante, como se não fosse capaz de parar de fitá-la.

A atração na noite da festa não foi fruto da minha imaginação.

Não estou surpreso; tenho acesso a um espelho, afinal. A aparência é uma arma tão boa quanto qualquer outra do meu arsenal. As pessoas veem um rosto bonito e são condicionadas a esperar certas coisas, o que significa que não procuram o perigo abaixo da superfície. Se Psiquê faz parte desse grupo dos que me acham atraente, melhor. Vamos viver bem próximos e de um jeito muito pessoal por um bom tempo.

Talvez eu não devesse estar tão animado com isso. E com certeza não deveria pensar em como posso pôr as mãos no corpo dela de novo, rapidamente. Preciso ser melhor que isso. Para o nosso plano dar certo, nenhum dos dois pode se distrair.

Psiquê entra em minha casa e assobia.

— Você entrou mesmo no personagem playboy milionário quando decorou isto aqui, não foi? Faltou refinamento.

A nuvem de luxúria se dissipa um pouco. Tento ver a cobertura de seu ponto de vista. É repleta de coisas caras, sim, mas aposto que a casa da mãe dela também é.

— O que tem de errado na decoração?

Ela sorri e abre os braços para mostrar a sala toda.

— Qual é o nível de narcisismo de uma pessoa para ter um hall hexagonal com espelhos *em todas as paredes*?

— Não são todas. Só em quatro. — As outras duas são ocupadas por portas, a que se abre para o elevador e a que leva ao interior da cobertura. Minha pele esquenta, e desta vez a culpa não é do desejo. — Minha mãe acha muito importante provocar uma primeira impressão marcante.

— Sua mãe gosta de ser o centro das atenções, mesmo que ela seja a única pessoa na sala — Psiquê fala com um ar sério. Antes que eu consiga pensar em uma resposta, ela chega mais perto do espelho mais próximo. São superfícies enormes que cobrem a parede do chão ao teto e têm molduras de metal. — Eros, isto é ridículo. — Ela desliza os dedos na moldura esculpida para parecer penas agrupadas. — Lindo trabalho, mas completamente ridículo.

— Agora está sendo crítica. — Sei que é uma reação defensiva, mas não consigo evitar. Assim como não consigo deixar de olhar para Psiquê e seus vários reflexos em movimento pela sala, parando diante de cada espelho para examinar as diferentes molduras. Penas, adagas, corações partidos e um punhado de flechas.

Psiquê toca a ponta de uma flecha.

— Afiada.

— Como eu disse, minha mãe gosta de impressionar.

Psiquê balança a cabeça.

— Tudo bem, me mostra tudo. Preciso saber quais outras monstruosidades existem neste lugar, antes de seguirmos adiante.

Sei que ela está usando humor para lidar com as ocorrências inesperadas que a noite trouxe, mas me irrita mesmo assim.

— Não *preciso* me casar com você. Sabe disso, não é?

— Mas eu acho que precisa. Você não é o tipo de pessoa que faz qualquer coisa sem um bom motivo, e não é porque uma vez fui legal com você durante quinze minutos em uma festa. Não precisa me contar, mas vamos parar de fingir que isso é unilateral, está bem?

Esse é o problema; não sei se *tenho* um motivo mais sério para me envolver nisso com ela. Talvez Psiquê não perceba a grandiosidade daquele momento porque está habituada a andar pela vida distribuindo pequenas bondades regularmente. Mas o *meu* mundo não é assim. Se eu admitir como aquele momento significou tanto para mim, ela vai rir na minha cara, e não poderia condená-la por isso. Que tipo de monstro sou, um que hesita em esmagar uma rosa? Não gosto de pensar no mundo sem sua presença radiante. Se quero mantê-la viva, inteira, essa é a única opção para nós.

Se eu fosse um bom homem, me ofereceria para ajudá-la a sair do Olimpo. O exílio é duro, mas Psiquê é uma mulher inteligente que em breve terá acesso a um gigantesco fundo fiduciário. Sentiria falta da família, iria sobreviver. Minha mãe não se importa com nada que acontece fora dos limites da cidade — não quando é tão difícil entrar no Olimpo e sair dele —, portanto, esse seria um plano tão perfeito quanto pode ser.

Seria... se não a pusesse fora do meu alcance também.

Eu a quero. Quero com uma intensidade que não faz sentido, mas que não posso negar. E pretendo tê-la.

Psiquê percorre o espaço, observando tudo, e vou atrás dela, ouvindo os comentários engraçadinhos sobre o piso preto que reveste todo o apartamento, as cortinas vermelhas e grossas que cobrem as janelas panorâmicas, os espelhos presentes em todos os cômodos. Ela até espia o interior da geladeira, antes de olhar para mim por um longo instante.

— Você tem um chef de cozinha. Interessante. Pensei que fosse paranoico demais para deixar muitas pessoas entrarem aqui.

Apoio o quadril na bancada da cozinha e cruzo os braços.

— Por que diz isso?

— Sua geladeira está cheia. Se comesse fora sempre, teria embalagens de delivery, ou nem teria nada. Os vegetais estão frescos, o que sugere que são de fato utilizados.

As deduções são boas, mas não explicam como ela chegou à conclusão sobre o chef.

— E?

Psiquê consegue me olhar de cima, apesar de ser uns quinze centímetros mais baixa que eu.

— Por favor, Eros. Alguém que requer tanto cuidado quanto você não cozinha para si mesmo.

— Está se precipitando de novo.

Ela franze a testa, e até isso é bonitinho.

— Não me diga que sabe cozinhar.

— Sei. E sou bom nisso. — Ela continua com a testa franzida, e eu explico: — Acertou sobre eu não gostar de pessoas em minha casa, e cozinhar é um jeito de relaxar.

A expressão desconfiada desaparece, substituída por outra de muita curiosidade.

— E os outros jeitos?

— Eu malho. — Olho diretamente para ela. — Transo.

Seu rosto fica vermelho, o que é fascinante. A única outra coisa que a deixou tão agitada foi a ideia da própria morte. Perceber que a afetei reforça minha suspeita crescente de que ela se sente tão atraída por mim quanto eu por ela.

— Isso não funciona.

Reajo confuso.

— Funcionou bem para mim até agora.

— É claro que funcionou. — Psiquê se recupera depressa e faz um gesto de desdém. — Sexo é excelente para aliviar o estresse.

Eu me afasto do balcão e me aproximo dela. Devagar. Dando tempo para que me veja chegar e decida o que fazer.

— Você trepa, Psiquê?

— Não é da sua conta. — Sua voz fica um pouco ofegante quando paro diante dela, inclino-me e apoio as mãos na bancada, uma de cada lado do quadril generoso. — O que está fazendo?

— Treinando. — Sou um excelente mentiroso, mas essa é uma razão tão boa quanto qualquer outra. — Não pode pular de susto toda vez que eu me aproximar de você. Ninguém vai acreditar que estamos trepando como coelhos se continuar sobressaltada. — A cada vez que falo em *trepar*, ela se encolhe um pouco. — Não vai funcionar. Não mesmo.

Ela levanta as mãos com cuidado, quase como se esperasse levar uma mordida, e as apoia em meu peito.

— Pronto? Podemos continuar a conversa agora?

Que conversa? Não consigo encadear dois pensamentos enquanto ela me toca, e Psiquê não está fazendo nada além de tocar meu peitoral como se pretendesse me empurrar. Travo uma batalha corajosa contra o meu corpo para não reagir como um adolescente cheio de tesão ao ser tocado pela primeira vez. Nunca fui tão ridículo, nem quando tinha dezesseis anos. O fato de ela me afetar nesse nível não é um bom indício de sanidade. Estamos encrencados.

Beija ela.

Seduz.

Isso vai ajudar a superar a obsessão.

Ignoro a tentação sussurrada e tento me concentrar.

— Que conversa?

— Não pode transar com ninguém. — Os dedos deslizam um pouco sobre minha camisa. — Não curto poliamor, e toda minha família sabe disso. E elas também sabem que eu castraria um parceiro que tenha me traído, jamais continuaria com ele. Não pode ficar com mais ninguém enquanto formos casados.

Para ser honesto, não planejava isso. Sexo é exatamente o que eu disse que era: uma ferramenta para me ajudar a relaxar. Eu me divirto. Minhas parceiras se divertem. Todo mundo tem expectativas nítidas. Pode parecer que uso as pessoas, mas a verdade é que não sou nenhum troféu, e as pessoas no Olimpo sabem disso. Qualquer mulher que eu tente namorar é obrigada a lidar com a sogra que veio do Tártaro, e ainda nem começamos a falar da minha reputação de capanga da minha mãe. Sou o cara com quem elas trepam, o cara que lhes leva para conhecer o lado mais selvagem da vida, antes que sigam em frente em busca de opções mais seguras e de estabilidade. É assim, e isso sempre foi suficiente para mim.

Mas isso não significa que vou confessar a verdade a Psiquê sem nenhum incentivo. Não se estamos em outra negociação.

— Psiquê. — Gosto do sabor de seu nome em minha boca. Desconfio de que vou gostar ainda mais do gosto *dela*. — Tenho necessidades.

— Sugiro que se entenda com sua mão então. — Ela tem um jeito de expressar sua teimosia com as sobrancelhas que me agrada demais. — Ou, se tiver gostos mais sofisticados, posso comprar para você um daqueles brinquedos que imitam seu buraco preferido.

A surpresa me faz gargalhar.

— Ficaria contente com sua mão ou com um brinquedinho que vibra?

— Já vivi períodos de abstinência antes. Nos últimos meses, esses períodos têm sido mais a regra do que a exceção. — Ela dá de ombros como se isso fosse um fato da vida, não uma tragédia.

Deslizo as mãos para mais perto dela, pressionando os antebraços contra seus quadris. Psiquê dá um pulinho, e eu arqueio as sobrancelhas.

— A única maneira certa de você se acostumar com a ideia de sentir meu toque é terapia de exposição. Sexo vai acelerar o processo.

Ela olha para mim e pisca aqueles grandes olhos cor de avelã.

— Desculpa, acho que não ouvi direito. Tive a impressão de que acabou de sugerir sexo com você como forma de terapia de exposição.

— Foi o que sugeri.

— Você se acha o máximo, não é?

Não consigo decidir se ela está sendo sarcástica ou não, por isso ignoro a pergunta.

— Você me atrai. E sei que não me acha inteiramente repulsivo.

— Caramba, você *realmente* se acha o máximo.

— Estou estabelecendo fatos. Sexo é o jeito mais fácil de acelerar os resultados que queremos. — O jeito mais fácil de conseguir exatamente o que *eu* quero.

Talvez seja só mais um encontro sexual. Desejo, sexo, acordar na manhã seguinte com aquela necessidade atendida. Nunca mais precisamos fazer isso de novo; somos mais que capazes de compartilhar o mesmo espaço sem tornar as coisas desconfortáveis. Ela é boa demais nesse jogo para agir de outro modo, e controle nunca foi um problema para mim.

Até agora.

— Não. De jeito nenhum. Não sei o que vê quando olha para mim para pensar que eu transaria com um homem que estava decidido a me matar uma hora atrás, mas tenho parâmetros mais altos que isso. — Ela faz uma leve pressão em meu peito. — Para trás, Eros. Agora.

Faço o que ela pede e me deixo ser empurrado vários passos para trás. Quero essa mulher na minha cama, mas ela também precisa querer.

— Não podemos sair deste apartamento até você conseguir reagir com tranquilidade ao meu toque.

— Vou estar tranquila com isso de manhã. — Ela olha em volta. — Tem um quarto de hóspedes?

— Psiquê. — Espero até que olhe para mim. Tenho um quarto de hóspedes, e é mais do que adequado para as necessidades dela. Mas quero Psiquê na minha cama e vou jogar sujo para isso, mesmo que seja só para dormir. — Eu estava falando sério sobre terapia de exposição. Se não for sexo, dormir na mesma cama já ajuda.

— Não.

— Não é negociável.

— Existem muitos casais que não dividem o quarto. Minha mãe e o segundo marido dela nunca dormiram juntos.

Levanto as sobrancelhas.

— A sua existência e a de Perséfone sugerem o contrário.

É muito fofo quando ela fica vermelha.

— Vou fingir que você não disse isso. Para de tentar me distrair.

— Amor ardente — falo as palavras devagar. — Se perdemos a cabeça a ponto de apressar um casamento, vai ser estranho se você pular de susto toda vez que eu tocar em você.

— Eu resolvo isso. Não precisamos dormir na mesma cama para alcançar nossos objetivos.

Estou cansado dessa discussão.

— Não quer jogar? — Aponto para trás de mim. — A porta fica ali. Não vou fazer nada com você, mas minha mãe *vai* mandar outra pessoa. Se quer testar suas chances de sobrevivência em uma semana, fique à vontade. — É um blefe. Não posso deixá-la ir. Não quando as consequências para nós dois são tão sérias.

Psiquê olha para mim como se me odiasse, mas vou sobreviver, porque ela se vira na direção do corredor que leva ao interior da casa.

— Vamos terminar a visita a esta monstruosidade de cobertura.

8

PSIQUÊ

Depois de ver o restante da cobertura de Eros — cada cômodo mais dispendioso e requintado que o anterior —, enfim, consigo desgrudá-lo de mim e me escondo no banheiro da suíte principal. É tão ridículo quanto todo o resto, com um box azulejado grande o bastante para acomodar seis pessoas, com uma dezena de chuveiros posicionados em diversos pontos estratégicos. O azulejo é bonito, mas nunca vou dizer isso em voz alta. Parece quase quartzo-rosa, e o brilho contrasta com o do revestimento cinza ardósia do chão. As duas pias são pretas e profundas, com torneiras acionadas por movimento. É claro.

E os espelhos.

Deuses, há muitos *espelhos* neste lugar.

Posso ter mais espelhos do que preciso na casa de minha mãe, mas isso supera qualquer coisa. São todos enormes, com molduras ornamentadas. Talvez não fossem tão exagerados se houvesse qualquer outra decoração neste lugar. Mas não. Só tem espelhos e mobília minimalista, o que me traz a sensação de que entrei em uma estranha galeria de arte. É atraente e caro, mas sem personalidade.

Tenho certeza de que revela alguma coisa sobre Eros, mas estou cansada demais para ligar os pontos agora.

Escovo os dentes com a escova que ele me deu, basicamente para ter alguma coisa com que me ocupar, e olho para o meu reflexo no espelho principal do cômodo. É amplo e horizontal, acompanha todo o comprimento da bancada, e a moldura é de um metal preto e simples que brilha em contraste com o azulejo. Suspiro. Esta noite virou meus planos de cabeça para baixo, mas não há nada a fazer. Sei quando é hora de assimilar o golpe, mesmo que seja um nocaute. Em algum momento vai haver uma saída, mas no momento o único caminho possível é me casar com Eros.

Casar com Eros.

Eu daria risada se tivesse fôlego. Eu sabia que ele era atraente. Tenho olhos. *É claro* que sabia que ele era atraente. Mas saber não me preparou para a força de sua personalidade quando ele direciona toda a sua atenção para mim. Eros não é afetuoso — não acredito que seja capaz de afeto verdadeiro —, contudo a sexualidade intensa que exala dele é suficiente para derreter toda a minha lógica e deixar só a necessidade básica.

O motivo para eu pular de susto toda vez que ele me toca não é porque acho o contato repulsivo. É justamente o contrário. Toda vez que seus dedos me tocam ou que ele me envolve com um braço, é como se um raio me atingisse.

Ele quer sexo.

Ele quer *dormir comigo*.

Ter autoconsciência significa que conheço todos os meus pontos fracos com a mesma exatidão com que conheço meus pontos fortes. Sou inteligente, hábil e excelente em criar uma imagem pública para mim. Também estou solitária, exausta e não sou muito boa em separar sexo de sentimento. Aprendi isso com meu primeiro namorado e nunca mais esqueci a lição. Transar de maneira casual pode servir para outras pessoas, mas nunca vou conseguir. Fico muito envolvida. Por isso, tenho de examinar com todo cuidado qualquer pessoa por quem me interesse, e é por isso que minha vida romântica tem estado relativamente inexistente no último ano. Se não posso confiar em uma pessoa a ponto de saber que ela está interessada de verdade em *mim*, e não em obter algum favor de minha mãe ou me usar de algum jeito, então não posso me dar ao luxo de dormir com essa pessoa e deixar meu raciocínio lógico ser posto de lado.

Vou precisar de cada fragmento de lógica, precaução e artimanha de que sou capaz para sobreviver a esse casamento com Eros. Não posso cometer nenhum deslize que acabe baixando minha guarda.

Por mais que esteja atraída por ele.

Fecho os olhos e me preparo. Muito bem, tomei essa decisão. Agora só preciso mantê-la. Eu consigo. Lido com personalidades fortes desde que nasci; esse rótulo serve para qualquer membro da minha família e todas as pessoas que conheci no Olimpo. Vou lidar com Eros assim como lidaria com qualquer outra pessoa. Só preciso encontrar o ângulo certo para exercer pressão e convencer Eros a fazer exatamente o que quero.

Transferir o poder dessa parceria para mim, pelo menos um pouco.

Com isso em mente, eu me aproximo da porta e a abro... e dou de cara com Eros deitado na cama, vestido apenas com uma calça de moletom. Paro onde estou. Ele ficou bonito de smoking e perfeito em um terno cinza. Não devia conseguir ficar melhor que a perfeição. Não é nem um pouco lógico, mas, de algum jeito, Eros é muito pior de calça de moletom confortável. E ele está *descalço*.

Olho para seus pés. São bonitos, acho. Não sou o tipo de pessoa que tem opiniões fortes sobre pés, mas essa vulnerabilidade casual simboliza um tipo de intimidade que dispara todos os alarmes de alerta em minha cabeça.

— O que está fazendo?

— Está tarde. Estou cansado. — Ele bate na cama a seu lado, e os músculos de seu braço se contraem, o que chama minha atenção para a beleza do peitoral, o que me leva a olhar mais para baixo...

Desvio rapidamente o olhar da direção de seu quadril.

— Ainda precisamos conversar.

— A gente conversa amanhã. Hoje não tem mais nada a ser dito. — Não consigo enxergar muito bem seus olhos azuis daqui, mas a boca tem uma dureza que me indica que essa não é uma batalha que vou vencer. Eros bate na cama de novo, dessa vez com autoridade. — Vem cá, Psiquê.

Vou passar um bom tempo dormindo ao seu lado. Suponho que seja lógico começar hoje.

— Eu geralmente durmo nua.

Deuses, por que disse isso em voz alta?

— Eu também, mas você excluiu a possibilidade de sexo, por enquanto, então acho prudente continuar vestido.

Prudente. Engulo uma gargalhada quase histérica e me dirijo à cama. Sei que é tudo coisa da minha cabeça, porém, quanto mais me aproximo dele, mais o ar parece engrossar à minha volta. Se está me puxando ou me empurrando para longe, ainda não ficou nítido. Relutante, abro o botão da calça jeans. Posso estar cansada demais para insistir em não dormir com ele, mas tem uma coisa que não posso deixar passar.

— Para sua informação, excluí a possibilidade de sexo permanentemente.

— Esse é um assunto aberto a debate.

— Não, não é. — Não pode ser. Deslizo a calça para baixo, dolorosamente consciente do olhar intenso de Eros. Ficar seminua perto de uma pessoa nova é incômodo e faz eu me sentir vulnerável de um jeito que odeio. E isso acontece mesmo quando é com alguém em quem confio o suficiente para manter um relacionamento físico. Eu me preparo para fitá-lo, sem saber o que esperar. Já vi as pessoas de quem Eros se cerca. São todas o auge do que o Olimpo considera perfeição física. Corpos magros. Pele impecável. Beleza de um jeito muito específico.

Não sou nada disso. Isso é algo de que me lembro constantemente, em especial com a vida pública que escolhi. Não há escapatória para como as expectativas da sociedade encontram minha realidade.

Amo meu corpo. Lutei muito para amar meu corpo, embora em alguns dias isso pareça mais uma ambição que uma verdade. Ainda tenho a dolorosa consciência de que nem todo mundo se sente assim.

Depois de um breve debate comigo mesma, tiro o suéter e fico de regata e calcinha. Como me recuso a dormir de sutiã, tiro a peça sem despir a camiseta.

Não tem mais nada com que eu possa ganhar tempo, então, finalmente olho para Eros.

Ele me observa como se quisesse me consumir mordida a mordida, saboreando cada pedaço. Cada músculo em seu corpo está travado, e não há como ignorar o volume rígido pressionando a frente da calça folgada. Luxúria. É pura luxúria, e é tão intensa que parece preencher o espaço entre nós.

Não posso permitir que Eros me toque de novo, sob nenhuma circunstância.

Pigarreio.

— Chega para lá.

— A cama é king size. Tem muito espaço. — De novo aquele tom brando, e o único sinal verbal de que não está indiferente é um leve aprofundamento no timbre. — Para de discutir comigo e vem para a cama, Psiquê.

A única coisa pior do que ir para baixo daquelas cobertas é ficar aqui parada, enquanto ele me devora com os olhos, por isso lhe obedeço. Por um momento, presumo que Eros vai dormir em cima das cobertas e criar a ilusão de separação entre nós, mas ele se levanta, afasta o edredom e o lençol e se deita ao meu lado.

Isso é uma má ideia. Correção: essa ideia é tão terrível que *má* nem começa a descrevê-la.

Amanhã...

Eu me sento de repente.

— Preciso dar uns telefonemas. — Qualquer coisa para adiar o momento de apagar a luz.

Eros se move mais depressa do que eu esperava, passa um braço em torno da minha cintura e me puxa para ele.

— Para.

Congelo. Puta merda, posso sentir o pau pressionado em minha bunda, e ainda tem toda aquela pele nua roçando em mim e, deuses, faz muito tempo que não toco ninguém desse jeito. Com certeza, é por isso que meu corpo está vibrando satisfeito nessa nova posição, apesar da cabeça gritar *perigo adiante*.

— O que está fazendo, Eros?

Sua respiração afaga a área sensível atrás da minha orelha.

— Em vez de dar todos esses telefonemas, vamos anunciar nosso relacionamento.

— Não temos um relacionamento. — Não sei por que estou discutindo. Esse é o plano, afinal.

— Agora temos.

Fecho os olhos, mas isso só fortalece o encantamento criado pela proximidade com ele. Eros ainda mantém o braço em torno do meu corpo, o que significa que seu antebraço pressiona meus seios e, deuses, meus mamilos endureceram embaixo da camiseta.

— Já falamos sobre isso. Minhas irmãs não vão acreditar nesse relacionamento, em especial se ele se tornar público antes de eu contar para elas que, ah, estou apaixonada por você.

— O que elas pensam importa menos do que a percepção que apresentamos. — Os lábios dele acabaram de tocar minha pele? Não consigo ter certeza. Só sei que estou tentando resistir aos arrepios.

— Isso não vai dar certo. Não pode nem mesmo ser considerado um plano.

— Está discutindo só por discutir, sabe disso. É perfeitamente capaz de lidar com Perséfone e suas outras irmãs do jeito que achar adequado. — Ele muda de posição, e o braço roça de leve em meus seios. — Além do mais, suas irmãs não fariam nada para colocar você em perigo, portanto, vão concordar com tudo até terem uma chance de conversar com você pessoalmente.

Eros não está errado. Odeio que não esteja errado. Reflito sobre a questão por um bom tempo, examinando cenários.

— Está propondo fazer o anúncio do relacionamento nas minhas redes sociais. — Faz sentido. Uma foto, e podemos anunciar o relacionamento e antever qualquer repercussão por parte de Afrodite. Isso só funciona se todo o Olimpo acreditar em nossa história de amor, e, para isso acontecer, o Olimpo inteiro precisa saber o que está acontecendo.

— Sim. As minhas estão abandonadas, infelizmente.

Talvez estejam, mas ele tem quase tantos seguidores quanto eu. É bom ser filho de Afrodite, ter o rosto de um deus e uma personalidade misteriosa. Mas Eros está certo. Se um de nós tem de anunciar nosso relacionamento ao mundo, essa pessoa sou eu.

Abro os olhos. Vou fazer isso de uma vez. Já me comprometi. Agora é só uma questão de fazer tudo direito.

— Tudo bem. Me dá uns minutos.

Eros me observa com uma expressão quase divertida quando pulo da cama e me movo pelo quarto, acendo algumas luzes e apago outras. Uso o celular para tirar fotos dele e testar a iluminação, depois o xingo mentalmente por ser tão fotogênico que cada foto parece perfeita para ser publicada em uma revista sobre playboys milionários em seu tempo livre.

Só preciso mover o abajur sobre a mesa de cabeceira para conseguir a luz que procuro. Não é perfeita, mas é quase. E, realmente, ninguém espera perfeição para o tipo de foto que estamos criando.

Recorro à pouca coragem que me resta e volto para a cama com Eros. Ele alisa meu cabelo para um lado e puxa a alça da minha regata um pouco para baixo, desnudando o ombro. Quase a puxo de volta para cima, mas queremos transmitir intimidade e uma atmosfera sexy, então, isso funciona.

Viro o celular e tiro algumas fotos, tentando não pular de susto quando ele beija a parte em que o ombro encontra meu pescoço.

— Para com isso.

— Tenho de caprichar para a câmera.

Olho as fotos.

— Está se aproveitando e sabe disso. Esse ângulo é horrível para ver seu rosto.

Eros me puxa para mais perto, segura meu queixo com uma das mãos e vira meu rosto para ele.

— Prepara a câmera — murmura, e olha para minha boca.

Eu não devia. Essa ideia é péssima. A pior de todas. Mas verifico o ângulo do telefone e olho para ele de novo. A intenção era que fosse um beijo rápido, só para tirar algumas fotos assim que os lábios dele tocassem os meus.

Eros não se contenta com isso. Ele morde meu lábio inferior, uma mordida firme o suficiente para me arrancar um gritinho, e aproveita que abri a boca para enfiar a língua ali. O sabor é o da pasta de dente de menta que usei no banheiro, e ele me beija como se isso fosse só o início da primeira batalha de uma guerra que ele espera ser longa.

Derreto. Não tem outra palavra para descrever o que acontece. Derrubo o celular e mergulho as mãos em seu cabelo encaracolado, permitindo que aprofunde o beijo ao passo que aquela vozinha no fundo da minha cabeça me chama repetidas vezes de burra.

Se ele me pressionasse ou acelerasse demais as coisas, talvez a razão interferisse e pusesse fim a essa loucura, no entanto, Eros parece satisfeito só por me beijar até ambos estarmos ofegantes e eu começar a tremer. Sinto o membro ereto no meu quadril, tão duro que tenho de fazer um esforço para não tentar tocá-lo.

Finalmente, ele levanta a cabeça e me contempla com aqueles olhos escurecidos pelo desejo, parece quase tão chocado quanto eu. A expressão se transforma de imediato, substituída por determinação. Ele recua devagar, e tenho de morder o lábio para me lembrar de que isso não é real, que não posso agarrá-lo e puxar seu corpo para cima do meu para terminar o que o beijo começou. Só quando está alguns centímetros longe de mim, ele fala:

— Suas palavras dizem uma coisa, mas seu beijo diz outra coisa inteiramente diferente, Psiquê. Sexo ainda é uma possibilidade, e você sabe disso.

9

EROS

Ao fim de uma noite de insônia ao lado de Psiquê, estou me amaldiçoando por não ter deixado as coisas saírem do controle, como nós dois queríamos. Ela estava como eu, arqueando as costas para colar o corpo exuberante ao meu tanto quanto podia. Bastaria um pequeno movimento e teríamos despencado no abismo.

Não sei por que me segurei. Eu me recuso a analisar meu raciocínio.

Dou uma olhada nas redes sociais dela, principalmente para me distrair da tentação de puxar o lençol para baixo, descobrir seus seios e só *olhar*. Ela é sexy para um caralho. Estar tão perto e não a tocar me faz sentir o sangue ferver, sem nenhum sinal de resfriamento próximo. Recuar ontem à noite foi mais difícil do que jamais vou admitir, em especial quando suas mãos começaram a tremer em meu cabelo e o quadril fez movimentos sutis me procurando.

Melhor não pensar nisso agora. Já estou sujeito a andar por aí sofrendo com uma ereção permanente; não preciso piorar a situação.

Apesar de a foto ter sido postada tarde da noite, ela já tem milhares de comentários e ainda mais curtidas. Os comentários chamam minha atenção. Intrigado, volto ao topo da tela e começo a descer devagar, lendo cada um deles.

Que merda é essa?

Psiquê se mexe ao meu lado. Percebo que fica tensa, mas relaxa ao perceber que mantive o espaço cauteloso entre nós. Ela boceja e cobre a boca com a mão.

— Que cara é essa?

Seguro o celular com força, o suficiente para haver um risco real de estraçalhar o aparelho.

— Mas que porra há de errado com as pessoas?

— Vai ter de ser mais específico.

Quase viro a tela do celular para ela, mas penso melhor no último instante. Não importa que Psiquê seja capaz de ver toda essa merda por conta própria; não vou lhe mostrar isso.

— As pessoas estão comentando muita merda naquela foto.

— Ah. — Um desânimo momentâneo surge em seu rosto, mas em seguida ela dá de ombros. — A primeira e mais importante regra da internet é jamais ler os comentários. Isso é muito mais importante para quem não se enquadra nos padrões tradicionais de beleza ou é marginalizado de algum jeito, mas a verdade é que até as modelos mais magras e mais lindas recebem comentários horríveis. Haters são sempre haters.

Como ela pode ter essa reação tão casual? Além disso quanto tempo demorou para construir essa muralha impressionante entre ela e os babacas na seção de comentários? Encaro o telefone.

— Não está certo.

— Não, não está. Mas você não pode fazer nada, e é contraproducente me aborrecer por causa de um desconhecido cuja opinião não tem a menor importância.

Olho novamente para o telefone.

— Talvez você não possa fazer nada, mas...

A mão dela cobre minha boca, e o toque leve dissipa minhas fantasias violentas. Psiquê me contempla com uma expressão desconfiada.

— Tenho certeza de que não ia dizer que pode descobrir quem são essas pessoas e ameaçá-las de algum jeito.

Como era exatamente isso que eu ia dizer, fico de boca fechada.

Ela não abaixa a mão.

— Temos batalhas maiores para travar agora. — Ela pega o celular com a mão livre e mostra para mim. São tantas mensagens e ligações que as notificações desaparecem da tela. — Precisamos conversar, e *não* sobre desconhecidos na internet.

A única razão para eu não ter tido nenhuma notícia de minha mãe até agora é que ela foi para um spa ontem e vai passar o fim de semana inteiro lá. É uma coisa que ela faz todo mês, e, por alguma *estranha* coincidência, essas ocasiões sempre se alinham com uma tarefa especialmente desagradável que atribuiu a mim. Afrodite nunca seria pega sem um álibi, e nesse caso isso vai funcionar a nosso favor. Minha mãe orienta sua assistente a postar fotos durante a estada no spa, mas se mantém intencionalmente inacessível.

Suspiro na mão de Psiquê e seguro seu pulso, afastando a mão do meu rosto.

— Precisamos nos casar o mais rápido possível. — Antes que minha mãe saia do spa e perceba o que fizemos. — De uma namorada ainda dá para se livrar. De uma esposa, não.

Ela faz uma careta.

— Sim, entendo. Estamos de acordo quanto a isso. — Psiquê olha para o próprio celular. — Vamos fazer aquelas coisas fofinhas de casal para o público depois da cerimônia, para vender de fato a ideia do romance.

Não peço explicações do que seriam as *coisas fofinhas*. Esse não é meu ponto forte, e sou o primeiro a reconhecer. No momento, a cerimônia de casamento é a prioridade. Quanto menos tempo minha mãe tiver para reagir, melhor. Mesmo assim...

— Eu estava falando sério ontem à noite. Não vamos sair do meu apartamento até você parar de reagir assustada a cada toque meu.

— Está me tocando agora.

Olho para ela.

— Você entendeu o que eu quis dizer.

Ela suspira.

— Tudo bem. Mas preciso retornar essas ligações, senão minha mãe e minhas irmãs vão aparecer aqui na sua porta. — Psiquê olha para a porta do meu quarto. — Honestamente, estou surpresa por

Calisto ainda não ter vindo. Ela está aprendendo a se controlar um pouco agora, com quase trinta anos.

A questão é que tenho a melhor segurança que o dinheiro pode comprar, e, embora Calisto Dimitriou seja formidável, ela não é Hermes. Mas espero *vê-la*. E logo.

— Vão querer entrevistar a gente.

— Já tenho seis pedidos. — Ela rola a tela do celular e senta na cama. A camiseta regata tem um decote perigosamente baixo, e os seios fartos distendem tanto o tecido que despi-la seria quase um ato de bondade. Psiquê suspira sem se virar para mim. — Para de olhar para os meus seios. Isso me distrai.

Não posso ficar na cama com ela. Se ficar, vou seduzir Psiquê e não vamos sair deste quarto por dias. Estou começando a aceitar que uma noite com ela não seria suficiente. Eu podia ter passado a noite beijando essa mulher. A conclusão não é confortável.

— Vou tomar um banho. — Talvez encontre um alívio ao me masturbar. Não consigo pensar direito com uma ereção que já dura seis horas.

Entretanto, ao abrir o chuveiro, parar embaixo do jato e segurar meu pau, só consigo pensar em Psiquê. Em como seu sabor é doce. Nos seios e na bunda grandes. Em como seria bom sentir aquela boca no meu pau. Chego ao orgasmo sussurrando um palavrão.

Porra.

Normalmente, não sou tão impulsivo a ponto de mudar um plano no último momento, porém não posso negar quanto sinto que é perfeito me vestir, sair do banheiro e encontrar Psiquê na minha cama, digitando no celular. O cabelo está despenteado, e ela vestiu a calça jeans, mas parece quase à vontade ali. São pensamentos perigosos. Incrivelmente perigosos. Termino de abotoar a camisa.

— Vamos comer.

— Não estou com fome. — Ela não olha para mim. — Tenho umas coisas para fazer antes da chamada com minhas irmãs em trinta minutos. Também preciso pensar em como vou tirar minhas coisas da casa da minha mãe com ela lá, porque ainda não estou preparada para ter essa conversa. Nem para encontrar *sua* mãe. Mesmo que nunca tenha estado acidentalmente no mesmo lugar que Afrodite, exceto nas festas de Zeus. — Ela levanta a mão quando abro a boca. — Sei que temos de resolver essa coisa do toque físico, mas não tenho roupas para usar.

Dou de ombros.

— Compro algumas para você.

Isso chama sua atenção. Ela levanta a cabeça, franze a testa.

— Isso é ridículo.

— Você disse que não quer ir para casa e lidar com sua mãe agora, e duvido que queira usar as roupas de ontem quando for até lá. Não é seguro circular pelo Olimpo antes de nos casarmos. Solução simples: roupas novas.

— Eros — Psiquê fala devagar, como se lidasse com uma criança. — Você pode ser capaz de entrar em qualquer loja de roupas masculinas e encontrar seu tamanho, mas eu não tenho esse luxo. É menos difícil fazer compras do que era alguns anos atrás, porque recebo muito material de designers que fazem peças *plus size* decentes, mas só existem duas ou três que podem ter no estoque as coisas de que preciso e, mesmo assim, seriam poucos itens. Comprar um guarda-roupa inteiro para mim assim, de uma hora para outra, não é possível, não sem ter o dobro do trabalho que eu teria para pegar as roupas que já tenho.

Ouço o que ela está dizendo, mas não gosto disso.

— Que coisa ridícula. Por que não fazem roupas em uma escala de tamanhos que atenda a todas as consumidoras? Você não é a única mulher que é... — Gesticulo apontando para ela.

— Gorda.

— Eu não disse isso.

— Não é uma ofensa. É só uma palavra. — Ela dá de ombros de novo. — Também é verdade. E, embora, eu aprecie sua defesa entusiasmada pelo *plus size* em todos os lugares, não há muito o que possa fazer neste momento. Preciso das *minhas* roupas.

Quero continuar a discussão, porque Psiquê não ter tudo de que precisa na palma da mão é algo que me incomoda. Mas ela está certa. Não temos tempo para essa merda.

— Converse com suas irmãs. Conquiste o apoio delas e peça que distraiam sua mãe para nós entrarmos e pegarmos tudo enquanto ela não está em casa.

— *Nós?*

— Sim, nós. Não vou deixar você longe do alcance dos meus olhos.

Psiquê deixa o telefone de lado com um cuidado exagerado.

— Não precisa me seguir por aí como uma sombra. Não tenho para onde fugir e já aceitei sua sugestão, dei minha palavra.

Cedo à seriedade de sua atitude e paro diante dela. Gosto daquela linha que aparece entre suas sobrancelhas quando olha para mim. Gosto até de saber que Psiquê já está pensando à frente dessa conversa, no que precisa ser feito a seguir. Mas isso não vai me impedir de fazê-la focar no aqui e agora.

— Não posso garantir sua segurança se não estiver com você, Psiquê.

— Acha mesmo que sua mãe vai criar novos planos tão depressa?

Está mais para: eu *sei* que ela é capaz disso. Mesmo sem minha ajuda, Afrodite não se mantém poderosa há tanto tempo sem uma boa razão. Ela é uma inimiga formidável.

— Acho que seria um grande desperdício de tempo e esforço trabalharmos tanto nessa negociação para depois ela mandar alguém colocar um explosivo no seu carro enquanto você cuida de tarefas corriqueiras.

Ela me encara intrigada.

— Isso parece extremo.

— Já discutimos isso. Existe um motivo para um romance e um casamento muito divulgados serem a única alternativa. — Eu me inclino e apoio as mãos no colchão, uma de cada lado de seus quadris. Ela consegue reduzir o sobressalto a uma leve retração, mas a reação ainda é aparente para qualquer um que nos observe com atenção. Olho para sua boca, e ela lambe os lábios. Não é exatamente um convite para outro beijo, mas não tem problema. Ela está certa. Precisamos manter o foco, especialmente durante os primeiros dias disso tudo. As próximas quarenta e oito horas vão construir ou quebrar a crença do Olimpo nesse romance instantâneo. — Vamos fazer a cerimônia hoje à noite.

Seus olhos cor de avelã enlouquecem.

— Hoje à noite?

— Quanto antes, melhor. Se você puder convencer sua família, elas serão muito bem-vindas. Tenho duas testemunhas prontas.

— Quem são as testemunhas?

Em vez de responder, levemente beijo aquela linha entre suas sobrancelhas e endireito as costas.

— Você tem vinte minutos até o café da manhã ficar pronto.

— Já falei que não estou com fome.

— Vai ser um dia longo, Psiquê, e você precisa de calorias para ter energia. — Paro na porta. — Seria uma pena se você desmaiasse na hora que eu colocasse a aliança em seu dedo e eu precisasse te carregar para o nosso leito nupcial.

Ela faz uma careta.

— Não tem graça.

— Não tem. Vinte minutos. — Fecho a porta do quarto e percorro o longo corredor até a cozinha. Nem me surpreendo quando encontro Hermes parada ao lado do fogão, com o cabelo escuro preso em dois coques fofos no alto da cabeça. Ela veste um shorts colado e curto, e um cropped com uma foto de... Krampus? Também tem as meias três quartos com estampas de arvorezinhas. Cruzo os braços e me apoio na bancada.

— Arrombamento e invasão são crimes.

— Para a maioria das pessoas. Comigo, é praticamente minha linguagem do amor. — Ela sacode a frigideira e vira o que parece ser uma omelete razoável. — Falando em linguagens do amor, imagina minha surpresa quando vi aquela foto romântica de você e Psiquê na rede social dela. — E sorri para mim. — Parabéns aos pombinhos. É claro que eu vou realizar o casamento.

Isso elimina uma tarefa da minha lista, mas conheço Hermes bem demais para aceitar a oferta sem analisar as surpresas que ela pode conter.

— Por quê?

— As mulheres Dimitriou são muito *interessantes*, não acha? Quando entraram em cena, pensei que fossem só mais um grupo de alpinistas sociais chatas, no entanto mudei de ideia. Acho que elas vão virar o Olimpo de cabeça para baixo.

Não sei se a ideia me agrada ou me apavora. Olho para trás, mas a porta do meu quarto permanece fechada.

— Mudei de ideia sobre matar a garota. Essa é a única opção.

— Cuidado, querido, senão posso pensar que você desenvolveu um transtorno terrível chamado consciência. — Ela pega um prato do armário e passa a omelete para ele.

— Eu não sonharia com isso. — Não tem nada a ver com consciência, e tudo a ver com pegar o que eu quero. Quero Psiquê, quis desde que ela cuidou de mim naquele banheiro. Não posso tê-la se estiver morta. É isso.

Hermes senta em cima do balcão e começa a comer a omelete.

— Vão precisar de duas testemunhas. As irmãs dela não vão aceitar esse papel.

— Você parece ter muita certeza disso. — Eu também tenho, mas estou suficientemente curioso para manter Hermes falando.

Ela come um pedaço de omelete e faz uma careta.

— *Prosciutto* demais. Eca. — E mastiga devagar, testando minha paciência. — Vão estar muito ocupadas à procura de uma oportunidade para tirar a garota de perto de você. Vai ter de encontrar suas testemunhas sozinho. E não acredito muito na generosidade de sua mãe.

Olho para ela com a expressão que a declaração merece.

— Vou convidar Helena e Éris.

Hermes paralisa, depois solta uma gargalhada.

— O tamanho da sua cara de pau, Eros. Deuses, é uma pena você ser melhor como amigo em vez de parceiro romântico... o que não é muita coisa, porque você é um amigo de merda. Mas a vida com você nunca seria chata.

Não perco tempo discutindo sobre ser um amigo de merda. Eu sou, e nós dois sabemos disso.

— É uma boa jogada.

— Ah, não tenho dúvida. Nem Zeus pode refutar o casamento se as irmãs dele são testemunhas. — Ela sorri. — Aposto mil que elas vão recusar.

— Aceito a aposta. — E aponto para a porta. — Agora sai. Preciso fazer uns telefonemas, e você precisa providenciar uma roupa para vestir hoje à noite, porque essa aí não é adequada para a ocasião. Porra, Hermes. O Natal foi há quase dois meses.

— Natal é um estado de espírito. — Mas ela pula do balcão e põe o prato em minhas mãos. — Entendi. Roupa chique. Vou convidar Dionísio.

A mulher não perde uma chance de pôr lenha na fogueira. Reviro os olhos.

— Você sabe que não deve, Hermes.

Ela continua andando e fala por cima do ombro:

— Ele não vai aparecer, provavelmente, porque odeia você. Mas vou convidar porque *eu* sou uma boa amiga, e ele ficaria magoado se eu não o convidasse.

— Dionísio não se torna meu amigo só porque é seu amigo.

— Não consigo te ouvir. Tchau! — Ela acena com os dedos e sai. Momentos depois, ouço a porta da frente sendo fechada. Vou até lá e fecho os trincos. Eu me conformei com Hermes aparecendo quando bem entende. A mulher é noventa por cento gato; entra e sai quando quer e se serve da minha comida e bebida, independentemente de eu estar ou não em casa para oferecer. É irritante e encantador de um jeito que só Hermes poderia ser.

Ela se ofereceu para realizar a cerimônia, então essa é uma ligação a menos para fazer. Volto à cozinha, lavo o prato de Hermes e começo a preparar o café da manhã para mim e Psiquê. Vai ser um dia longo pra cacete.

10

PSIQUÊ

— Você *o quê?*

Engulo um suspiro e me concentro no telefone. A tela está dividida em três quadros, cada um deles contendo o rosto de uma das minhas irmãs, todas com diferentes expressões de fúria e incredulidade. Eros estava certo. Não vai ser fácil vender essa ideia.

— Eros e eu vamos nos casar. Hoje à noite.

A câmera de Calisto se move, porque ela está andando de um lado para o outro no quarto.

— Vou matar ele.

— Não pode ameaçar matar todo mundo que te aborrece — Perséfone diz. — Mas, neste caso, talvez eu concorde. Ou quebre as pernas dele, o empurre para dentro de uma caixa e o despache no próximo navio que partir do Olimpo. Tenho certeza de que Poseidon não notaria.

— Por favor, parem de ameaçar meu noivo com violência — falo com tom moderado.

Eurídice me observa com aquela sombra de tristeza no olhar.

— Não vai dar certo, Psiquê. Afrodite odeia a gente por causa da mamãe, e Eros é a arma que ela usa para atacar as coisas que odeia.

A essa altura, sei disso melhor que as três juntas. Resisto a um tremor.

— Minha decisão está tomada. Por favor, me apoiem nisso. — Penso em dizer que é amor verdadeiro, mas a mentira fica presa na garganta. — A opinião de Afrodite sobre o casamento não importa, nem a de nossa mãe.

— Não está enxergando as coisas com clareza.

Olho para Perséfone.

— Disse a mulher que fugiu de Zeus e ficou com o bicho-papão do Olimpo. Não vem jogar pedra.

Minha irmã não parece convencida.

— Hades não conquistou a fama que tem. Eros, sim.

Não posso negar, então faço o que posso. Uma súplica honesta.

— Estou pedindo o apoio de vocês. Escolhi me casar com Eros, não vou mudar de ideia.

Eurídice está prestes a chorar. Calisto é o extremo oposto, sua expressão é a mesma de quando enfiou o garfo na mão de Ares, ou quando começou aquela briga no bar, muito tempo atrás. E Perséfone? Ela olha para mim como se nunca tivesse me visto. Por fim, diz:

— Se estivesse com algum problema, você contaria para nós, não é?

Nem em cem anos. Não quando estou metida em confusão até o pescoço e afundando depressa. Não tem nada que possam fazer para me ajudar, e, se tentarem, só vai servir para dar a Afrodite mais uma oportunidade para me eliminar definitivamente. Pior: ela pode estender a vingança contra minhas irmãs. Arrastá-las comigo para essa situação seria o cúmulo do egoísmo e me nego a fazer isso. Então, sustento o olhar de minha irmã e minto.

— É claro.

Ela suspira.

— Mamãe vai ter um ataque cardíaco quando souber disso.

— Não vai, e você sabe que não. Faz anos que ela procura um jeito de atingir Afrodite, e, assim que se acalmar, vai perceber que esse casamento é o instrumento perfeito para isso. — Mesmo que signifique

que não vou me casar com Zeus, como ela obviamente queria. Não posso me dar ao luxo de pensar muito *nisso* agora.

— Quando ela se acalmar. Isso vai demorar um tempo. — Um filhote aparece na tela de Perséfone, um vira-lata preto e fofo que lambe seu queixo e late, animado. Minha irmã afaga a cabeça dele, distraída. — Agora não, Cérbero. Estou conversando.

Calisto resmunga um palavrão.

— Isso é absurdo. Não vou apoiar nada. — E desliga antes que eu possa contra-argumentar.

Eurídice balança a cabeça.

— Sinto muito, Psiquê. Mas você vai se arrepender. Também não posso apoiar sua decisão. — Ela também desliga.

Engulo um suspiro. Não é menos do que eu esperava, mas a esperança nunca morre. Perséfone ainda afaga Cérbero e exibe um ar pensativo. Finalmente, ela diz:

— Confio no seu julgamento. Não acho que é a decisão certa, mas desconfio de que não está me contando tudo. Ontem à noite, você foi marcada em meia dúzia de posts da Hermes em vários lugares da cidade, e hoje de manhã, surpresa! Vai se casar com o filho da inimiga de nossa mãe.

Tenho de me esforçar para não deixar a culpa aparecer em meu rosto.

— Para ser justa, metade dos Treze são inimigos da mamãe.

Ela não sorri.

— Você ficou do meu lado quando pedi apoio enquanto ficava na casa de Hades, depois de fugir de Zeus. Você me deu o tempo e a confiança de que eu precisava para decidir como agir. Seria uma tremenda hipocrisia não te apoiar agora.

Rio baixinho.

— Que bom que chegou a essa conclusão.

— Ei, amo você e estou preocupada. Minha vontade é bancar a Calisto, invadir a casa dele e te arrastar para o lado de cá do rio, para a cidade inferior.

Se por um segundo eu acreditasse que isso funcionaria... mas não vai. Perséfone já me contou que viu Eros na cidade inferior, e a revogação do convite não seria suficiente para mantê-lo longe de lá. É difícil atravessar o Rio Estige sem um convite, mas não é impossível. A barreira existente lá é uma versão um pouco mais fraca daquela que cerca o Olimpo. Assim como Poseidon com a barreira externa, Hades tem algum controle sobre quem vai e vem entre a cidade superior e a inferior. Mas não é um sistema perfeito.

Sem mencionar que Eurídice e Calisto estão aqui, e as duas seriam alvos ideais para a ira de Afrodite em minha ausência. Na próxima vez que ela ordenar o despacho de uma das filhas de Deméter, Eros pode não parar para conversar. Pode simplesmente atacar.

Não posso deixar isso acontecer.

— Eu quero o casamento — repito pelo que parece ser a décima vez.

— Se mudar de ideia, nós te ajudamos a sair daí. — Não sei se está falando dela e do marido, ou dela e de nossas irmãs, mas nenhuma dessas opções é uma boa ideia. — Mas estaremos no casamento, Hades e eu. — Perséfone hesita. — Quer que eu tente convencer Calisto e Eurídice a irem também?

— Não, tudo bem. — Não posso condenar as duas por não quererem assistir à nossa farsa matrimonial, mesmo que isso doa. — Mas, se quiser convidar a mamãe para um brunch fora, vou ficar muito grata. Preciso tirar minhas coisas da cobertura e não posso correr o risco de encontrá-la por lá. — O tempo pode ter amenizado o impulso de minha mãe para controlar tudo, mas Calisto teve a quem puxar sua raiva. Não duvido que as duas me tranquem no meu quarto até eu ouvir a voz da razão, o que só tornaria essa situação ainda pior.

— Combinado então. Mando uma mensagem para você quando confirmar tudo.

— Obrigada.

Ela sorri para mim.

— Toma cuidado, Psiquê. Eros é extremamente perigoso.

Sei disso muito melhor do que ela jamais saberá. Tento retribuir o sorriso.

— Eu sei. Ele é um monstro. Contudo, depois desta noite, vai ser o *meu* monstro.

Desligamos com rapidez depois disso, e demoro alguns minutos para dar um jeito na aparência. Felizmente, Eros tem um armário cheio de produtos para cabelo e pele, mas não conheço a maioria deles.

Penteio o cabelo e faço um coque chique/despojado. Tenho sempre produtos de maquiagem na bolsa para um retoque, o que é a salvação da minha vida neste momento. Quando saio do quarto, pareço uma mulher que não sabia que ia dormir na casa do parceiro, mas que conseguiu se ajeitar. Vai ter de ser o suficiente.

Um cheiro maravilhoso me atrai à cozinha, onde Eros termina uma receita com batatas, tomates, pimentões e ovos. É mais pesado do que costumo comer no café da manhã, mas aceito o prato que ele passa para mim e me acomodo em uma das banquetas de ferro ornamentado que acompanham o balcão da cozinha. Não são exatamente confortáveis, mas são bonitas. Como um pouco, o suficiente para Eros parar de olhar para mim e se dedicar ao próprio prato.

Fazemos a refeição em um silêncio estranhamente confortável, entrecortado pela vibração dos celulares recebendo notificações seguidas. Eros olha para seu aparelho com um ar ameaçador.

— Como você aguenta essa merda?

— É necessário. — Aprendi desde cedo que poder é a única coisa que a alta-sociedade do Olimpo respeita e que nunca o conquistarei se tentar imitar essa gente. Tive de seguir meu caminho, mesmo fazendo o jogo: um equilíbrio cuidadoso que me leva à exaustão com frequência. Mas funcionava, pelo menos até Afrodite voltar sua atenção vingativa em minha direção. Dou uma olhada nas notificações. Várias são da minha mãe, mensagens que se tornam cada vez mais furiosas. Outras são pedidos de entrevistas. — Quanto tempo quer que eles esperem pelas entrevistas?

Eros hesita, mas por fim responde de má vontade:

— Vou acatar sua decisão, você entende disso mais que eu.

É surpreendente que ele ceda tanto controle de livre e espontânea vontade. Ignoro o calor estranho em meu peito ao pensar na confiança que deposita em mim.

— Acho que vamos esperar uma semana. Algumas fotos do casamento, algumas ocasiões em que nos vejam em público como um casal apaixonado, e vão começar a espumar pela boca por uma exclusiva, tão desesperados por um furo que nem vão fazer perguntas complicadas. — Também já tenho em mente quem vai ser a entrevistadora, mas ainda não tive nenhuma notícia dela.

— Muito bem. — Ele se espreguiça, depois toca de leve o espaço entre minhas omoplatas. Desta vez não me retraio; estou ocupada demais tentando não derreter quando os dedos deslizam até minha nuca. — Gosto do seu cabelo preso.

— Garanto que suas preferências não têm nenhuma influência sobre como vou me vestir ou me comportar no futuro.

Eros ri, um som baixo e estranhamente feliz.

— Você é uma surpresa constante, Psiquê. Também gosto disso.

Não afasto sua mão.

Digo a mim mesma que é um treino para quando estivermos em público, no entanto sei que é mentira. Gosto do peso da palma em minha pele, gosto da ternura com que desliza os dedos por minhas costas. Acreditar que ele é mesmo afetado pelo contato, que não está apenas se adaptando a mim, da mesma forma que estou me adaptando a ele...

Não. Não sou psicóloga, mas, se Eros for um sociopata, não vou ficar surpresa. Ele não tem os freios morais que a maioria das pessoas têm. Ou esse é só um efeito colateral por ter sido criado por Afrodite. Natureza ou criação, o que importa é que, se tem emoções que vão além de humor e irritação, ele as mantém bem escondidas. E luxúria. Não podemos esquecer a luxúria. Eros a tem aos montes.

Mesmo assim, isso é tudo uma mentira, um jogo.

Não desvio o olhar da tela do celular.

— Por que está fazendo isso?

— Não quero que você morra — ele fala com tanta simplicidade que sinto um arrepio.

— O que tem de tão especial em mim, a ponto de *eu* merecer ser poupada? — Existem cadáveres em seu passado. Ele admitiu. — É porque sou filha de Deméter?

Ele ri.

— Não, isso não é exatamente um ponto a seu favor.

— Então, *por quê*?

Eros mira o prato.

— Fiz muitas coisas de que não me orgulho, prejudiquei pessoas que pensava serem inimigas, e mais tarde descobri que o único erro que elas cometeram foi contrariar minha mãe. — Ele dá de ombros.

— Depois de um tempo, não importava mais *o que* tinham feito, a única coisa que importava era ela ter ordenado que fossem punidas.

Ainda não entendo.

— Mas ela ordenou que *eu* fosse punida.

— Sim, ordenou. — Eros espeta com o garfo um pedaço de batata. — Mas, como eu disse, não quero que você morra. E esse é o único jeito de evitar.

Não tenho razões para confiar nele. Nenhuma. Eros me deu sua palavra, sim, mas o Olimpo é cheio de mentirosos e trapaceiros. Até minha mãe faz acordos ocultos quando a situação pede. Todos na cidade pensam que ela e Hades têm uma aliança; mas eles não têm. Ela trocou seu apoio pelo comparecimento de Hades a seis eventos por ano da escolha dela. Ele aparece ao lado dela, e as pessoas tiram as conclusões que minha mãe quer que tirem. Mas não é a verdade. A cidade superior pode ter esquecido até onde ela estava disposta a ir para recuperar o noivado de Perséfone com o antigo Zeus, mas Hades não esqueceu.

Minha mãe é, indiscutivelmente, uma das mãos mais leves nos jogos de poder do Olimpo. Afrodite não tem o toque suave nem uma gota de sutileza no corpo. Eros não teria sobrevivido tanto tempo a esta cidade sem ser um pouco mentiroso, um pouco trapaceiro. Eu não teria, com certeza. Tem muita coisa que ele não está me contando sobre suas motivações. Mas acredito que está tão determinado quanto eu a levar o casamento adiante. Todos os outros detalhes se encaixarão onde for possível.

Nossa tarefa é garantir que se encaixem onde queremos.

Meu celular vibra com a chegada de uma mensagem. Uma ótima distração para quanto é bom sentir o toque de Eros.

Perséfone: Encontro com ela em uma hora no Poppy's. Ela está furiosa com a foto. Depois de ver a de ontem à noite e a outra, ela acha que vocês estavam namorando escondido. Boa sorte.

Nosso plano está funcionando. Era isso que eu queria. Então, por que me sinto tão contrariada?

Agradeço rapidamente e empurro a cadeira para trás.

— Minha mãe vai sair do apartamento em vinte minutos. — Ela vai querer chegar cedo ao Poppy's para garantir sua mesa preferida. Minha mãe não é previsível em muitos movimentos que faz, mas há certas coisas que posso presumir que fará. Uma delas é tomar todas as providências para conseguir a melhor mesa em qualquer restaurante, com a intenção de ver e ser vista.

Eros pega os dois pratos e os leva para a pia.

— Vamos.

— Não temos que... — Paro quando vejo a cara dele. É claro que Eros não vai me deixar longe de seus olhos, e, para ser honesta, não sei o que eu faria se me afastasse um pouco dele. Estou comprometida com isso, sim, mas se houvesse alguma chance de encontrar outra saída... Sou quem eu sou, o que significa que sou filha de minha mãe. Sempre vou procurar o melhor caminho, mesmo que para isso tenha de fazer movimentos inesperados.

Sem mencionar que, se Eros está falando sério sobre a ameaça que sua mãe representa, preciso mesmo de sua proteção. Não sobrevivi às últimas vinte e quatro horas só para cair *agora*, quando a sobrevivência está no horizonte.

— Tudo bem. Vamos.

Demoramos cinco minutos para calçar os sapatos e entrar no elevador. A segurança da garagem agora é outra, uma mulher com cabelo de um vermelho vivo e batom ainda mais vivo. A mulher sorri para ele, e sua expressão só se torna menos radiante quando ela me vê.

— Bom dia, Eros.

— Bom dia. — Ele lhe dá pouca atenção ao passo que segura a porta para mim. Seguimos juntos para o corredor onde ele estacionou o carro na noite passada. Porém, em vez de ir na direção do carro esportivo, ele segue em frente, rumo a um sedã escuro. Ainda é o auge do luxo, mas é surpreendentemente discreto. Quando levanto as sobrancelhas, Eros desvia o olhar.

— A Porsche não é prática se não queremos chamar atenção. — E encolhe um pouco os ombros. — E você não ficou à vontade nela.

Não há motivo algum para essa pequena demonstração de atenção aquecer meu corpo. Não mesmo. Não estou tão carente a ponto de me sentir especial por uma coisa tão pequena. E no entanto...

— Obrigada — respondo.

Se eu não soubesse que é absurdo, pensaria que ele está vermelho quando destrava as portas para entrarmos no carro. Não falamos a caminho da saída da garagem, e me sinto grata pelo silêncio porque me permite um tempo para organizar os pensamentos. Não preciso ficar analisando os motivos de Eros para trocar de carro. Preciso pensar e criar uma estratégia para decidir o que vou pegar e quais itens são absolutamente indispensáveis. Fazer tudo isso em uma viagem só vai ser um desafio, mas vou encontrar um jeito.

Não questiono o fato de Eros saber onde eu moro. Posso apontar com precisão os edifícios dos Treze e de boa parte de seus familiares e pessoas mais próximas. É sempre bom ter esse tipo de informação, então todo mundo as tem.

— Onde paro o carro?

— Na rua.

Ele faz uma careta.

— É mais exposição do que eu gostaria de ter.

— Eu sei, mas vamos ter de correr esse risco. — A equipe de segurança que trabalha para o condomínio monitora nossas idas e vindas e as relata à minha mãe, e a última coisa de que precisamos é ela decidir que temos de ficar presos no prédio para que ela e eu tenhamos uma conversa. Não há como evitá-la indefinidamente, mas quero que Eros e eu possamos chegar ao ponto em que não há como voltar atrás antes de minha mãe se envolver nisso. Assim como Afrodite, ela também vai ter de mudar de rota depois que Eros puser a aliança em meu dedo.

Falando nisso...

— Precisamos de alianças.

Eros para o carro em uma vaga tão pequena que eu não esperava que fosse possível estacionar nela. Depois desliga o motor.

— Marquei com o joalheiro em casa às duas da tarde, ele vai levar opções. Só preciso saber seu tamanho.

É claro que Eros pensou nisso. Digo qual é o tamanho do meu dedo, e ele manda uma mensagem pelo celular. Meu telefone continua explodindo com tantas notificações, mas silenciei todas para lidar com elas quando tiver tempo.

— Não sei se Calisto está em casa, mas não quero um confronto.

— Não precisa se preocupar com isso.

Olho para ele.

— Acho que já determinamos que você pode ser violento.

Ele se transforma diante dos meus olhos. A frieza desaparece de seu rosto, deixando espaço para um sorriso encantador.

— Eu nunca machucaria alguém que é importante para o amor da minha vida.

Cravo as unhas na palma das mãos, usando a dor como um lembrete de que isso é uma farsa. Por mais que meu coração palpite quando ele olha para mim desse jeito, é tudo encenação. Mas talvez eu tenha de fazer um exame de coração em breve. Acelerar desse jeito com tanta regularidade não pode ser saudável.

— Vamos acabar com isso logo.

— Você primeiro, amor.

11

EROS

Vi o exterior do edifício de Deméter muitas vezes e tenho as plantas da cobertura onde ela mora com as filhas — assim como tenho plantas dos prédios de todas as pessoas que podem se tornar alvos da minha mãe, em algum momento. Mas a experiência de entrar ali é diferente. Conto meia dúzia de seguranças cuidadosamente escondidos, o que significa que deve haver mais meia dúzia em outros pontos, ou mais. Deméter não corre riscos, embora não seja do tipo que esfrega a presença da segurança na cara dos visitantes.

Ou talvez as filhas sejam o objeto de sua preocupação.

Em qualquer outra circunstância, o pessoal da segurança seria um aborrecimento, mas agora eles são um ponto favorável. Minha mãe não vai atacar aqui, e nem vai mandar seus capangas para cá. É arriscado demais, com quase nada a ganhar. Psiquê está segura dentro deste edifício, e posso relaxar pelo menos um pouco enquanto estivermos aqui.

Ela passa pelos elevadores principais e segue por um corredor curto até outro elevador. Encosta a palma da mão no leitor ao lado dele, e no momento seguinte a luz verde se acende. Interessante. A porta desliza, e ela entra.

— Vou arrumar a mala, mas preciso de você para pegar outras coisas.

A curiosidade me agarra pelo pescoço. Suas redes sociais sempre sugerem nenhum esforço. Normalmente, não me meto com essa porcaria, mas até eu sei que, quanto mais natural parece, mais esforço exige. Vou poder dar uma olhada nos bastidores.

Não devia ter importância. Sua habilidade para apresentar ao mundo uma história convincente é uma ferramenta que pretendo usar. É isso. Vê-la produzir aquela foto "espontânea" da gente em minha cama foi uma revelação. Ela se dedicou com uma atenção absoluta que considero muito sexy, e tudo foi feito com um abajur e seu celular. Quero ver como ela trabalha quando tem todas as ferramentas à disposição.

Aposto que Psiquê foi completamente autêntica na noite em que fomos fotografados juntos pela primeira vez, mas ela tem um tipo diferente de autenticidade quando está criando ficção convincente para o Olimpo consumir. E eles consomem. Dou uma espiada em meu celular. As curtidas naquela nossa foto passaram de um milhão, e não é nem meio-dia. Ela é brilhante no que faz, de verdade.

A porta do elevador se abre para um hall surpreendentemente convidativo. As paredes têm um tom de verde, que deveria ser forte demais, no entanto, combinado com o piso frio cinza-claro, acaba criando um equilíbrio interessante. Há alguns móveis também— duas cadeiras de encosto alto com uma discreta estampa floral e uma mesa comprida de madeira escura com várias gavetas — que parecem convidar o visitante a sentar para bater papo. Bem na porra do hall de entrada.

A seguir vem a sala de estar. É mais do mesmo. Paredes de cor marcante, piso claro e mobília que parece muito confortável. Há livros espalhados sobre a mesa de centro posicionada entre o sofá e duas poltronas: livros de ficção com a lombada marcada de tanta leitura. É totalmente possível imaginar Psiquê acomodada no sofá com um livro nas mãos, relaxando com a família.

Este lugar tem o clima de um lar.

Que novidade.

Minha mãe usa a sala de estar para receber convidados, o que significa que sempre me desencorajou a passar meu tempo livre nela quando eu era criança. Para isso que servem os quartos; espaço pessoal que pode ser escondido atrás de uma porta fechada. Ela mantém a aparência do jogo o tempo todo; inclusive, na relativa privacidade dos espaços compartilhados na casa em que cresci. E eu deveria fazer a mesma coisa.

Quero pensar em uma desculpa para xeretar por ali, mas Psiquê me leva para a escada suspensa, e a iminência de conhecer o quarto *dela* se impõe a todo o restante. Se as filhas de Deméter tratam a cobertura inteira como um espaço pessoal, o que o verdadeiro espaço pessoal de Psiquê vai revelar?

Paro por um instante no corredor do segundo andar. Psiquê dá vários passos antes de perceber que não estou atrás dela, parando também. Ela se vira com um suspiro impaciente.

— Sei que a tentação de bisbilhotar é quase irresistível, mas vem comigo, por favor. Não temos muito tempo.

Ela está certa, mas meu cérebro parece ter emperrado. Olho para as fotos nas paredes. A disposição é artística, é claro, mas são *pessoais*. Fotos posadas em grandes molduras com Psiquê e as três irmãs vestindo roupas combinando, desde que eram bem pequenas até a última, que parece ser bastante recente. São interessantes, mas o que de fato chama minha atenção são as fotos espontâneas em molduras menores espalhadas por ali.

Psiquê e Perséfone com o braço sobre o ombro uma da outra, as duas de tranças, Psiquê sem os dentes da frente.

Calisto pré-adolescente segurando um peixe quase tão grande quanto ela, com um sorriso feliz no rosto sincero.

As quatro meninas fantasiadas. Eurídice de fada. Calisto de cavaleiro. Perséfone de anjo. Psiquê de princesa.

Meu peito dói. Por que diabos meu peito dói? São só fotos. Obviamente, Psiquê sempre foi boa com fotos; é a mais fotogênica da família. Não há motivo algum para essa dor indefinida me rasgar por dentro ante a evidência fotográfica de sua infância feliz. É claro que essa dor não devia aumentar porque Deméter expõe essas fotos sem reservas, mesmo que seja em um espaço da cobertura frequentado apenas pela família.

— Eros?

Eu me sacudo mentalmente.

— Estou bem.

— Está? — Psiquê franze a testa, e a preocupação se estampa em seus olhos cor de avelã. — O que aconteceu?

— Nada. — Devia ser verdade. Forço meu sorriso encantador, mas Psiquê só fica ainda mais séria. É claro. Ela sabe que é mentira e não vai se deixar enganar por um sorriso falso. — Não devia ser nada. Não é importante.

— Tem certeza?

— Tenho.

Ela olha para mim por mais um instante e, por fim, assente.

— Tudo bem, vamos depressa. — Vira e continua andando pelo corredor, sem esperar por mim.

Observo as fotos pela última vez e a sigo. Não devia ser tão surpreendente saber que Psiquê e as irmãs tiveram uma infância boa, mas isso é o Olimpo. Fui criado em jogos de poder e aprendi a mentir na mesma época em que aprendi a andar. Foi igual para Helena, Perseu e seus irmãos. Os que tiveram sorte e azar de nascer na política do Olimpo se viam na situação de nadar ou afundar desde muito novos na vida.

Minha mãe, em particular, não tolerava deslizes.

Não é à toa que a bondade é tão natural em Psiquê; ela a teve em abundância na infância.

Vê-la parar na frente da terceira porta me faz interromper a linha de pensamento. A ansiedade cresce dentro de mim. Essa visita rápida foi um tesouro de informações sobre essa mulher. O quarto dela será a grande visita aos bastidores. Psiquê abre a porta e entra no quarto, e eu a sigo.

É... uma bagunça.

Paro na porta e contemplo as pilhas de roupas dobradas sobre todas as superfícies disponíveis. Tem uma penteadeira antiga com inúmeros potinhos, tubos de maquiagem e produtos para pele e cabelo.

— Você dorme em um closet.

— Isto é um quarto.

— É? Não vejo uma cama em lugar algum. Só vejo roupas.

— Cala a boca. — Ela segue por uma trilha estreita e desobstruída para o interior do dormitório. — Eu tenho um sistema.

— Sugiro que encontre outro, porque não vou conseguir viver desse jeito. — Pensar em toda essa bagunça, com ou sem sistema, é quase suficiente para me causar urticária. Eu esperava que o quarto tivesse a atmosfera atraente e acolhedora do restante da cobertura. Mas é o mais puro caos. Dou alguns passos para dentro do quarto e cutuco a pilha de roupas equilibrada de maneira precária em cima do que imagino ser uma cadeira.

— Vou me casar com um monstro do caos.

— Bom, somos dois monstros então.

— Que fofa. — Resisto ao impulso de continuar mexendo no monte de roupas e me concentro nela. — Mas nós dois sabemos que isso não é verdade.

— Sim, sim, você é o maior, o pior monstro no quarto. Presta atenção na tarefa. — Ela desaparece por outra porta e volta com uma mala gigantesca. Outra viagem através da porta, e ela retorna com várias bolsas que parecem equipamento de iluminação. Psiquê me entrega elas. — Segura, por favor.

— Vi fotos do seu quarto. Não era assim. — Apesar do que eu disse, a cama está limpa, mas não é a que vi na foto.

— Ah. Sim. — Ela joga a mala em cima da cama, começa a revirar as pilhas de roupa e jogar coisas ali dentro. — Uso o quarto de Perséfone. Ela é obcecada por organização e tem uma estética bem legal por lá. Além do mais, ela nunca postou fotos do interior da nossa casa, nem antes de se mudar para a cidade inferior.

Vejo mais três vestidos caírem sobre a mala, tecido colorido caindo em volta dela, e perco a paciência.

— Porra, fala sério. — Não sou obcecado por limpeza, como ela disse. Gosto dos meus pertences em ordem porque isso simplifica a vida, mas não ando pela casa com uma etiquetadora e nem surto quando mudam alguma coisa de lugar. Mas essa completa falta de consideração com qualquer coisa parecida com organização faz meu olho direito tremer. Deixo o equipamento de iluminação perto da porta, no chão, aproximo-me da cama e começou a dobrar as peças com cuidado.

— O que está fazendo?

— Ignora, continua pegando suas coisas. — É meio estranho estar arrumando roupas femininas. É uma experiência sensorial completamente diferente da que tenho com as minhas, e muitas resistem à tentativa de dobrá-las, por isso tenho de recorrer a um enrolar estratégico para criar algum tipo de ordem. Faço um grande esforço para não pensar em Psiquê usando essas coisas, especialmente o vestido de seda que escorrega por minhas mãos quando tento dobrá-lo. Ficaria incrível no chão, depois de eu tirá-lo de seu corpo e...

Foco.

A mala está semicheia quando Psiquê detém sua atenção em mim por um instante.

— Só preciso pegar mais umas coisinhas. Leva o equipamento, e eu encontro você lá embaixo.

— Ótima tentativa. Não.

— Eros, vou começar a mexer na gaveta de roupas íntimas. Preciso de espaço.

Abro a boca para argumentar, mas outro pensamento me ocorre.

— O vestido de casamento.

— Quê?

— Você precisa de um vestido de casamento.

Psiquê franze a testa, depois resmunga um palavrão.

— Preciso de um vestido de casamento. *Merda.* Isso não vai dar certo. Não tenho tempo suficiente. — Ela continua falando, as palavras se atropelando. — Ai, deuses, ninguém vai acreditar que isso é real se uma peça tão importante não fizer parte do cenário.

Eu a seguro pelos ombros.

— Psiquê, olha para mim.

— Acho melhor começar a escolher minha lápide, porque...

Não penso nas consequências. Só a beijo. Ela fica tensa, mas, antes que eu tenha tempo de me afastar, ela derrete em meus braços, as mãos tocam meu cabelo, o corpo cola no meu. Agora é a hora de parar, redirecionar essa conversa para uma solução. Consegui interromper a ameaça da crise de pânico, missão cumprida. Só precisamos interromper o beijo...

Ainda não estou preparado para deixar de sentir o sabor de Psiquê. Ela é doce demais para mim. Outro lembrete de quanto ela é diferente de todo mundo que já conheci. Ardilosa e muito cuidadosa com a imagem pública, mas, por trás disso, ela é meiga, divertida e muito doce.

Um bom homem faria qualquer coisa para preservar a essência gentil dessa mulher. Enfrentaria seus demônios e inimigos para criar um mundo onde ela pudesse sair de trás de suas barreiras e viver feliz sem uma armadura. Ele a tiraria do Olimpo, prometeria segurança sem pretender lucros egoístas, a colocaria em um pedestal e a adoraria em seu altar todos os dias.

Mas não sou um bom homem.

Sou a porra de um monstro.

Quero Psiquê só para mim. O desejo que nasceu naquela primeira noite cresceu de um jeito incontrolável nas últimas vinte e quatro horas. Não me interessa se ela merece alguém tão doce quanto ela. Eu a quero presa a mim e vou rasgar a garganta de qualquer pessoa que pensar que pode levá-la embora.

Seguro seu queixo e o levanto um pouco, aprofundando o beijo. Assim, de um jeito bem sutil, apodero-me dela. Eu faço com que seja minha, mesmo que sejamos as únicas duas pessoas que sabem disso. Psiquê geme baixinho, e o som vai direto para o meu pau. Seria fácil empurrá-la para cima da cama e continuar beijando-a até esquecermos todos os motivos para essa ser uma péssima ideia.

Mas não estamos na minha cobertura, não há uma porta trancada entre nós e o restante do mundo. Não posso seduzir Psiquê e fazer com ela tudo que quero, porque é só uma questão de tempo até sermos interrompidos, e *isso* vai garantir que eu nunca mais a toque.

É inaceitável. Nada vai me manter longe dessa mulher... nem mesmo meus impulsos egoístas.

Relutante, levanto a cabeça. Ela me encara com aqueles grandes olhos, os lábios mais cheios depois do nosso beijo. É quase o suficiente para eu sentir seu sabor de novo, mas a razão escolhe esse momento para assumir o controle. Respiro fundo.

— Preciso das suas medidas.

Ela me encara, confusa por um instante.

— Quê?

A satisfação que sinto ao perceber que a afeto tanto quanto ela me afeta é preocupante. Só mais uma prova de que, neste momento, não tenho controle sobre mim. Afasto o pensamento e tento focar no aqui e agora.

— Suas medidas. Preciso delas.

Ela lambe os lábios e mantém a expressão distraída.

— Hum, já falamos sobre isso. Não é...

— As medidas, Psiquê. — Deslizo as mãos pelas laterais de seu corpo e agarro o quadril. — A menos que queira que eu meça. Vai precisar tirar a roupa, é claro.

Ela dá um grande passo para trás, interrompendo o contato.

— Não vai ser necessário. — E recita uma série de números, que decoro prontamente. Psiquê está corada e se recusa a me fitar. — É só isso?

— Sim. — Pego o equipamento de iluminação. — Vou te esperar no carro.

— Obrigada.

Preciso fazer um esforço maior do que jamais imaginei para sair de perto dela. Volto à sala de estar e pego o elevador para descer. Estou parcialmente preparado para enfrentar Calisto, mas não encontro ninguém a caminho do carro, no qual guardo o equipamento no porta-malas. Tem espaço para a mala dela e quase mais nada, mas vamos dar um jeito. Depois de uma breve discussão comigo mesmo, decido que fazer a ligação dentro do carro é melhor do que ficar parado no meio da rua, esperando Psiquê. Aqui não tem tanto movimento de pessoas quanto na área em volta do meu prédio, mas ainda estou atraindo olhares. É só uma questão de tempo até alguém tirar uma foto, postar e os paparazzi aparecerem. A última coisa de que preciso é alguém ouvindo essa conversa.

Além do mais, as janelas escuras me escondem de qualquer pessoa que passe por ali e ainda me permitem ver claramente a entrada do edifício de Deméter.

Abro a lista de contatos e procuro Helena Kasios — filha do último Zeus, irmã do atual. Precisava mesmo ligar para ela, então isso vai resolver dois problemas de uma vez só. Ela não me faz esperar muito antes de atender.

— Desde quando se relaciona com alguém com seriedade suficiente para assumir na internet?

É claro que ela viu a foto. A esta altura, quase todo mundo no Olimpo viu a foto; é a intenção. Respiro fundo e me preparo para a primeira de muitas performances.

— Psiquê é especial.

— Aham. Não me leve a mal; todas as mulheres Dimitriou são personagens, e, se existe alguém capaz de fazer sua cabeça, essa pessoa precisaria ter uma personalidade forte, mas isso não muda minha certeza de que, se fôssemos *amigos*, você teria me contado que estava namorando alguém.

Ela não está errada, propriamente. Sei que minha mãe tinha esperança de que eu acabasse me casando com ela ou com a irmã dela, mas nunca fomos nada além de amigos. E *somos* amigos, ou tão perto disso quanto é possível para pessoas como nós.

— Não esperava que você fosse aprovar.

— Mentiroso. — Ela não parece aborrecida, só debochada. — Isso tem cheiro de esquema. Tudo bem. Não precisa me contar os detalhes. Imagino que esteja me ligando porque precisa de alguma coisa.

— Você me magoa, Helena.

Ela ri.

— Para isso, você teria que ter coração.

Nessa ela me pegou. Olho para a entrada do prédio de Psiquê. Não tenho coração, mas minha futura esposa tem. Agora é minha obrigação garantir que ele permaneça seguro dentro de seu peito. Helena vai ajudar com isso, mesmo que não saiba toda a história. Abandono o personagem charmoso, estranhamente grato por acabar logo com a palhaçada. Sou capaz de manter a encenação por tempo indeterminado, mas há certo alívio em poder ser meu verdadeiro eu. Tenho essa liberdade com poucas pessoas.

— Preciso de dois favores.

— Certo, mas quero um em troca.

Dou risada.

— Você ainda nem sabe o que vou pedir.

— Nem preciso saber. Estou entediada. Depois que Éris decidiu pôr lenha na fogueira na última festa, ao derrubar absinto em Deméter e Afrodite, Perseu colocou todas nós de castigo para não envergonharmos mais o nome da família, como se isso fosse possível depois do pai que tivemos. — Ela faz um barulhinho desdenhoso. — Preciso de uma distração, e o que vier é lucro.

— E o favor que vai pedir?

— Eu penso depois. Do que precisa?

Conceder favores incondicionais não é meu estilo, mas duvido muito de que Helena decida usar isso contra mim. Além do mais, se ela estivesse com algum problema, eu poderia reclamar um pouco, mas ambos sabemos que eu ajudaria.

— Preciso do contato daquela estilista de que você gosta, aquela na cidade inferior. A que irrita minha mãe.

— Juliette. É claro. Mando o número dela por mensagem. — Meu celular vibra um segundo depois com a mensagem em questão. — Esse foi fácil. E o outro favor?

Melhor ir direto ao ponto.

— Preciso de você e Éris como testemunhas do meu casamento. Hoje à noite.

Ela fica em silêncio por tanto tempo que tenho de controlar o impulso de olhar para a tela para ver se a ligação caiu. Não caiu. Helena só precisa de tempo para processar a informação. Quando ela finalmente respira fundo, eu me preparo. E ela não decepciona.

— Eros, estou falando com você com todo amor do meu coração murcho, mas *você perdeu a porra do juízo?* Namorar é uma coisa. *Casar* com ela? Sua mãe vai ter um ataque. Deuses, meu irmão também vai ter um ataque. E é provável que Deméter também. Você vai acertar três dos Treze de uma vez só. É uma coragem brilhante, mas totalmente inconsequente, e você não é assim.

Normalmente não, mas não tem nada de normal nessa situação.

— Vai fazer isso por mim ou não?

— Eu faço. — Ela nem hesita. — Não sei o que está planejando, mas faço. Éris também vai topar.

Não peço para ela confirmar. Se tem uma coisa para a qual Éris está sempre pronta é aparecer onde existe promessa de caos. Um casamento entre mim e Psiquê é a própria definição de plantar a semente do caos.

— Vai ser na minha casa às sete horas.

— Estaremos lá.

— Helena... obrigado. Por aparecer. E por não fazer muitas perguntas incômodas. Por tudo.

Ela bufa.

— É muito triste que esteja surpreso por eu concordar, mas não posso te culpar por isso. Estamos no Olimpo, afinal de contas.

— É. — As regras aqui são diferentes, pelo menos nos círculos que frequentamos. Ter uma pessoa em quem se confia o suficiente para pedir um favor é a coisa mais valiosa do mundo e quase tão raro quanto a lenda do Velo de Ouro.

Desligamos pouco depois disso, e olho para o relógio, depois para a porta da frente do prédio de Psiquê. Ela não tem nenhuma pressa, mas preciso fazer mais uma ligação antes de encontrá-la. Essa é ainda mais rápida. Ao que parece, Helena mandou uma mensagem para Juliette logo depois de ter me dado seu contato, e a estilista já esperava minha ligação.

Explico a situação e forneço as medidas de Psiquê. Ela fala sozinha por uns minutos, e consigo ouvir o barulho de cabides sendo empurrados de um lado para o outro na arara.

— Tenho várias peças que podem servir. Mas vai ter que vir até aqui. Não dou a mínima para quem é sua mãe; na verdade, isso é um ponto contra você, e não ligo se a noiva é minha cliente ocasional. Não vou atravessar para a cidade superior.

Xingo em silêncio, mas devia ter contado com isso. Minha mãe ajudou a expulsar Juliette da cidade superior. Não consigo lembrar o motivo, só que foi um desses casos raros que ela resolveu sozinha em vez de me dar ordens para agir em seu lugar. Não que isso importe. Os ressentimentos de Afrodite podem ser tão mesquinhos quanto abrangentes. Na melhor das hipóteses, a estilista se recusou a trabalhar para ela ou vestiu melhor uma rival do que Afrodite em algum evento.

Por outro lado, isso pode ser uma bênção disfarçada. Psiquê está muito mais segura na cidade inferior do que na superior. De lá, vamos diretamente para minha casa, nos casamos e removemos de uma vez por todas o alvo nas costas dela.

Injeto todo o charme possível em minha voz.

— Quando pode nos receber?

— Preciso de uma hora para fazer uns ajustes, depois mais uma hora para garantir que a peça que ela escolher esteja perfeitamente ajustada. — Ela me dá seu endereço. — Prepare-se para pagar por ter atrapalhado meu planejamento para hoje.

— É claro.

Ela desliga exatamente quando vejo Psiquê sair do prédio puxando duas malas. Saio do carro e corro para ajudá-la.

— Pouca coisa, dá para ver.

— Foi você quem decidiu que eu tinha de ir morar na sua casa. Isso não é nem metade do que preciso para sobreviver. — Psiquê me segue até o carro e me observa à medida que acomodo uma das bagagens no porta-malas e a outra no banco traseiro.

— Precisamos ir. Perséfone mandou uma mensagem avisando que o brunch com minha mãe acabou.

Seguro a porta aberta para ela entrar sem dar importância ao olhar estranho que recebo, depois dou a volta no carro para me sentar ao volante.

— Liga para ela.

— Para Perséfone? Por quê?

— Precisamos de um convite para a cidade inferior, e tem de ser agora.

12

PSIQUÊ

Não sei como Eros conseguiu o contato de Juliette, mas uma hora depois, estamos atravessando de carro uma das três pontes do Olimpo rumo ao seu encontro. Cada uma delas tem uma atmosfera específica, e a Ponte Cipreste invoca nossas raízes gregas. Tem pilares altos nas laterais, que junto à luz do fim da manhã, dão a impressão de que atravessamos para outro mundo.

Meus ouvidos entopem e desentopem quando atravessamos o Rio Estige, mas esse é o maior desconforto que experimento, graças ao convite de Perséfone. Sem ele, atravessar a cidade alta para a cidade baixa não é impossível, mas é significativamente mais incômodo. É o que todo mundo diz. Nunca experimentei. Nas poucas visitas que fiz à minha irmã em sua nova casa, fui bem recebida.

Hoje não vamos à casa dela. Eros dirige para o sul ao longo do rio em direção à região dos armazéns na cidade inferior. É quase idêntica àquela na cidade superior — cada quarteirão ocupado por galpões enormes, as ruas com pouco tráfego de pedestres. É estranho quanto a cidade superior é determinada a fingir que a inferior é realmente inferior, quando nem existem muitas diferenças entre as duas. Não aparentemente, pelo menos.

Na verdade, as diferenças são profundas.

Sei que minha irmã ama este lugar, mas não entendo este lado do rio. As pessoas aqui não podem ser tão transparentes quanto Perséfone faz parecer, podem? Como conseguem viver sem a proteção de uma imagem pública? Isso me intriga. Por outro lado, imagino que sigam o exemplo de Hades. Ele é um tipo de governante muito diferente do que qualquer Zeus já foi.

Eros contorna o quarteirão enorme e estaciona na frente de um galpão que parece igual aos outros na região. Mas reconheço a placa discreta sobre a porta. *Juliette's*.

Ele olha para mim.

— Pegue tudo de que precisar. Não economize.

— Eros... — Talvez ele não saiba quanto as criações de Juliette são caras, mas não sou mercenária a ponto de aceitar a oferta.

— Estou falando sério. — Ele desliga o motor. — Imagem é importante, lembra?

É claro. Nossa imagem. *Minha* imagem. É com isso que ele está preocupado. Não é nenhum homem apaixonado com um cartão black querendo presentear a parceira. Isso tudo tem a ver com o plano.

— Claro que é importante. — Desço do carro antes que continuemos a conversa. Ele tem razão; preciso me manter atenta ao objetivo.

O objetivo que, no caso, é minha vida.

O estabelecimento de Juliette pode ser parecido com todos os outros por fora, mas lá dentro é um mundo completamente diferente. Logo além da porta, há uma elegante sala de estar com diversas cadeiras e material de leitura. O restante do espaço é dividido em dois. Na parte da frente há araras e mais araras de roupa separadas por estilo, tamanho e cor. A parte de trás é sua área de trabalho, e só um idiota tentaria entrar lá sem ser convidado.

Juliette deve estar atenta à nossa chegada, porque aparece no mesmo instante andando entre duas araras, como se o corredor fosse uma passarela. Se fosse outra pessoa, eu poderia pensar que está criando uma cena, mas essa é só a Juliette. Ela começou a carreira como modelo e, embora tenha seguido para o outro lado do mundo da moda, ainda é naturalmente atenta ao ambiente e, de maneira inconsciente, está sempre exibindo seus melhores ângulos.

Não que a mulher tenha um ângulo ruim. Ela é uma mulher preta e alta, com maçãs do rosto proeminentes e um ar focado que sugere como ela chegou ao topo da pirâmide em sua área. Juliette olha para mim e sorri.

— Parabéns pelo noivado.

Consigo retribuir o sorriso e quase o sinto natural em meu rosto.

— Obrigada. E obrigada por nos atender tão em cima da hora.

— É claro. — Juliette gesticula em direção aos provadores localizados na parede do outro lado. — Escolhi opções que acho que podem ser adequadas.

Se ela diz que são adequadas, eu acredito. A mulher é mestre em caimento, tecido e estilo. Existe um motivo para eu ter algumas de suas peças no meu guarda-roupas atualmente, embora ela seja cara o bastante para eu reduzir as compras a ocasiões especiais. Um casamento é mais do que especial, é claro.

— Obrigada — repito.

— Você. — Ela volta os olhos escuros para Eros. — Sente-se ou espere lá fora. Não quero que fique andando por aqui e me distraindo. — A voz de Juliette não revela nada, mas o rosto não esconde a antipatia por Eros. Quando ele se afasta, obediente, e ouço seus passos ecoando pelo espaço amplo, Juliette olha para mim. — Não faz parte do meu trabalho fazer perguntas, mas espero que saiba o que está fazendo.

Também espero saber o que estou fazendo. Mas confiar em alguém, em particular em uma quase estranha, está fora de cogitação. Respondo com um sorriso radiante:

— Eu sei.

Juliette me encara por um longo instante, depois assente.

— Então vamos lá.

Ela me manda ao provador com seis vestidos. Demoro dez minutos para eliminar quatro possibilidades. Todos têm um ajuste perfeito, mas não se encaixam na imagem que desejo projetar. Muita gente passa anos sonhando com seu vestido de noiva, e, quando eu era menina, também sonhava com o meu.

Quando nos mudamos para a cidade, deixei esses sonhos de lado. Ah, sempre tive a esperança de casar um dia, porém, a cada ano que passava, a realidade de nossa situação ia ficando mais evidente. As únicas pessoas em quem posso confiar no Olimpo são minhas irmãs. Até minha mãe tem os próprios objetivos, e o mais comum é que ela nos peça perdão, em vez de licença, quando nos envolve em seus esquemas.

Parte de mim sempre sonhou em subir ao altar para encontrar meu parceiro, comemorar o casamento com um pequeno grupo de amigos e familiares, algo que não teria nada a ver com imprensa, redes sociais nem o julgamento alheio. Um casamento que *eu* escolhesse, não um degrau para ganho político, como minha mãe quer.

Agora esse sonho se transformou em cinzas.

Estudo os dois vestidos remanescentes. Um é o que eu teria escolhido para aquele casamento dos sonhos. É branco e ajustado no estilo sereia, com renda e bordados delicados no corpete, no quadril e nas coxas, até se expandir em camadas de tule que criam uma cauda curta.

O outro é vermelho-escuro de tirar o fôlego. Tem corpete estruturado em forma de coração, um decote que valoriza meus seios. O tecido é recolhido do lado direito do quadril em uma explosão de rosas, que descem em pétalas prateadas acompanhando a saia ampla. Mangas curtas criam um visual de ombros caídos que parece pretender mais exibir ombros e peito do que cobrir alguma coisa. Pespontos prateados criam um V ao longo da parte superior do corpete, dando acabamento à composição.

É ousado e nada convencional, e, embora não seja o tom certo de vermelho, ainda me faz sentir que foi mergulhado em sangue.

Resumindo, é perfeito.

— Juliette.

Ela entra na área de provadores e levanta as sobrancelhas.

— Não era minha primeira opção quando fiz a seleção, mas é de parar o trânsito.

Observo o meu reflexo no espelho. Minha coloração me permite usar uma grande variedade de paletas, mas normalmente me atenho a tons mais neutros e sutis, com detalhes de cor mais intensa. Uma composição que não grite por atenção, mas também não se esconda.

Ninguém pode olhar para mim nesse vestido e ver qualquer outra coisa que não seja uma declaração.

Chupa, Afrodite.

— Vou ficar com este.

Juliette assente.

— Só preciso de um momento. — Ela anda ao meu redor, estreitando algumas partes do vestido e marcando a bainha com alfinetes. — Posso fazer os ajustes em uma hora, mais ou menos. Quer esperar?

Não é uma boa ideia ficar enrolando na cidade inferior. Perséfone pode ter concordado com nossa visita, mas Hades não gosta de Eros, e existe sempre o risco de ele desautorizar e revogar o convite.

— Vou pedir a minha irmã que leve o vestido hoje à noite.

— Perfeito. — Juliette coloca o último alfinete e se dá por satisfeita. — Pronto. Não preciso mais de você.

Sorrio.

— Obrigada por ter me atendido tão prontamente.

— Não me agradeça. Como disse a Eros, pretendo cobrar pela mudança nos meus planos. O triplo da minha tarifa habitual parece bem justo.

O valor é chocante. Não acredito que Eros concordou com isso. Na verdade, nem precisaria de um vestido de noiva para esse casamento, não fosse a necessidade de fazer tudo parecer real. Mas ele não precisava pagar para uma das melhores estilistas do Olimpo para fazer isso acontecer.

— Definitivamente justo.

— Ah, e antes que eu me esqueça... — Juliette tira do bolso um pedaço do tecido da mesma cor do vestido. — Caso tenha de encontrar uma paleta que combine.

— Obrigada. — Um detalhe tão pequeno, mas no qual eu não tinha pensado em meio a todo esse caos. — Obrigada mesmo.

Eu me visto depressa e atravesso o corredor entre as araras para voltar à sala de espera perto da entrada. Eros está reclinado em uma das poltronas, olhando para o celular. Ele levanta a cabeça quando me aproximo, e seus olhos azuis transmitem dureza.

— Devia limitar os comentários nas suas coisas. Essas pessoas são tóxicas e têm tempo de sobra.

Quase tropeço. Não sou ingênua o bastante para acreditar que ele está manifestando preocupação real. É mais provável que, considerando os comentários que vejo em minhas publicações, ele está furioso por mim. Somos uma equipe, pelo menos por enquanto, e uma ofensa contra mim é uma ofensa contra ele. Forço um sorriso.

— Eu falei para não ler os comentários.

Ele se levanta e começa a andar ao meu lado, passando na minha frente para abrir a porta para mim. Mando uma mensagem para Perséfone e confirmo se tudo bem ela levar o vestido para mim. Feito isso, atravessamos o rio de novo. Não quero respirar aliviada quando cruzamos o Rio Estige, mas Eros olha para mim de um jeito estranho quando suspiro.

Fico constrangida.

— Sei que isso é só uma parte da vida no Olimpo, mas o Rio Estige sempre me incomodou.

— Você não é a única. O rio é uma espécie de barreira, um lembrete de como estamos isolados do restante do mundo. Isso incomoda qualquer um que se aproxime dele. — Eros estende o braço por cima do console central e descansa a mão em minha coxa. Olho para a mão dele, à espera de algum tipo de explicação, mas ele continua dirigindo e olhando para a frente.

Ah. É claro. Aquela história de ficar confortável se tocando. Não posso negar, estou fracassando terrivelmente nessa missão. Não é nem medo de ele me machucar. Sei que é capaz disso, sem dúvida, mas não é esse o problema.

A verdadeira questão é que, a cada vez que ele me toca, parece que me conecta a um fio desencapado. Posso ser uma grande atriz quando a situação pede, mas não consegui agir naturalmente em nenhum desses contatos. É algo que os sites de fofoca vão ressaltar sem hesitação — alguns por maldade, outros por curiosidade. Nenhum dos dois é bom para nós.

Ou estou procurando uma desculpa para aceitar algo que, definitivamente, não devia querer.

Devagar, hesitante, ponho a mão sobre a de Eros. Tenho a sensação de que a palma aberta queima através da calça jeans, como se seus dedos deixassem marcas em minha pele, embora ele nem esteja me segurando. Sou acometida pela dolorosa consciência de que ele está a poucos centímetros da parte mais alta de minha coxa e preciso fazer um esforço enorme para não fechar as pernas com força. Nunca fui afetada por alguém desse jeito. Não sei se é o perigo que acentua meu desejo ou se é o simples fato de que não devo desejar esse homem, mesmo que seja meu quase marido.

— Você está muito tensa, está praticamente tremendo no assento.

O comentário incomoda.

— Estou fazendo o melhor que posso.

O tom dele é moderado. As palavras, não.

— Seu melhor não é o suficiente. Temos poucas horas para fazer esse trabalho. Por mais agradável que seja te beijar cada vez que começa a ficar nervosa, precisa conseguir lidar com meu toque.

Uma sensação quente se espalha por meu rosto, mas não consigo identificar se é vergonha ou desejo.

— Eu sei.

Eros contorna o quarteirão e entra na garagem.

— A oferta está de pé.

Não preciso pedir esclarecimentos. Só há uma oferta em consideração agora, e é a que não devo aceitar. Miro a mão dele em minha coxa. Palma larga, dedos fortes, unhas bem cuidadas. É tão bonita quanto o restante dele, mas tem calos nas mãos. Um pequeno indicador externo de que ele não é inteiramente o que parece ser.

O calor que domina meu rosto fica mais intenso e se espalha mais para baixo. É como se Eros sugasse todo o ar de dentro do carro, e ele ainda nem fez nada. A única vez que me senti tão atordoada assim foi quando fiquei de mãos dadas com Jenny Lee no sétimo ano. Quente, úmida, e querendo desesperadamente evitar qualquer coisa que interrompesse o contato. Daquela vez não acabou bem para mim; reuni toda a minha coragem e me inclinei para beijar a garota só para descobrir que ela estava segurando a minha mão como uma amiga.

Eros não quer ser meu amigo, mas a sensação de andar na corda bamba sobre um fosso de crocodilos é idêntica. É só fazer um movimento errado, e a humilhação vai ser a menor das minhas preocupações.

Ele estaciona e descemos do carro. Eros me deixa levar uma das malas, mas se encarrega da outra e do equipamento de iluminação. Ele exibe uma expressão estranha no rosto, mas não o conheço bem o bastante para reconhecer se é só uma expressão distante comum ou se alguma coisa o incomoda. Ele tranca a porta da cobertura depois que entramos e me leva pelo corredor até uma das portas pelas quais passamos na noite anterior.

Essa porta é de um terceiro quarto perfeitamente arrumado e decorado em tons frios de cinza. Uma cama king size ocupa uma das paredes, e há duas portas do outro lado do dormitório, uma delas de um closet de bom tamanho, a outra de um banheiro ligeiramente menor que o da suíte principal. É claro, tem um espelho gigantesco entre as portas refletindo nossa imagem.

Eros deixa minhas coisas em cima da cama, e eu o imito. Ele olha para mim.

— Pode ficar com este quarto.

O alívio me deixa até tonta. Uma coisa foi dormir com ele na noite passada, outra é repetir a façanha todas as noites.

— Graças aos deuses.

Eros sorri, mas não é um sorriso doce.

— Não me entenda mal. Pode deixar suas coisas neste quarto. Pode fazer toda a bagunça que quiser aqui, mas só aqui. E é a *única* coisa que vai ficar aqui.

Meu alívio esvazia como um balão furado. Quero gritar com ele, e é exatamente o motivo pelo qual não posso. Só prova que não estou preparada para ir até o fim disso. Droga. *Preciso* ir até o fim. Pensei que poderia evitar certas coisas, pegar atalhos, mas o dia de hoje provou que essa é uma intenção impossível. Só tem uma solução.

Olho para o celular. É quase uma da tarde.

— A que horas o joalheiro vem?

— Às duas.

— Tenho tempo suficiente então. — Saio do quarto e sigo pelo corredor até a suíte principal. Sinto Eros me seguir e, quando olho para trás, descubro que está observando minha bunda. É estranho, mas isso me dá a confiança de que preciso para tirar a blusa pela cabeça.

— Vamos resolver isso.

Ele para de repente.

— Vai ter de ser mais clara.

Começo a desabotoar a calça jeans. Seria menos constrangedor se ele também se despisse, em vez de ficar me encarando como se, de repente, eu tivesse duas cabeças.

— Você estava certo, eu estava errada. Precisamos acabar logo com isso, e precisa ser agora. Vamos trocar orgasmos e resolver isso, só assim vamos conseguir convencer as pessoas de que somos um casal de verdade.

13

EROS

Não sei o que mudou no caminho de volta ao apartamento, mas agora sei o que Psiquê ruminava em silêncio. Ela tira o jeans, fica só de calcinha de renda e um sutiã nude. A imagem me deixa sem ar. Não tem o acabamento de Photoshop que muita gente almeja no Olimpo; ela tem curvas, algumas estrias e uma bunda que dá vontade de morder. Puta merda, isso está acontecendo mesmo.

Entretanto...

Pigarreio, concentro-me em ficar onde estou e não pular em cima dela como um animal.

— Hoje de manhã você disse que não era necessário.

— Eu sei. — Psiquê dá de ombros e enrola uma mecha de cabelo escuro com o dedo. — Olha, a verdade é que não separo muito bem sexo e sentimentos. A última coisa de que preciso é me envolver com você emocionalmente. Isso complicaria uma situação que já é bem complicada, e nenhum de nós dois precisa disso.

Não devia incomodar. Não tem motivo para isso. O que temos é só um acordo comercial, um arranjo no qual ela não entrou de modo voluntário. É razoável que não queira se envolver comigo emocionalmente.

Sim, e o fato de eu ser um monstro.

Entro no quarto e fecho a porta com delicadeza.

— O que está propondo?

— Um lance único. — Ela leva as mãos às costas, ao fecho do sutiã, e hesita. — Batismo de fogo.

— Posso garantir que vai ser mais gostoso que um batismo de fogo. — Eu me aproximo dela com lentidão. Já sei que uma vez não vai ser suficiente para mim, não mesmo. Mas ela não vai me agradecer por dizer isso. Psiquê também sente a química. Se não sentisse, não derreteria toda vez que a beijo. Falando nisso... — Os beijos vão continuar acontecendo.

Ela abre a boca como se quisesse discutir, mas acaba dando de ombros.

— Tem razão. Você já foi fotografado várias vezes enfiando a língua na garganta de alguém, vão esperar que faça a mesma coisa comigo.

Isso me faz ir mais devagar.

— Com que interesse acompanhava as fofocas sobre mim antes?

— Com o mesmo interesse que acompanho qualquer pessoa no Olimpo que possa se tornar uma ameaça algum dia.

Não é uma resposta, mas haverá tempo para voltar ao assunto mais tarde. Não tenho razão para pensar que ela passou as últimas duas semanas mergulhando na minha história e vasculhando os sites de fofocas atrás de informações sobre mim, como fiz com ela. No momento, Psiquê está quase nua ao lado da minha cama. Só um idiota deixaria passar a oportunidade. Percorro a distância entre nós com dois passos e paro pouco antes de tocá-la. Dessa vez ela não recua. Só desabotoa o sutiã e o deixa cair no chão.

Olho primeiro. Psiquê é um bom vinho, e, como qualquer vinho bom, pretendo saborear aos poucos. Ela é linda — bonita o suficiente para despertar a inveja de Afrodite, o que não acontece todos os dias. Afasto esse pensamento antes que ele destrua minha disposição. Dedico toda a minha atenção à mulher parada na minha frente. Ela permanece imóvel enquanto eu olho até cansar, como se isso pudesse acontecer na hora que temos disponível.

Outra hora, prometo a mim mesmo. Outra hora, quando tivermos mais tempo para nós, vou convencê-la a ficar parada desse jeito e me deixar contemplar o quanto eu quiser.

Deslizo os dedos por seu cabelo escuro, empurrando as mechas para trás, para fora do caminho. Sua respiração falha quando meu polegar toca a curva de seu ombro, e ela estremece.

— Não temos muito tempo.

— Temos todo tempo de que precisamos — murmuro, e sigo deslizando os dedos por seu braço até encontrar o punho. Sua pele é tão macia que quero repetir o trajeto com a boca. Em vez disso, subo a mão e toco seu ombro. Depois repito o processo do outro lado.

— Eros. — A voz dela treme. — Para de me provocar e *me toque*. Outro dia...

Mas hoje não é outro dia. Posso ter incontáveis possibilidades para seduzir Psiquê Dimitriou, mas a verdade é que temos um limite de tempo, e tenho de agir dentro dele.

Seguro seus seios fartos, quase gemendo ao sentir como preenchem minhas mãos. Os mamilos têm uma coloração rosa escura linda, e não consigo mais me conter. Abaixo a cabeça e pego um deles com a boca.

Ela geme e segura meu cabelo. Duvido que Psiquê algum dia admita, mas acho que ela gosta dos meus cachos. É inegável que gosta de usá-los como alças sempre que tem oportunidade.

Passo para o outro mamilo, brinco com ele até sentir seu corpo trêmulo em meus braços e arqueando na direção da minha boca. Psiquê tem um gosto onírico. E tem aroma de biscoito. Aproximo o nariz de sua pele e inspiro.

— Seu cheiro é tão bom que eu quero te comer.

— Bem canibal. — Ela está ofegante demais para dar ao comentário o tom seco que pretende. — É meu hidratante. É de...

Olho para ela.

— Psiquê.

Ela morde a boca.

— Quê?

— Não dou a mínima para qual hidratante você usa. — Eu a conduzo pelos últimos passos até a cama e a deito de costas. Devagar. Tenho de me mover lentamente, porque, se abrir meu zíper, em dois segundos estarei dentro dela, e não é assim que quero que aconteça. Nunca tenho dificuldade para me controlar. Nunca. Cada sedução que já pratiquei é uma coreografia cuidadosa entre mim e minha parceira — ou parceiras. Nunca caio sobre elas como uma fera pronta para me fartar.

Uma fera que sinto rosnar dentro de mim.

Corro o risco de escorregar agora, quando é mais importante.

Por isso me ajoelho ao lado da cama, em vez de deitar com ela. É melhor. Mais seguro. Apesar do que ela disse, não quero que seja um lance único. Psiquê reage com surpresa, mas ignoro, concentrando-me em tirar sua calcinha. As coxas dela tremem, como se ela não soubesse se deseja fechá-las ou abri-las. Não importa. Posso vê-la perfeitamente daqui, a boceta úmida como um convite que não pretendo recusar.

— Vou te beijar.

— Prefiro que a gente vá direto ao ponto.

Quase dou risada. Poderia rir, se não estivesse louco para sentir seu sabor.

— Mudei de ideia.

Psiquê me puxa pelo cabelo.

— Vem cá.

— Não vamos transar agora. — Não confio em mim para isso, não assim, não agora. Não quando minhas mãos tremem e quase não consigo me conter. Ela merece flores, romance e mais orgasmos do que pode contar. Não merece ser jogada em cima do colchão e devorada por um animal.

Não sei se sou capaz de dar o que ela merece.

Não, isso é mentira. Já sei que estou destinado ao fracasso se for esse meu objetivo. Todas as evidências apontam para mim e Psiquê existindo em reinos inteiramente diferentes. Mesmo nesse aspecto. *Especialmente* nesse aspecto. Ela disse que tem problemas para separar sexo e sentimentos. Não consigo pensar em nenhuma vez em que sexo me fez sentir qualquer coisa além de prazer físico.

Vou fazer besteira aqui.

— Eros, por favor.

— Psiquê. — Colo a testa em seu ventre macio e solto o ar devagar. — Só me deixa fazer você se sentir bem por um tempinho. Por favor.

— Se você quiser, acho... — As palavras se transformam em um gemido rouco quando desço e deslizo a língua por sua boceta.

Cacete. O gosto dela aqui é ainda melhor que em todo o restante. Deslizo as mãos por suas pernas e agarro as coxas, afastando-as bem. Mais. Preciso de muito mais...

Volto da beirada do precipício a tempo de pegar meu celular. Psiquê se apoia nos cotovelos e me observa. Ela gosta da paisagem que vê tanto quanto eu gosto do que vejo? Difícil dizer. Ela franze a testa.

— O que está fazendo?
— Acionando um alarme.

Psiquê parece confusa.

— Por quê?
— Porque vou me distrair te chupando e não quero deixar o joalheiro esperando.

De novo aquele olhar chocado, a piscada lenta.

— Eros, o joalheiro só chega em quarenta minutos.
— Eu sei. Não é nem perto do tempo de que precisamos.

E então não há mais tempo para conversar. Quero sentir o orgasmo de Psiquê no meu rosto e quero agora. Ela é teimosa, por isso quero que seja bom, para ela esquecer por que tentou colocar um limite nisso. Esse é o plano.

Qualquer *plano* evapora pela janela na segunda vez que sinto seu sabor. Ela fica tensa, mas depois se entrega à sensação. Entre uma inspiração e outra, abre as pernas e segura meu cabelo de novo. Entrega-se para mim. Confia em mim para sentir coisas boas. É uma sensação inebriante ter Psiquê inteira à minha disposição.

Eu a observo com atenção enquanto trabalho com a língua, devagar, descobrindo do que ela gosta. Ela não é tímida sobre suas preferências, as quais me delicio descobrindo. Psiquê não hesita em puxar meu cabelo para guiar a boca até seu clitóris nem contém gemidos e suspiros quando o encontro e dou uma lambida vertical com a língua inteira. Repito o movimento várias vezes, construindo seu orgasmo até ela começar a tremer e quase arrancar meu cabelo. Curto a dor, a evidente perda de controle.

Olho para o seu corpo quente à medida que desço depositando beijos e mordidas carinhosas na parte interna das coxas. Psiquê agora está completamente relaxada, mas ainda tenho tempo e não pretendo parar antes de o alarme tocar. Subo beijando suas coxas e intensificando o toque, depois elevo a cabeça para poder abri-las com os dedos.

Ela está tão molhada que tenho de duplicar o esforço para me controlar. Quero entrar nela, quero tanto que estou tremendo mais do que ela o fez quando gozou na minha boca. Meu pau dói de tão duro, e não tenho nenhuma vergonha do pontinho molhado na frente da minha calça. É inevitável. Essa mulher mexe comigo. Seria muito fácil abrir a calça e me masturbar.

Pena não confiar em mim o suficiente para isso, apesar do alívio que traria. Tenho de manter a calça fechada. Sem exceções.

Lambo os lábios, ainda sentindo seu gosto, e enfio dois dedos em sua boceta. Psiquê geme e arqueia as costas, e quase chego ao orgasmo quando sinto o espasmo em torno dos meus dedos. E em seguida nada mais importa, porque ela goza de novo, molha meus dedos como eu mataria para sentir no meu pau.

Em breve.

O alarme dispara muito antes de eu estar preparado para parar, mas consigo erguer a cabeça. Rastejo sobre seu corpo e beijo sua boca. Ela me agarra enquanto a beijo, e por um momento penso em ignorar o alarme e continuar com isso.

Não. Droga, não. Temos um plano; precisamos segui-lo. Há muita coisa em jogo, muitos riscos para nós dois, não podemos deixar a luxúria tomar conta da situação antes de trocarmos nossos votos. Relutante, interrompo o beijo.

Psiquê resmunga um protesto e tenta me puxar de volta.

— Quero mais.

— O joalheiro.

Ela fica parada. É impressionante assistir à retomada de controle, ao modo como ela deixa o desejo de lado e se concentra em nosso propósito. Seu corpo fica tenso, depois relaxa. Os dedos em meu cabelo afrouxam. Ela não consegue banir o brilho febril no olhar, mas acalma um pouco a expressão. Aos poucos, muito devagar, solta meu cabelo.

— Certo. O joalheiro. Precisamos de alianças para a cerimônia. — Sua voz sai só um pouco rouca. Ela se recuperou muito depressa, mais depressa do que sou capaz de fazer.

— Sim.

Ela lambe os lábios.

— É melhor sair de cima de mim, então.

Só então percebo que ainda estou pressionando seu corpo contra o colchão. Ela me prende entre as pernas, com os pés cruzados sobre minhas costas.

— Se quer que eu saia, é melhor me soltar.

Gosto de como ela fica vermelha. Gosto muito.

Ainda preciso de muito autocontrole para sair de cima dela, e, quando saio, tudo fica pior, porque posso vê-la de novo. Se uma Psiquê normal é uma tentação a que nunca vou poder resistir, uma Psiquê saciada de prazer é como injetar a droga mais viciante do planeta. Eu a quero de novo o mais depressa possível, até o quanto conseguirmos aguentar, até nossos corpos desistirem.

Recuo um passo, depois outro.

— Vou trocar de roupa.

— Boa ideia — ela responde baixinho, olhando para a frente da minha calça. — Preciso me vestir.

— Sim.

Nós nos encaramos por um longo instante, e a tensão cresce até se tornar quase uma coisa visível. É como se ela tivesse colado um ímã na minha barriga — ou, para ser mais preciso, no meu pau — e me puxasse em sua direção agora. Desviamos o olhar no mesmo momento, eu me dirijo ao closet, e ela para à porta, rumo ao seu quarto.

Só consigo encarar a verdade depois de vestir roupas limpas e recuperar o foco. Ela pode não querer se envolver, mas é absolutamente evidente que eu já estou envolvido. Nunca estive tão perto de perder o controle, com nenhuma de minhas parceiras. Mas Psiquê provou, várias vezes no pouco tempo que passamos juntos, que ela não é como nenhuma outra no Olimpo. Não é à toa que minha mãe queria extinguir sua luz radiante. Ela é inteligente, sensata e boa demais para um homem como eu.

Que se foda.

Depois desta noite, ela é minha de verdade.

14

PSIQUÊ

Depois de dois orgasmos que fez tremer o mundo em uma sucessão rápida, o restante do dia passa bem depressa enquanto Eros e eu colocamos tudo em ordem, até que chega a hora de me arrumar para a cerimônia.

Para a cerimônia do meu casamento.

Perséfone chega com meu vestido e seu marido carrancudo. Hades é muito atraente — um homem alto e branco com cabelo e olhos escuros e uma bela barba —, contudo a única pessoa para quem ele sorri é minha irmã, e seu jeitão de "não se mete comigo" é suficiente para manter todo mundo afastado. Ele ama Perséfone, e isso é suficiente para mim. Se ela está feliz, ele não precisa ser um ursinho de pelúcia. E ela está muito, muito feliz.

É uma pena eu não poder contar com o mesmo destino com meu monstro.

Eros desapareceu, disse alguma coisa sobre cuidar de detalhes de última hora. Ele garantiu que Afrodite continua longe, curtindo o fim de semana no spa, e até telefonou mais cedo para confirmar a informação com a assistente dela — todavia, não consigo deixar de me preocupar, tenho medo de que ela apareça a tempo de impedir a farsa. Mas confio em Eros, pelo menos em relação a isso.

Quando Afrodite consultar as redes sociais depois do fim de semana de isolamento, vai haver consequências, e elas cairão sobre os ombros de Eros. Não consigo deixar de me sentir mal por ele.

Minha mãe não vai ficar mais feliz quando descobrir a respeito desse casamento apressado. Não conheço os detalhes de seus planos para mim, mas sei que não incluem um casamento com Eros. Isso é certo. Nem mesmo ela vai poder se opor depois que estivermos legalmente casados. Mas assim que superar a raiva? Com certeza vai se dedicar a analisar todas as possibilidades de contornar a situação a seu favor.

Ao que parece, nossas mães nem são tão diferentes. As duas são poderosas, ambiciosas e implacáveis.

A diferença?

Minha mãe tenta me mover como uma peça no tabuleiro de xadrez que é o Olimpo, mas me ama. Não deixa o amor atravessar o caminho do poder, mas também não exigiria que eu comparecesse a uma festa depois de ser esfaqueada e nem ficaria furiosa por eu ter me atrasado.

Notei a expressão chocada de Eros quando ele estudou as fotos na cobertura da minha mãe, aquelas em que estamos eu e minhas irmãs. É possível que eu esteja totalmente enganada e imaginando coisas, mas ele estava quase perplexo diante de nossa felicidade naquelas fotos. Minha infância não foi perfeita — Deméter não é uma mãe fácil de se ter, mesmo nas circunstâncias mais ideais — mas eu tinha minhas irmãs e passávamos *mesmo* muito tempo felizes. Não era fingimento para as fotos.

Como deve ter sido crescer com uma mãe que só o via como uma ferramenta a ser explorada, e mais nada?

Interrompo meus pensamentos. Estou devaneando. Só posso estar. Por mais que odeie Afrodite, é evidente que não estou vendo o panorama geral. Ela deve amar o filho, mesmo que exija dele coisas horríveis.

Não é?

— Psiquê? Não temos muito tempo.

Afasto as preocupações e olho para minha irmã.

— Tem razão. Vamos começar.

Deixamos Hades na sala de estar, estudando o lugar como se fosse um general examinando um campo de batalha, e vamos para o meu quarto a fim de eu me arrumar. Perséfone fala de temas corriqueiros enquanto prende meu cabelo e aplica a maquiagem, mas, quando chega a hora do vestido, ela hesita.

— Sei que já perguntei isso, mas tem certeza?

Não. Nem um pouco. Não tinha certeza antes desta tarde e, agora que senti a boca de Eros em todo o meu corpo, estou completamente abalada.

— Tenho.

Minha irmã ri.

— Eu sabia que era bobagem perguntar.

— Ah, olha só quem fala. Faz só dois meses que você se meteu na casa de um homem que todo mundo achava que era uma lenda e recusou minha ajuda.

Ela levanta o queixo.

— Foi diferente.

— Talvez, mas confiei em sua decisão. Você prometeu me dar o mesmo benefício da dúvida.

Por um segundo, penso que ela pode continuar a argumentação, mas minha irmã, por fim, suspira.

— É verdade, não gosto de ver o jogo virando.

— É difícil ver as pessoas com quem você se importa assumindo riscos.

Ela sorri para mim, mas é um sorriso agridoce.

— Quando ficou tão inteligente?

— Tenho duas irmãs mais velhas incríveis, elas são meus exemplos. — Minha garganta fica apertada, e tenho de me virar para não chorar e estragar a maquiagem. Esse pode não ser o casamento dos meus sonhos, mas vou fazer de tudo para que seja convincente. Tiro o robe e entro no vestido, depois me viro para minha irmã poder fechá-lo nas costas.

— Realmente lindo. Não é o que eu esperava que você escolhesse, mas é perfeito. — Ela me ajeita com rapidez, e sua voz fica embargada. — Você parece uma deusa.

— Uma ninfa, talvez.

Ela ri.

— Você sempre faz isso. Hoje é seu casamento, então trate de acreditar que parece uma deusa.

Não adianta discutir. A verdade é que *estou* bonita, e *escolhi* este vestido com o objetivo de provar algo. É tarde demais para mudar de ideia, assim como é tarde demais para mudar de ideia em relação ao casamento.

— Você tem razão. Pareço uma deusa.

— Isso. — Ela desvia o olhar. — Tem mais uma coisa.

Alarmes disparam em minha cabeça. Perséfone não é beligerante como Calisto, mas é perfeitamente capaz de se defender em um confronto. Se está dando sinais de culpa agora... isso não pode ser bom.

— O que você fez?

— Não fica brava.

— Perséfone — começo lentamente, agarrando minha paciência com as duas mãos —, não posso prometer que não vou ficar brava se você não me contar o que fez.

— Eu... Hum, posso ter mencionado esse evento durante o brunch.

O brunch.

Com *nossa mãe*.

— Você não fez isso.

Perséfone faz aquela cara de novo, a expressão de teimosia que anuncia que não vou ganhar a discussão.

— Se alguém consegue entender uma manobra política, essa pessoa é nossa mãe. Dê a ela o benefício da dúvida.

Eu a encaro. Fito-a por tempo suficiente para Perséfone ficar vermelha e parecer culpada.

— Benefício da dúvida? — repito. — Vindo de você, é uma afirmação e tanto. Sabe muito bem o que ela fez para tentar te tirar de perto de Hades. Acha mesmo que ela vai ser menos implacável comigo?

— Foi uma situação diferente.

— Você sempre diz isso. E continuo não acreditando em você. — Levanto as mãos para torcer o cabelo, mas paro antes de tocá-lo. — Ela estava tentando me apresentar a Zeus.

— *O quê?*

— Mesmo que a mamãe saiba apreciar uma manobra política, ela fazia planos para mim. — Planos aos quais eu não me opunha inteiramente, mesmo que não me sentisse eufórica com eles. — Na opinião dela, Eros vai ser um rebaixamento. — As palavras soam como uma traição, mas isso não faz sentido. Se eu não fosse forçada a escolher entre a morte e o casamento com esse homem, nunca teria aceitado sua aliança em meu dedo.

Certo?

— Psiquê, eu...

Uma batida à porta interrompe a conversa, e é melhor assim. Eu a encaro pela última vez, antes de responder:

— Sim?

— Precisamos conversar.

Eros.

Deuses, odeio como meu coração acelera quando escuto a voz dele. Dou alguns passos até lá, apesar de me mandar ficar onde estou.

— Dá azar ver a noiva antes do casamento.

— Nenhum de nós é supersticioso. — Ele baixa a voz. — Abre a porta, Psiquê.

Ignoro minha irmã bufando contrariada e faço o que ele pede. Por um momento, fico ali parada, olhando para ele como uma idiota. Eros está com um smoking que realça a pele dourada e o cabelo loiro.

Quero tirá-lo com os dentes.

Puta merda, de onde veio essa ideia?

Estou tão chocada comigo mesma que nem fico tensa quando Eros entra no quarto e enlaça minha cintura com um braço.

— Você está divina.

— Você também. — Minha voz soa distante e estranha, mas estou me esforçando muito para manter o toque leve e não amarrotar o tecido de sua camisa. — O que aconteceu?

Ele sorri para Perséfone. Mesmo sabendo que é encenação, não consigo não me encantar com a expressão terna.

— Posso ter um momento a sós com minha esposa?

— Ela ainda não é sua esposa.

Eros encara minha irmã por um momento.

— Você quer protegê-la. Eu entendo, mas...

— Ah, *entende*? — Perséfone endireita os ombros. Ela nunca pareceu ser mais rainha como neste momento. Ela nunca esteve tão parecida com a nossa mãe. — Você não tem irmãos, Eros. Não sei nem se tem amigos. Entende mesmo o que é se importar tanto com alguém a ponto de atear fogo à cidade se ela for machucada?

— Chega. — Ambos olham para mim, e tenho de me esforçar para não alterar a voz. Minha irmã não está errada por tentar me proteger, mas, se isso fosse um relacionamento de verdade, eu *nunca* admitiria que ela falasse desse jeito com meu parceiro. — Chega — repito.

— Só quero que você seja feliz.

— Então me apoie.

Minha irmã hesita por tanto tempo que penso que pode continuar discutindo, mas finalmente Perséfone afaga meu ombro e sai do quarto.

Eros me solta assim que a porta é fechada, mas parece relutante. Finalmente, ele abandona a encenação do noivo feliz.

— Sua irmã não gosta de mim.

— Está surpreso?

— Não. — Ele balança a cabeça. — Modifiquei uma sala lá embaixo. É usada para... Bom, nem sei para o que é usada, mas vai receber nossa cerimônia de casamento.

— Ok. — Ele não precisava tirar minha irmã do quarto para me dar essa informação. — O que mais?

— Minha mãe ligou. — Ele fala com tanta naturalidade que acho que ouvi errado.

Recuo um passo.

— O quê? Você não disse que ela ainda estava no spa?

— Parece que alguma alma bem-intencionada conseguiu entrar em contato com ela. O spa é longe demais para minha mãe conseguir interferir, mas ela já está sabendo. E deixou uma mensagem de voz bem eloquente.

— Quero ouvir.

— Não é necessário.

— Não me interessa se é necessário ou não, Eros. Ou somos parceiros de verdade nesse esquema, ou não somos, e aí não faz sentido continuar com o casamento. — Olho no fundo dos olhos dele. — Quero ouvir a mensagem.

Por um longo momento, penso que ele vai discutir, mas Eros suspira e, por fim, pega o celular.

— Não é bonita.

Pego o telefone e abro o aplicativo de mensagens. Minhas mãos tremem quando aperto o play. De imediato, a voz de Afrodite invade o quarto. Pela primeira vez, ela não fala com aquela nota doce e venenosa. Dessa vez está furiosa:

"Qual parte de 'traz o coração dela' você não entendeu, Eros? Por que vieram me dizer que você vai se *casar* com a mulher? — Ela respira, ofegante. — Pensei que fosse capaz de seguir ordens simples, mas até isso está além da sua capacidade, pelo jeito. Só pode ser isso, porque *sei* que não está tentando bancar o cavaleiro para essa donzela em perigo. Você não é capaz disso."

Olho para Eros, mas seu rosto está composto em uma máscara ilegível.

Na mensagem, a voz de Afrodite vibra de raiva:

"Eu estava disposta a resolver isso do jeito mais ameno, em respeito à evidente queda que você tem pela garota, mas você cuspiu na minha cara. Ela vai pagar por isso. Esse blefe sobre se casar com ela não tem graça, e agora é ela quem vai sofrer. Antes que eu termine, ela vai estar com medo, sozinha e sofrendo, e a culpa vai ser *sua*."

Meu peito fica apertado. Não há ar suficiente no quarto. Vou até a janela com a intenção de abri-la, mas descubro que não é possível.

— Que porra é essa?

— Psiquê? — Eros pega o celular de volta, depois segura minhas mãos e as leva ao peito. — Não vou deixar minha mãe fazer nenhum mal a você.

Dou risada. A gargalhada machuca minha garganta — ou é só o nó que não se desfaz.

— Acho que já determinamos que você não consegue controlar sua mãe.

— Ela não vai te machucar — ele repete. — Prometo. Depois desta noite, o assunto vai estar encerrado. Você vai estar fora do alcance de Afrodite.

Eu não devia acreditar nele. Todos esses anos sobrevivendo a essa cidade de alto risco, e nunca tive dificuldade para controlar meus sentimentos. Só baixo a guarda com minhas irmãs, e, mesmo assim, nunca é por completo. Elas estão lidando com os próprios problemas, afinal. Vamos nos revezando e apoiando umas às outras quando a situação fica complicada.

Confiar em alguém fora desse pequeno círculo é inimaginável.

Não é por bondade que Eros está prometendo impedir a mãe de me matar. Se ela conseguisse fazer alguma coisa para impedir o casamento, nossos objetivos comuns seriam frustrados. Ele investiu no nosso casamento, e, se não entendo inteiramente seu raciocínio, posso ao menos acreditar que é isso que ele quer. Essa informação deveria me confortar, mas parece vazia.

— Acredito em você. — Pigarreio. — E acho que essa é uma boa hora para contar que Perséfone contou à minha mãe sobre o casamento, e ela *vai* comparecer.

Eros me encara por um bom tempo, depois joga a cabeça para trás e gargalha. A reação me surpreende tanto que eu pulo de susto, mas ele está ocupado demais com o ataque de riso para perceber. Eros precisa passar um braço em torno da minha cintura para se manter em pé.

Cruzo os braços e espero.

— Isso mesmo, extravasa agora.

Ele não me faz esperar muito tempo. Endireita as costas e balança a cabeça.

— Vamos ter de melhorar muito nesse jogo para ficar um passo à frente da sua mãe e da minha. Vai ser interessante.

— Interessante. É um jeito de descrever.

Eros se dirige à porta, mas para antes de abri-la.

— Confia em mim.

— Com relação a isso, confio. — É quase verdade. Não posso me dar ao luxo de contar com Eros, não posso presumir que temos objetivos iguais. Mas posso acreditar que ele está tão decidido quanto eu a fazer esse casamento acontecer, com ou sem relacionamento falso.

Ele sorri para mim, e vejo seus olhos se iluminarem.

— Ah, e Psiquê? Eu estava falando sério quando disse que você está divina. Quero te devorar. De novo. — E sai antes que eu consiga formular uma resposta.

O que há para dizer?

Já determinei que Eros é um mentiroso inveterado e que é frio até o fundo da alma. Não importa quanto seus olhos aquecem quando se voltam para mim, quanto o sorriso dele é inebriante. Não posso confiar nisso.

Mas não senti falsidade quando ele estava com a boca em mim, mais cedo. Quando suas mãos tremeram em minhas coxas e a voz ficou rouca, baixa. Naquele momento, foi como se ele me quisesse tanto quanto eu o quero. Mais, na verdade, porque ele não lutava contra sua reação.

Mentira. Só pode ser mentira. Precisávamos acabar logo com isso, e foi o que fizemos. Se ainda sinto desejo por Eros, existe uma conclusão lógica quanto ao motivo. Adrenalina e feromônios. Uma resposta física é normal em condições menos que normais. Só isso.

Quase tinha conseguido me convencer de que essa era a verdade quando entrei no elevador para descer à sala que Eros escolheu para o evento. Perséfone está ao meu lado e exibe aquele sorriso radiante que usa sempre que temos de lidar com os Treze. Tento me organizar, guardar dentro de mim tudo que é importante e trancar, para que nada do que vai acontecer esta noite seja capaz de me machucar.

Tento... e falho.

Como posso me trancar dentro de mim se neste momento sou um gigantesco nervo exposto? Sei que isso é necessário, mas as expectativas sobre o casamento que sempre quis se chocam com a realidade do momento, e isso dói mais do que eu esperava. É uma dor parecida com luto.

A porta do elevador desliza silenciosa e revela um longo corredor que cheira a dinheiro, embora siga o mesmo padrão minimalista da decoração da cobertura de Eros. O piso de concreto escovado brilha sob a luz forte, e as paredes são pintadas de cinza-chumbo. Poderia parecer uma enorme prisão, se não fossem pelos espelhos.

Eles revestem os dois lados do corredor, cobrem quase desde o chão até o teto de três metros de altura. As molduras são de ferro forjado e prata brilhante, e tenho o pensamento histérico de que, se tocar em uma delas, a moldura vai ceder e vou atravessar para outro mundo.

O que acontece com esse edifício para ter tantos espelhos?

Na metade do corredor, uma porta se abre e minha mãe aparece. Ela usa um vestido elegante que cobre seu corpo esguio do pescoço até os punhos e tornozelos, e a cor prata associada à estrutura do corpete e ao quadril criando a impressão de uma armadura. O cabelo preto está preso, e o rosto e a maquiagem são impecáveis, como sempre.

Tenho de recorrer a cada fragmento de coragem em mim para continuar andando ao lado de minha irmã até estarmos diante de Deméter. Ela me mede de cima a baixo e de volta.

— Se queria provar algo, esse vestido é perfeito.

Perséfone afaga minha mão.

— Vejo você lá dentro.

Ela passa pela porta e me deixa sozinha com Deméter. *Covarde*. Por outro lado, eu ia mesmo encarar minha mãe sozinha nessa história. Escolhi esse caminho, fui *forçada* a escolher esse caminho, porque não fui boa o suficiente para superar Afrodite.

Dessa vez.

— Mãe...

Ela levanta a mão e balança a cabeça.

— Vamos ter uma conversa, mas não aqui. Está decidida a se casar com Eros?

Sou invadida por um sentimento parecido com alívio. Podem falar o que quiserem de Deméter, menos que ela desperdiça oportunidades valiosas. Meu casamento com Eros abre para ela uma linha direta até Afrodite, ou melhor, uma via direta para alfinetar e abalar a outra mulher. Talvez ela tenha aprendido a lição sobre negociar o casamento das filhas sem o consentimento delas, e não tenho *nenhuma* certeza disso, mas, se uma de nós se mete em um casamento com alguém poderoso, ela não vai impedir.

— Sim, estou decidida.

— Então vamos. — Ela vira de frente para a porta e me oferece o braço. — Nenhuma das minhas filhas vai caminhar sozinha para o altar.

Não falamos do meu pai — de nenhum dos nossos pais. Três casamentos, quatro filhas, e todos os pais desapareceram da face da terra semanas depois do divórcio. Ou melhor, desapareceram do Olimpo. Se não fosse pela intensa atividade nas redes sociais dos ex-maridos, minha mãe poderia ter fama de viúva negra. Mas a verdade é que minhas irmãs e eu temos certeza de que ela pagou aos nossos pais para que encontrassem um caminho fora do Olimpo.

Acho que posso culpá-la por não ter tido uma figura paterna, mas a verdade é que minha mãe nunca usa um chicote, se uma cenoura pode dar o mesmo resultado. Meu pai aceitou o dinheiro, comprou uma passagem para longe do Olimpo e nunca olhou para trás. Por que eu choraria pela falta de um homem tão egoísta em minha vida?

Então, sim, é perfeitamente adequado que minha mãe me conduza ao altar e me entregue ao homem que vai ser meu marido.

Encaixo a mão no braço dela.

— Obrigada, mãe.

— Você é minha filha, Psiquê. Mais que as outras, você é a maçã que não cai longe da minha árvore. Sei que tem um motivo para o que está fazendo. — Ela me encara com ar severo. — Devia ter me contado. Poderíamos ter negociado condições mais favoráveis.

Apesar de tudo, dou risada.

— Quem sabe no meu próximo casamento?

— Essa é minha menina.

15

EROS

Nunca imaginei que me casaria. Não que eu tenha alguma coisa contra a monogamia, embora tenha apenas flertado com ela no passado. Alguma coisa relativamente permanente, como um casamento, é mais que um relacionamento. É mais que sexo, mais que levar alguém para morar na sua casa e tentar aprender a compartilhar. É uma parceria. Uma aliança.

Mas, quando estou parado diante do altar e vejo uma Hermes quase saltitando no terno prateado com colete, tudo parece absolutamente certo.

Eu me recuso a examinar essa sensação mais de perto.

Em vez disso, olho para a porta se abrindo e me concentro unicamente em Psiquê. Reparo em sua expressão ao ver o que preparei nas últimas horas.

A sala não é grande, o que é bom para esse evento. Há dois bancos de cada lado do corredor, cada um deles enfeitado com um buquê de rosas vermelhas amarradas com uma brilhante fita prateada, uma combinação perfeita com o vestido, graças à amostra fornecida por

Juliette. O corredor tem uma passadeira vermelha no mesmo tom. Helena se aproxima de Psiquê e lhe entrega um buquê do mesmo arranjo.

O choque no rosto de Psiquê se torna ainda maior quando ela observa a sala. Vejo quando percebe que todos usam alguma variação de vermelho, preto e prata. Até Hades, que parece ter só ternos pretos. O fotógrafo que contratei se movimenta pela sala, e os cliques da câmera são o único som por um longo momento.

Então, a música começa, uma variação da marcha nupcial que parece quase um lamento. O sorrisinho que surge no rosto dela me dá a impressão de que ela concorda comigo sobre essa ter sido a escolha mais adequada. Quase uma piada interna que apenas nós dois entendemos.

Psiquê dá o primeiro passo para o altar — em direção a mim —, e me encara. Seu sorriso se alarga, e, apesar de repetir para mim mesmo que é tudo um espetáculo, não consigo ignorar o calor que se espalha em meu peito. Sei que não é isso que ela quer. Se for como Helena e Éris, Psiquê tinha planos para seu casamento desde que era menina, e não acredito que esses planos incluíssem se casar com o filho da inimiga da mãe dela diante de cinco convidados.

Não posso mudar nada disso, mas o mínimo que posso fazer é lhe dar esse presente. Algo digno de ser fotografado. Esse casamento pode não ser uma boa lembrança, mas a publicidade que virá depois dele não vai ser motivo de vergonha para ela.

Psiquê e Deméter caminham rumo ao altar e param alguns passos distante dele. Hermes pigarreia, encantada com toda a experiência.

— Quem dá a mão desta mulher em casamento?

— Eu. — Deméter se adianta e coloca a mão de Psiquê na minha. Sorri com doçura, como se estivesse feliz por estar ali, mas as palavras que murmura pingam veneno: — Se fizer alguma coisa que prejudique minha filha, eu te castro e te jogo para os meus porcos.

Ouvi comentários sobre Deméter e seus porcos, mas nunca consegui comprovar nenhum deles.

— Não vou me esquecer disso.

— Espero que não. — Ela beija o rosto de Psiquê, depois vai sentar ao lado de Perséfone no banco da primeira fileira.

Estamos diante do altar, e tudo que posso fazer é contemplar Psiquê. Essa mulher, uma criatura brilhante e forte, será minha de verdade no momento que eu colocar a aliança em seu dedo, no instante que nós dois dissermos "sim". Isso poderia ser só um jeito de manter Psiquê viva, mas em algum momento nas últimas doze horas transformou-se em outra coisa, algo completamente diferente. Vou manter essa mulher em segurança.

Porra, vou manter essa mulher comigo.

Mal escuto as palavras de Hermes, e nem consigo repetir as palavras certas para concluir tudo isso. Minhas mãos tremem quando ponho o anel com o vasto diamante no dedo de Psiquê. Estou perdido.

Minha esposa não parece ter o mesmo problema. Sua voz é perfeitamente firme quando repete os votos. Seus dedos são frios em minha pele quando põe a aliança em minha mão. Psiquê sorri para mim com doçura, e me surpreendo com quanto quero que isso seja de verdade.

— Pode beijar a noiva.

Não hesito. Dou um passo à frente e seguro seu rosto. Se eu fosse um homem melhor, nunca tocaria essa mulher com mãos que cometeram tanta violência, mas sou um egoísta. Eu a beijo e preencho o momento com tanta promessa que ela derrete em meus braços.

Alguém pigarreia, acho que é Éris, e consigo levantar a cabeça, embora não abaixe as mãos. Sorrio para Psiquê.

— Ei.

— Ei — ela sussurra.

— Conseguimos.

Ela enlaça meus punhos com as mãos e aperta de leve.

— Ainda não terminamos.

Com isso em mente, entrelaço os dedos nos dela e nos viramos de frente para a sala. Helena e Éris estão atentas, como se ainda não conseguissem acreditar no acontecido. Acho que vou ouvir a opinião delas mais tarde, quando tiverem tempo para refletir. Deméter mantém aquela expressão impassível, mas já a vi exibir o mesmo sorriso sereno antes de colocar os inimigos de joelhos. Hades está carrancudo, mas ele sempre está assim. Perséfone sorri, mas percebo a ameaça de violência em seus olhos cor de avelã.

Esse casamento vai provocar todo tipo de caos.

E não vejo a hora, o que é estranho.

Hermes anuncia, feliz:

— Apresento a vocês o senhor Eros Ambrosia e a senhora Psiquê Dimitriou.

Deméter se levanta e vem em nossa direção.

— Parabéns. — Ela segura minhas mãos e crava as unhas em minha pele, embora continue sorrindo como se estivesse feliz. — Bem-vindo à família.

Esse era o plano, mas não consigo evitar um arrepio de desconforto. Agora não há mais como voltar atrás. Só nos resta enfrentar as consequências.

— Obrigado.

— Jantar de família aos domingos. Sem exceção. Vejo vocês na semana que vem. — Ela beija o rosto de Psiquê. — Conversamos mais tarde.

— É claro. — Minha esposa não parece abalada.

Esposa.

Minha.

Envolvo essa possessividade que cresce dentro de mim em correntes de prata e a empurro para o fundo. Não há espaço para isso agora, neste momento. Atrás de nós, Hermes dá uma risadinha que arrepia os cabelos na minha nuca.

— Agora está feito. Afrodite vai ficar muito *furiosa*. — Ela cutuca meu ombro quando passa por mim e sorri para Psiquê. — Boa sorte. Espero de verdade que sobrevivam para comemorar o primeiro aniversário de casamento. Deixei um presente para vocês na cozinha. Aproveitem! — Hermes se afasta saltitando pelo corredor, movendo-se com a animação de uma criança, embora tenha a minha idade, talvez mais.

Perséfone e Hades são os próximos, mas ele fica um pouco para trás, me encara enquanto ela abraça a irmã.

— Liga se precisar de alguma coisa. — Perséfone olha para mim. — Se fizer mal à minha irmã, os porcos da minha mãe vão ser a menor das suas preocupações.

Assistimos aos dois saírem da sala, e eu rio.

— Sua família é encantadora.

— Tem sorte por Calisto por não ter vindo. Ela teria batido na sua cabeça com o objeto mais pesado em que conseguisse pôr as mãos, provavelmente.

Olho para ela.

— O Olimpo inteiro acha vocês muito agradáveis.

— O Olimpo inteiro só vê o que quer ver. — Psiquê olha para Helena e Éris, que se aproximam de nós. — Aí vem um exemplo.

As duas mulheres têm os traços da família Kasios. Faces altas, nariz romano, lábios cheios. Helena é um pouco menor que Éris, e seu cabelo tem um tom mais claro de castanho com reflexos vermelhos, mas ninguém olharia para as duas sem pensar que são parentes. Éris é linda, mas Helena é... Não há palavras para descrever o que ela é. Tem o tipo de beleza impecável que põe cidades de joelhos e manda exércitos para a guerra. Ela não realça os próprios traços, pelo contrário, ela os ofusca, mas mesmo assim ainda chama atenção aonde quer que vá.

Éris levanta uma das sobrancelhas escuras.

— Parabéns, eu acho. Mas, como Afrodite não está aqui, não acredito que vão ter uma lua de mel muito feliz. Ela vai se meter nessa história de amor na primeira chance que tiver e vocês sabem ela joga muito sujo. — E sorri, maliciosa. — Quanto tempo você acha que eles têm, Helena?

Helena bate no ombro da irmã e sorri.

— Será que pode guardar a conversa sobre o dia do juízo final para o dia seguinte ao casamento, pelo menos?

— E que graça teria isso? As coisas estão ficando *interessantes*, finalmente.

Abro a boca, mas Psiquê é mais rápida que eu. Ela se apoia em mim e sorri para as duas irmãs Kasios.

— Estão subestimando Eros se acham que Afrodite pode ganhar dele de alguma forma.

Éris abre a boca, mas Helena a adverte com uma cotovelada e um olhar penetrante.

— Agora chega. — E sorri para Psiquê. — Ainda não nos conhecemos, e eu gostaria de te conhecer. Vou dar uma festa na próxima sexta-feira. Espero os dois lá.

— Uma festa. — Sinto a tensão em Psiquê, mas ela não demonstra. Mesmo assim, eu a afago de leve quando digo: — Pensei que *vocês* estivessem em prisão domiciliar.

— Mas estou aqui, fora de casa. — O sorriso de Helena ganha uma nota maldosa, e seus olhos cor de âmbar se iluminam. — Meu irmão está ficando meio arrogante depois que se tornou Zeus. Podemos ser parentes, mas ele não é meu dono. Se eu quiser reunir um grupo de amigos de tamanho razoável para fazer uma festinha, é o que vou fazer.

Éris ri, e o som promete todo tipo de confusão.

— E, se ele ficar furioso por isso, melhor ainda.

— Não finja que não faria a mesma coisa! — Helena cutuca a irmã. — Ele também disse a você que se comportasse, e ontem *você* passou o dia todo bebendo com Dionísio.

— Gosto de Dionísio. — Éris dá de ombros. — Ele sabe se divertir, controla as próprias mãos e tem os amigos mais gostosos. Com ele, é só vitória.

Por mais que eu normalmente goste das discussões entre as duas, quero encerrar essa parte do evento.

— A gente se vê na sexta-feira.

— Ótimo. — Helena dá o braço para Éris, e ambas se dirigem à saída.

Agora só falta o fotógrafo.

Psiquê sorri para ele, e parte da tensão deixa seu corpo. Agora ela está em casa.

— Muito obrigada por ter vindo, queria ter algumas fotos posadas, além das que você já fez.

O homem sorri.

— É claro.

Eu me distraio enquanto eles discutem as opções. Demora dez minutos para decidirem quatro fotos, e mais trinta para fazerem as fotos com as quais Psiquê e o fotógrafo fiquem satisfeitos. Ele desvia o olhar da câmera.

— Ficaram ótimas. Vou editar e mando para vocês amanhã.

— Obrigado. — Estou olhando para a saída. Já posso tirar minha esposa daqui?

Psiquê toca meu braço.

— Seria ótimo se usasse esse momento a seu favor, Claude. — Ela se inclina para mim com um sorriso doce. — Se vai vender alguma dessas fotos, use a do altar, por favor.

Ele fica um pouco constrangido.

— Eu não... Nunca...

— Sabemos como o Olimpo funciona. — Psiquê bate de leve em seu ombro. É um toque suave, mas ele balança como se tivesse levado um gancho de direita. — Não esqueça, tem que ser *aquela* foto, ou vou ficar muito chateada com você.

— Sim, senhora — ele sussurra.

— Pode ir agora.

O homem praticamente corre para fora da sala. Mal espero a porta fechar para começar a rir.

— Você é aterrorizante.

— Ah, para.

— É sério. Combina bem com sua mãe cruel e suas irmãs violentas.

Psiquê dá um tapa no meu ombro.

— Não sou aterrorizante. E não vamos distribuir acusações, não depois que sua mãe pôs um *alvo* nas minhas costas.

Passo um braço sobre seus ombros. Não porque tem alguém olhando; só porque eu quero. Essa provocação entre nós é agradável, depois da tensão de montar o quebra-cabeça deste casamento.

— Tem coragem de dizer que sua mãe nunca mandou matar ninguém?

— Eu...

— Seja *honesta*, Psiquê.

Ela me encara.

— Não tenho certeza de nada.

— Exatamente. Todo mundo tem de ser um pouco monstro para sobreviver e prosperar no Olimpo. E, para os membros dos Treze, isso tem de ser multiplicado por três.

— Você não está errado, mas é um fato irritante, mesmo assim. — E olha para a porta. — A elite da sociedade gosta de fingir que somos mais cultos ou refinados do que o restante do mundo, mas, na verdade, é o oposto. Olha para nós. Acabamos de nos casar para sua mãe parar de tentar me matar.

Não há muitos argumentos contra isso. Ela está certa.

— Eu sei.

— Então, sim, talvez todos tenhamos de ser um pouco monstros para sobreviver a esta cidade. — Seus olhos perdem a luminosidade, o sorriso desaparece. — Mais que um pouco, para ser honesta.

— Não há vergonha nenhuma nisso. — Afago seu ombro nu com o polegar. Deuses, por que ela é tão macia? Dez anos no Olimpo, e ela ainda tem o coração intacto. É capaz de chorar pelas pequenas partes de si mesma que teve de sacrificar para sobreviver, mas a cidade não a transformou até que mal pudesse se reconhecer. Eu a invejo por isso. Talvez ainda me reste alguma alma, porque não consigo resistir ao impulso de afastar a tristeza que vejo em seu rosto. — Você não é, sabe disso.

— Não sou o quê?

— Um monstro. — Sorrio. — Eu saberia, porque sou um deles. Pode circular entre nós, mas você não é como nós.

Ela olha para mim, desconfiada.

— Não consigo decidir se isso é um elogio ou uma ofensa.

— É um elogio. É preciso ser especial para viver entre monstros e não se tornar um deles. — Estamos nos aprofundando em uma conversa que não sei como conduzir. Preciso voltar ao território seguro. — Está com fome?

Ela hesita, mas admite que está.

— Sim. Estava nervosa demais para comer antes.

Eu também, na verdade. Parece bobo ficar nervoso antes de um casamento de verdade em um relacionamento falso, mas nada nessa situação corresponde ao esperado. Não devia querer tanto minha esposa a ponto de praticamente tremer com o esforço de conter o impulso de beijá-la outra vez.

Ou, na melhor das hipóteses, devia ser só luxúria me invadindo quando penso nela. Com toda a certeza, não era para eu querer me colocar entre ela e qualquer coisa capaz de levar tristeza àqueles olhos cor de avelã.

Pigarreio.

— Vamos voltar à cobertura. Tenho quase certeza de que ninguém vai atrapalhar a gente esta noite, vamos aproveitar e nos divertir.

Psiquê se deixa levar pelo corredor até o elevador.

— Não é para se meterem com a gente nunca, muito menos agora que estamos casados.

Eu não queria falar sobre isso até mais tarde. Em especial depois de ter acabado de tentar tranquilizá-la, mas Psiquê é astuta demais para não ter notado uma mudança de assunto esquisita. Já conheço essa mulher o suficiente para saber que não vai se deixar distrair. Prefere encarar a verdade para podermos lidar com ela do modo mais adequado.

Mesmo assim, é necessário um grande esforço para responder com honestidade.

— O casamento impede minha mãe de cumprir as ameaças que fez contra sua vida. Mas não a impede de tentar assassinar sua reputação.

O sorriso de Psiquê é lento.

— Ela que se esforce. Sou perfeitamente capaz de enfrentar sua mãe nesse campo.

Espero que ela esteja certa.

16

PSIQUÊ

Hoje foi um dia repleto de extremos emocionais. Tenho a sensação de estar voando em milhões de pedacinhos, e não necessariamente de um jeito bom. Daqueles quarenta minutos na cama de Eros para a sala, onde ele organizou um casamento que parecia real. Ele coordenou a decoração com as cores do meu vestido, pelo amor dos deuses. Esse tipo de atenção aos detalhes só pode ter a ver com a necessidade de vendermos essa farsa para todos na cidade, mas não consigo deixar de pensar que, em parte, foi por mim.

Sou uma tonta.

Depois, ouço Eros mencionar, de modo casual, que é provável que a mãe dele continue com a vingança, pelo menos contra minha reputação...

Que balde de água fria.

É claro que eu esperava por isso. Já conversamos sobre o assunto, pelo menos tocamos nele. Mas uma pequena parte de mim se agarrava à esperança de que Afrodite desistisse depois do nosso casamento. Sei que não é sensato acreditar nessa fantasia, mas a fonte da esperança é eterna. Parece bem ingênuo presumir que, frustrada, Afrodite seguiria em frente e encontraria outra vítima.

Ingênuo e egoísta.

Se ela estiver focada em mim, Eros não vai precisar atacar outras pessoas. Agora que a pior ameaça foi neutralizada, posso lidar com Afrodite. Espero poder fazê-lo. No campo da opinião pública, sou quase tão capaz quanto ela. Preciso acreditar nisso. Só estou muito *cansada* para isso agora.

Não volto a falar até estarmos seguros na cobertura de Eros.

— Acho que fui ingênua por acreditar que isso seria suficiente para fazer sua mãe desistir.

Ele mantém um braço em torno do meu corpo a caminho da cozinha. Há uma garrafa em cima do balcão, e eu a pego, basicamente para poder ocupar as mãos. Uma bela fita prateada enfeita o gargalo, e uma etiqueta simples anuncia: *De Hermes*.

Examino o rótulo.

— Ela tem um gosto caro.

Eros vira a etiqueta. No verso está escrito: *Roubei da adega de Hades. Então, na verdade, é um presente meu, de Hades e Perséfone.*

Isso arranca de mim uma risada exausta.

— Hermes é um perigo.

— Ela é o caos neutro personificado. Mas é legal, na verdade. — Eros pega a garrafa da minha mão e a devolve ao balcão. — Não vou deixar ninguém te machucar, Psiquê.

— Essa é ótima, vindo de você, alguém que, vinte e quatro horas atrás, estava tentando me matar. — Talvez seja justo dizê-lo, talvez não, mas não me importo. Os acontecimentos dos últimos dois dias estão me afetando agora. Muita coisa aconteceu em pouco tempo. — Se o plano sempre foi esse, até que não foi dos piores. Primeiro o casamento com a filha de Deméter. Depois a cartada final: matá-la.

— Para com isso. — Ele segura minhas mãos com um toque leve, mas inevitável. — Olha para mim.

Não quero. Sei como Eros é capaz de mentir bem quando motivado. Não posso confiar em uma única palavra, em um olhar ou gesto. Mas, quando o encaro, encontro seriedade em sua expressão.

— Psiquê, minha mãe ainda está furiosa, mas os motivos que tivemos para nos casar permanecem os mesmos. Ela pode cuspir veneno e tentar suas manipulações, mas não pode te prejudicar. Não vou deixar *ninguém* te machucar. Você agora é minha, e eu protejo o que é meu.

— Muito patriarcal da sua parte. — Não posso acreditar nele. De jeito nenhum. O fato de sermos casados não significa que ele seja mais que um inimigo. Ele ia me *matar*. Tento me manter atenta a essa realidade, mas ela insiste em se chocar contra outras verdades.

O modo como ficou furioso com os comentários negativos na minha rede social.

A insistência para que eu tivesse um vestido de noiva de que me orgulhasse.

O fato de ter pegado a amostra de tecido e organizado toda a cerimônia, inclusive os convidados, em torno da paleta de cores que escolhi.

Muitos detalhes pequenos, gestos de atenção. Coisas que um inimigo não faria, mesmo que estivesse tentando envolver a vítima. Agora ele diz que vai se colocar entre mim e qualquer ameaça à minha segurança e eu... acredito nele.

Eros balança a cabeça.

— Não dou a mínima se é patriarcal ou não. Você está segura comigo. Prometo.

Não tenho a intenção de tocá-lo. Tocar Eros é uma péssima escolha, mas minhas mãos encontram o caminho por baixo do smoking mesmo assim. O tecido da camisa cinza é mais macio do que eu imaginava, mas não é por isso que minhas pernas já estão tremendo. São as curvas dos músculos firmes embaixo dela. Eros esteve sem camisa na cama comigo na noite passada, mas as circunstâncias me impediram de apreciar a paisagem sem restrição.

Agora posso aproveitar. É minha noite de núpcias, afinal.

— Eros.

Ele continua parado, observando-me com atenção.

— Sim?

— Eu disse que seria só uma vez. — Meus dedos encontram o botão da camisa. — E se essa única vez não acabar até o nascer do sol?

Os olhos dele brilham, mas as mãos não me tocam da forma como quero.

— Não quero mal-entendidos entre nós, Psiquê. Precisa de alguma coisa? Fale com clareza.

Eu devia saber que ele não facilitaria isso para mim. Até agora, nada foi fácil; por que isso seria? Lambo os lábios e tento adotar um tom tranquilo:

— Quero muito transar com você hoje.

O sorriso lento me faz sentir um frio na barriga.

— Com uma condição.

— Não estou interessada em negociar.

— Mas aqui estamos... negociando. — O sorriso dele se alarga, e me surpreendo ao perceber que é meio torto. Uma pequena imperfeição que às vezes o torna mais atraente, coisa que pensei ser impossível. Ele se inclina um pouco mais na direção do meu toque. — Vamos transar hoje e, em troca, enquanto formos casados, você vai me dar a oportunidade de te seduzir de verdade.

— Não. — A palavra sai de minha boca antes que eu consiga contê-la. — Já falei do porquê de isso ser impossível.

— Psiquê. — Ele praticamente ronrona meu nome, e tenho de controlar um arrepio. Como esse homem consegue fazer tanto com uma palavra? — Nunca vou te forçar a fazer nada que você não queira.

Perigo. É aí que mora o perigo.

A ideia de ser seduzida por Eros é quase inebriante o suficiente para me fazer correr o risco. Quase. Respiro fundo.

— Eu seria uma idiota se concordasse com isso, e você é ridículo por pedir. Todo mundo sabe que você não fica com uma parceira por mais tempo que o necessário para saciar sua curiosidade. O único motivo para me querer tanto é eu ter dito "não". — Se eu continuar nesse caminho, ele vai acabar cansando de mim. Eu me conheço bem o bastante para saber que vai doer quando ele finalmente cansar de transar e decidir que não está mais interessado em me seduzir.

— É mesmo? — Eros dá mais um passo em minha direção, e não tento impedi-lo. Ele desliza os dedos pelo dorso das minhas mãos. — Todo mundo parece saber muito sobre nós, e tudo isso é composto de projeção e mentiras cuidadosamente escondidas. *Todo mundo* sabe que sou alérgico a monogamia. Como todo mundo sabe que você é uma influencer doce que não cria confusão... e não tem uma gota de maldade no corpo.

O argumento me atinge como ele pretende. A fofoca olimpiana pode ser um evento da elite, mas muita gente participa do jogo e promove sua imagem de acordo com a necessidade. É claro que Eros faz isso; ele já admitiu. Então, por que é tão chocante que *isso* não seja verdade?

— Nunca te vi com a mesma companhia em dois eventos.

— Tenho meus motivos, e minhas antigas parceiras não têm nada a ver com a gente. Você sabe disso, mas prefere ser teimosa.

Estudo seu rosto, e a compreensão chega aos poucos.

— Afrodite é ciumenta. Ela não ia gostar de dividir seu legado, que dirá com uma parceira romântica.

— Garota esperta. — Ele sorri, mas é um sorriso amargo. — Não preciso ter essa preocupação com você, porque minha mãe já te odeia e você é capaz de lidar com ela de agora em diante.

Eros fala com muita confiança, como se fosse verdade, não só um desejo. Sou boa no que faço. Sei disso. Tive dez anos de prática, e agora acontece naturalmente. Mas muito da minha força vem das pessoas que me subestimam. Até minhas irmãs fazem isso; às vezes, esquecem que estamos todas fazendo o mesmo jogo. Se eu lhes tivesse dito que ia enfrentar Afrodite de igual para igual, elas teriam ficado apavoradas por mim.

Eros simplesmente acredita que sou capaz de me defender. Não há hesitação e nem dúvida. Sua confiança embriaga mais que álcool. Desperta em mim ousadia, inconsequência.

E é exatamente por isso que preciso restringir o sexo entre nós.

— Eros, por favor — murmuro. Se ele consegue me deixar tão perturbada em um único dia, algumas semanas dormindo na mesma cama, dormindo *juntos*, e vou ficar muito encrencada.

— Foi você quem abriu as negociações. — Ele mantém seu toque leve, o carinho nos punhos. — Mas, para ser bem honesto, não me deu muitas opções. Eu te quero demais para não aceitar as condições.

É uma ideia terrível dar autorização a ele para tentar me seduzir, em especial agora, quando ele já recuou. Se eu fosse esperta, lucraria com isso, teria prazer esta noite e voltaria a impor uma distância cuidadosa entre nós a partir de amanhã.

Não sei o que eu quero.

Mentirosa.

Ignoro a voz da razão dentro de mim. O amanhã é um problema para a Eu do Futuro. No momento, estou inquieta, dividida em mil direções diferentes por muitas emoções. Só quero sentir, esquecer, deixar de existir por um tempinho. Todos os meus problemas, todo o planejamento e a farsa estarão no mesmo lugar amanhã. Olho no fundo dos olhos dele.

— Aceito o acordo. Enquanto formos casados, você pode tentar me seduzir.

Ele solta o ar devagar, como se me desse uma chance de mudar de ideia. Quando continuo ali parada, apenas encarando-o, Eros resmunga:

— Que alívio. — E me puxa pela mão pelo corredor rumo à suíte master. — Adoro esse vestido. Porém, se não me disser como o tiro de você nos próximos trinta segundos, vou ter de rasgar.

Choque e prazer me fazem rir.

— Tem fitas nas costas. Por favor, não rasgue meu vestido de noiva.

Ele repete aquele ruído delicioso que é quase um rosnado e me vira de frente para a cômoda diante da cama. Na direção do enorme espelho de moldura dourada pendurado sobre ela. Olho para o meu reflexo e quase não me reconheço. Aquela mulher é uma estranha com seu vestido de noiva bordô e as bochechas coradas de desejo. Observo Eros parado atrás de mim, concentrado e impaciente enquanto desamarra gentilmente as fitas, até o vestido se soltar do meu corpo. Eu devia ajudar, mas não consigo desviar o olhar da imagem que criamos juntos.

— Puta merda, isso parece uma daquelas bonecas russas encaixadas uma dentro da outra. — Eros desliza as mãos pelo espartilho, levando meu vestido além do quadril e até o chão. Depois volta às fitas, mas dessa vez com ainda mais cuidado, porque Perséfone é sádica e as amarrou bem apertadas.

— Pode só deixar aí — arfo. Os movimentos curtos quando ele solta as fitas são uma preliminar estranha que eu não esperava, mas nunca tinha vivido a experiência de um parceiro tirando meu espartilho.

— De jeito nenhum. Quero você por inteira — A última fileira de fita é desamarrada, e ele puxa o espartilho. Ouço quando a peça cai no chão atrás de nós.

Paraliso, seguro a cômoda com força suficiente para sentir dor. Ele me viu nua há poucas horas, mas não consigo evitar a insegurança. Espartilhos podem parecer um sonho, mas deixam marcas na pele da minha barriga. Não é a imagem sexy que eu escolheria para hoje à noite.

Eros me encara no espelho. A fome em seu rosto afasta as poucas dúvidas que tenho. Esse homem não tem motivo para mentir para mim, não sobre isso. O que significa que ele me quer com o mesmo desespero que eu o quero.

Ele quer me seduzir de verdade.

— Olha para você — Eros murmura, colando o corpo às minhas costas. — Tão linda.

Espero que ele seja quase feroz, assim como hoje mais cedo. Mas parece que meu marido não está com pressa, apesar da determinação com que me despiu do vestido de noiva. Ele afunda as mãos no meu cabelo, removendo os grampos que Perséfone usou para prender o penteado. Parece que tem mil grampos, e ele encontra cada um de um jeito metódico, deixando-os sobre a cômoda ao nosso lado. Quase não me toca, os dedos se movem com cautela pelo meu cabelo, parando aqui e ali para pressionar os nós de tensão em minha cabeça, mas é como se tivesse me lavado com gasolina e riscado um fósforo.

Meu corpo não para de formigar. Quero tocá-lo, mas também não quero interromper essa sedução lenta. E isso *é* uma sedução, mesmo que eu duvide de que ele dê esse nome ao que está fazendo. Abro os olhos sem saber ao certo quando os fechei e me deparo com uma expressão de absoluta concentração em seu rosto. Cada fragmento da fabulosa atenção de Eros está focada em mim. A constatação é um dos momentos mais densos da minha vida.

Esse homem é meu.

Talvez não de verdade, talvez não para sempre, mas agora é.

Quando termina de remover os grampos e meu cabelo cai sobre as costas em ondas soltas, Eros o afasta e beija minha nuca. Desliza a boca pela curva dos ombros, sem deixar de me olhar pelo espelho. De certa forma, isso é mais íntimo que antes, quando sua boca estava em mim. Posso *ver* tudo. Meu corpo. Minha necessidade. Seu desejo evidente e quente o bastante para incinerar nós dois.

Os dentes roçam minha pele sensível, mas ele é cuidadoso para não me marcar. Eu o percebo, mesmo completamente envolvida por essa experiência. E esse carinho, essa atenção, tudo isso só torna o momento mais inebriante.

— Tira a calça — murmuro, ofegante.

— Ainda não.

A frustração apimenta meu desejo.

— Por favor, Eros. Preciso de você.

— Ainda não — ele repete. Segura meus seios com um toque mais ríspido, e, se não soubesse quem ele é, diria que suas mãos estão trêmulas. É claro que não. Eros Ambrosia não é afetado por *mim* a ponto de perder o controle. Não importa se seu olhar é reverente. Mas em seguida ele manda minhas presunções por água abaixo ao dizer: — Se eu tirar a calça, vou entrar em você, e, se eu entrar em você, isso vai acabar rápido demais. Não me apresse.

Meu corpo fica em chamas e carente. Arqueio as costas, pressionando os seios contra suas mãos. Não posso duvidar do que ele diz. Não quando já me disse verdades duras e doces. Ele não tem motivo para mentir para mim agora. Está fazendo exatamente o que quer, afinal — o que nós dois queremos.

Deslizo as mãos por seus braços, demorando um pouco mais sobre as linhas definidas dos músculos dele. Criamos uma bela imagem juntos. Eu, nua e macia. Ele vestido, uma força que quase escapa ao controle.

— Me toca.

— Estou te tocando. — A voz dele é mais baixa do que jamais ouvi antes, rouca e tensa. — Ou quer que eu te toque assim? — Ele muda de posição, segura meu pescoço com uma das mãos e desliza a outra até encaixá-la entre minhas pernas. Nunca *pareci* estar tão arrebatada em toda a minha vida.

Não, não arrebatada. *Possuída*.

Inclino um pouco o corpo para a frente para sentir a força da mão dele na minha nuca, só para ele mover os dedos sobre minha pele sensível.

Eros me encara pelo espelho enquanto me abre e enfia dois dedos em mim, uma penetração lenta e completa. Começo a fechar os olhos, incapaz de suportar tanta exposição, mas ele reage.

— Não. Não se esconda de mim. Hoje, não. Não assim.

Não suporto o calor intenso em seus olhos, por isso me concentro na mão entre minhas coxas. Olhar é tão bom quanto sentir. Ele me fode sem pressa com os dedos, aumentando minha necessidade a cada movimento.

— Olha para você. Perfeita pra caralho.

Se qualquer outro parceiro dissesse essas palavras — e já disseram —, eu atribuiria a declaração ao calor do momento. Sei que sou atraente, mas minha beleza não inspira a reverência que esse tipo de elogio expressa.

Mas...

Eros soa como se estivesse falando sério. Ele *parece* falar sério. Continua a me penetrar com os dedos, enquanto a outra mão se move por meu corpo como se nenhum contato fosse suficiente para ele. Segura um seio, depois o outro, afaga meu ventre, aperta o quadril e geme.

— Perfeita *pra caralho*. — Ele tira os dedos de mim e os leva ao clitóris. — Tão esperta e ambiciosa, e tudo isso fica escondido atrás desse rosto bonito. Nunca baixa a guarda, garota bonita?

— Eros, por favor. — Não sei o que estou pedindo. Para ele parar, ou nunca parar. Para me fazer chegar ao orgasmo sem falar coisas que parecem me cortar até na alma.

— Essa resposta é suficiente. — Eros morde meu ombro, me faz estremecer e me penetra outra vez com os dedos. — Vem, Psiquê. Quero sentir você apertar meus dedos quando gozar. — Ele pressiona a mão sobre o clitóris, e a cada penetração me esfrega ali naquele ponto onde mais preciso.

Não aguento nem um minuto.

O orgasmo é forte, o grito nem termina de sair da minha boca e ele a cala com um beijo, devorando o som enquanto dedilha meu prazer em notas cada vez mais altas. Onda após onda. Deuses, é bom demais e não é o suficiente, e, se eu conseguisse pensar com clareza, estaria apavorada porque nunca terei o bastante. Meus joelhos cedem;

ele não para. Eros me leva para a cama e me deita sobre o colchão, depois se ajoelha entre minhas pernas abertas.

O jeito como esse homem olha para mim.

Se eu fosse mais esperta, encontraria um jeito de fugir dele. O calor nos olhos de Eros parece uma obsessão, e ser o único foco desse homem é perigoso de um jeito para o qual não estou preparada. Sou forte; tive de ser, para sobreviver por tanto tempo quase ilesa.

Mas não chego nem perto de ser suficientemente forte para vencer uma batalha de vontades com Eros se ele decidir que quer me partir em pedaços.

17

EROS

Minhas mãos tremem. Meu corpo todo treme. Ver Psiquê fraquejar em meus braços, *sentir* seu corpo apertar meus dedos durante o orgasmo, saber que ela confia em mim o suficiente para me deixar guiar isso... Tudo me faz querer cair sobre ela como um animal. Penetrá-la até não existir nada além do nosso sexo forte e selvagem.

Ela merece mais que isso.

Não dou muito valor ao casamento e tudo o que ele implica, mas Psiquê é do tipo que valoriza tudo isso. Mesmo que eu não a tivesse pressionado com essa situação, talvez ela não tivesse encontrado uma parceria de amor. Isso é quase inexistente no Olimpo, especialmente entre os Treze e seus familiares. É muito mais comum se casar por dinheiro, poder e prestígio. O amor aqui não costuma entra na equação.

Mesmo assim, sou o motivo para ela ter perdido a pequena chance que tinha de viver um verdadeiro amor. O mínimo que posso fazer é garantir que tenha uma noite de núpcias inesquecível.

Deslizo as mãos por suas pernas e sobre a barriga curvilínea. Tê-la nua e aberta diante de mim é tão inebriante agora quanto foi hoje à tarde. Ela é sexy o bastante para isso, mas a todo instante volto a pensar na confiança que está depositando em mim. Não mereço isso... mas, estranhamente, *quero* merecer.

— Eros. — Ela levanta o tronco e tenta me tocar. — Vem cá.

— Ainda não. — Não tirei a calça. Não posso arriscar. Considerando o desejo que pulsa em meu corpo, especialmente entre as pernas, não vou durar nem um segundo dentro dela. Quero que ela goze outra vez, quero sentir a explosão em minhas mãos, na língua, mais algumas vezes antes de chegarmos lá.

Quero prendê-la a mim tão forte quanto puder, quero que anseie pelo que posso lhe dar tanto quanto quero dar isso a ela. O único jeito de conseguir é dando-lhe tanto prazer esta noite a ponto de Psiquê recorrer a mim quando se sentir carente outra vez.

Se eu conseguir o que quero, ela vai ficar em permanente estado de necessidade.

Deixo ela me puxar para outro beijo. Beijar Psiquê não é nenhum sacrifício. Ela não aceita de maneira passiva o que ofereço. Retribui intensamente, argumenta com a língua da mesma forma que usa as palavras. Um jogo de troca de puro prazer. Gosto de beijar. Sempre gostei. Mas beijar essa mulher quase poderia ser o evento principal.

Poderia ser, se eu não a tivesse nua e se contorcendo embaixo do meu corpo.

Vou deslizando para baixo, agarro os seios fartos e os aproximo para poder brincar com um mamilo, depois com o outro, indo e voltando entre os dois até ela começar a gemer e arquear as costas, oferecendo-se para mim. Só então desço um pouco mais, lambendo e mordendo as curvas dos seios e do ventre. Ela fica um pouco mais tensa, mas não me detenho. Dou a essa parte de seu corpo a mesma atenção que dei aos seios. Cada curva, covinha, dobra. Eu estava falando sério; ela é perfeita, e não vou me privar de nenhum centímetro dela.

Quando finalmente chego à área entre as pernas, ela afasta as coxas. Não tenta mais me guiar nem apressar o que fazemos. Psiquê me deixa fazer o que quero, e eu adoro isso. Sua confiança me excita tanto quanto seu sabor. Ela está molhada, e deslizo a língua da entrada da boceta até o clitóris.

Deuses, que mulher.

Suas mãos agarram meu cabelo na segunda lambida, e ela me puxa para o clitóris. Acato a orientação silenciosa com prazer, especialmente quando ela levanta o quadril para encontrar minha língua. Gemendo, se esfrega na minha boca, e tenho de travar o quadril para não me esfregar no colchão até gozar na calça.

É a segunda vez hoje.

Eu seria capaz de rir, se conseguisse respirar em meio à necessidade que pulsa em meu sangue. Psiquê me despiu de toda arte, de toda finesse. A única coisa que importa é dar prazer até ela não aguentar mais. Nem o *meu* prazer está acima disso.

Quando ela chega ao orgasmo, o som é o mais doce que já ouvi. As costas arqueiam, a boca se abre e...

— *Eros.*

Puta merda.

O monstro dentro de mim se joga contra a grade da jaula, sacudindo todo o meu ser. Ela chamou o *meu nome* enquanto gozava. Não devia ser tão profundo, mas não há como negar a onda de possessividade que interrompe todo e qualquer pensamento em minha cabeça, exceto a necessidade de penetrá-la agora mesmo. Tenho de encostar a testa em seu ventre e me concentrar em respirar por alguns momentos.

Chegou a hora.

Faço um esforço para soltá-la e me levanto da cama. Psiquê me observa com olhos que passam do torpor ao prazer, com um desejo que volta a crescer enquanto tiro a calça e pego um preservativo na gaveta da mesa de cabeceira. Volto para a cama e retomo a posição entre suas pernas. É uma luta pensar além da necessidade primitiva de marcar minha presença em cada centímetro dela, mas consigo. Com muita dificuldade.

— Deixa eu ter você, Psiquê. — São as palavras erradas; elas significam muito, revelam demais.

Felizmente, ela parece não notar. Já está assentindo.

— Não quero esperar mais.

— Que bom. — Rasgo a embalagem da camisinha e a desenrolo em meu membro. Devagar, muito devagar, posiciono-me sobre ela e guio o pau para sua entrada. Ela levanta o quadril, acolhendo-me enquanto tento lembrar por que tenho de ir com calma.

Cacete.

Penetro-a com movimentos curtos, implacáveis. Minha respiração é tão ofegante quanto a dela. Acho que estou gemendo, mas não consigo ter certeza, porque o sangue parece urrar em meus ouvidos quando finalmente, *finalmente* estou dentro dela por inteiro. Ela é melhor que em meus sonhos. Como se fosse feita só para mim. Estou atordoado demais para pensar no perigo de alimentar essas ideias. Enquanto me mexo, olho para o rosto dela.

Psiquê está mordendo a boca. Um convite claro como jamais vi outro. E eu o aceito com alegria, abaixo-me e tomo sua boca da mesma forma que estou tomando seu corpo. Ela pode não ver as coisas desse jeito, mas eu não consigo evitar o que sinto. É problema meu. Cuido disso mais tarde.

Tenho a intenção de ir devagar, mas ela enterra as unhas no meu traseiro, me puxa para baixo, e o pouco controle que me resta chega ao fim. Deslizo os braços sob seu corpo para segurar os ombros e ter mais apoio, e a penetro com movimentos longos e intensos. Já fui longe demais. Não posso parar, não posso ir mais devagar. Mesmo que quisesse, ela me incentiva com uma ferocidade que desperta a fera que existe em mim.

— Você é muito gostosa, Psiquê. — Uma penetração funda, e ela responde com um gemido. — Toda apertada e molhada só para mim.

— Eros. — Ela está arfante e ofegante, e ainda tenta me incentivar. — Mais. Mais forte.

Desisto de fazer qualquer coisa que não seja exatamente o que ela exige de mim. Penetro Psiquê com tanta força que o barulho de carne na carne domina o quarto, pontuado por palavras que não consigo conter.

— Mais uma vez, garota bonita. Quero sentir você gozando no meu pau. É bom, não é?

— Muito bom. — Ela geme e desliza as unhas por minhas costas, me arranhando com força suficiente para eu saber que vou ter marcas amanhã. A satisfação me domina. Não há como remover essas marcas, como não é possível remover o anel que coloquei no dedo dela, nem a aliança que ela pôs no meu. Não importa o que mais aconteça, amanhã não vai ser possível fingir que tudo isso foi um sonho. Estamos com os pés firmes na realidade.

Ajusto meu ângulo, ajeitando-me para garantir a fricção necessária no clitóris para ela chegar ao orgasmo antes de mim. Ela me ajuda, pressionando os calcanhares no colchão para se projetar contra minha pélvis. Psiquê fica frenética.

— Eros, por favor. Por favor, por favor, por favor.

— Estou aqui. — Deslizo a boca por seu ombro. — Não vou parar.

Não paro. Mantenho aquele ângulo cuidadoso, o movimento intenso até ela desmoronar. Quero durar mais. Quero. Mas é muito bom. Ela comprime meu pau, e é tarde demais. Aprofundo a penetração no clímax, encho a camisinha.

Olho para essa mulher, minha *esposa*. Ela sempre foi linda, mas agora parece uma deusa, com o cabelo espalhado à sua volta e os olhos semicerrados de prazer, os lábios inchados dos meus beijos. Não sou fotógrafo, não como Psiquê, mas daria o braço direito para tirar uma foto dela neste momento e guardá-la comigo para sempre.

— Eros.

Se eu contar o que acabei de pensar, ela vai surtar. Já é arisca demais quando está perto de mim, e com bons motivos. A mulher me tratou com bondade uma vez, e, em resumo, eu a segui até em casa como um gato feroz e a forcei a se casar comigo.

— Não se mexe — consigo falar finalmente.

— Acho que não conseguiria.

Isso me faz rir. Minhas pernas tremem quando saio de cima dela e cambaleio até o banheiro para descartar o preservativo. Quando volto, eu a encontro exatamente como a deixei. E novamente sou tomado de assalto pelo desejo intenso de guardá-la assim para sempre. Quero mais que uma foto para me lembrar desta noite. Quero *mais*.

Quero que isso dure mais que uma noite.

Com isso em mente, pego um punhado de camisinhas e as jogo na cama ao lado dela. Psiquê olha para as embalagens, depois olha para mim e arqueia as sobrancelhas.

— Temos alguém ambicioso aqui.
— O sol ainda não nasceu.

Seu sorriso contém muitas coisas.

— Não, o sol ainda não nasceu. — Psiquê se espreguiça. — Mas queria tomar um banho para lavar a pior parte do casamento, antes de a gente fazer mais alguma coisa.

Ofereço minha mão, e uma parte feral de mim se sente vitoriosa quando ela a aceita. É um gesto tão pequeno — me deixar ajudá-la a ficar em pé —, mas de uma importância enorme. É como se já tivéssemos começado algo significativo. É uma tremenda bobagem me permitir acreditar nisso. Psiquê pode gostar de mim na cama, mas não gosta de mim.

Ela não me odeia, no entanto. É uma pessoa boa demais para me deixar tocá-la desse jeito se me odiasse. É um fio de esperança a que me agarrar e desejar por mais, no entanto já estive em situações mais impossíveis e saí delas por cima.

Sem soltar sua mão, eu a levo ao banheiro. Ela não discute quando abro o chuveiro, nem quando a acompanho até dentro do box. Por um momento, os olhos de Psiquê sugerem desconfiança.

— Se pudesse ver como olha para mim... Não entendo.

— O que tem para entender? — Não consigo bloquear minha expressão agora. Não revelar mais do que pretendo é uma habilidade que dominei por mais tempo do que posso me lembrar. Mas aqui, agora, sou um livro aberto, se ela quiser me ler.

Psiquê me encara por um longo momento, fica vermelha, depois abaixa a cabeça embaixo do jato de água. Fico desapontado e grato pela trégua. É melhor não dizer determinadas coisas, especialmente porque ainda não tenho certeza do que estou sentindo, estou no limite do controle.

Mas ela está aqui no meu banheiro, e sou só um ser humano.

Pego o xampu da mão dela.

— Posso?

— Eros, não precisa.

— Não tem nada a ver com precisar, é o que eu quero fazer. — Acabamos de transar. Eu devia estar saciado, mesmo que temporariamente. Em vez disso, a necessidade por ela parece só aumentar.

Despejo xampu em minha mão e começo a massagear seu cabelo comprido, pesado. Ela fica tensa por um momento, mas, ao perceber que não tenho nenhuma intenção de me apressar, Psiquê suspira e relaxa, apoiando-se em mim.

Talvez ela não perceba a importância disso, mas não posso deixar de perceber. Ela parou de lutar comigo em algum momento. Essa mulher nunca vai se submeter, sempre vai olhar para uma situação de mil ângulos diferentes, porém, neste momento, ela está satisfeita recebendo minha atenção.

Ela... confia em mim.

Não devia. Não tem nenhuma prova para sustentar essa decisão. No entanto, aqui estamos. É como um presente, um presente que certamente não mereço, mas vou aceitar mesmo assim.

Terminamos de tomar banho relativamente rápido, e Psiquê me faz esperar enquanto seca o cabelo, mas acabamos voltando juntos ao quarto. Ela olha para a cama.

— Não precisamos...

— Psiquê. — Espero que ela olhe para mim. — Eu quero você. O sol ainda não nasceu. *Você* quer mais?

É difícil ter certeza nas sombras do quarto, mas acho que ela fica vermelha.

— Não deveria.

— Não perguntei o que acha que *deveria* fazer. Perguntei o que você quer fazer.

Ela solta o ar devagar.

— Sim, Eros. Eu quero mais de você.

Ainda bem. Eu a tomo nos braços e afasto o cabelo de seu rosto.

— Viu? Não é tão difícil. Vamos continuar. — E a beijo antes que ela tenha tempo de dar uma resposta engraçadinha.

Esta noite. Temos esta noite. Podemos nos preocupar com o amanhã quando amanhecer.

18

PSIQUÊ

Acordo envolta em ondas de sensação. Com o cheiro terroso de Eros na minha pele. Seu calor em minhas costas, o peso de seu braço sobre minha cintura como um conforto, os lençóis luxuosos da cama e o edredom nos cobrem para afastar o frio. A dor gostosa no corpo depois de tudo que fizemos na noite passada.

Não quero abrir os olhos. Se abrir, isso acaba, e não estou preparada para voltar ao campo de batalha. Mais tarde vou me preocupar mais com minha hesitação, provavelmente vou me amaldiçoar sete vezes pelo momento de fraqueza depois da cerimônia. Outro acréscimo à lista da minha Eu do Futuro. Um hábito terrível que estou adquirindo.

O braço de Eros me aperta, a mão se abre e cobre a área logo abaixo dos meus seios.

— Bom dia.

Agora não dá mais para fingir. Estamos acordados. É hora de levantar e falar sobre os próximos passos.

Mas não é o que faço.

Em vez disso, arqueio o corpo para trás e colo a bunda em seu pau duro.

— Bom dia.

O ar que ele solta com lentidão acaricia minha nuca.

— O sol nasceu.

Que inferno, ele insiste em abrir a cortina e lançar luz sobre a situação. Seria muito difícil ignorar a faixa de luz da manhã entrando pela janela?

Suspiro.

— Neste caso, acho que devíamos levantar também.

— Outra vez usando essa palavra. *Devia*. — Sua mão escorrega por minha barriga até o quadril. Não é bem um convite, mas também *não* deixa de ser um convite. — Parece cansada, Psiquê.

Olho para a parede cinza na frente da cama e franzo a testa.

— Obrigada. Isso é tudo que uma noiva quer ouvir no dia seguinte ao casamento.

A risada baixa me obriga a lutar para não arquear o corpo na direção dele outra vez. Eros beija meu ombro de leve.

— Acho uma pena sairmos da cama antes de termos realmente que levantar.

Já estou envolvida com esse homem. Primeiro, me comprometi antes da cerimônia com o melhor sexo oral que já experimentei. Depois, fizemos muito sexo *após* a cerimônia. Se desafiarmos o limite de novo, não sei se vou conseguir me segurar na próxima vez que ele decidir me seduzir.

Se o calor que aumenta devagar em meu corpo serve de indicação, ele não vai precisar fazer muita coisa para eu começar a implorar. Não está fazendo praticamente nada *agora*. Pigarreio.

— Acho que não é uma boa ideia.

— É mesmo? — Eros não move a mão, não se mexe junto do meu corpo. Seu tom é tão seco que ele poderia estar me perguntando sobre o clima lá fora. — Psiquê, estou *faminto*. Deixa eu sentir um gostinho. Só isso.

Julguei esse homem perigoso quando ele guardava minha morte em seus olhos azuis e frios? Que piada. Ele é mil vezes mais mortal quando está sussurrando sacanagem no meu ouvido. Mordo o lábio.

— Não diga mais nada, nós dois sabemos que isso não é verdade.

Ele recua, e mal tenho tempo para lamentar a perda do contato antes de Eros empurrar meu ombro, praticamente me jogando de costas. Eu o encaro com ar confuso. Eros parece... preocupado? Seu olhar estuda meu rosto.

— Do que está falando? Ontem pensei que estivéssemos de acordo. Você me disse explicitamente o que queria. — E hesita. — Está dizendo que não queria?

Apesar de todo o esforço para me manter calma, não consigo deixar de reagir à sua aparente inquietação.

— É claro que não é isso que estou dizendo. Quantas vezes gozei ontem? Aposto que está com a cabeça ardendo de tanto que puxei seu cabelo enquanto sentava na sua boca. Eu queria, Eros. Não é isso que estou tentando dizer.

Eros me encara como se eu tivesse acabado de bater com um jornal no nariz dele.

— Qual é o problema, então?

Minha frustração explode como uma bolha de sabão. Estava ali, e de repente desaparece.

— O *problema* é que a noite passada devia ter sido um lance único.

Ele se recupera depressa, embora ainda haja uma sombra de preocupação em seu rosto.

— Acabamos de falar sobre isso. "Devia"...

— Não vem com joguinho de palavras comigo, Eros. — Não estou de fato brava com ele, mas a frustração crava as garras em mim e penetra fundo. É claro que ele não vê problema em distorcer palavras para ficar na cama tanto tempo quanto for possível. Para ele, isso é apenas prazer com alguém que ele deseja. Queria ser programada desse jeito. — Ontem à noite foi um lance único — consigo dizer finalmente. — Nós dois estávamos muito estressados, e é natural querer extravasar um pouco.

— Psiquê — ele fala meu nome, devagar, estreitando os olhos. — Você pode racionalizar qualquer coisa com esse seu cérebro enorme, mas *não* tente me incluir na sua ginástica mental. Trepei com você ontem à noite pela mesma razão que me fez te chupar por quase uma hora ontem à tarde; porque eu queria você. Estresse, feromônios ou qualquer outra desculpa que queira cuspir em mim não tem nada a ver com isso.

É minha vez de ficar perplexa.

— É claro que tem alguma coisa a ver com isso, tanto quanto a proximidade. Isso é biologia. Caso contrário, teríamos sentido atração um pelo outro antes disso.

Eros abaixa a cabeça até quase encostar o nariz no meu.

— Consegue afirmar com honestidade que nunca sentiu atração por mim antes de ontem? — Ele não espera eu gaguejar uma resposta. — Nem uma vez nesses dez anos indo às mesmas festas? Nem quando estávamos saindo do banheiro e passei o braço em torno do seu corpo, naquela noite em que tiraram nossa foto?

É muito difícil discutir quando ele está tão perto. E tão certo.

— Hum...

— Porque *eu* me senti atraído por *você*.

Então, não imaginei aquele lampejo quente em seus olhos. Não sei se isso é reconfortante ou aterrorizante. Minha muralha de lógica construída com tanto cuidado está desmoronando à minha volta.

— Eu estava falando sério antes. Não consigo separar sentimento de sexo. Talvez consiga uma vez, porém, se a gente continuar com isso, você vai acabar me machucando, mesmo sem querer.

— E se eu não machucar?

Deuses, por que ele insiste? Já provou que, mesmo não sendo um modelo de virtude, ele tem, *sim*, algum tipo de consciência. Eros não é cruel. Talvez não se importe tanto assim comigo, mas não pode planejar me proteger da mãe e depois apontar uma faca emocional para mim.

— Este casamento é só uma conveniência. *Você* planejou assim.

Eros finalmente suspira.

— Tem razão.

Sei que tenho. Então, por que sinto alguma coisa apertar dentro do peito quando ele concorda comigo?

— Sei que tenho. Só que... — Ele concordou comigo. Por que continuo argumentando?

Eros não se move, não tenta tirar proveito de sua posição de vantagem. Com certeza, sabe que um beijo seria suficiente para me ter em suas mãos. É um homem inteligente; deve saber. Mas ele só me observa, espera por mim assim como esperou na noite passada.

Ontem à noite, disse a mim mesma as mesmas coisas que acabei de dizer a Eros. Foi uma decisão baseada em estresse. Precisávamos extravasar. Apesar da minha promessa, não tinha a menor intenção de continuar dormindo com ele.

É a isso que tudo se resume. *Intenção*. Se eu aceitasse a mudança nas regras hoje de manhã, o que nos impediria de continuar ultrapassando limites? Somos dois ótimos mentirosos; acrescente sexo, e posso começar a acreditar na mentira que inventamos para o restante do Olimpo.

Restringir o sexo à nossa noite de núpcias é só um jeito sensato de manter meu coração inteiro.

— É uma má ideia — sussurro.

— É? Não tenho tanta certeza. — Ele afasta uma mecha de cabelo do meu rosto. — Sei o que eu disse ontem à noite sobre querer uma chance para te seduzir como deve ser, mas a verdade é que não vou te pressionar. Eu quero você, Psiquê. Se você aceitasse, eu adoraria passar os próximos três dias nesta cama.

Respiro fundo.

— Isso é muito sexo.

— E mal seria suficiente para dar uma aliviada. — Seu sorriso é um pouco agridoce. — Sei que não sou um bom partido. Não há motivo algum para uma mulher como você querer se ligar a mim mais do que já está ligada, e respeito isso.

O horrível sentimento da noite passada retorna, como se algo derretesse em meu peito, e dessa vez ele vem com juros. Estou tão ocupada com a tentativa de proteger meu coração que em nenhum momento pensei que poderia magoar Eros. Nunca me imaginei capaz disso. Estudo seu rosto, mas, pela primeira vez, não há máscara ali. Ele sorri para mim daquele jeito meio de lado, ainda tentando me deixar à vontade.

— Não posso prometer que meu momento de virtude vai durar muito, em especial se você continuar assim, toda sexy, mas esta manhã você está segura contra qualquer tentativa de sedução. — Ele começa a se sentar.

Seguro seu braço, e é como se minha mão se movesse por vontade própria. Olho para meus dedos em torno do bíceps.

— Espera.

— Está acabando comigo, garota bonita. — Ele respira profundamente. — Estou tentando agir da maneira correta com você.

— Eu sei. — Mas não consigo me convencer a soltá-lo. A necessidade de autopreservação trava uma batalha contra o desejo e alguma coisa que parece empatia. Ele me quer. Talvez eu não consiga manter a cuidadosa linha que tracei entre nós se continuarmos com isso, mas meus motivos para dizer não desaparecem como a maré baixando. — Eros.

É como se ele nem respirasse.

— Sim?

— Você me acusaria de ser terrivelmente volúvel se eu mudasse de ideia?

O sorriso lento é um tipo diferente de preliminar.

— Eu diria que gosto quando você é volúvel.

Não entendo esse homem. Antes do casamento, ele podia ter quase todo mundo que quisesse no Olimpo. Por que olha para *mim* como se eu tivesse acabado de entregar seu presente favorito na manhã de Natal? É muito tentador acreditar que Eros me quer com todo esse desespero, mas me permitir acreditar nisso é um erro. Luxúria e amor não são a mesma coisa, mas meu cérebro pode confundir os dois, especialmente em relação a ele.

Não há tempo para pensar nisso, não com Eros escorregando por meu corpo, levando as cobertas consigo. Começo a fechar os olhos, desesperada para recuperar a distância que diminui com uma rapidez assustadora entre nós, mas ele morde minha coxa ao afastar minhas pernas.

— Olha para mim, Psiquê.

— Você pede demais.

— Eu sei. — E não parece nem um pouco arrependido. Os olhos de Eros esquentam ao subir por meu corpo. O jeito como me absorve visualmente é algo com que nunca vou me acostumar. Ele é muito contido no restante do tempo, mas, no segundo que tiro a roupa, é como se uma fera me encarasse através daqueles olhos azuis.

Ele abaixa a cabeça e me toca com a boca. É diferente de ontem à tarde, quando era um homem com uma missão, perfeitamente focado no meu prazer, mas com pressa de me fazer gozar até eu ver estrelas.

Essa agitação não está presente agora.

Ele me lambe, quase preguiçoso. Isso é como o brunch do sexo oral, como se ele tivesse planos de prolongar a experiência e se divertir, e não sei como me sinto em relação a isso. Tive vários parceiros que nutriam sentimentos variados em relação ao sexo oral, coisas que iam de uma obrigação a ser cumprida antes de chegar à parte boa da coisa e uma espécie de estranha competição para ver quantas vezes conseguiam me fazer gozar. Não me lembro de já ter estado com alguém que simplesmente gostava disso, pelo prazer proporcionado à *pessoa*.

Nunca imaginei quanto isso tornaria a experiência mais quente.

Eros se demora em cada centímetro da minha boceta, saboreando a exploração. É uma provocação lenta, um despertar preguiçoso do prazer que aumenta a cada lambida e cresce ainda mais cada vez que ele faz aquele barulhinho sexy com a boca colada em mim, apertando minhas coxas como se estivesse doido de vontade. Finalmente, ele sobe até o clitóris e passa a língua ali em cima com movimentos curtos.

Grito, arqueio as costas.

— Mais. Por favor, Eros, mais.

A risada rouca quase me leva ao orgasmo. Sou capaz de enfrentar esse homem de igual para igual em todas as outras áreas, porém na cama não tenho a menor chance de superá-lo. Porque não parece uma disputa quando sua língua brinca com meu clitóris. É só prazer. Duas pessoas perseguindo o mesmo objetivo com a mesma intensidade. Como vou lembrar que ele é o inimigo se tenho de me esforçar para não cavalgar em seu rosto até gozar nele?

Ele não é o inimigo.

O pensamento deveria me consolar. Em vez disso, faz de Eros alguém ainda mais perigoso. Mas não consigo me arrepender de dizer sim. Talvez me arrependa mais tarde, mas no momento isso é bom demais para parar.

— Pare de se segurar.

Abro os olhos, sem saber quando os fechei, e levanto a cabeça a fim de olhar para ele lá embaixo.

— Quê?

Eros acena com a cabeça para minhas mãos agarrando o lençol, e um sorrisinho estranho se estende em seus lábios.

— Você sabe que quer segurar meu cabelo.

Quero. Quero muito. E é exatamente por isso que não deveria, porque seria melhor manter uma parte de mim guardada.

Mas essa não é uma batalha que vou vencer. Nem *quero* vencer. Eu me entrego a ele com um gemido, deixo a cabeça cair sobre o colchão e seguro seus cachos. O cabelo desse homem devia ser proibido. É macio demais e comprido o bastante para dar para agarrá-lo. Minhas pernas se afastam ainda mais sem que eu tenha nenhuma intenção de movê-las, e o som baixo que Eros deixa escapar é quase tão gratificante quanto a língua dele me penetrando.

Isso está acontecendo de verdade?

Estou mesmo nua na cama com Eros Ambrosia à luz da manhã, esfregando-me em sua boca enquanto ele me chupa?

Não há espaço para dúvida, para recriminação. Mais tarde, vou me preocupar com como mudei as contingências entre nós dois, com como apaguei todos os limites que precisava desesperadamente manter bem nítidos. No momento, estou dançando na beira do precipício, tensa com o orgasmo que está cada vez mais próximo. Muito perto...

Eros muda de posição e usa os dedos em mim. O choque da penetração, combinado ao modo como ele massageia meu clitóris, me empurra do penhasco. Eu grito, seguro seu cabelo com mais força, mas o prazer não cessa. Continua, boca e mãos construindo ondas e mais ondas antes mesmo de a primeira se dissipar.

Ah, deuses.

— Eros. — Puxo o cabelo dele, mas é como tentar puxar a lua do céu. — Eros, espera.

Ele mal afasta a boca do meu corpo para dizer:

— Mais um.

— Não posso. — *Não devo.*

Ele diminui o ritmo, mas não remove os dedos. A metade inferior de seu rosto está toda molhada com o meu desejo, e eu o vejo lamber os lábios.

— Isso foi só um aperitivo. Não terminei. — Ele move os dedos lentamente dentro de mim, me penetra, me possui. — Deixa eu ir até o fim, Psiquê. Depois pode voltar a me odiar.

Não odeio você. Mesmo que deva.

— Tudo bem — sussurro. Não parece minha voz. Não me sinto eu mesma. Certamente, outro alguém se apoderou do meu corpo; uma criatura incauta e lasciva que só se importa com prazer, sem pensar nas consequências.

Mesmo que eu tenha de pagar o preço no final.

Perco a noção do tempo. Dos meus medos. De tudo que não seja nós dois na cama, Eros em cima de mim como se não precisasse respirar nunca, provocando orgasmo atrás de orgasmo.

Depois de um tempo ele diminui o ritmo. Ou sou eu. Não sei. Só sei que estou tremendo tanto, que é como se tivesse acabado de fazer um dos treinos de alta intensidade de Calisto. Eros também não está muito composto. Ele sobe beijando meu corpo até a boca encontrar a minha, o que me excita, apesar da exaustão deixada pelo último orgasmo.

Talvez eu não esteja tão cansada, afinal.

Empurro seus ombros e, por um momento, acho que vai ignorar minha exigência silenciosa. Finalmente, ele se apoia nos braços e olha para mim.

— Que foi?

Que foi?

Ele acabou de me fazer explodir uma dezena de vezes, e *isso* é a única coisa que tem para me dizer?

Quase dou risada. Poderia, se tivesse fôlego para fazê-lo.

— É minha vez. — Empurro seus ombros de novo.

— Não. — Ele fica sério. Se não estivesse ofegante também, eu poderia dizer que estava indiferente. Mas é impossível ignorar o membro duro pressionado contra mim, mesmo que Eros não dê sinais de estar tentando fazer alguma coisa em relação a isso. Eros balança a cabeça como se tentasse organizar os pensamentos. — Não precisa.

Meu coração dá um pulinho quase doloroso. Eros é sempre o solucionador, aquele que se encarrega de resolver as coisas. É um papel que assumiu em todas as áreas da vida. Mas agora ele olha para mim com aquela expressão vulnerável e estranha nos olhos azuis, quase confuso com a ideia de eu poder querer cuidar dele também.

Passo a língua nos lábios.

— Eu quero. Para de ser teimoso e me deixa chupar seu pau. — Empurro os seus ombros de novo, e, dessa vez, ele deita de costas.

— Como é que posso recusar uma oferta tão doce? — As palavras são boas. O tom chega perto do ideal. Mas o jeito como ele me observa enquanto me ajoelho entre suas pernas...

Não existe distância entre nós agora. Tornou-se inexistente.

Se eu não tiver cuidado, o que eu mais temo vai acontecer. Vou começar a acreditar na mentira bonita sobre essa coisa entre nós, em vez de me ater à dura realidade.

Deixa para se preocupar com isso depois.

Puxo o cabelo para trás e seguro seu membro com a outra mão. É longo e tem uma curva deliciosa que aproveitei ao máximo na noite passada. E está tão duro que quase lateja.

— Coitadinho — murmuro. — Isso deve doer.

— Mais ou menos. — Ele não se move, mas vejo os tendões salientes em seu pescoço.

— Não se preocupa. Vou cuidar de você.

Sentir seu sabor pela primeira vez me deixa tonta. Não, me deixa bêbada. É isso que ele sente quando me saboreia? É compreensível que estivesse faminto esta manhã.

Lambo o pau de Eros, degustando cada centímetro seu. Saboreando-lhe a reação ainda mais. Cada músculo de seu corpo parece ter sido esculpido em pedra, como se fizesse um esforço enorme para permanecer perfeitamente quieto, submeter-se à minha boca e não assumir o controle de nossa interação. É muito sexy me sentir tão poderosa.

Mas não quero sua contenção. Mais tarde, talvez — quando a realidade se impuser e trouxer arrependimento e a determinação de proteger minhas emoções —, mas não agora. Até onde ele vai me deixar ir, antes de perder o controle?

Só tem um jeito de descobrir.

19

EROS

Essa mulher vai me matar. Estou me esforçando muito para respeitar os limites que ela impôs, ir com calma até poder seduzi-la do jeito que ela merece, poder provar que ela não tem motivos para ter medo de mim, e aqui está Psiquê lambendo meu pau, fitando-me com aqueles olhos cor de avelã como se me desafiasse enquanto me engole quase inteiro.

Para uma mulher que diz que só sentimos desejo um pelo outro como efeito colateral do estresse, ela, sem dúvida, está me olhando como se quisesse que eu a puxasse para cima de mim e trepasse com ela até nenhum dos dois conseguir andar direito.

De novo.

Não agarro seu cabelo como tenho vontade de fazer. Não confio em mim o suficiente para isso agora.

— Está fazendo um jogo perigoso.

— Isso já foi determinado em vários níveis. — Psiquê sorri para mim e passa a cabeça do meu pau sobre os lábios carnudos. O toque suave me obriga a lutar para não gozar ali mesmo.

— Psiquê. — Meu tom é de alerta. E parece um rosnado.

Sua única resposta é abrir a boca e me engolir. Deuses, meu destino pode ser o Tártaro, mas o prazer que sinto neste momento quase faz valer a pena. Quem se importa com o pós-vida, depois de ser presenteado com esse pedaço de perfeição aqui?

Psiquê não me deixa mergulhar no momento. Ela tira a boca e passa a língua no ponto sensível na cabeça do meu pau. Está me observando com tanta atenção que tenho a impressão de que seu *propósito* é me provocar.

E eu quero essa provocação. Porra, estou gostando do tempo que passo com ela muito mais do que imaginei. Psiquê me desafia a cada instante, e não pensei que passaria a precisar tanto disso.

Mas eu prometi.

— Ou chupa meu pau direito ou vou fazer alguma coisa da qual nós dois vamos nos arrepender.

— Seria uma pena. — Psiquê me encara ao deslizar a língua por todo o meu comprimento, como se lambesse a casquinha de um sorvete derretendo. — Seria uma pena se você perdesse o controle.

Ela não sabe o que está pedindo.

E não sei se vou resistir, se consigo lhe negar isso, apesar de tudo.

Com movimentos lentos, dou a Psiquê tempo suficiente para reagir antes de segurá-la pelo cabelo.

— Última chance.

Ela lambe minhas bolas, e eu perco a cabeça. Arrasto Psiquê para cima do meu corpo. Muito bruto. Bruto demais. Não que ela dê sinais de se incomodar. Praticamente se joga em minha boca, me beija sem os movimentos provocantes que executou enquanto me chupava.

Rolo e a jogo de costas na cama, e colo o corpo ao dela. Alguma parte obscura de mim quer aceitar o convite do quadril levantado, das coxas que se afastam para me receber. Seria a coisa mais natural do mundo penetrá-la agora, trepar com ela sem nenhuma barreira.

Para.

Consigo conter o desejo, mas por pouco.

— Não se mexe.

— É melhor ser rápido então. — Ela desliza a mão entre nós dois e agarra meu pau. — Preciso muito disto.

O choque me paralisa. Fico paralisado à medida que ela se esfrega em mim. A mulher está acabando com meu controle.

— Psiquê.

Ela estremece.

— Adoro quando você fala meu nome desse jeito.

— Não ia gostar tanto, se entendesse o que significa. — Abaixo o corpo, deixo meu peso imobilizá-la e nos impedir de fazer uma coisa imperdoavelmente inconsequente. Deuses, ela é muito gostosa. Arqueando, se contorcendo, me pressionando. Tenho de fechar os olhos para manter o foco. — Se soubesse o que eu quero...

— Fala. — A necessidade crua em sua voz destrói meu controle. Sinto as fibras estalando, se rompendo. E o que ela fala a seguir só piora a situação: — Diz que está perdendo a cabeça como eu. Fala que eu não estou sozinha nessa imersão.

Não posso negar o fio de medo na voz dela, nem me impedir de querer aplacar esse medo, mesmo que para isso tenha de assustá-la de outras maneiras.

— Quero te comer sem camisinha. — Droga, o que estou dizendo? É demais, muito intenso. Não que isso importe. Não consigo parar. — Quero te amarrar na minha cama e me servir de cada pedacinho de você como *eu* quiser. Quero te excitar, te foder e te fazer gozar até você saber exatamente quem é seu dono.

Ela inspira profundamente.

— Eu sou minha própria dona.

Sei disso. É parte do que a torna tão atraente para mim. Só uma das muitas peças do quebra-cabeça que é essa mulher de quem não me farto nunca.

— Você não me pediu a verdade. Só perguntou o que eu quero.

Ela vira o rosto e beija meu pescoço.

— Pega uma camisinha, Eros.

Camisinha. Certo. Porque não posso transar com ela sem proteção, de jeito nenhum. Não assim, não sem antes termos uma conversa muito clara. Uma conversa que nunca tive, nunca precisei ter.

Que porra está acontecendo comigo?

Estou perdendo a cabeça tanto quanto ela. Estou ao lado dela nessa imersão.

Preciso fazer um esforço maior do que deveria ser necessário para me afastar e pegar o preservativo na gaveta da mesa de cabeceira. Para deixar de tocá-la pelo tempo suficiente para abrir a embalagem e colocar a camisinha.

Psiquê não espera. Agarra meu membro e o guia até a entrada de seu corpo. Tento ficar parado, deixar que ela me guie, e o esforço me faz tremer. Psiquê, essa babaquinha, sabe disso. Continua me segurando, mergulhando a cabeça do meu pau em sua entrada repetidas vezes, mas nunca me deixa penetrar mais que dois ou três centímetros.

— Sádica — resmungo.

Ela está ofegante como eu, tremendo tanto quanto eu. Seus olhos cor de avelã contêm um desafio que sinto no fundo da alma.

— Faz alguma coisa então.

Meu controle arrebenta.

Recuo, me apoio sobre os joelhos e agarro seus pulsos, segurando os dois com uma das mãos acima de sua cabeça. Ela resiste à minha força como se não pudesse se conter, e seus lábios se abrem em um gemido.

— Isso. Assim.

Essa batalha está perdida. Quero essa mulher de um jeito desesperador para fazer as coisas do jeito apropriado. Não consegui me controlar o suficiente nem para seduzi-la como acho que ela merece. Só quero foder, foder e foder até minha presença estar tatuada em cada centímetro de seu corpo. Eu me acomodo entre suas pernas.

— Quer que eu meta forte em você, Psiquê? Quer que eu te foda como um monstro?

Ela estremece de novo.

— *Quero.*

Aproximo o pau de sua entrada. Ela está muito molhada e pronta para mim, mas ainda tenho de me segurar para entrar completamente nela. Só quando estou inteiro dentro de seu corpo, consigo falar de novo.

— Acho que você é uma mentirosa.

— O quê? — Ela tenta soltar as mãos, mas não permito. Se ela agarrar minha bunda como fez ontem à noite, se enterrar as unhas em mim, isso vai acabar cedo demais.

Mordo a ponta de sua orelha.

— Você pode ser sua dona, mas acho que essa mesma parte safada que quer que eu meta forte em você também quer que eu seja seu dono. — Saio lentamente de dentro dela e entro novamente devagar, provocando. — Acho que quer que eu faça essa boceta lembrar de a quem ela pertence.

— É temporário. — Ela pode tentar parecer assertiva, mas a voz sugere quase uma pergunta.

— Seja temporário ou não, você é minha, Psiquê. — Uso a mão em seus punhos para me ajeitar, pressionando-os contra o colchão. — Quer ver como eu fodo alguém que é minha?

— Quero — ela geme.

Não pergunto de novo. Passo um braço por baixo de sua coxa e a abro para mim. E é assim que trepo com ela. Sem finesse. Sem sedução. Só instinto animal, o desejo de posse, a necessidade de torná-la minha como nunca me apoderei de ninguém antes. Nem uma vez.

Solto um de seus braços.

— Toca seu clitóris. Goza.

— Já estou quase lá. — Mas ela faz o que eu mando, desliza a mão pelo ventre até tocar o clitóris.

Reduzo a velocidade dos movimentos para poder me ver entrando e saindo dela, testemunhar essa posse do jeito mais arcaico. Talvez me arrependa disso mais tarde e queira voltar atrás. Todavia, no momento, a única coisa que desejo é sentir Psiquê apertando meu pau enquanto goza.

Ela não me faz esperar muito.

Suas costas arqueiam, e ela quase me faz soltar seu punho quando chega ao clímax. Não perco o ritmo. Continuo metendo nela, ao passo que palavras imperdoáveis transbordam de mim. Preciso alimentar sua confiança com meu corpo, como ela nunca vai permitir que eu faça só com palavras.

— Está sentindo isso, Psiquê? Sou eu quem faz você sentir isso. E vou fazer de novo sempre que precisar de mim. De novo, de novo e de novo. — *Para sempre.*

Pelo menos consigo guardar a última parte. Mas foi por pouco.

Minha explosão é intensa, e me esfrego nela até derramar a última gota de prazer. Bom demais. É bom demais com essa mulher. Nunca foi assim com mais ninguém — homem, mulher, não-binário. Tive muitos parceiros, e sempre foi divertido e mutuamente satisfatório. Nunca tive dificuldade para me controlar.

Sexo é ótimo. Sempre foi ótimo. Mas, com Psiquê, parece que o eixo do meu mundo saí do lugar. Não gosto disso. Se eu fosse mais esperto, cancelaria essa coisa toda e mandaria essa mulher para fora do Olimpo. Tritão saberia como traçar uma solução. Ele me deve alguns favores, e eu só teria de cobrar um deles para reservar a passagem. Não é um pedido fácil, mas é a melhor maneira de garantir a segurança de Psiquê e mandá-la para bem longe de mim, o mais longe possível.

Se ela ficar aqui comigo, não vou conseguir me livrar da sensação de que posso destroçar seu coração generoso de um jeito irrecuperável.

Mas, quando ela se deita ao meu lado e faz um barulhinho de satisfação, já sei que não vou mandar Psiquê para longe. Sou egoísta demais.

Psiquê é minha.

Ela só não sabe ainda.

Consigo me afastar dela por tempo suficiente para descartar a camisinha. Sou rápido, porque não pretendo sair daquela cama antes que seja absolutamente necessário. Felizmente, fodi Psiquê até ela ficar sem forças. Quando volto para a cama, ela se deita de lado, olhando para mim.

— Tenho uma pergunta.

Tudo bem, ainda sobram forças. Mal consigo resistir ao impulso de beijar sua boca e afastar qualquer pergunta que ela queira fazer. A verdade é que quero saber.

— Sim?

Seu olhar desliza até meu peitoral e volta ao meu rosto.

— É sempre assim com você?

Relaxo ao lado dela.

— O que é sempre assim? — Sei o que ela está perguntando, mas quero ouvir, quero que ela traduza com a própria voz algo que ainda não estou pronto para admitir nem para mim mesmo.

Estamos perdendo a cabeça juntos.

— Não se faz de bobo, Eros. Não combina com você. — Ela sorri, e isso só serve para me fazer lembrar onde essa boca estava há pouco tempo. — Isso. Sexo. É sempre assim com você?

— Vai ter de ser mais específica.

— Não vou, não. Você só quer elogios. — Ela estende o braço e toca meu cabelo, puxa um cacho. Finalmente, continua: — É sempre tão intenso? Tão... avassalador?

Não. Nunca é assim.

— Está dizendo que nunca foi assim para você?

Psiquê desvia o olhar, e não tento impedi-la. De repente, também me sinto vulnerável demais. Ela balança a cabeça.

— Não, não é assim com outras pessoas. Não que tenha sido ruim, nada disso, foi só diferente.

Em parte, quero me esquivar de admitir que é igual para mim, mas uma parte maior quer usar a informação para nos aproximar e a prender ainda mais. Toco seu queixo com um dedo, guiando seu olhar para mim novamente.

— Para mim também não tem sido assim.

— Não mente para mim.

— Não vou mentir. Prometo. Mentimos para outras pessoas, mas não um para o outro. — Hesito, mas a vulnerabilidade em seus olhos arranca a verdade de mim. — Eu seduzo, Psiquê. Sou bom nisso, quando me dedico. Nunca perco o controle o suficiente para ser *avassalador*. Foi só com você.

— Ah.

Finjo uma expressão preocupada.

— "Ah"? É só isso que tem para me dizer?

Ela desliza os dedos por meu braço.

— Eros?

— Hum?

— Ainda não saímos da cama.

Sorrio e a empurro contra o colchão.

— É verdade, não saímos.

20

PSIQUÊ

Nunca fui uma mulher inconsequente. Sempre fiz de tudo para ser capaz de prever qualquer desfecho, estar vários passos à frente de quaisquer oponentes. Como filha de Deméter, inconsequência tem um preço que até agora preferi evitar.

Até agora.

Passar o dia com Eros na cama é um erro. Sei que é um erro, mas cada vez que penso em levantar e encarar o mundo, ele me beija, me toca ou, deuses, só olha para mim. E lá vamos nós de novo, rumo a um frenesi de luxúria e necessidade. Se fosse só isso, talvez eu pudesse me convencer de que não me desviei do caminho a ponto de não poder voltar atrás, não joguei esse plano do alto do precipício. Mas passamos várias horas aos cochilos, enroscados um no outro como se fôssemos recém-casados de verdade, em vez de fingirmos que isso serve só a um propósito.

Quando não consigo mais ignorar os roncos do meu estômago, é quase noite. Eu o empurro e praticamente me jogo da cama.

— Preciso comer. Preciso de um banho.

— Vou com você.

— Não! — Recuo um passo, em pânico por perceber quanto eu quero que ele me acompanhe. Preciso de distância e preciso agora. — Dá um tempinho, ok?

Eros me observa com atenção, e é doloroso testemunhar as muralhas subindo outra vez. Nem percebi que haviam caído em algum momento do dia. Antes que eu consiga mudar de ideia, ele volta a ser o homem frio e calculista que conheci.

— Fique à vontade. Vou preparar alguma coisa para comermos.

— Ok. — Mal espero que vista uma calça e saia do quarto para pegar meu celular e correr para o banheiro. Parece bobagem trancar a porta, mas faço qualquer coisa para me sentir mais centrada neste momento. Abro o chuveiro e olho para o espelho.

Que coisa horrível.

Tem esfolados de barba no meu rosto e no peito, na verdade, em todo o corpo. As marcas vermelhas deixadas pelos dedos de Eros em meu quadril e nas coxas vão virar hematomas mais tarde. A memória sensorial ameaça me dominar, e sinto um arrepio. Era exatamente por isso que eu não devia ter dormido com ele. Em vez de pensar no próximo passo que vamos dar, ou em como desmentir todos os boatos que Afrodite pode espalhar, estou pensando em como foi bom quando ele deslizou a mão entre minhas pernas e...

Deuses.

Seguro o celular com força, mas para quem vou ligar? Calisto? Ela vai dar outro sermão na primeira oportunidade que tiver. Perséfone? Ela já deixou claro o que pensa sobre esse casamento; não vai ter piedade, se de repente estou me arrependendo dessa coisa toda. E se ela descobriu qual era a alternativa...

Não, não posso ligar para ela. Não posso ligar para ninguém.

Respiro fundo e deixo o telefone em cima da bancada. Não é a primeira vez que a vida no Olimpo me atropela. Já tenho as ferramentas de que preciso para firmar o chão sob meus pés. Espero ter.

Apesar da promessa de ser rápida — sem mencionar que é relativamente tarde —, tomo um banho demorado e depois me reconstruo pouco a pouco. Cabelo seco e escovado. Maquiagem sutil, mas perfeita. Vou ao meu quarto e pego uma legging, meias de lã e meu suéter largo favorito. Relaxada, mas pronta para ser fotografada. É o suficiente. Tem de ser.

Sem pressa, monto o cenário para uma foto ao sol poente que entra pelas janelas gigantescas do apartamento de Eros. Não corresponde aos meus padrões habituais, e preciso repetir a foto umas dez vezes para capturar o sorriso feliz e suave que pretendo exibir, mas isso vai ter de bastar até eu ter mais conteúdo amanhã. Digito uma legenda feliz e sensata a caminho do corredor.

Encontro Eros na cozinha, bebendo uma taça de vinho e olhando pela janela. Ele se volta em minha direção quando entro, mas a expressão neutra não se altera.

— Amanhã vamos sair. Quanto mais tempo passarmos trancados na cobertura, mais oportunidade damos a minha mãe para criar uma narrativa que não queremos.

Alívio e algo parecido com manipulação me invadem. Esse é um território conhecido; manipular os paparazzi, é nisso que sou boa. Se nos concentrarmos nisso, não vou precisar pensar em quanto quero eliminar a distância entre nós e beijar Eros.

Prendo uma mecha de cabelo atrás da orelha. Posso subir pelas paredes tentando antecipar qual postura a mãe dele vai adotar, porém, no fim, nossa melhor defesa é manter o plano original.

— Quer a experiência dos recém-casados tontos de felicidade ou do casal elegante e perfeito?

— Qual é a diferença?

— Os tontos visitam os jardins na área da universidade e andam abraçados pelas alamedas, depois vão a um barzinho beber e fingir que são os únicos no lugar. O casal perfeito e elegante vai jantar, depois vai ao Dryad.

Ele levanta as sobrancelhas.

— Nem eu consigo entrar no Dryad sem fazer reserva.

— O que me surpreende é que consiga entrar de algum jeito. Pan odeia Afrodite, e tenho certeza de que o sentimento se estende a você.

O sorriso lento de Eros me afeta mais do que afetava nas primeiras vezes que o vi. Agora sei que ele faz exatamente a mesma cara quando planeja as coisas deliciosas que quer fazer com meu corpo. Controlo um arrepio. Ele percebe — é claro que sim —, e seu sorriso se alarga.

— Pan e eu temos um acordo.

Isso arranca de mim uma risada surpresa.

— Não me diga que também o seduziu.

— Psiquê. — Deuses, toda vez que ele fala meu nome, é como um convite para fazer alguma coisa de que vou me arrepender, com toda a certeza. — Estou magoado com essa sua insistência em me acusar de andar pelo Olimpo deixando para trás um rastro de amantes.

— Estou errada?

Ele ri e abaixa um pouco a cabeça. É terrivelmente charmoso.

— Depende da pessoa para quem vai fazer essa pergunta.

Isso é ruim. Preciso me concentrar no plano, não em como Eros é atraente quando se faz de modesto.

— E se eu perguntar ao Pan?

— Ele vai dizer que foi *ele* quem *me* seduziu.

É claro que sim. Pan é mais famoso que Eros por espalhar seu charme por todos os lados. Balanço a cabeça e me divirto com a história, apesar de tudo.

— De volta à questão original: eufóricos ou contidos?

— Eufóricos. — O sorriso desaparece, mas algo dele permanece em seus olhos. — Isso é um caso de amor, e, se parecermos muito práticos, as pessoas vão duvidar de que é real e vão dar à minha mãe a oportunidade de lucrar com a dúvida. Se nenhum de nós dois fazer esse papel do casal risonho, eufórico e bobo no fim só vai ajudar a vender a história dela.

— Concordo.

Ele cruza os braços.

— Então, por que me dar opções? Por que não propõe o plano de uma vez?

Não consigo sustentar seu olhar.

— Você também está nisso. É importante estarmos na mesma frequência.

— É claro. — Ele dá de ombros. — Mas já determinamos que esse campo é mais seu do que meu.

— Mesmo assim.

Eros descruza os braços e se aproxima de mim. É difícil ficar parada, não recuar. Ou melhor, é o que digo a mim mesma quando o vejo caminhar em minha direção. Não estou prendendo a respiração à espera de testemunhar sua próxima ação, é claro que não estou. Ele se inclina até seu rosto e o meu estarem no mesmo nível.

— Que bobagem a minha. Achei que podia ser porque está duvidando dos seus instintos, mas você não é tola.

Minha pele esquenta de um jeito que não tem nada a ver com desejo.

— Como é que é?

— Está duvidando de si mesma. Pare.

Endireito as costas e o encaro.

— Você não sabe do que está falando. Não estou duvidando de mim.

— Mentirosa — ele fala, quase com carinho. Depois vira de costas antes que eu possa responder. — A comida está pronta.

Eu o vejo tirar do forno uma caçarola que parece deliciosa e não sei se quero encerrar essa conversa por aqui ou não.

— Você não me conhece.

— E você está sempre repetindo isso. — Ele serve porções generosas em dois pratos e passa um deles para mim. — Acho que já determinamos que sei o suficiente.

Sigo Eros até a sala de jantar. É tão minimalista quanto o restante da casa — janelas enormes, mesa quadrada de aço e mármore, e uma parede enfeitada apenas por um grande espelho em uma moldura geométrica branca e preta. Ele deixa o prato na mesa e sai da sala, mas volta em seguida com sua taça de vinho e mais uma, a qual deposita na minha frente. É muito, muito estranho sentar nesta sala diante de Eros. É como se estivéssemos comendo em um museu ou algo do tipo.

— Tem certeza de que mora aqui?

Ele olha para mim.

— Nem todo mundo deixa para trás um rastro de desordem como prova de que o ambiente é usado.

Fico tensa, mas não é um julgamento, só um comentário simples.

— Não sou bagunceira.

— Eu falei desordem, não bagunça. São coisas diferentes. — E olha para o prato. — Além disso, moro aqui sozinho. Não tem família carimbando sua presença em todos os cômodos, como na casa da sua mãe.

— Você sempre volta a esse assunto. Por quê? — Estou preparada para defender minha família. Nem sempre nos damos bem, mas não vou permitir que ninguém fale mal de nós. Nem Eros. Especialmente Eros.

Mas ele me surpreende.

— Parece um lar. É... original.

— Original — repito. — Como pode ser original? Você só tem... o quê? Vinte e oito?

— Como se não soubesse.

Sinto meu rosto corar, porque é claro que sei quantos anos ele tem. Não nos *conhecíamos* de verdade antes de agora, mas tenho conhecimento básico, pelo menos, sobre todos que são próximos dos membros dos Treze.

— Não mora sozinho há tanto tempo para ter esquecido a casa onde cresceu.

Ele brinca com o garfo.

— Você sabe quem é minha mãe. Acha mesmo que a casa onde cresci era tão afetuosa quanto a sua?

— Não pode ter sido, se era decorada como esta aqui.

— O que tem de errado aqui?

Aponto para o espelho atrás de mim.

— Para que tantos espelhos? Entendo que o do hall seja uma coisa artística, e o do quarto pode ser um fetiche, mas tem espelho em *todos* os lugares.

— Ah. — Ele passa um longo momento olhando para o prato. — Deixei a decoração nas mãos de profissionais. Foi mais fácil, e, também, não tenho opiniões muito definidas sobre o assunto.

A decoração foi contratada por Afrodite. Eu apostaria um bom dinheiro nisso. Hesito, tentando responder sem parecer uma completa babaca.

— Eros, esta casa é sua. Pode pôr sua marca nela.

— Posso? — Ele sorri. — Acho que isso depende para quem você pergunta.

Abro a boca para continuar a discussão, mas meu cérebro alcança a língua antes que eu faça papel de idiota. É mais que óbvio sobre quem ele está falando. Mesmo assim...

— Sei que Afrodite foi uma ótima mãe, mas...

Ele sorri para mim, mas o sorriso não tem seu charme habitual.

— Não tem "mas" nessa frase, Psiquê. Fico feliz por você ter crescido em uma casa que tinha jeito de lar e que Deméter tenha preservado esse sentimento, apesar de as coisas terem mudado depois de vocês virem para cá. Só não tive a mesma experiência. — Ele volta a comer como se o assunto estivesse encerrado.

Acho que está.

Debochei da cobertura na primeira noite que estive aqui. *Continuo* criticando suas escolhas, presumindo que, pelo menos nisso, ele é tão clichê quanto finge ser. O playboy milionário com mais dinheiro do que bom gosto, que confunde minimalismo com o auge do estilo. Quanto mais sem alma, melhor.

Mas, cada vez que ele fala sobre a casa de minha mãe, tem um quê em seu tom que é quase... melancolia.

Olho em volta mais uma vez, e minha cabeça é tomada por pensamentos.

— Você se oporia se eu fizesse algumas mudanças? — Levanto a mão quando ele arqueia as sobrancelhas. — Nada muito intenso. Só algumas coisas para que o espaço também tenha um pouco de mim. — Honestamente, não me incomodo com a quantidade de espelhos, mas eles precisam de alguma coisa que os suavize.

O sorriso de Eros faz meu coração palpitar.

— Eu gostaria muito.

— Que bom. — É um gesto pequeno, mas parece muito grande. Grande demais para eu examinar com atenção. Em vez disso, concentro-me na refeição.

Como devagar. A comida é boa, mas é o silêncio que me conforta. Não é tenso. Tenho a estranha sensação de que Eros ficaria muito contente ocupando o mesmo aposento durante horas e sem falar nada, se não tivesse nada a dizer. Ele pode fingir que é o playboy bonitinho, mas não abre a boca só para se ouvir falar.

Sempre gostei do silêncio. Deve ser coisa de quem sempre morou com a mãe e as três irmãs. Elas falam quando estão felizes, tristes, bravas e até entediadas. Ninguém em minha família ficaria contente com um jantar sem poder encher a sala de comentários passageiros.

Há certo conforto nisso, mas, quando meu nível de estresse chega a determinado ponto, o barulho é mais uma coisa que me incomoda. Gosto que Eros não tenha a mesma urgência. Faz esse lugar parecer quase seguro.

Um sentimento que, certamente, não posso alimentar.

Bebo um pouco de vinho. Como Eros estava disponível para compartilhar informações mais cedo, tem algo que quero muito saber. Agora é um momento tão bom quanto qualquer outro para perguntar.

— Queria fazer uma pergunta.
— Vou pensar se respondo.

É justo. Engulo em seco.

— Por que faz isso? Todas as coisas que sua mãe ordena? Essa não é a primeira vez que ela pede a cabeça de alguém.
— Coração.
— Quê?
— Ela não pediu sua cabeça. Pediu seu coração. — Ele continua a refeição sem olhar para mim.

Sei que é só no sentido figurado. A ideia quase me faz rir, mas consigo manter o som histérico dentro de mim.

— Sua mãe é uma cretina.
— Telhados de vidro, Psiquê.

Abro a boca para protestar, mas a verdade é que Deméter é tão ardilosa e ambiciosa quanto Afrodite. Não tenho dúvidas de que Afrodite deixaria metade do Olimpo morrer de fome, com a motivação correta, e minha mãe é responsável pelo desaparecimento misterioso de vários indivíduos. Não há corpos nem investigações de assassinato, mas tenho certeza de que ela está por trás deles. Deméter só é mais cuidadosa do que Afrodite para não deixar rastros de seus pecados. Levanto a taça de vinho.

— Tem razão. Mas isso não é uma resposta.

Ele dá de ombros.

— No começo foi tudo muito fácil. Ela queria que eu destruísse o último Apolo. Eu devia ter uns dezessete anos, na época.

O choque quase me faz derrubar a taça.

— Foi *você*?

— Sim. — Ele confirma sem vaidade nem orgulho. Só afirma um fato. — Não armei tudo, exatamente, mas eu estudava com Dafne. — Seus olhos escureceram. — Ela estava em uma situação ruim e sabia que ninguém acreditaria na palavra dela contra Apolo, a menos que houvesse uma prova.

Eu não estava no Olimpo nessa época, mas conheço bem a história. O antigo Apolo enfureceu Afrodite por algum motivo, e, de repente, fotos dele com uma garota menor de idade — Dafne — foram enviadas para todos os sites de fofoca por um remetente anônimo. Agora que tenho essa nova informação, consigo ver como aquelas fotos foram escolhidas cuidadosamente. Explícitas o suficiente apenas para que ninguém pudesse refutar o que estava acontecendo, mas Dafne vestia lingerie.

— As fotos existiam antes daquele momento? Ou dois adolescentes conspiraram para produzir o conteúdo?

— Sim. — Ele não olha para mim. — Ela tirou as fotos com o celular de Apolo quando decidimos o que íamos fazer. Não foi o ideal, mas serviu para afastá-lo dela e deixou minha mãe satisfeita com a punição de Apolo.

O Olimpo tem alguns limites, especialmente para os Treze, mas Dafne é prima de Ártemis, e isso desencadeou uma tempestade de fogo como o Olimpo jamais tinha visto. Ela exigiu a cabeça de Apolo e, quando o antigo Zeus se mostrou pouco inclinado a ir tão longe, Ártemis foi atrás de Atena, Hefesto, Poseidon e, nada surpreendente, Afrodite. Contra os cinco, nem Zeus podia fazer nada. Ele não matou Apolo, mas reuniu o restante dos Treze e o destituiu do posto.

Duas semanas mais tarde, seu corpo foi encontrado no Rio Estige. A opinião comum é que Ártemis foi a responsável, mas, se havia provas, elas foram lavadas pela água do rio, e o assassino nunca foi encontrado. Não que alguém tenha se esforçado muito para encontrar respostas.

Olho para Eros.

— Foi você quem teve a ideia de divulgar aquelas fotos? Aos *dezessete* anos?

Segue-se mais um movimento de ombros que significa tudo e nada.

— Como eu disse, era o único jeito.

O único jeito de aplicar a punição decretada por Afrodite.

O único jeito de ajudar Dafne a escapar da situação ruim.

— Mas...

Ele suspira.

— Mas o quê?

— Como deixou de *ajudar* pessoas como Dafne e passou a matá-las?

— Do mesmo jeito que se ferve um sapo. — Ao ver minha expressão confusa, Eros esclarece: — Aos poucos. A primeira pessoa que matei foi um homem que estava ameaçando minha mãe. — Olha para o garfo como se ali estivessem todos os mistérios do universo. — Pensando bem, ele era uma ameaça de verdade. Acho que foi amante dela no passado, mas acabou obcecado, perseguindo-a, e a situação foi escalando até ela ficar com medo de verdade. Ela e Ares não se dão bem, então ele não garantia segurança. Tive de interferir.

Não comento que Afrodite é mais do que capaz de contratar a própria segurança. Eros é esperto. Ele sabe disso.

— Quantos anos você tinha?

— Dezenove.

Meu coração dói por ele, pela versão de agora e pelo menino que ele era.

— Sinto muito.

— Tudo bem. — Ele dá de ombros, mas o gesto é tenso demais para ser convincente. — Quando percebi que as pessoas que *ameaçavam* minha mãe não eram ameaças de verdade, minha alma já estava comprometida demais para eu voltar atrás. O único caminho era em frente. — Não sei o que ele vê em meu rosto, mas balança a cabeça. — Não tenha pena de mim, Psiquê. Não perdi nem um minuto de sono por causa das coisas que fiz, independentemente de serem pessoas inocentes ou não. Sou tão monstro quanto ela.

Sei disso. Realmente, eu sei. Mas não posso deixar de a odiar ainda mais por ter treinado o filho para ser seu carrasco pessoal. Ele fala que começou aos dezessete, mas sei que não foi assim. Para levá-lo ao ponto em que ele se dispunha a interceder por ela, Afrodite deve ter começado muito antes.

— Você é filho dela. Ainda é errado te usar desse jeito.

— Isto aqui é o Olimpo. Tem mais errado do que certo. É assim que as coisas são.

Sei que ele está certo, mas isso não impede a onda de ressentimento. Nenhum de nós escolheu o próprio papel. Ele fez coisas imperdoáveis por ordem da mãe. Podia ser uma criança quando começou, mas não é mais. Podia ter parado a qualquer momento.

Ele parou por mim.

Sufoco o pensamento antes que me tire dos trilhos. É tentador demais, sedutor demais. Eros já admitiu que teve seus motivos para me dar a opção do casamento em vez da morte. Sim, ele me deseja, mas isso não é suficiente para contrariar a mãe. Não pode ser.

Melhor não pensar muito nisso.

Empurro a comida de um lado para o outro no prato. Ele continua se esforçando muito para nos diferenciar, para me lembrar de que é um ser humano terrível, e eu sou... Nem sei. Boa? Essa ideia é ridícula. Fiz escolhas difíceis desde que cheguei ao Olimpo e fiz coisas mesquinhas, egoístas e cruéis.

E mais... não quero que Eros se sinta diferente. Não matei ninguém, mas isso não significa que sou um anjo.

— Você não me inclui no grupo dos monstros, mas não sou totalmente isenta de culpa.

Ele sorri como se fizesse minha vontade.

— Ah, é?

Continuo antes de ter tempo para mudar de ideia.

— Lembra quando o DeOlhoNaMusa publicou uma matéria com um áudio de Ares reclamando de todos os filhos de Zeus, dizendo que todos eram fracassados?

A surpresa no rosto de Eros faz a confissão valer ainda mais a pena. Ele se recosta na cadeira e sorri, e seus olhos azuis são iluminados pela admiração.

— Foi você? Sempre quis saber. Pensei que pudesse ter sido Helena, é o tipo de coisa que ela faria, mas ela jurou que não tinha nada a ver com isso. Aquele áudio conseguiu abalar a aliança Zeus-Ares de um jeito irreversível.

Eu sei. Queria dizer que esse era um dos meus objetivos quando criei o plano, mas a verdade é muito menos ambiciosa.

— Ele não deixava Eurídice em paz. Andava atrás dela nas festas de Zeus e a encurralava sempre que tinha chance. Ninguém interferia, nem minha mãe. Tudo que ela falava era como uma aliança com Ares seria útil para nossa família. — As palavras tinham um gosto amargo na minha língua. Amo minha mãe, mas às vezes ela pode ser bem bitolada. — Um casamento com Ares teria matado Eurídice. Não literalmente, mas as coisas que a fazem ser quem é teriam atrofiado e morrido. Ela não é como minhas outras irmãs, é doce. Eu queria lhe dar a chance de continuar assim enquanto fosse possível.

Eros fica sério.

— Não sei se a ajudou muito com isso.

Sinto o peso da tristeza.

— Estamos todas começando a perceber isso agora. — Todas tivemos de crescer e enfrentar a realidade do Olimpo em dado momento, e é impossível não se perguntar se não devíamos ter tirado o véu da frente dos olhos da minha irmã caçula mais cedo. Talvez ela não tivesse se apaixonado por Orfeu e acabado com o coração partido. Talvez o tivesse visto como ele é: um artista volúvel eternamente em busca de sua musa. Eurídice pode ter servido a esse propósito por um tempo, mas nunca seria permanente. — Todo mundo tem de aprender essa lição em algum momento.

— Alguns aprendem mais cedo que outros. — Eros inclina a taça de vinho, mira o líquido vermelho-escuro se movendo ali dentro. — Você nunca cometeu nenhum deslize.

Quase dou risada.

— Cometi vários. Mesmo com os avisos de minha mãe, nunca pensei que o Olimpo poderia ser tão cruel quanto ela dizia. Estava errada. — Muita coisa para caber em duas palavras. *Estava errada*.

No início, todo mundo foi muito *agradável*. Ah, não os outros filhos dos Treze — esses nem passavam perto de mim e minhas irmãs —, mas os que viviam um pouco mais longe do centro do poder. Muito agradáveis. Muito simpáticos. Doces a ponto de serem enjoativos. Pelo menos até eu ouvir meus supostos *amigos* falando sobre como achavam tudo horrível em mim: meu corpo, minha aparência, meu jeito de caipira. Esperavam que eu fosse mais parecida com Helena, Perseu ou outros filhos mais populares dos Treze. Eu era um desperdício de tempo e espaço.

Depois disso, parei de tentar fazer amigos. Foi a primeira vez que percebi que minha mãe poderia ter razão por lidar daquele jeito com pessoas de fora da nossa família. Ninguém merecia confiança. Em vez disso, as pessoas se enquadravam em duas categorias — inimigo em potencial ou aliado em potencial.

Nesta cidade, as lições são sempre dolorosas, e os anos seguintes não contribuíram muito para amenizar essa dor. Espero de verdade que a situação com Eros não seja mais uma lição que estou destinada a aprender mediante a dor.

21

EROS

Faz muito frio. Sou uma criatura do verão. Prefiro os dias quentes e preguiçosos, quando o sol reina absoluto no céu até a noite chegar, todo mundo circula pela cidade com o mínimo possível de roupas e o ar não machuca meu rosto. Se pudesse escolher, teria ido fazer qualquer outra coisa, menos andar pelos jardins na área da universidade.

Mas...

Não posso deixar de apreciar como Psiquê está *linda* de legging com aquele suéter enorme de tricô e uma jaqueta puffer. E a touca de tricô que combina com o suéter que a deixa completamente adorável. Quero arrastá-la de volta para minha casa — nossa casa — e despi-la peça por peça.

Ela se apoia em meu braço e sorri para mim como se eu fosse sua pessoa favorita no mundo, e por um momento esqueço que isso tudo é uma farsa.

O clique de uma câmera em algum lugar perto de nós me faz lembrar desse detalhe.

Sorrio para ela, e é muito fácil me convencer de que suas bochechas rosadas são uma reação a mim, não ao ar gelado.

— Não podíamos ter escolhido um lugar mais quente para mostrar como estamos eufóricos de amor?

O sorriso dela permanece. Ela se apoia em mim e baixa o tom de voz.

— Em espaços abertos é mais fácil fingir que não percebemos que estamos sendo seguidos. — Psiquê dá uma risadinha. — Além do mais, gosto dos jardins no inverno.

Olho em volta. Alguma Atena do passado decidiu que o bairro da universidade precisava de um gigantesco jardim onde os alunos e professores poderiam passar o tempo. Tem uma grande estufa de cada lado do parque, mas Psiquê parece determinada a percorrer cada caminho, menos o que nos leva até uma delas.

— Não entendo. Não tem nada para ver. Está tudo morto.

— Eros. — Ela bate de leve com a mão livre no meu braço. — Que otimismo da sua parte. O jardim não está morto. Está dormindo.

Olho para os caules sem folhas à esquerda da alameda de paralelepípedos.

— Para mim, parece morto.

— Era de se esperar que fosse capaz de identificar a morte, considerando que lida com ela de vez em quando — Psiquê comenta com tom casual, como se não reconhecesse as farpas embutidas em cada palavra.

Sou um assassino, e ela precisa se lembrar disso.

— Psiquê.

— É um lembrete. — Ela não olha para mim. Estuda os caules secos como se contivessem os segredos do universo. — Nada dura para sempre. Nem a hibernação durante o inverno, nem as flores bonitas do verão. Há estações para tudo.

Não é difícil entender que ela não está falando do jardim. Está falando dela mesma. Envolvo sua cintura com um braço e a puxo para perto. Podemos fingir para o paparazzo que está nos seguindo quase sem disfarçar, mas a verdade é que gosto de tocá-la. Por mais que quisesse ficar na segurança da nossa cobertura e continuar trabalhando para seduzi-la de novo, não vou perder a oportunidade de me aprofundar no enigma que é Psiquê.

— Todas as suas irmãs parecem ter algum objetivo no Olimpo.
— É mesmo?

Continuamos caminhando pelo jardim "adormecido".

— Calisto queimaria a cidade se ninguém a impedisse. Com ou sem lição difícil, Eurídice quer amor. Pensei que Perséfone fugiria do Olimpo.

— As circunstâncias mudaram.

Circunstâncias. Um jeito estranho de dizer que Deméter praticamente vendeu Perséfone para um casamento com o antigo Zeus, fazendo a filha fugir para o outro lado do Rio Estige e rumo aos braços de Hades. A rigidez na voz de Psiquê me impede de fazer o comentário, no entanto. Tudo bem. Não quero falar sobre suas irmãs, na verdade. Quero falar sobre ela.

— É você quem eu nunca consegui decifrar.
— Eu?
— Sabe que sim. Se não te conhecesse um pouco, diria que é uma Deméter 2.0. Você aborda as situações de um jeito muito diferente do de sua mãe, mas a articulação e a manipulação cuidadosa da imagem são as mesmas. — Ela fica tensa, mas não a solto. — Não foi uma crítica. É bobagem pensar que honestidade vai render mais que uma facada nas costas quando se lida com os Treze e seus círculos mais próximos.

— Talvez eu seja exatamente o que pareço ser. — Ouço a amargura em sua voz. — Uma influencer da alta-sociedade à procura de um marido rico e poderoso. Talvez você tenha caído na minha armadilha.

Dou risada. É inevitável.

— Se for isso, você é uma atriz muito melhor do que eu imaginava.
— Obrigada. — Ela gira em meus braços, sorrindo para mim como se eu tivesse seu coração nas mãos. — Hora da foto, marido.

Marido.

Ah, gosto disso. Gosto muito disso.

Seguro seu quadril e a puxo para perto, tão perto quanto é possível com tantas camadas de roupa. Nossa respiração cria nuvens no ar entre nós, todavia, pela primeira vez desde que saímos do carro, não sinto frio. Como poderia, com Psiquê tão perto?

Não tem fingimento na vontade com que me apodero de sua boca. Não estou fingindo que a quero. Ela pode ser excelente atriz, mas o arrepio e o jeito como derrete em meus braços não são encenação. Agora sei como ela reage, como a sinto e como ela fica na hora do prazer. Psiquê também não está fingindo desejo.

Ela enlaça meu pescoço com os braços e desliza os dedos por aquela região sensível na base da nuca, enquanto abre a boca e me deixa entrar. Psiquê tem o sabor da bala de canela que chupou no carro; canela, especiarias e sensualidade. Eu me perco no contato da língua dela na minha, em como ela se encaixa com perfeição em meu corpo.

É ela quem encerra o nosso beijo, inclinando a cabeça para trás só o suficiente para deixar escapar uma risadinha surpreendentemente alegre.

— Deuses, Eros. Não pode me beijar desse jeito em público. Vai acabar criando problema para nós.

Será que é verdade? Será que não é verdade?

Não posso ter certeza. Não quando estou a meio segundo de arrastá-la para a estufa e encontrar um cantinho escondido para fazer Psiquê gozar uma ou três vezes. Mas não, não posso fazer isso. Temos observadores, e os paparazzi no Olimpo são incansáveis. Por mais que a imagem que estamos tentando vender agora seja de atordoados de amor, não vou deixar que publiquem fotos minhas com a mão dentro da calça de Psiquê.

Encosto a minha testa na dela, em busca de controlar meu corpo.

— *Eu* vou criar problemas para nós?

— Sim. — Seu sorriso suaviza um pouco. — É claro que sou uma espectadora inocente.

Aí é que está. Ela não está totalmente errada. Normalmente não perco tempo com culpa, mas deve ser isso a pontada estranha de um lado do corpo, como se alguém tivesse enfiado uma faca entre minhas costelas. Psiquê tinha planos antes de minha mãe decidir castigá-la, enfurecida por um simples ato de bondade que ela teve com relação a *mim*. Nunca fiz parte dos planos de Psiquê. Estar gostando das vantagens desse casamento apressado — e estou — não muda o fato de que esse não era o plano *dela*.

— Sinto muito. — Ela não pretendia dizer isso, mas falo com *honestidade*. Possivelmente, pela primeira vez na vida. — Por tudo isso.

— Quase acredito em você, sabe. — Ela me dá o braço e volta a andar. — Mas agora não faz diferença. Vamos fazer o melhor que pudermos com a situação.

Caminhamos em silêncio durante uns minutos. É confortável, e um olhar para o rosto de Psiquê me faz pensar que ela está perdida em pensamentos bem longe daqui. Não me incomodo. Duvido que ela perceba a importância disso, mas eu percebo.

Ela confia em mim.

Deixo a constatação me inundar, me envolver. Fiz pouco para conquistar a confiança dessa mulher. Sim, não a matei, mas isso é o mínimo que uma pessoa deve fazer, e não posso nem fingir que tomei a decisão movido pela bondade de minha alma. Foi tão egoísta quanto tudo que já fiz. Eu a queria, e essa situação de merda abriu caminho para eu conseguir tê-la.

Tudo porque ela me tratou com o mínimo de bondade.

Eu poderia rir, se meu peito não estivesse tão apertado. É patético que eu esteja tão faminto por qualquer tipo de emoção mais suave que, no momento em que alguém se aproxima de mim com mãos gentis, em vez de palavras duras, eu me disponha a ir ao mundo inferior e voltar de lá só para manter essa pessoa em minha vida.

Se tivesse sido só aquela primeira noite, talvez eu pudesse ter resistido aos meus impulsos mais sombrios de pegar Psiquê e levá-la para minha casa como um dragão com sua conquista valiosa, mas depois ela compareceu àquele encontro disposta a me ajudar outra vez. Como eu poderia deixar minha mãe apagar uma luz tão intensa?

Não mereço a confiança de Psiquê. Com qualquer outra pessoa, seria só uma ferramenta para me dar vantagem, em caso de necessidade. Mas com essa mulher?

Quero fazer por merecer sua confiança.

Um bom jeito de começar seria retribuir com a minha.

Quando o caminho bifurca, tomo a direção do carro.

— Vamos fugir do frio e beber alguma coisa.

— Eu estava pensando...

Interromper é mais desafiador do que eu imaginava.

— Queria te levar a um lugar.

Ela parece surpresa.

— Ah. Tudo bem.

Não há motivo para nervosismo. Não é como se os lugares que frequento fossem sigilosos, mas nunca senti vontade de mostrá-los a alguém. No Olimpo, sempre serei reconhecido como a arma mais afiada de Afrodite. Mas, em alguns poucos lugares, sou visto como Eros. Só... Eros. Mesmo sabendo que Psiquê sempre verá primeiro o perigo em mim, uma parte minha quer que ela veja o restante. O homem, por mais complicado que seja. Ela me faz sentir... humano... de um jeito como não me sinto há muito tempo. Talvez nunca tenha me sentido assim.

Quero que ela me veja como Eros, apenas. Mesmo que a ideia me apavore em um nível com o qual não estou preparado para lidar. Como ela poderia não recuar ao ver a dura realidade por trás da persona intocável? Os fragmentos partidos que mantenho escondidos para que não sejam usados contra mim?

Quando voltamos ao meu carro, abro-lhe a porta e depois me acomodo ao volante. Três fotógrafos se aproximam, e eles nem tentam mais fingir que não são paparazzi. Correm em nossa direção, e eu sou um babaca maldoso, porque quase derrubo dois deles ao sair da vaga.

Psiquê ri baixinho.

— Se houvesse como evitar a prisão, essa seria a solução perfeita.

— Se eu fosse bonzinho, eles perceberiam que tem alguma coisa errada.

Seus olhos cor de avelã se iluminam com um toque de humor.

— Que os deuses não permitam.

— Agora você está entendendo a ideia.

Ando pelas ruas em direção ao sul, rumo ao distrito dos teatros. São alguns quarteirões que contêm três teatros onde há um punhado de atrações por temporada. Posso me interessar ou não por performances ao vivo, mas os atores no Olimpo têm um jeito de não se importar com nada que é difícil de encontrar deste lado do rio. A única coisa com que se importam é a hierarquia de poder *deles*, e, enquanto Atena e Apolo os mantiverem bem remunerados, não vão se incomodar com o restante dos Treze.

Minha mãe, por exemplo, não é grande apreciadora dessa área. Ela até gosta de teatro e me arrastou a incontáveis produções ao longo dos anos, um esforço para despertar meu interesse por *cultura*, mas isso começou e terminou com os espetáculos. Afrodite nunca insistiu muito, e, assim, essa área se tornou uma espécie de refúgio para mim. Quando estou aqui, nunca tenho de me preocupar com a possibilidade de encontrá-la. Paro no pequeno estacionamento atrás do Bacchae e desligo o motor.

Psiquê olha pela janela.

— Escolha interessante.

— Já veio aqui?

Ela balança a cabeça.

— Costumo comprar ingressos para temporadas no teatro, mas normalmente vamos beber mais perto de casa, depois da peça. — As mulheres Dimitriou dividem seu tempo entre a área onde a mãe mora e a região no entorno da Dodona Tower, então faz sentido que escolham lugares mais conhecidos para ir beber.

Saio do carro, mas dessa vez ela não espera eu abrir a porta para se juntar a mim. Ainda tem uma ruguinha entre suas sobrancelhas.

— Duvido que a imprensa passe muito tempo por aqui.

— Não passa. — Seguro sua mão. — Mas o pessoal do teatro é fofoqueiro, eles vão fazer o trabalho por nós.

Os olhos delas se iluminam.

— Entendo. Esperto.

— Vivo para agradar. — Contornamos o prédio, e eu ando mais devagar, de propósito, observando Psiquê enquanto ela analisa a fachada do Bacchae. Aqui, na região dos teatros, não se dá tanta importância a uma aparência impecável, como na cidade superior. Preferem *personalidade*, e isso o Bacchae tem aos montes. O exterior envelhecido dá a impressão de estar ali por tempo indeterminado, mas o prédio só tem vinte anos e sempre teve essa pintura desbotada.

Seguro a porta para Psiquê e a sigo para o calor do bar. Ela tira o casaco de imediato, e, depois de imitá-la, toco a parte inferior de suas costas e a guio por entre as mesas lotadas até uma mesinha no canto, no fundo do espaço. Fico feliz por estar vazia, porque é o melhor lugar para apreciar tudo que o Bacchae tem a oferecer.

Ela me permite acomodá-la no assento fixo e espera eu me sentar também, mirando a parede com ar de espanto.

— Uau.

— O proprietário daqui é uma espécie de colecionador. — Vejo Psiquê analisar os objetos que enfeitam as paredes. Pôsteres novos de produções atuais ao lado de outros mais antigos, desbotados por décadas de exposição. Uma prateleira estreita contorna toda a sala com caixas de vidro onde há figurinos e objetos cenográficos, todos meticulosamente etiquetados com dados e ano da produção. Os sons baixos da trilha sonora de algum musical que não conheço ressoam ao fundo.

Eu deveria ficar quieto e deixá-la processar as informações, mas não consigo deixar de falar:

— Agora está cheio, mas devia ver este lugar depois do show da noite. Os atores, as atrizes e as equipes chegam, metade deles ainda com a maquiagem de palco, e as coisas ficam malucas. A energia que eles trazem é diferente de tudo que já vi. Acho que os espetáculos são bons, mas ver o que acontece depois é mágico.

Psiquê, enfim, desvia o olhar de um vestido branco especialmente complexo e olha para mim.

— Queria vir um dia para ver isso.

— Viremos. — É uma promessa pequena, fácil de cumprir, mas não muda o fato de *soar* profunda.

— É um lugar importante para você.

É claro que ela perceberia no mesmo instante. É esperta demais para não ler as entrelinhas, e escolhi este lugar de propósito, para poder dividir isso com ela. Tiro sua touca e a jogo sobre a pilha formada por nossos casacos do outro lado da mesa. O cabelo dela está um pouco arrepiado, mas eu gosto.

— Sim, é importante para mim.

— Obrigada por me trazer aqui. — Psiquê sorri e ajeita o cabelo. — Obrigada por compartilhar isso comigo.

Meu peito fica apertado, mas não consigo desviar o olhar de seu sorriso feliz.

— Você dividiu os jardins comigo. E eles têm um significado para você, não é? São uma espécie de refúgio.

— Não sei se posso chamar de refúgio... — Ela suspira. — Não, é mentira. Desculpa, força do hábito. — Psiquê balança a cabeça com ar arrependido. — Sim, os jardins são especiais para mim. Não é segredo que vou lá de vez em quando, mas é porque eles me lembram um pouco da vida antes de nos mudarmos para a cidade. Não é como a fazenda, é claro, mas plantas me acalmam.

A sensação no meu peito fica mais forte, até um ponto em que por pouco não consigo respirar.

— É o que este lugar é para mim. Ninguém aqui se importa com quem sou eu ou quem é minha mãe. Posso relaxar tanto quanto qualquer um consegue relaxar no Olimpo.

Psiquê ameaça dizer alguma coisa, mas é interrompida pela garçonete, uma latina alta com cabelos escuros entremeados de prata.

— O que vão querer?

Peço meu vinho tinto favorito, e Psiquê pede uísque. Ela percebe minhas sobrancelhas arqueadas e fica vermelha.

— É a bebida perfeita para o inverno.

— Não vou discutir. — Sei que não se deve tirar conclusões a partir de um pedido de bebida, mas não consigo esconder a surpresa. Pelo que tenho visto, Psiquê não gosta de festas, mas, *quando* bebe, sempre é um tipo específico de coquetel. — Normalmente, você não bebe uísque.

— Correção: não bebo uísque em público. — Ela sorri com uma nota de amargura. — Faz parte da coisa da imagem. A Psiquê Pública gosta de bebidas frutadas e vinho, depende da hora.

Balanço a cabeça.

— O tanto que você pensou em sua imagem pública é impressionante. E isso é um elogio.

— Obrigada — diz, dando de ombros. — Foi necessário. Você, entre todas as pessoas, entende que uma boa persona pública pode ser uma armadura eficiente.

— Sim. — Olho para o salão. O instinto sugere que eu encerre o assunto, mas ignoro o aviso. Não a trouxe aqui para me fechar agora. — Quando odeiam você, é fácil fingir que odeiam sua versão pública, em vez de você.

— É, exatamente.

Olho para ela.

— Está disposta a deixar a persona de lado comigo?

— É uma ocasião especial. — Ela sorri. — E tenho um bom lucro com o patrocínio de vários produtores de vinho. Vai ser bom acrescentar patrocinadores do ramo de uísque à conta, se e quando formos fotografados aqui.

Ela está voltando intencionalmente ao território mais seguro. Boa decisão. Neste momento, o chão parece líquido embaixo dos meus pés. Penso em alguma coisa para dizer, algo que não nos mergulhe novamente em temas profundos.

— Os produtores de vinho não são seus únicos patrocinadores.

O sorriso fica mais largo.

— Não são.

Provavelmente, mais uma razão para minha mãe ter mirado em Psiquê. Ela é muito bem-sucedida no que faz, até mais que Afrodite. E Psiquê não tem uma equipe paga unicamente para cuidar de sua aparência.

A garçonete chega com as bebidas e deixa um cardápio de porções antes de ir embora, percorrendo as mesas ocupadas. Há dois grupos de pessoas, e ambos se esforçam para fingir que não nos observam, mas não param de cochichar e olhar discretamente em nossa direção. Sem dúvida, fotos nossas vão aparecer em suas redes sociais em pouco tempo.

Vejo Psiquê beber o uísque e se arrepiar, e a cor em seu rosto se intensifica. Meu corpo reage com um calor pulsante.

— Uísque combina com você.

— Eros. — Ela se inclina para mim com uma expressão feliz, embora as palavras sejam secas. — Não precisa dizer essas coisas. Não tem ninguém ouvindo.

Abaixo a cabeça até meus lábios quase tocarem sua orelha.

— Não falei para que outras pessoas ouvissem. Falei porque é verdade.

— Eros, por favor.

Recuo para olhar em seus olhos. A conversa de hoje de manhã ecoa em minha cabeça. Estávamos os dois um pouco descontrolados, um pouco ariscos com como as coisas ficaram intensas rapidamente. A decisão mais sensata seria reduzir a velocidade, dar um ao outro espaço para reconstruírem suas defesas.

Foda-se.
— Você já foi seduzida, Psiquê? De verdade?
Ela passa a língua nos lábios.
— Depende das condições.
— Isso é um não.
Psiquê faz uma careta.
— Ok. Não.
Sorrio para ela, apreciando o arrepio que provoco.
— Você vai ser.

22

PSIQUÊ

Eros é perigoso de mil maneiras diferentes, mas o maior perigo é quando ele sorri para mim como está fazendo agora. Como se compartilhássemos segredos, *intimidade*. É difícil lembrar que é tudo mentira. Sim, o desejo entre nós é real, mas é só mais uma ferramenta para vender a história. É um efeito colateral, não o objetivo principal.

Se já fui seduzida?

Quero rir na cara dele. O Olimpo me destruiria se eu me deixasse seduzir sem ser completamente em segredo. O restante do mundo pode ter superado sua visão arcaica sobre o valor da mulher estar associado à virgindade, mas o Olimpo, não. Não na cidade superior, pelo menos. Depois da minha primeira e desastrosa experiência de relacionamento, todo o restante ocorreu em absoluto segredo. Uma destruição mútua garantida, pelo menos com minhas parceiras mulheres. Quando se está passando tanto tempo em movimentações furtivas para encontrar outra pessoa, não sobra muito espaço para sedução.

Pensar em deixar Eros me seduzir é mais ou menos pular de um avião. Pode acabar com um pouso suave... ou com um destruidor encontro com a gravidade. Não posso correr esse risco.

Bebo um longo gole de uísque e tenho de virar o rosto para tossir, à medida que o fogo atravessa toda a minha garganta e chega aos pulmões.

— Ai, deuses.

— Eles não têm nada a ver com isso. — Sua voz permanece baixa, o mesmo tom que usa quando está dentro de mim. — Psiquê, olhe para mim.

Alguma coisa incômoda desperta em mim, algo como desespero. Abordo o primeiro assunto em que consigo pensar, qualquer coisa para me distrair do encantamento que esse homem tece à minha volta com sua presença.

— Estou surpresa por sua mãe ainda não ter feito nada.

O sorriso dele não diminui, mas o calor desaparece de seus olhos. Eros enrola uma mecha do meu cabelo em seu dedo, mantendo a cabeça perto da minha.

— Vou ver o que consigo descobrir mais tarde, quando voltarmos para casa. Duvido que ela não tenha feito nada, só não vimos os sinais.

Para casa.

Esse é um pensamento assustador. A casa da minha mãe sempre foi um lar para mim. Quando concordei com esse casamento, jamais pensei que poderia começar a considerar a cobertura de Eros minha casa também. Muito menos que isso aconteceria tão depressa.

Pense em qualquer coisa, menos nisso.

— Você deve ter teorias sobre os planos dela. Já a ajudou antes com esse tipo de coisa. — Preciso lembrar por que não devo, em nenhuma circunstância, me apaixonar por esse homem. Por mais que goste do que fazemos na cama. Por mais que esteja começando a apreciar seu senso de humor seco e sua rapidez de raciocínio. Por mais que me sinta atraída pelas sugestões de vulnerabilidade que ele me mostra nos momentos mais inesperados. São características que o tornam mais ameaçador, porque corro o risco de esquecer o caminho que seguimos para chegar a este lugar.

Ele suspira.

— Desconfio de que ela vai tentar tirar você da minha vida primeiro. Vai espalhar boatos para minar a história de amor que estamos criando, para sugerir que você tem segundas intenções. O que, é claro, vai me fazer parecer um idiota, mas ela deve estar furiosa demais para se importar com isso. — Não sei que expressão surge em meu rosto, mas ele suspira de novo e continua: — Afrodite é um monstro temperamental, mas é esperta. Sabe que eu não teria ido tão longe se não quisesse... Se não quisesse você. Vai tentar envenenar nosso relacionamento primeiro, para eu te descartar por vontade própria. Minha mãe não tem muito coração, mas, no pouco que tem, ela gosta de mim.

Tem certeza?

Não verbalizo a pergunta. É desnecessariamente cruel, e ele já teve o suficiente disso sem precisar de mim para aumentar a dose. Um progenitor que gosta do filho não o usa como executor. Eros não se especializou nisso por magia; alguém teve de lhe ensinar. Eu apostaria um bom dinheiro em Afrodite como facilitadora desse aprendizado. Não sei quando começou, mas, se ele arruinava vidas em nome dela aos dezessete anos, começou quando era bem novo. Quando ainda era impressionável e estava sob os cuidados dela. Que tipo de progenitor alimenta mais sua ambição do que o bem-estar mental e emocional do filho?

Tenho minha resposta, não tenho?

O tipo de progenitora em cuja categoria Afrodite se enquadra.

Cutucar a infância de Eros para desmantelar a pouca fé que ele tem na mãe não está nos meus planos. Isso não vai mudar nada em nossa situação atual... e não consigo deixar de suspeitar de que vai magoá-lo. Em vez disso, concentro-me em outro assunto.

— Tenho meu dinheiro. Que outro motivo eu poderia ter para seduzir você, tão doce e inocente, a se casar comigo?

— É mais fácil acreditar em vingança, e fica ainda mais fácil se plantarmos a informação de que *sua* mãe a ordenou.

— A poderosa Deméter mandando a filha para a cama do filho da inimiga para atingir Afrodite. — É ir longe demais, mas, se a história for suficientemente convincente, Afrodite pode pensar que descobriu alguma coisa. Em teoria. Levanto as sobrancelhas. — Quem vai acreditar que *você*, o playboy queridinho do Olimpo, se encantou por *mim* a ponto de brincar com a sorte e pôr uma aliança no meu dedo? — Conheço meus pontos fortes, mas o Olimpo só olha para a superfície brilhante. Eles vão ver o que querem ver, especialmente se isso reforçar suas crenças a respeito de qual é a aparência do poder e da beleza.

Ele segura meu queixo e inclina meu rosto, me põe de frente para ele.

— Não sei, Psiquê. Neste momento, estou bem encantado.

Verdade? Mentira?

Não sei, e isso me assusta. Quase tanto quanto me assusta o desejo de que seja real.

— Está fazendo um ótimo trabalho para vender nosso romance — respondo finalmente.

Ele afaga meu rosto com o polegar.

— Dei minha palavra. Ninguém vai te ferir enquanto você for minha. Nem sua reputação.

Bobagem focar nessa qualificação. Não disse a ele hoje de manhã que não pertenço a ninguém além de mim mesma?

— Não sou sua.

— Esse anel no seu dedo diz o contrário.

Quase esqueci o anel. Não, isso é mentira. Senti sua presença como se pesasse mais do que é possível. Cada vez que se move em meu dedo, cada vez que o diamante reflete a luz, me faz lembrar do que fizemos.

O anel não é mais interessante que o rosto bonito de Eros. Não consigo desviar o olhar dele.

— Por essa lógica, a aliança em *seu* dedo significa que você é meu.

— Sim. — Ele parece muito satisfeito com isso. — Sou seu, Psiquê. O que vai fazer comigo?

A resposta inteligente seria fechar essa questão agora. Lembrar que não vamos voltar para a cama a cada oportunidade que tivermos. Que esse casamento só existe porque minha vida está em risco, por nenhum outro motivo. É difícil se lembrar disso aqui, na intimidade desta mesinha de canto, em um bar ao qual Eros me trouxe porque gosta do lugar. Porque se sente seguro aqui.

— Você traz todas as suas namoradas aqui? — Jogo a pergunta como um dardo, desesperada para colocar algum tipo de espaço entre nós, mesmo que seja emocional.

Ele não foge da pergunta.

— Não trago ninguém aqui. Não desse jeito. Às vezes Helena ou Hermes aparecem para tomar um drinque comigo, e Perseu também vinha quando éramos mais jovens, mas, como eu disse antes, isso é um... — Eros finalmente desvia o olhar, estudando o bar com uma expressão estranha no rosto. — É um espaço seguro. Tão seguro quanto é possível no Olimpo.

Sigo seu olhar, e a culpa aperta minha garganta com suas mãos pegajosas. Vejo três celulares diferentes apontados em nossa direção.

— Desculpa.

— Por quê?

— Nunca vi fotos suas aqui, e agora estão te fotografando, e é porque está aqui comigo.

Ele sorri.

— Eu sabia que isso aconteceria quando escolhi este lugar. Não tem motivo nenhum para se desculpar.

Em vez de diminuir, minha culpa só aumenta.

— Não deve ter tantos lugares seguros nesta cidade a ponto de poder se dar ao luxo de perder um.

O sorrisinho desaparece. Ele estuda meu rosto.

— Está preocupada? *Comigo?*

— Estou. — Não consigo desviar o olhar nem romper a crescente intimidade do momento. Pensei que sabia o que estava acontecendo, mas agora não tenho tanta certeza. — Sei o quanto pode ser exaustivo nunca baixar a guarda, e ter um lugar que permite isso fora de sua casa é realmente especial. Não devia ter sacrificado esse conforto. Não por isso. Não por mim.

Ele segura meu queixo e desliza o polegar sobre um lado do rosto.

— Está preocupada comigo *de verdade*.

Não entendo por que ele *não* está. Posso contar nos dedos de uma das mãos quantos espaços são seguros para eu ser quem realmente sou, e ainda sobram muitos dedos. Perder um deles seria devastador em vários níveis.

— Desculpa, se eu tivesse percebido...

— Psiquê. — Ele desliza a mão até onde meu pescoço encontra o ombro. É um toque leve, mas possessivo mesmo assim. — Isso não significa que eu nunca mais poderei voltar aqui. Não tem motivo para se sentir culpada.

Como ele pode não entender as implicações? Umedeço os lábios, tentando pensar em um jeito de explicar a situação.

— No segundo em que essas fotos forem publicadas, você dá à cidade superior uma coisa que ela ama acima de tudo: novidade. As pessoas virão em bandos a este bar, a maioria em busca de uma chance de interagir com você ou com seu círculo mais próximo de amigos. O bar vai se tornar o ponto do momento, o que significa que isso vai mudar a natureza fundamental do lugar. — Já vi acontecer antes. E fui o *motivo* para ter acontecido.

Ele dá de ombros.

— Não vai durar para sempre, e, enquanto durar, o Bacchae vai ter um aumento significativo na renda. Em poucos meses, quando perceberem que não fico sentado a esta mesa como um tigre em uma jaula, vão seguir para a próxima grande novidade. — Eros se inclina para mim, ainda me olhando como se eu o divertisse. — Esse período vai ser bem menor, se formos vistos frequentando outro lugar.

— Mas...

— Na próxima vez que viermos aqui depois disso, ninguém vai prestar a menor atenção. — Ele prevê meu argumento. — Não sou eu quem vê este bar como um lugar seguro. Os atores e atrizes não vão gostar de toda essa gente fazendo turismo e não vão mais compartilhar fotos. Em longo prazo, toda essa história vai tornar o lugar ainda mais seguro.

Deixo a lógica entrar em minha cabeça, me tranquilizar. Faz muito sentido quando ele coloca a situação dessa maneira. Aos poucos, bem devagar, a culpa desaparece.

— Entendo.

— Gosto de saber que está preocupada comigo.

Estou encrencada. Se não me importasse com esse homem, não me preocuparia com o comprometimento de um de seus lugares seguros. Eros deveria ser meu inimigo, e isso deveria ser uma coisa *boa*, não algo para me fazer sentir culpa. Começo a me afastar, mas ele me segura com mais força. Engulo em seco, tentando me convencer de que o pulso acelerado é medo, mas sei qual é a verdade. É desejo. Deuses, tudo que Eros faz parece alimentar meu desejo por ele. É claro que isso não seria diferente.

Lambo os lábios, consciente de como ele acompanha o movimento. Tenho de pôr alguma distância entre nós, e precisa ser agora. Se ele não me permite um afastamento físico, vou ter de usar as palavras.

— Não estou preocupada. Não me importo com você.

— Mentirosa. — Ele se inclina e encosta os lábios nos meus. — Agora dá um beijo no seu marido. Já que não se importa comigo, não vai ser difícil se controlar.

Ah, seu filho da mãe.

O desafio ecoa em mim, calando a vozinha sussurrando que essa ideia é ainda pior que a de ter me casado com Eros. Agarro sua camisa e o puxo para mim, colando minha boca na dele. O beijo é uma batalha. Ele quer conquistar, e eu me recuso a ceder. Dar e receber, receber e receber. Os sons do bar desaparecem sob a vibração do meu corpo. Até o bar parece desaparecer. Só existe Eros, o gosto de vinho em sua língua e a sensação de seu corpo pressionado contra o meu. Não é o suficiente. Não chega nem perto de ser.

O som de alguém tossindo me traz de volta à realidade. Pelo calor que sinto no rosto, devo estar vermelha, mas o desejo desaparece quando vejo quem está parada ao lado da mesa.

Afrodite.

Ela parece impecável, como sempre, com o cabelo loiro caindo em ondas perfeitas sobre os ombros, a maquiagem discreta, mas profissional. Quando sorri para nós, a curva dos lábios vermelhos não ilumina os olhos azuis. Engraçado, nunca tinha percebido como os olhos frios de Eros são parecidos com os dela. A única diferença é que os de Afrodite nunca esquentam.

O que ela está fazendo *aqui*?

E por que veio pessoalmente? Não vai poder bancar a inocente se aparecer e criar uma cena.

Eros se afasta um pouco de mim, e sou acometida pela estranha sensação de que ele está se preparando para agir depressa, se necessário.

Mas ele segura minha mão e entrelaça os dedos nos meus embaixo da mesa.

— Mãe.

— Filho. — Seu sorriso se alarga, um predador farejando a presa. — Está evitando minhas ligações.

— Eu me casei ontem. Acho que posso ser perdoado por isso. Você, dentre todas as pessoas, sabe como um casamento pode ocupar toda a vida de alguém.

— Hum. — Afrodite se inclina para a frente e me examina com um olhar crítico. — Não entendo por que a escolheu. Qualquer outra filha da Dimitriou seria melhor, até a feroz. Ela é... — E ri, uma risada baixa e rouca. — Bom, é só olhar para ela.

O insulto não me atinge. Tenho lidado com variações dele desde que chegamos ao Olimpo. Não me enquadro na definição limitada do que é uma beleza aceitável para eles, e muitas pessoas nos círculos próximos dos Treze atacam meu tamanho sempre que interagimos. Posso contar em uma das mãos as pessoas cuja opinião é importante para mim, e Afrodite não está entre elas.

Mas Eros fica tenso e adota um tom gelado.

— Está na hora de você ir embora, mãe.

— Não enquanto eu não disser o que penso. — Ela pega a taça de vinho de Eros e bebe um gole lento.

Dou risada, apesar de todo meu esforço. Ela não tem nenhuma criatividade. Quando Afrodite olha para mim e franze a testa, sinto vontade de explicar por que estou rindo, mesmo que seja só para ver a cara dela.

— Por que não levanta a saia e faz xixi no pé dele? O resultado vai ser o mesmo.

— Grosseira, não?

— Eu prefiro honesta.

— *Honestamente*, não ligo. — Ela deixa a taça sobre a mesa e, neste momento, percebo que todos no bar estão olhando para nós. Maravilhoso.

Continuo sorrindo, embora seja difícil. Não quero sorrir para essa mulher. Quero jogar meu uísque na cara dela e riscar um fósforo. A força do pensamento violento quase me distrai. Não costumo deixar as emoções me dominarem, mas nunca estive diante de alguém que quer meu coração em uma bandeja. Literalmente.

O sangue combinaria com a cor do batom dela.

Afrodite olha para Eros, que continua muito tenso, como se fosse esculpido em pedra. Ela suspira.

— Imagino que todo filho deve ter uma fase de rebeldia. Você só demorou um pouco para viver a sua.

— Não faça isso.

Ela o ignora.

— De vez em quando, é obrigação de uma mãe salvar o filho de si mesmo. — Afrodite ajeita o vestido. — Tenho resolvido as encrencas de Eros desde que ele era criança. Isso não é diferente.

Encrencas de Eros. Como se ele decidisse chafurdar na lama por vontade própria, não por ter sido empurrado para lá justamente pela única pessoa nesta cidade inteira que deveria protegê-lo. Agora ela vai fazer isso de novo e fingir estar fazendo um favor a ele, em vez de perseguir um objetivo próprio.

Sinto uma fúria como jamais senti.

— Afrodite. — Não levanto a voz, mas nem preciso. Ela para e olha para mim. Não a faço esperar. — É um erro ignorar as vontades de seu filho. Tentar destruir minha reputação vai respingar nele também.

— Não faça ameaças que não vai cumprir, mocinha. Agora está nadando com o peixe grande. — Seu sorriso fica ainda mais largo. — Devia estar preocupada com mais do que a *reputação* do meu filho. Um viúvo atrai todo tipo de solidariedade, especialmente se ele foi enganado por uma vagabundinha arrivista.

Um viúvo.

Minha máscara ameaça cair.

— Mas nós somos casados.

— Não vejo o que isso tem a ver com a história. — Ela olha para nós dois e gargalha. — Ah, criancinhas fofas e simplórias. Acharam mesmo que aquela farsa de cerimônia seria suficiente para mudar seu destino? Foi só uma valeta para reduzir a velocidade. Aproveite a companhia do meu filho enquanto pode, Psiquê. Esse erro logo vai ser consertado. — Ela se vira e sai do bar seguida por todos os olhares.

Cacete.

Eros solta o ar devagar.

— Que *merda*. — Ele fica tenso. — Precisamos sair daqui. Agora.

Continuo sorrindo, porque voltamos a ser o centro das atenções.

— Não podemos ir ainda.

— Psiquê.

— Somos um casal feliz. — Falo devagar, ainda sorrindo. — Sua mãe pode não aprovar, mas não é a ela que estamos tentando convencer.

— *Convencer?* Quem liga para convencer alguém? Ela acabou de dizer... — Eros respira uma vez. Outra. Depois de uma pequena eternidade, quando tenho certeza de que o perdi, seus ombros relaxam e ele se acomoda no banco ao meu lado. Não suspiro aliviada, mas quase. Eros levanta minha mão e beija meus dedos. — Vou te proteger — murmura com a boca em minha pele.

Deuses me ajudem, mas quase acredito nisso. Pensei ter sentido medo sentada na frente de Eros naquele bar horroroso enquanto ele me ameaçava casualmente. Não foi nada perto do que sinto agora. Afrodite não vai parar. Talvez eu seja a criança fofinha e simplória que ela me acusou de ser, porque estou sinceramente chocada. Estava preparada para enfrentar a batalha e lutar por minha reputação.

Nunca pensei que ela seguiria com o plano de me *matar*.

— O casamento devia ter mudado as coisas.

— Eu pensei que mudaria. — As palavras são baixas e tensas. — Pensei que seria suficiente para detê-la. Não importa. Vamos encontrar um jeito. Agora você tem a *mim*, e não vou deixar ninguém encostar um dedo em você.

Quero acreditar nele. Quero muito, tão desesperadamente que isso me faz tremer. Por causa desse desespero, obrigo-me a dizer:

— Você nunca me contou o que tem a ganhar com isso. — Quando ele só olha para mim, faço um movimento vago com a mão. — Com o casamento, a mentira.

— Pensei que fosse óbvio. — Ele beija meus dedos de novo. — Eu ganho *você*.

23

EROS

Pedimos mais uma rodada de bebidas, depois pago a conta e levo Psiquê de volta para nossa casa. Ela não sai da persona pública nem por um instante, mas consigo ver a tensão por trás da fachada. Tudo por causa da minha mãe. Sabia que ela tentaria alguma coisa em algum momento, mas nem eu esperava por *isso*. Ela ainda pretende manter o plano original. Não sei se meu casamento com Psiquê foi o que a levou além do limite, mas não vai ter nada que a faça recuar. Minha mãe decidiu se jogar do precipício e vai nos levar junto.

Psiquê não fala até fecharmos a porta da cobertura.

— Pensei que o casamento fosse funcionar.

— Também pensei.

— Pensou? — Nem parece a voz dela. — Ou tudo isso era parte do plano? Ameaçar minha vida, humilhar minha mãe se casando comigo e depois me matar?

O questionamento dela me faz parar.

— Não pode acreditar nisso.

— Não sei *em que* acreditar. — Psiquê passa as mãos no cabelo. — Mas acho que você está certo. Se você pretendesse se tornar um viúvo, Afrodite não teria motivo para armar uma emboscada para nós. — Ela olha para mim, e sua expressão fica mais suave. — Desculpe. Estou tão perturbada que nem perguntei como você se sente com tudo isso.

Minha garganta fica um pouco apertada, mas consigo respirar.

— Não se preocupe comigo. Não sou o ameaçado neste momento.

— Sua mãe acabou de passar por cima de você como se lidasse com uma criança. Não deve ser agradável.

Não. Não é mesmo. Mas não tenho ilusões sobre meu papel na vida de minha mãe. Sempre apoiando suas ambições, suas necessidades, seus caprichos. Ela pode até tolerar minha resistência ocasional, mas sou uma ferramenta que ela usa quando quer.

Suspiro.

— Minha mãe é uma criatura simples, nesse sentido. Ela me cobre de elogios e recompensas quando faço exatamente o que ela quer, e me pune quando saio da linha. Contrariei a vontade dela quando casei com você, então agora é hora do castigo. — Suponho que, aparentemente, é assim que todo pai ou mãe age. Não tenho ideia, para ser honesto. No entanto, com minha mãe, acho que é mais insidioso.

— Eros, isso é terrível.

Deixo a preocupação dela me envolver. É bom, muito melhor do que mereço.

— Não se preocupe comigo, Psiquê. Vamos encontrar uma solução para isso.

Por um momento, penso que ela vai continuar argumentando, cutucando, mas ela finalmente assente.

— Precisamos conversar sobre os próximos passos.

— Ainda não. — Seguro a mão dela, apreciando demais o contato, e não é de um jeito relacionado exclusivamente a sexo. Ainda é um pouco chocante poder tocá-la sempre que eu quiser. Essa intimidade casual pode ser um detalhe, mas é uma experiência que nunca tive. E mais, tocá-la me acalma de um jeito que não estou preparado para analisar. — Quero te mostrar uma coisa.

— Eros. — Seu suspiro é exagerado. — Acho que me mostrar seu pau agora não vai resolver nenhum dos nossos problemas.

— Ha, ha, que engraçadinha. — Eu a levo até a porta trancada na frente da minha sala segura e a ponho na minha frente. — Preste muita atenção e memorize isso. — Digito a senha bem devagar. — Repete para mim.

Psiquê repete a combinação sem errar.

— O que é isso?

Em vez de responder com palavras, abro a porta e a conduzo para dentro da sala. Não a deixo ir muito longe, antes de levá-la de volta à porta.

— É reforçada. Não é atravessada nem por tiros de metralhadora, não até o pessoal de Ares aparecer, pelo menos. As paredes têm o mesmo reforço.

Ela arregala os olhos.

— É muito reforço.

— É uma sala segura. Se estiver em casa sozinha e se assustar com alguma coisa, venha para cá. Mantenho vários celulares pré-pagos carregados, você poder usar para ajuda. — Aponto a caixa vermelha perto da porta. — Isso aciona as forças de Ares.

Os olhos dela ficam ainda maiores.

— Não aciona a polícia?

— Polícia é para civis. — Mas faz sentido que ela pense em recorrer à polícia em situações desse tipo. O Ares e a Deméter atuais não se dão bem, então é claro que ela não confia a segurança de sua família ao exército privado, embora esse seja o papel oficial de Ares. A maioria dos Treze contrata segurança particular para si mesmos e a família, mas não podemos confiar no pessoal de Afrodite por razões óbvias. Não, tem de ser Ares.

Um tremor percorre seu corpo.

— Acho que é isso mesmo — ela diz. Depois olha para os três monitores instalados em torno da minha cadeira, nos armários do arquivo. — Isso não é só uma sala segura.

— Não, não é.

Psiquê olha para mim.

— Está depositando em mim uma confiança que não mereço, me dando acesso a tudo isso.

Dou de ombros com uma indiferença que não sinto.

— Prometi que manteria você em segurança. Essa promessa se estende para quando não estou presente. Este é um dos locais mais seguros do lado de cá do Rio Estige. Nem Hermes consegue entrar aqui.

Ela olha para a sala com uma expressão de admiração.

— É seguro *mesmo* então. Juro, aquela mulher deve ser meio fantasma, ela consegue passar por grades de ventilação.

— Nada tão empolgante. Ela é só uma excelente ladra e invasora. Tinha essa competência muito antes de se tornar Hermes, mas essa parte não é conhecida pelo público. Na verdade, praticamente nada sobre ela é de conhecimento público. Hermes prefere assim.

— Você fala como se ela fosse sua amiga.

— Ela é... ou tão próximo disso quanto é possível nesta cidade.

O sorriso de Psiquê é triste.

— O Olimpo continua sendo o grande qualificador.

— É onde vivemos.

— É, acho que sim. — Ela pressiona os lábios, como se não soubesse o que dizer. — Obrigada por me mostrar isto aqui. Prometo que vou tentar não abusar deste espaço.

Isso me faz rir.

— Agradeço pela tentativa de contenção.

Voltamos ao corredor, e insisto para que digite a senha muitas vezes, até eu ter certeza de que ela vai lembrar da combinação, se estiver sob pressão. Vamos repetir o processo em dois dias por precaução, mas é só o mínimo que posso fazer agora. É insuficiente para combater a sensação de impotência que me domina quando penso na faca de minha mãe apontada na direção de Psiquê. Prometi que esse casamento mudaria as coisas, e nada mudou.

Afrodite me transformou em um mentiroso.

Trocamos as roupas que vestíamos por outras mais confortáveis, antes de irmos para a sala discutir estratégia. Por mais que eu não queira a ideia de Psiquê em relação à *organização* invadindo a suíte master, estou parcialmente contrariado por mantermos closets separados. Não sei o que é isso. Como ela disse antes, muitos casais têm quartos separados, e não estamos nem perto de termos um relacionamento tradicional.

Mesmo assim...

Psiquê senta do outro lado do sofá, e permito a ela esse espaço, mas seguro seus pés e os acomodo em meu colo. A preocupação dá lugar à surpresa em seu rosto, quando começo a massagear um deles.

— Ai, deuses, o que está fazendo?

— Essas botas de salto são sexy, mas não parecem nada confortáveis.

— Não são *mesmo*, mas o desconforto faz parte da vida de uma influencer. — E se reclina no sofá até estar quase deitada. — Não consigo pensar enquanto você faz isso.

Pressiono o arco do pé dela com o polegar, e ela geme de um jeito quase sexual.

— É claro que consegue. Precisamos pensar em um novo plano.

Mais um gemidinho, e ela recupera a pose.

— Pausa.

Fico parado.

— O quê? Pausa? Do que está falando?

— Só... uma pausa. — E pega o celular com uma expressão muito concentrada. — Pode inclinar a cabeça um pouco para a esquerda, para melhorar a luz? Isso, assim.

Deixo que ela me ajeite como um boneco em tamanho natural e me fotografe. Psiquê vira o celular para mim sem que eu peça. É... muito bom. Pareço relaxado e feliz, descansando no sofá de casa com os pés da minha esposa no colo.

— Você é boa nisso.

— É o que eu faço há muito tempo, tenho de ser boa. — E começa a digitar no aparelho.

Não vou ter sua atenção completa enquanto ela não postar a foto, por isso me acomodo para esperar. Não demora muito. Psiquê suspira e deixa o telefone de lado para me dar atenção novamente.

— O plano...

— Não falei sobre a coisa de ser influencer, embora você seja boa nisso também. Estava me referindo às fotos. Nunca usa uma câmera de verdade?

— Não. Têm sessões de fotos e coisas do tipo, mas hoje em dia se pode fazer muita coisa com câmeras de celular. Além do mais, é um desafio divertido conseguir o que quero só com o telefone.

— Estou impressionado.

É verdade. Parece que tudo que ponho no mundo é feiura. Morte e dor. Isso nunca me incomodou. O Olimpo pode parecer lindo, mas a beleza é só superficial. Basta aprofundar um pouquinho, e tudo que se encontra é podridão.

Mas essa regra não se aplica à mulher cujos pés estão em meu colo. Psiquê leva beleza e positividade ao espaço que ocupa. Suas fotos só capturam coisas que engrandecem, até aquelas nas quais ela admite ter tido dificuldades. Achei que fosse tudo bobagem quando ela começou a aparecer no Olimpo, mas, quanto mais tempo passo com ela, mais percebo o quanto é autêntica. Ah, ela usa máscaras e mente tanto quanto eu, mas essa propensão à bondade, esse desejo de levar luz ao mundo, em vez de escuridão? Isso é real.

— Eros — ela fala meu nome com carinho, quase de um jeito indulgente.

— Desculpa, o que você disse?

Psiquê balança a cabeça.

— Foco, por favor. Isso é importante.

Psiquê tem razão. Não posso me distrair, nem com *ela*. De fato, prestar atenção a qualquer coisa que não seja esta conversa é uma tática de fuga. Agora que meu plano de manter Psiquê segura — mantê-la comigo — se mostrou um fracasso, só tem uma resposta.

— Posso tirar você do Olimpo.

Ela fica parada.

— Isso é quase impossível.

— Depende de quem você conhece. Poseidon se prende a regras, mas nem todas as pessoas são assim. Com um bom suborno, Tritão aceita transportar pessoas para fora daqui. Fora do Olimpo, você vai estar segura em relação à minha mãe.

Psiquê olha para mim por um longo momento.

— Mas você, não. Se acha que devo sair do Olimpo, você também deve.

— Minha mãe não quer *me* matar. — Eu devia parar por aí, mas já confiei a essa mulher muitas partes de mim. Que diferença faz mais uma? — Afrodite escolheu o exílio como forma de punição muitas vezes no passado, e fui o responsável pela execução da pena. Essas pessoas adorariam uma chance de se vingar. Se eu sair da cidade com você, isso só vai pintar outro alvo nas suas costas, e não terei os recursos nem para tentar te proteger, como posso fazer aqui. — Não é o suficiente. Por mais que eu me esforce, nunca sou suficiente. Não posso manter Psiquê segura sem mandá-la para longe. Sou o motivo para ela estar nessa encrenca.

— Não.

Minha reação é de surpresa.

— O quê?

Ela parece decidida como jamais a vi.

— Não, não vou fugir do Olimpo. Minha vida é aqui. Minha *família* está aqui. Não vou sair da cidade por causa daquela vaca, mesmo que ela seja sua mãe. Não vou a lugar algum.

— Droga. — Respiro fundo. — Vou fazer tudo que estiver ao meu alcance para te proteger, mas posso falhar. Sou muito melhor matando do que bancando o guarda-costas. — Nunca tive de ser guarda-costas, e muito menos quando os riscos são tão altos. — Dinheiro não é problema. Podíamos escolher um lugar para você. Não poderia ver sua família, mas continuaria viva, pelo menos.

— Eros — ela pronuncia meu nome com toda suavidade. — Tudo isso pode ser verdade, mas, se eu fugir e deixar Afrodite no poder, o próximo alvo dela talvez não tenha a mesma sorte e os mesmos recursos que eu. Ela vai continuar vitimizando gente menos poderosa que ela, só porque pode. Vai continuar usando *você* para isso. — Seus olhos cor de avelã ficam mais sérios. — Não vou permitir que isso aconteça. Você merece mais do que ser a arma dela, e as pessoas desta cidade merecem mais do que viver pisando em ovos para não aborrecer Afrodite. Vamos encontrar um jeito de fazer com que ela pare. Juntos.

Tenho vergonha do alívio que as palavras de Psiquê provocam em mim. Ela não vai me deixar. Ainda não. Porra, sou um tremendo babaca.

— Temos de ajustar o plano.

— Sim. A partir da sexta-feira, quando iremos à festa de Helena.

— Pensei que não quisesse ir, não depois do que aconteceu hoje.

— Não quero, mas não tem a ver com o que eu quero. — Ela muda de posição no sofá. Percebo que esta poderia ser nossa vida, se fôssemos pessoas diferentes, em uma situação diferente. Relaxar na minha sala de estar, ela tirando fotos bobas, falando sobre como foi o dia...

A melancolia me atinge com tanta força que perco o ar. Fecho os olhos e tento recuperar o foco.

— Se vai ficar no Olimpo, seria uma enorme bobagem sair da cobertura mais do que o estritamente necessário. Minha mãe quer você morta, não tem motivo para facilitar isso para ela.

— Você iria se eu não estivesse aqui?

Apesar de ser tentador continuar lembrando Psiquê do quanto esse tipo de atitude é perigosa, respondo com honestidade:

— Sim. Gosto da Helena. Ela e Éris lidam com esse jogo de um jeito diferente do meu, mas isso faz parte de ter nascido na família Kasios. Os eventos que elas organizam nunca são chatos, especialmente quando uma delas está tentando provar alguma coisa a Perseu ou Zeus. — Mas agora Perseu é Zeus. Caramba, um dia desses isso vai entrar de uma vez nos meus pensamentos, e não vou precisar ficar me lembrando.

— Exatamente. Agora estamos lutando em duas frentes. — Ela balança o pé de leve até eu retomar a massagem. — Precisamos de tempo para pensar em um jeito de lidar com a ameaça da sua mãe, e o único jeito de criar esse tempo é trazer o Olimpo para o nosso lado. O plano original precisa continuar.

— Isso é inconsequente.

— Não temos escolha.

Deslizo o polegar na sola do pé dela até ouvir o gemido sexy de novo. Por mais tentador que seja ficar nesta cobertura até quando for possível, isso destrói nossas chances de encenar a história de amor épica que devíamos estar vendo. Mais que isso, vi o que aconteceu na última vez que uma das filhas de Deméter foi mantida longe dela. A mãe não pode deixar a cidade superior com fome em resposta a *isso*, mas tem muitas armas em seu arsenal.

E esse é o *melhor* cenário.

Na pior das hipóteses, Deméter percebe por que nos metemos nesse casamento e vai atrás de Afrodite. Não há uma guerra entre os membros dos Treze há gerações. Nem mesmo entre o último Zeus e o último Hades, embora o conflito entre eles tenha acabado com a morte de Hades. Foram Ares e Hefesto que guerrearam décadas atrás e demoliram vários quarteirões da cidade superior em meio à briga. Foi uma das poucas vezes em nossa história em que Zeus, Poseidon e Hades se uniram para resolver o conflito. Zeus, é claro, executou Ares e Hefesto de maneira brutal e pública.

Aquele Zeus sustentou o título durante a maior parte de sua vida.

Este é Zeus há poucos meses.

Apesar do peso do título, não sei se Perseu consegue se impor, caso um conflito entre Deméter e Afrodite saia de controle.

Não, Psiquê está certa. Não temos escolha.

— Tudo bem, vamos à festa.

— Tenho uma pergunta.

— Faça.

Ela torce o cabelo em volta de um dedo.

— Você é amigo dos irmãs Kasios, não é? Por que não vai procurar Zeus agora e pedir a ele que interfira? Por mais que Afrodite seja poderosa, ela não tem o poder de *Zeus*.

Concentro-me em massagear seu pé de um jeito que a faz gemer de novo, enquanto formulo uma resposta.

— Perseu, Zeus, e eu não somos mais tão próximos quanto éramos na infância, mas, mesmo que fôssemos, duvido que ele deixaria de considerar que as evidências contra minha mãe também me complicam. Ele não pode punir um e poupar o outro, porque vai ter de justificar qualquer atitude que tomar contra qualquer um dos Treze.

— Hum, faz sentido. — Ela inclina a cabeça. — Vamos deixar Zeus como um último recurso.

Espero não chegar a tal ponto. Por mais que tenhamos nos afastado com o passar dos anos, Perseu já tem questões demais com que lidar, sem eu jogar meus problemas em seu colo e esperar que ele os resolva por mim. Vamos encontrar outro caminho.

Até lá...

— Também tenho uma pergunta.

— Sim?

— Por que você e suas irmãs dedicaram tanto tempo e esforço para se manterem afastadas de todos nós? Entendo a decisão de *me* evitar e ficar longe de alguns outros, mas Helena teria se tornado sua protetora em um instante.

— Você acha? — Psiquê faz uma careta, mas, por fim, suspira. — Reconheço que tenho algum ressentimento em relação aos filhos dos Treze. Minhas experiências não foram as melhores.

Somos um grupo fechado. Pela natureza dos Treze, os números mudam de tempos em tempos, quando um título muda de mãos e quem o recebe traz a família, mas existe um grupo central de pessoas que cresceram juntas.

— Helena foi cruel com você? — Acredito que Éris possa ter feito alguma coisa, mas Helena é mais firme. Não é exatamente afetuosa, mas é melhor que a maioria.

— Não — Psiquê responde com tanta má vontade que dou risada. O som é só parcialmente de alívio. Eu odiaria ter de brigar com minha amiga por ela ter sido cruel com minha esposa.

— Acho que vai gostar de Helena, se lhe der uma chance. — Ponho o pé dela no sofá e pego o outro.

Ela fecha os olhos e parece se entregar à massagem.

— Eu gostaria de Helena ou a versão pública de Psiquê gostaria de Helena?

— As duas coisas.

Ela suspira e abre os olhos.

— Isso é importante para você.

Fico surpreso ao descobrir que sim. Quero dizer que é só um simples jogo de números e que, quanto mais gente ao nosso lado, em melhor posição estaremos, mas não é verdade. Nada nesta situação é simples, e, quanto mais tempo passamos juntos, mais complicada ela se torna. Eu contava com o desejo por Psiquê — desejei-a desde o início —, entretanto não esperava gostar dela nem me sentir tão possessivo a ponto de parte de mim querer embrulhar a mulher e escondê-la do mundo, enquanto a outra parte quer exibi-la sempre que surge oportunidade. É mais que admitir que ela é bonita e tem uma doçura que nem o Olimpo pode abalar. Eu a *admiro*.

Por isso digo a verdade:

— Helena é como uma irmã para mim. Confio nela mais que em qualquer um no Olimpo, e ela confia em mim. Eu... — Hesito. — Gostaria muito se desse uma chance a ela.

— Não só pelo ganho político?

É claro que ela enxerga dentro de mim. Sorrio pesaroso.

— Não, não só pelo ganho político, embora seja sempre vantajoso ter a amizade de um membro da família Kasios.

Ela fica em silêncio por vários minutos.

— Tudo bem. Vou dar uma chance a ela.

A importância que dou à decisão é maior do que deveria ser, mas sinto que é bom que nossas vidas comecem a se aproximar, se unir. Ou é só minha porção egoísta que quer amarrar essa mulher a mim de todas as maneiras possíveis.

Psiquê pigarreia.

— Vamos começar com uma defesa em duas frentes. A primeira coisa de que precisamos é mais alianças. Sei que Zeus está fora de questão por enquanto, mas há muitas outras pessoas poderosas no Olimpo. Quanto mais tivermos do nosso lado, mais risco Afrodite vai correr se nos atacar.

— Posso garantir que vai ter muita gente poderosa na festa de Helena, mesmo que sejam filhos dos Treze, na maioria.

— Já é um começo. — Psiquê assente. — A segunda frente é trazer o restante do Olimpo para o nosso lado, torcendo por nós. Os agitadores das redes sociais já puseram essa bola em jogo, porém uma entrevista oficial vai ajudar a acelerar as coisas.

Presto atenção ao pé dela por um bom tempo.

— Isso funciona para um plano de curto prazo.

— O de longo prazo vai ter de ser adaptável. — Psiquê fecha os olhos, e sua expressão se torna mais e mais relaxada. — Será que sua mãe não estava blefando sobre ainda me querer morta?

Queria poder deixá-la acreditar nisso, mas não posso.

— Não. Afrodite não blefa.

— Então vamos ter de encontrar um jeito de forçá-la a cancelar o ataque. Fácil, não? — Ela ri, e o som é amargo. — Pelo menos, dessa vez minha mãe não está surtando.

— Tem isso. Já falei que ela é aterrorizante?

— Olha quem fala.

Sorrio, mas o sorriso desaparece depressa.

— Vamos encontrar um jeito. Minha mãe não é muito racional, mas ela só representa um perigo por ser muito poderosa. Se conseguirmos conquistar mais aliados e garantir a opinião pública a nosso favor, talvez seja suficiente.

Ainda é um risco, mas existe uma chance remota de ela suspender futuros ataques assim que perceber que está em minoria. Ou se limitar à área da reputação em vez de partir para o vida ou morte.

— É isso. Mantemos esse plano e o adaptamos à medida que for necessário, dependendo do que ela fizer. — Psiquê olha para mim com um sorriso cansado. — Vamos dar um jeito nisso, Eros. Somos uma parceria fantástica nesse sentido. Vamos encontrar uma solução juntos.

A fé casual que ela deposita em mim é impressionante. Meu peito fica apertado.

— Vamos, sim. Prometo.

— Hum.

Demoro uns minutos para perceber que Psiquê adormeceu. E mais outros minutos para me forçar a deixar o pé dela sobre o sofá e me levantar. Ela fica diferente quando dorme, tem a ver com relaxar aquilo que não percebi estar tenso. Não é que pareça mais nova, não exatamente, mas é como se tirasse dos ombros um fardo que carrega sempre.

Tenho a estranha urgência de me oferecer para carregá-lo por ela.

Ainda não é tarde o bastante para eu ir dormir, o que é bom. Tenho de fazer uma ligação. Deixo Psiquê no sofá e vou para a sala segura. Amanhã vou pedir a ela que digite a senha de novo algumas vezes, para garantir que a decore de verdade. Não pretendo deixá-la sem companhia com mais frequência do que for indispensável, mas já sei que, em pouco tempo, ela vai sentir falta de sua independência. Não sei bem como vou garantir segurança fora da cobertura; isso é um problema para outro dia. Fecho a porta sem fazer barulho e faço a última coisa que queria fazer agora.

Ligo para minha mãe.

Chego a esperar que ela ignore a ligação. Sua punição favorita é me dar um gelo, me privar de contato e atenção. Quando eu era pequeno e ela fazia isso, a sensação era sempre de uma facada profunda. Afrodite é muito maior que a vida, e, para uma criança — *seu* filho —, isso é ainda mais impressionante. Ser afastado dela...

Interrompo a linha de pensamento. Suas táticas não funcionam tão bem quanto antes. Não depois que cresci e percebi que ela usa seu amor e sua atenção como recompensa e castigo. Mas algumas coisas são insuperáveis, e não consigo respirar direito até ela atender.

Ela não me faz esperar muito.

— Ah, agora decidiu que está disponível para conversar? Eu devia bloquear seu número.

— Não vai. — Manter a voz firme exige esforço. — Como manifestaria sua decepção comigo, nesse caso?

Afrodite faz um ruído que parece um chiado.

— Menino insolente.

— Tenho vinte e oito anos, mãe. — Uso o termo como uma arma. — Sou perfeitamente capaz de fazer minhas escolhas, inclusive sobre quem vai ser minha esposa.

— Ela não seria sua esposa se tivesse arrancado o coração dela do peito, como pedi. Não sei por que está relutando, Eros. Já fez isso antes e até pior com Polifonte. Matou a garota na frente dos pais dela. Sabia que a mãe dela se matou essa semana? Trágico.

Não estou preparado para a culpa que me invade.

— É diferente. — Mas as palavras têm gosto de mentira em minha boca.

— Não é. Você se convenceu de que é igual a essa sua esposa preciosa? — Ela ri. — Garoto tolo. Você não é nada como ela. Você é como *eu*. Só nós dois conseguimos nos entender neste mundo, e você está pondo tudo isso em risco por causa de uma vadiazinha de cabelo bonito. No momento em que essa mulher perceber do que você é capaz de verdade, ela vai se afastar. Não entende que estou tentando te *ajudar*?

Há poucas coisas com que me importo neste mundo. Na maior parte do tempo, odeio ter de admitir que Afrodite está entre elas. Tenho idade e independência suficientes para entender que ela está sempre tentando me manipular emocionalmente. Por isso eliminei de maneira sistemática os bons sentimentos da minha personalidade, removendo toda possibilidade de tração para ela. Pensei que tivesse eliminado essas partes para sempre, mas a presença de Psiquê as despertou de um longo sono.

Elas não vão me ajudar agora. Só vão servir de degrau para minha mãe, e foi isso que me esforcei muito para erradicar.

— Mãe — falo devagar. — Se causar algum mal à minha esposa, vai se arrepender.

— Não tanto quanto você vai se arrepender desse casamento. — Seu tom é tão frio quanto o meu. — Onde está com a cabeça, Eros? Mando que elimine a garota, e você se *casa* com ela? Perdeu o juízo?

— Mudança de planos.

— Não dos meus.

Estou ciente. Não sei por que ainda estou fazendo contato agora, à espera de operar um milagre e convencer Afrodite a mudar de ideia. Mas tenho de tentar. Reagir com medo só vai lhe dar um alvo a mais para acertar. Preciso ser frio, mais frio do que jamais fui.

— Nunca te peço nada. Estou pedindo agora. Deixe Psiquê em paz.

Afrodite fica em silêncio por tanto tempo que uma parte ingênua de mim se atreve a esperar que este seja o momento em que as circunstâncias mudam. Que minha mãe ponha minhas necessidades acima de seus desejos egoístas pelo menos uma vez.

Eu devia saber que não aconteceria, depois de uma vida inteira sendo seu filho. Por fim, Afrodite diz:

— Vejo que ela te dominou. Que pena.

— Mãe.

— Não fale "mãe" nesse tom de voz. Não para mim.

Alguma coisa parecida com pânico comprime meu peito.

— Deixa eu ter Psiquê, vamos esquecer tudo isso, e nunca mais te questiono. É isso que quer, não é? Um carrasco que não te desafie.

Ela respira profundamente, e, quando volta a falar, sua voz é quase calma.

— Tudo que faço, Eros, é por amor. — E desliga antes que eu possa responder.

Fico olhando para o telefone.

— Porra. *Porra!*

Sabia que não faria diferença. *Sabia*, mas ainda tentei. Fecho os olhos, mas uma imagem surge por trás das minhas pálpebras, o corpo de Psiquê contorcido e quebrado, seus olhos cor de avelã esvaziados pela morte, a coisa que a faz ser quem é eliminada para sempre. Levo a mão ao peito, tento respirar em meio à dor que a imagem provoca. Não vou deixar acontecer. Conheço todos os truques de minha mãe. Só preciso contê-la enquanto pensamos em um plano para neutralizá-la de vez.

Sei como neutralizá-la. Foi ela quem me ensinou.

Não posso fazer isso. Imaginava que não houvesse mais limites para ultrapassar, mas nem eu posso matar minha mãe. Por pior que ela seja. Nem para garantir a segurança de Psiquê.

Deixo a sala segura com passos lentos, que aceleram quando me aproximo da sala de estar. Psiquê está fora do alcance dos meus olhos há apenas dez minutos. Ela está bem. Sei que está bem. Mas não respiro novamente até entrar na sala e encontrá-la exatamente onde a deixei.

Que merda está acontecendo comigo?

Eu a pego nos braços, ignorando o protesto sonolento sobre ser muito pesada, e a levo para o nosso quarto. Acabamos na cama deitados de conchinha, ela dormindo, eu colado em suas costas. Ponho a mão na parte superior de seu peito, contando os movimentos de sua respiração profunda até me acalmar o suficiente para pegar no sono.

24

PSIQUÊ

Helena Kasios mora no mesmo edifício que toda a família de Zeus. Nunca estive lá. Normalmente, quando o último Zeus recebia convidados, era na Dodona Tower. O novo Zeus recebeu convidados várias vezes desde que assumiu o poder, mas não podia ser mais evidente que está só cumprindo protocolos. Ele não se interessa pelos holofotes, como o falecido pai. Mesmo quando ainda era chamado de Perseu, dedicava-se mais ao aspecto empresarial das coisas do que o pai jamais se dedicou. O período de quarenta dias de luto passou, e as pessoas já comentavam sobre sua resistência em se casar com alguém que finalmente ocupasse a posição de Hera. O último Zeus podia ser a encarnação de um monstro, mas era sedutor e carismático. Deixou um espaço difícil de ocupar.

Dos quatro filhos, o caçula, Hércules, conseguiu escapar do Olimpo. Perseu é hoje o novo Zeus. E Helena e Éris são, de acordo com Eros, restritas. Nunca me atacaram, que eu saiba, mas nunca nos aproximamos o suficiente para criar atrito.

Isso vai mudar hoje.

Esta noite, quando Eros quiser que eu faça uma tentativa.

Será que percebe o que está me pedindo? Olho para ele ao meu lado no elevador, impecável de terno cinza e camisa cor de creme que realça sua pele dourada. Ele percebe meu olhar e aperta minha mão. Sim, suspeito de que ele saiba exatamente o que está me pedindo.

Sobrevivi ao Olimpo — floresci, até — porque me mantive distante e não confiei em ninguém que não fosse da família. Aprendi as lições em meu primeiro ano aqui e nunca mais olhei para trás.

Agora estou nadando em águas profundas demais para me sentir confortável. Quando a porta do elevador abre e revela um corredor sofisticado com exuberante carpete cinza e paredes azuis relaxantes, tenho de reconhecer que não sou um tubarão. Sou um peixinho fantasiado.

Espero sobreviver à noite sem ser devorada.

— Respira — Eros murmura.

Isso. Respire. Relaxe. Sorria. Não deixe que sintam o cheiro de fraqueza.

Tenho certeza de que não é isso que ele quer dizer, mas é o que assimilo. Antes de dar mais dois passos, encaixoto e guardo todos os meus medos. Ainda vão estar me esperando no fim da noite. Posso ignorá-los até voltar à cobertura, com aquelas paredes fortes entre mim e o restante da cidade.

O corredor tem quatro portas, e Eros me leva à última. Ele mal precisa bater, antes que a porta seja aberta por uma Helena cintilante. Literalmente cintilante. O dourado cobre sua pele exposta — e tem *muita* pele exposta em volta do vestido minúsculo da mesma cor — e até o longo cabelo castanho-claro. O efeito dá um toque sobrenatural à sua beleza, como se estivéssemos diante de uma deusa, mas o gritinho que ela dá ao nos ver destrói a ilusão.

— Vocês vieram!

Ela pula na ponta dos pés para beijar o rosto de Eros, e quase nem tenho tempo para processar a onda quente de ciúme, antes de ela agarrar minha mão e me puxar para beijar meu rosto também.

— Que bom ver vocês. — Praticamente me arrasta para dentro do apartamento, deixando Eros para trás.

Vislumbro lampejos do lugar. Pessoas elegantes em trajes de festa acomodadas em sofás igualmente elegantes na sala de estar. Um esquema de cores que me faz pensar em um oceano tempestuoso — assoalho de madeira cinza, paredes azuis, muitos móveis brancos e cor de areia. É completamente oposto à mulher brilhante que segura minha mão.

Helena me leva a uma cozinha impecável onde um bar foi montado sobre a bancada.

— Escolhe sua bebida.

Quase escolho vinho tinto, quase mudo para alguma bebida doce que vai me dar dor de dentes. Mas prometi a Eros que tentaria, e por isso decido dar um salto de fé.

— Uísque.

O sorriso de Helena para mim é quase tão radiante quanto seu corpo enfeitado de glitter.

— É isso aí. Eu sabia que ia gostar de você. Minha garota!

— Não, Helena. A garota é *minha*.

Quase suspiro de alívio quando percebo que Eros se juntou a nós. Ele exibe um sorriso indulgente, e não consigo decidir se está fingindo ou não. Assim como não consigo determinar quanto do entusiasmo de Helena é sincero. Perséfone é praticamente um raio de sol quando está em público, e isso me faz lembrar dela. Mas é menos afeto e suavidade e mais uma questão de sucesso. Tenho a sensação de que ela pode explodir a qualquer momento em um frenesi de energia tão perigoso quanto divertido.

Helena ignora o comentário de Eros e pega uma garrafa de uísque caro.

— Ela pode usar seu anel, que é lindo, aliás, mas você é praticamente um irmão para mim, e isso faz dela alguém da família. — Helena sorri para mim. — Sempre quis ter uma irmã.

Fico confusa.

— Mas você tem uma irmã. Ela está bem ali. — Aponto para Éris, que usa um vestido cor-de-rosa e curto e está bem perto de uma mulher negra com um lindo e minúsculo vestido vermelho. Eu a reconheço logo depois. Hermes percebe que estou olhando e acena para mim.

Helena dá risada.

— Éris não é minha irmã. Ela é a personificação do caos.

O comentário me faz rir também.

— Tenho uma dessas também.

— Calisto. — Ela pronuncia o nome como se o saboreasse. — Queria que ela aparecesse mais. Parece ser interessante. Todas vocês parecem. — Ela me dá o uísque e serve uma taça de vinho tinto, sem perguntar o que Eros quer. Helena põe a taça na mão dele e contorna o balcão para ficar perto demais para o meu gosto. Eu tomaria como uma ofensa pessoal, mas tenho a sensação de que ela é assim com todo mundo. Helena olha para mim. — Você é excepcional. *Sempre* está excepcional.

Olho para mim mesma. Escolhi com cuidado o vestido para esta noite. É verde-escuro, um modelo que realça meus seios e minhas curvas.

— Hum, obrigada.

— Ah, é claro que não estou dizendo nada que você já não saiba, mas é bom ouvir, não é? — Alguém bate à porta antes que Helena continue: — Já volto. Aproveitem a festa! — E desaparece, deixando para trás uma trilha de glitter.

Tenho a sensação de que acabei de ser carregada por um tornado e deixada em um lugar completamente diferente de onde estava. Não foi uma experiência inteiramente desagradável, mas me deixou desorientada. Bebo um grande gole de uísque, mas corro o risco de ser dominada pelo nervosismo.

— Ela é sempre assim?

— Não. — Eros dá de ombros. — Quando é a anfitriã, ela fica alterada.

É fácil ler as entrelinhas. Ela tem uma persona pública, como eu. Pelo que observei, gosta de ser subestimada pelas pessoas, que enxergam nela uma boba feliz e bonita e não olham além da superfície. Só não tinha percebido que seu nível de energia era tão... alto.

— Entendo.

Eros chega mais perto e me abraça. É horrivelmente natural, como se nos abraçássemos há muito mais que alguns dias. Não fico tensa e consigo sorrir para ele, como se estivesse muito apaixonada. O calor em seu rosto nunca deixa de me surpreender, mas consigo disfarçar a reação. Ele se inclina e fala no meu ouvido:

— Uma ou duas horas, e as pessoas vão para outras festas ou boates.

Para ser franca, não é difícil representar esse papel com ele por algumas horas. A festa pode estar cheia de pessoas que passei anos evitando, mas Hermes é a única dos Treze que vejo ali, o que já torna a ocasião melhor que os eventos na Dodona Tower, para onde minha mãe insiste em me levar.

Giro nos braços de Eros. Ele não me solta; só me puxa até minhas costas encontrarem seu peito e apoia o queixo em minha cabeça. Não entendo como isso pode parecer tão íntimo quanto o abraço, mas não vou interromper o contato só porque meu coração disparou como se eu tivesse subido uma escada correndo.

E, neste momento, vejo o homem do outro lado da sala e esqueço Eros.

— O filho da mãe.

Seus braços ficam tensos, me puxam mais para trás quando eu pretendia me soltar.

— Não sabia que ele viria.

Orfeu.

O cretino cujo egoísmo não só partiu o coração de Eurídice, como também pôs a vida dela em risco. Eles namoravam sério até aquela noite, e ela o amava de verdade. O término acabou com ela, mas Orfeu seguiu vivendo normalmente. Toda vez que olho, ele está nas manchetes do DeOlhoNaMusa em alguma festa, ou saindo com uma ou outra beldade. Há especulações sobre ele estar vivendo uma espécie de efeito rebote depois do sofrimento de um coração partido, mas é mentira.

Se ele realmente amasse Eurídice como fingia amar, não teria armado para ela. No mínimo, teria se *desculpado* pelo mal que causou.

Em vez disso, está aqui, vestido com um terno de grife e apoiado a uma parede com uma mulher que reconheço. Cassandra. Pelo sorriso em seu rosto bonito, ele ligou seu charme no volume máximo. Odeio o sujeito, mas até eu tenho de admitir que ele é muito charmoso. A mãe dele é uma modelo coreana que humilha até Afrodite, e o pai é um empresário sueco.

Cassandra parece entediada com a experiência. Ela tem mais ou menos o meu tamanho, com cabelo vermelho e brilhante e uma boca generosa que se curva naturalmente para baixo nos cantos. E também tem fama de não levar desaforo para casa.

— Me solta — falo baixinho.

— Psiquê...

Bebo o restante da dose de uísque e viro para encarar Eros. Sei que é um erro, mas não me importo... o que parece ser uma tendência em minha vida, recentemente. O álcool já faz efeito, alimentando a raiva há muito tempo guardada.

— Eurídice quase *morreu*. Você não estava lá naquela noite. Perséfone estava. O homem atrás dela tinha uma faca. E ela só estava naquela situação porque Orfeu a tinha vendido para Zeus. — Eros mantém sua expressão neutra. Odeio isso. Odeio que ele consiga se manter olhando para o objetivo final, ao passo que estou pronta para bancar a Calisto e pegar uma faca para enfiar em Orfeu. — Me solta — repito.

Por um segundo, penso que Eros não vai fazer o que digo, mas finalmente me solta e descansa um braço sobre meus ombros. Um segundo, e o sorriso de playboy reaparece.

— Vamos lá conversar um pouco.

Hesito.

— Você conhece Orfeu? — Percebo que a pergunta é ridícula antes mesmo de terminar de verbalizá-la. Eles não frequentam os mesmos círculos, mas é impossível que não tenham interagido antes. Apolo ocupa sua posição há anos, portanto, Orfeu, seu irmão mais novo, frequenta as mesmas festas que Eros e eu. Foi assim que ele e Eurídice se conheceram.

— O suficiente.

Não sei o que ele pretende, e isso é quase suficiente para me distrair da raiva. Quase. Deixo Eros me guiar na direção de Orfeu. Está tão focado em Cassandra que nem levanta a cabeça até estarmos bem ao seu lado.

O jeito como empalidece ao me ver quase me faz rir. Faria, se eu não estivesse tão ocupada tentando não gritar. Eros afaga meu ombro, ainda com aquela expressão relaxada.

— Orfeu, conhece minha esposa, não? — Ele olha para mim, a imagem do playboy encantador. — Ele não namorava sua irmã mais nova?

— *Esposa?* — O homem parece perto de vomitar. — Não sabia que estavam namorando.

— Não estamos. Estamos casados. — O tom de Eros muda, e sinto um arrepio na nuca. — Suponho que agora Eurídice seja minha irmã, certo?

Orfeu balança um pouco. Não sei se está bêbado ou se é apenas medo de Eros. Se eu fosse uma pessoa melhor, não sentiria essa euforia só por ele estar quase molhando a calça, mas quero que sofra. Viro-me para Eros e apoio a mão em seu peito.

— Sim, é isso mesmo. — Sorrio. — Sei como você é protetor com sua família, querido.

— Sou. Sou mesmo, de verdade. — Ele se inclina um pouco, sem aproximar o rosto do de Orfeu, mas a ameaça está lá. — E ficaria muito aborrecido se alguém fizesse mal à doce Eurídice. Entende, não é?

Cassandra reage. Seus olhos escuros, realçados pelo delineado preto e perfeito, ficam mais estreitos.

— Está ameaçando o irmão de Apolo?

— E se estiver?

Ela sorri.

— Fique à vontade. — Cassandra se afasta da parede e move os dedos em um aceno preguiçoso para Orfeu. — Boa sorte.

— Espera...

Balanço a cabeça, ainda sem conseguir controlar a raiva.

— Aprenda a ler o ambiente. Você não é bem-vindo aqui. Vai embora.

— Helena me convidou. — Até sua careta ameaçadora é atraente. Ter de admitir isso me deixa ainda mais irada.

Eros olha para trás.

— Helena.

Ela aparece ao nosso lado como que por magia. Espero uma nuvem de glitter se desprendendo do corpo e do vestido, mas o brilho se mantém em seu lugar. Ela exibe uma expressão cuidadosa, neutra.

— Algum problema?

— Orfeu já abusou da sua hospitalidade.

— Ah, é isso. — Ela dá risada. — Vai embora, Orfeu.

Orfeu endireita as costas, porém, se ele acha que é capaz de intimidar esses dois, é mais idiota do que pensei que fosse possível.

— Meu irmão vai saber disso.

— Vai? — Helena inclina a cabeça. — E ele também vai saber que você está perseguindo Cassandra por aí como um maníaco que não sabe ouvir um "não"? Porque, pessoalmente, acho que Apolo gostaria *muito* de saber disso.

Ah. Então, a fofoca sobre Apolo e Cassandra tem um fundo de verdade, pelo menos em relação ao interesse dele por ela. Pelo que vi, Cassandra dá tanta atenção a Apolo quanto a Orfeu, ou seja, o suficiente para fugir a cada vez que ele aparece. O fato de trabalharem juntos só serve para complicar a situação.

Orfeu percebe que perdeu a briga e a encara ressentido.

— Não pode me tratar desse jeito.

— Meu bem. — A doçura no tom de Helena esconde uma espada afiada. — Olha em volta. Todo mundo aqui tem algum grau de parentesco com os Treze. Você não é especial. Vai brincar com suas fãs e não aparece mais nas minhas festas. Vai ser muito constrangedor ter de pedir para o segurança te acompanhar até a porta.

Ele xinga baixinho, mas vai embora sob os olhares de todos os presentes. Só depois de ver que ele saiu e fechou a porta, Helena joga o cabelo para trás dos ombros.

— Deuses, que *babaca*. Por que convidei esse cara, mesmo?

— Bom, você disse que ele era um babaca, mas queria sentar na cara dele — Eros responde sem se alterar.

— Ah. — Helena estala os dedos. — É verdade. Eu tinha esquecido. — E sorri para mim como se pedisse desculpas. — É claro que não teria tocado nele enquanto o sujeito estava com sua irmã, mas tenho um péssimo gosto para homens e um gosto melhor para mulheres. Não há nada que eu possa fazer.

— Eu... entendo. — E não a condeno. Por que ela se importaria com a saúde emocional de Eurídice? Elas nem se conhecem, e nesta cidade é cada um por si, em especial neste grupo. Forço um sorriso. — Sem ressentimentos.

— Você é fofa quando mente. — Seu sorriso é incisivo. — E eu estava falando sério. Ele morreu para mim. Não tem mais convite para festas, não tem mais sentada nenhuma na cara. Você agora é praticamente da família, e família precisa ficar unida, para o bem ou para o mal.

Não posso confiar nela. Não posso confiar em ninguém nesta sala. Nem em Eros. Contudo, quando deixo Helena me levar à mesa da sala de jantar para começar uma brincadeira envolvendo bebida, descubro que queria poder confiar.

25

EROS

Minha esposa está bêbada. Muito bêbada. Ela se apoia em mim enquanto tento enfiá-la dentro do casaco. Psiquê é fofa até quando enche a cara, e a irritação que eu poderia ter sentido, se ela fosse outra pessoa, não aparece.

— Gosto dela.

Psiquê apoia o rosto em meu peito e sorri para Helena.

— Também gosto de você.

Helena relaxou pela primeira vez desde que chegamos. Todo mundo foi embora, até Éris. E ela deixou o alter ego frenético se dissipar.

— Podem dormir aqui, se quiserem.

Seria mais seguro, porém, infelizmente, tenho de analisar o pequeno risco de dirigir de volta à minha cobertura e o enorme dano que poderia ser causado por nossa permanência ali. Olho para ela.

— E, quando formos fotografados saindo daqui amanhã de manhã, vão publicar uma história sobre como nos envolvemos em um triângulo sórdido, porque o fogo já se apagou em nosso casamento depois de apenas uma semana.

Ela dá de ombros.

— Se você fosse outra pessoa e ela não estivesse em uma casa de merda, eu até consideraria.

— Seus elogios deixam a desejar. — Dou uma risadinha quando Psiquê tenta se afastar, e tenho de passar um braço em torno de sua cintura para mantê-la em pé. — Mas não devia ter levado minha esposa para esses joguinhos com bebida.

— Ela se divertiu.

— Muito! — Psiquê balança, e tenho de dar dois passos para segurá-la.

Helena segura a mão dela.

— Só para você saber, agora somos irmãs. Não tem volta.

E é neste momento que percebo que Helena também não está exatamente sóbria. *Droga*.

— Tranca a porta depois que eu sair.

— Sim, Eros. — Helena ri. — O casamento te fez bem. Parece feliz. Devia ficar com ela.

É o que pretendo.

Não posso dizer isso em voz alta. Não aqui. Certamente, não desse jeito.

— A gente se vê. — Levo Psiquê para fora do apartamento, paro até ouvir Helena acionar as trancas da porta, e então sigo para o elevador. Lá dentro, olho para Psiquê. — Está enjoada?

— Não. — Mas não consegue abrir os olhos direito. — Só meio tonta.

Vamos ver se isso se mantém no carro, mas sempre dá para abrir um pouco a janela e torcer para o ar frio da noite combater o enjoo causado pelo movimento. Tento segurá-la com mais firmeza quando ela oscila.

— Você se divertiu?

— Sim? — Psiquê balança a cabeça. — Deuses, estou bêbada. Não fico bêbada desse jeito desde o meu aniversário de vinte e um anos. E só aconteceu porque Perséfone e Calisto me enganaram. — E fica séria. — Desculpa. Estava nervosa. Helena estava animada demais, perdi o controle sobre a bebida.

— As coisas são sempre assim nas festas de Helena.

Psiquê está despejando verdades sem se importar com nada, e parte de mim quer pescar informações. Não, informações, não. A verdade é que quero saber o que ela pensa sobre mim. Descobrir se está cada vez mais perto de se apaixonar por mim, da mesma forma que me apaixonei sem chance de voltar atrás quando não estava prestando atenção. Consigo resistir ao impulso de promover um interrogatório, mas não é fácil.

É bom senti-la em meus braços assim, suave e doce. Ela é linda. Estudo nosso reflexo na porta espelhada do elevador. Ficamos... bonitos juntos. Não apenas como duas pessoas atraentes quando estão lado a lado. Psiquê apoia a cabeça em meu ombro e fecha os olhos. Como se fôssemos um casal de fato. A intimidade casual faz meu peito doer com um anseio tão forte que mal consigo respirar.

Se conseguirmos dar um jeito de escapar da ameaça de minha mãe, se pudermos aprender a conviver... podemos ser assim. O tempo todo.

Um casal de verdade.

A dor em meu peito fica mais forte. É isso que eu quero, quero muito, quero tanto que não resisto e puxo Psiquê para mais perto. Vamos encontrar uma solução para nós. Já provamos que somos uma equipe vencedora quando trabalhamos juntos.

Minha mãe não tem a menor chance.

Mas a porta do elevador abre na garagem, e minha esperança desaparece.

O prédio de Helena é muito parecido com o meu em relação à segurança. Tem guardas posicionados nas duas entradas dos elevadores e na entrada da garagem. Quando chegamos, havia uma mulher na guarita ao lado do elevador.

Agora está vazia.

Pode haver uma explicação razoável para isso, mas não estou disposto a arriscar a vida de Psiquê contando com ela. Eu a coloco entre mim e o elevador, pensando depressa. Meu carro está a três fileiras da nossa localização atual. Não consigo vê-lo daqui. Decerto não vou poder ir até lá, fazer uma varredura para garantir que é seguro e sair daqui com ela sem deixar Psiquê fora do alcance dos meus olhos. Se ela estivesse sóbria, talvez, mas essa possibilidade não existe.

Voltar ao apartamento de Helena pode ser uma solução, mas é arriscado em muitos sentidos. Ou levo o problema para ela ou ela já foi para a cama e não vai ouvir nada, mesmo que eu chute a porta. Nenhuma das duas possibilidades é boa.

Resta apenas uma opção.

Empurro Psiquê para a guarita de segurança. A porta está entreaberta, mais um sinal de que tem alguma coisa muito errada. Seguro o rosto dela entre as mãos.

— Psiquê, preciso de você sóbria, e tem de ser agora.

Ela olha para mim com aqueles olhos grandes e assente.

— Vou tentar.

É uma causa perdida, mas se ela conseguir se concentrar por alguns minutos, vai dar tudo certo. Pego o celular e o ponho em sua mão.

— Liga para a central de segurança e avisa que houve uma invasão. Não sabemos onde está o guarda. Consegue fazer isso?

— Sim?

Merda, não tenho certeza, mas preciso arriscar. Eu a solto e me aproximo da porta.

— Não abre para ninguém além de mim. Entendeu? Nem para o guarda, nem para o chefe da segurança, nem para Zeus.

— Eu não abriria para Zeus. Ele parece ser meio babaca.

Assinto.

— Ele é um babaca, definitivamente. — E não há mais nada a fazer, além de deixá-la ali e torcer pelo melhor. Saio da cabine e fecho a porta. Ela tranca automaticamente, o que é um alívio. O vidro é à prova de bala, e a base é de concreto sólido. Mesmo que alguém jogue um carro em cima da cabine, o veículo sofreria mais dano que ela. Psiquê está tão segura quanto posso garantir agora.

Eu sabia que devia ter trazido uma arma. É raro eu sair desarmado, mas os anfitriões costumam desaprovar esse tipo de atitude. Com algumas exceções, as festas no Olimpo preferem manter a violência restrita às palavras e aos jogos de poder. Os Treze e seus círculos mais próximos gostam de fingir que são o suprassumo da elegância; reservam o trabalho sujo para as sombras nas horas mais escuras da noite.

Mas *tenho* uma arma no carro.

Ando devagar pelo meio do corredor da garagem, fazendo o possível para não perder Psiquê de vista. Ela está falando ao telefone, o rosto dominado por uma máscara de concentração bêbada, o que me faz esperar pela chegada rápida de reforços. Não posso confiar na segurança do prédio, não para protegê-la, mas posso ter certeza de que Helena vai esfolar todos eles vivos se acontecer alguma coisa comigo. Eles sabem disso, não vão arriscar movimentos diretos contra mim e os meus.

Mas, se minha mãe os cooptou, podem demorar muito para chegar aqui.

A garagem é tão iluminada quanto se pode esperar de um estacionamento, o que significa que há muitas sombras. Todos os carros com que me deparo são caros e brilhantes. O único som é o dos meus passos no concreto.

É tentador presumir que estou sendo paranoico. É possível que a guarda tenha ido ao banheiro ou alguma coisa assim. Mas, em todos os anos desde que comecei a visitar Helena, nunca vi aquela cabine vazia. Não posso arriscar a vida de Psiquê.

Chego ao carro. Não parece ter sido sabotado, mas olho tudo e me abaixo, usando a lanterna do celular para examinar o chassi. Honestamente, não acredito que minha mãe está furiosa o suficiente para *me* prejudicar, mas é volátil o bastante para eu não deixar de considerar nenhuma possibilidade. Cinco minutos depois, tenho certeza de que ninguém mexeu no carro.

E é neste mesmo instante que ouço o primeiro tiro. É só um sussurro, o assobio baixo de uma bala atravessando um silenciador. Um estalo de vidro. Psiquê grita.

Entro em ação imediatamente. O mais rápido seria correr pelo espaço principal, mas isso me transformaria em um alvo gigante. Se eu fosse o atirador, me usaria como isca para tirar Psiquê da cabine. Minha mãe não quer que eu morra, mas duvido que se aborreça com um ferimento superficial se esse fosse o preço para tirar minha esposa de cena.

Abaixado entre os carros, eu me movimento tão depressa quanto é possível, evitando ser visto. Outro tiro. Depois o terceiro. Psiquê parou de gritar, mas o vidro não quebrou. Ainda está segura.

Avisto o atirador quando chego ao fim do corredor. É um sujeito branco e baixo, vestido com jeans escuro, camiseta e boné pretos. Ele olha em volta, obviamente consciente de que estou na área, e recuo para as sombras entre dois carros. O homem gira em um círculo lento à medida que recarrega a arma, depois se posiciona e a aponta de novo para a cabine. O homem aperta o gatilho, aumenta a teia que vai se desenhando diretamente à frente do rosto de Psiquê.

Fúria e medo provocam um curto-circuito nos meus pensamentos. Paro de raciocinar, paro de me preocupar com os próximos passos. Corro na direção do atirador. Ele começa a se virar, mas sou mais rápido. Voo em cima dele e o derrubo, e a arma desliza para longe de nós pelo chão de concreto. Não importa. Não preciso dela.

Não lhe dou a chance de escapar. Simplesmente bato com o rosto dele no chão uma, duas, três vezes, e mais uma por precaução. Ele fica inerte. Minhas mãos tremem. Por que minhas mãos estão tremendo? Ajoelho nas costas do homem, dividido entre a ideia de garantir que ele nunca mais se levante dali e a relutância em mostrar quanto sou monstruoso, porque sei que Psiquê me observa. Saber do que sou capaz é uma coisa. Ver é outra bem diferente.

— Eros! — Sua voz é abafada pelo vidro, mas o medo é óbvio. Não quero olhar, não quero nunca mais testemunhar esse medo causado por *mim*. Por mais que mereça... e mereço. Estou transtornado.

O som da porta da cabine abrindo faz o que nada mais poderia fazer: me obriga a agir. Empurro o homem e me coloco entre ele e Psiquê.

Mas ela não olha para ele. Cambaleando, se joga em meus braços e se agarra a mim com uma força que me deixa sem ar.

— Seu *idiota*. No que estava pensando? Ele podia ter te matado.

O choque faz meus pés criarem raízes.

— Era contra *você* que ele estava atirando.

Ela agarra a frente da minha camisa e me encara com olhos brilhantes.

— Nunca mais faça isso. Se ele tivesse atirado em você, eu...

A porta do elevador se abre, interrompendo o que ela ia dizer. Agentes da segurança se espalham pela garagem. Depois disso, tudo acontece depressa. Quando percebem que o acidente envolve membros ligados aos Treze, levam o atirador para esperar a chegada do pessoal de Ares. Deixo minhas informações de contato e levo Psiquê para o carro.

Ela fica imóvel no assento, encolhida no meu casaco. Está recuperando a sobriedade depressa, e odeio ver como parece amedrontada, mas não tento tocá-la, tenho medo de que se retraia. Saio da garagem e sigo na direção do meu prédio.

— Não vou deixar nada acontecer com você.

Ela agarra meu casaco a ponto de os dedos perderem a cor.

— Não entendeu a parte em que eu estava preocupada com você?

— Eu tinha tudo sob controle. — Percebo que não a convenci e tento ser mais claro. — Mesmo que não tivesse, minha mãe não me quer morto.

— Uma bala, e não vai mais fazer diferença o que Afrodite quer. — Ela fecha os olhos, mas volta a abri-los imediatamente e abaixa um pouco a janela. — Não estou sóbria o suficiente para falar sobre isso. Desculpa.

— Não precisa se desculpar. — Sou *eu* quem lamenta, mas só porque minha mãe conseguiu estragar uma noite que, até então, tinha sido muito boa. Estávamos nos divertindo antes disso, tínhamos garantido um lugar seguro e uma pequena via de fuga. Psiquê conheceu alguns dos meus amigos, baixou a guarda e tudo que conseguiu com o esforço foi um atentado contra sua vida. — Esta cidade é venenosa.

— Esta noite vai ter consequências. — Seus olhos se fecham de novo, e desta vez Psiquê não os abre.

— Vai — respondo.

Assassinato não é legal no Olimpo. Longe disso. O fato não impede os Treze de terem pessoas como eu para fazer seu trabalho sujo nas sombras, mas não é uma coisa declarada. Ao atacar Psiquê no prédio de Helena quando ela saía de uma festa, minha mãe escancarou a questão — ou vai escancarar, se o ataque puder ser relacionado a ela. Esse é o grande "se", no momento. Zeus vai se envolver se o problema tocar a irmã dele, mesmo que de leve. Ares vai abrir investigação. Sem dúvida, Deméter e Perséfone vão aparecer à minha porta no segundo em que ouvirem a notícia, o que significa que Hades também vai se envolver.

As coisas já estavam difíceis, e só vão ficar ainda piores.

Eu devia estar feliz com isso, mas não consigo deixar de pensar que a situação vai me atingir de algum jeito. Minha mãe pode ser impulsiva ao extremo, mas não é boba. Deve ter tomado providências para que nada disso seja ligado a ela — ou que não seja diretamente ligado *só* a ela.

Não, outra pessoa vai pagar pelo que aconteceu esta noite. Tenho certeza disso.

Não importa que Psiquê tenha argumentado com grande eficiência para me convencer a ir à festa. Eu sabia que havia um risco, sabia que minha mãe não ia parar. Só pensei que poderia protegê-la. Não acreditei que minha mãe seria ousada a ponto de nos atacar na garagem do prédio da irmã de Zeus, e Psiquê poderia ter sofrido as consequências da minha arrogância.

Eu fodi tudo.

26

PSIQUÊ

Acordo na cama com uma dor de cabeça latejante. A última coisa de que me lembro sobre a noite passada foi ter perdido a batalha para manter os olhos abertos no carro de Eros. E isso significa que ele me carregou para a cama. De novo. Viro de lado e encontro uma garrafa de Gatorade e comprimidos de Tylenol em cima da mesa de cabeceira. Não há nenhum bilhete, mas por que haveria um? Eros é prático demais para tentar dar uma nota romântica a esse gesto.

E no entanto... *soa* romântico.

Ele está cuidando de mim. Sem espetáculo, sem gestos exagerados. Só o cuidado com minhas necessidades. É estranho e um pouco enervante, e gosto disso muito mais do que deveria.

Consigo me sentar e tomar os comprimidos, depois vou ao banheiro a fim de escovar os dentes e tentar me livrar do gosto horrível na boca. Tomo uma ducha, me visto e vou procurar Eros, já me sentindo meio humana outra vez.

Eu o encontro na sala segura, debruçado sobre os monitores de dados diante de si. Levanta a cabeça quando eu entro, e o sorrisinho não desvia minha atenção das olheiras embaixo de seus olhos. Paro onde estou.

— Você não dormiu?

— Não deu tempo. — Ele olha novamente para os monitores. — Já recebemos uma intimação de Perseu, ou Zeus, para hoje, no fim da manhã. Sei que queríamos mantê-lo como um último recurso, mas é tarde demais para pensar nisso e, honestamente, se ele não tivesse me convocado, eu teria ligado para ele e pedido a reunião.

Porque Afrodite levou as coisas a outro nível. Acho que, em parte, eu ainda acreditava em um blefe. Não é o caso, e isso significa que precisamos de armas maiores do que as que eu ou Eros podemos levar à batalha. Respiro fundo.

— Qual é o plano?

— Não existe nenhuma possibilidade de mantermos tudo isso em sigilo. Mesmo que o assassino não fale, precisamos contar a verdade, ou nos expomos ao risco de os outros Treze virem atrás de nós, o que tornaria tudo isso público. Pelo menos, Zeus tem motivação para encontrar uma solução sem que ninguém fique sabendo.

O aperto em meu peito se reflete no rosto.

— Ele não vai ficar do nosso lado e contra Afrodite. Ela faz parte dos Treze.

— Existem leis específicas para os Treze, eles não podem atacar uns aos outros e suas famílias. É a isso que vou recorrer. — Eros suspira. — Se fosse o antigo Zeus, eu também pensaria que isso seria em vão. Mas, mesmo que não sejamos mais amigos de verdade, conheço Perseu desde criança. Ele não vai deixar minha mãe escapar ilesa dessa.

— Talvez. Ou ele vai decidir que a estabilidade do Olimpo vale mais que nossa vida.

— Ele não vai deixar minha mãe te matar. Perseu não é o pai dele. Confie em mim, mesmo que não confie nele. Vamos ver o que Zeus tem a dizer, e seguimos a partir daí. — Eros olha o relógio de pulso. — Temos de sair em duas horas.

Não sei como Eros pode estar tão calmo, quando algo realmente desastroso cresce dentro de mim. Tenho de colocar alguma distância entre nós, me mover e dispersar parte desse sentimento horrível dentro de mim. Quanto mais tempo permaneço aqui, mais os acontecimentos da noite anterior me envolvem em ondas. O medo quando aquele homem apontou a arma para o meu rosto, a horrível constatação de que o vidro não ficaria inteiro para sempre... Não foi nada comparado ao terror que senti quando vi Eros aparecer e pular em cima do homem.

Por natureza, enfrento verdades difíceis. Minto para a maioria das pessoas nesta cidade, mas não sobrevivo mentindo para mim. Sei o que aquele medo significa, mesmo que não esteja pronta para admitir a mim mesma.

— Preciso ir.

Ele reage como se eu o tivesse agredido fisicamente.

— O quê? Não pode ir embora.

— Não vou embora. Só vou. — Não estou falando coisas com sentido. Sei que não estou, mas não consigo evitar. O pânico crava as garras em minha garganta. Recuo em direção à porta. — Eu só... não consigo.

— Psiquê, espera. — Eros, meu monstro aterrorizante, parece realmente preocupado comigo, o que só faz aumentar meu pânico. Quando comecei a vê-lo como homem, em vez de oponente? É demais. E é muito cedo, com toda a certeza.

Continuo recuando, e ele continua me seguindo, ainda confuso e preocupado. Pelo menos se mantém distante, mas isso não chega nem perto de ser o suficiente para o meu estado mental.

— Fala comigo.

Balanço a cabeça.

— Não posso fazer isso.

Ele me segue até o corredor, mantendo uma distância cuidadosa conforme tenta estabelecer contato comigo.

— Vamos dar um jeito. O pessoal dela não vai tocar em você.

Nem precisam, não é? Uma gargalhada histérica borbulha em mim, transborda. Afrodite não vai precisar arrancar meu coração, porque Eros já está a caminho de cumprir essa missão. Ele não precisa ter meu coração de verdade nas mãos para me destruir de um jeito irrecuperável. Já está muito perto, já é muito arrasador, já é demais. Volto ao hall, à sala dos espelhos, e paro de repente ao me deparar com dezenas de reflexos nossos espalhados por todas as superfícies.

— Eros, eu...

Ele se move mais depressa do que eu esperava e segura minhas mãos. Um toque leve, mas já sei que, se as puxar, não vou conseguir me soltar.

— Por favor — sussurro.

— Fala comigo — ele repete. — Não posso lutar contra o que não vejo.

Deuses, estou mesmo me apaixonando por esse homem. Fecho os olhos, e uma lágrima solitária escapa. Não consigo controlar o que sinto — o que já foi mais que provado —, mas não tenho de contar a ele, pelo menos. Não sei como ele reagiria e não suporto pensar na frieza que pode inundar os olhos de Eros em resposta à minha declaração.

Em vez disso, escolho uma verdade diferente.

— Estou com medo.

Ele parece sofrer comigo.

— Desculpa — fala, por fim. — Devia ter adivinha que ela te atacaria daquele jeito e não contei com isso. Não vai acontecer de novo. Sei que não tem motivo para confiar em mim por causa do que sou, mas...

— Por causa do que você é — repito. Meu medo se transforma em raiva intensa, e a emoção é tão forte que faz meu corpo tremer. — O que você é, Eros?

Ele me solta e recua um passo. Os espelhos que nos cercam mostram imagens nossas vindo de todas as direções, e tem algo propício nisso, mas estou focada demais no homem à minha frente para analisar tal pensamento. Ele desvia o olhar, mas percebe o reflexo no espelho mais próximo, e seu rosto se transforma.

— Você sabe o que eu sou.

— Responda.

Ele sorri, mas os olhos não têm alegria. Eros aponta para o espelho à direita.

— Fracasso. — Para o espelho à esquerda. — Assassino. — Para o outro atrás dele. — Monstro.

— Eros — murmuro. Ele mencionou várias vezes ser um monstro, e, embora eu reconheça que suas atitudes passadas foram monstruosas, odeio que ele assuma toda a culpa e ignore as condições que o levaram àquele ponto. Não posso mudar sua cabeça. Não sei nem se devo tentar.

Mas, depois do que aconteceu na garagem, eu quero.

— Não pode ir embora. — Ele também abaixa o tom de voz. — Sei que não quer ver minha cara agora, mas este é o único lugar no Olimpo onde está segura, protegida contra minha mãe. Então... Por favor. Por favor, não vai embora.

— Eros — repito. — Quer saber o que vejo quando olho para você?

Ele se retrai. Esse homem frio e arrogante se *encolhe* ao ouvir minha pergunta.

— Acho que é o mínimo que posso fazer, depois de tudo que fiz você passar.

Ah, Eros.

Seguro sua mão. A tensão é tão grande que sinto que ele está se esforçando para não se afastar de mim, não recuar a uma distância que poderia parecer segura. Viro e nos coloco de frente para o espelho ao lado da porta principal. Eros está tentando adotar uma expressão fria, mas ainda tem um ar sofrido, quando eu respiro fundo.

— Eu vejo alguém leal.

A mão se contrai na minha.

— Psiquê...

— Não terminei. — Viro para o espelho à direita. — Vejo alguém ambicioso.

— Não sei se isso é uma virtude.

Mas ele me permite virar para o espelho seguinte.

— Vejo alguém astuto e inteligente.

— São a mesma coisa.

— Não são, na verdade.

Ele me encara atormentado.

— Por que está fazendo isso?

Porque eu te amo. Engulo em seco.

— Porque você passou tanto tempo ouvindo só as coisas negativas que as pessoas enxergam em você que é só nisso que acredita. Cada pessoa tem um equilíbrio de coisas boas e ruins dentro de si. Até você. *Especialmente* você.

— Psiquê... — Ele olha para mim como se nunca tivesse me visto antes. — Não mereço você.

Aquele sentimento intenso dentro de mim fica mais forte.

— Acho que já determinamos que sou um ser humano cheio de defeitos, assim como você.

— Não. Não é como eu. — Eros me vira de frente para os espelhos e se coloca atrás de mim. Ficamos bem desse jeito, apesar de ele parecer um pouco transtornado e eu tremer como uma folha ao vento. Nunca teria pensado em nós como um casal que combina, mas o tempo que passamos juntos provou que eu estava enganada.

Eros segura meu cabelo sem desviar os olhos dos meus.

— Sabe o que vejo quando olho para você?

Abro a boca para fazer uma piada, mas as palavras morrem antes de deixarem minha boca. Lambo os lábios.

— Não estamos falando de mim.

— Errado, garota bonita. Sempre foi sobre você. — Ele respira fundo, e sinto os tremores sutis em seu corpo, nas áreas coladas em minhas costas. Eros fala tão baixo que quase não o escuto. — Eu vejo uma mulher que não mereço, mas você me faz querer ser um homem melhor só para te merecer, um dia. Eu vejo uma *deusa*.

Giro em seus braços. As palavras que prometi a mim mesma que não diria borbulham, e faço a única coisa possível para mantê-las dentro de mim. Eu o beijo. No momento em que meus lábios tocam os de Eros, é como se algo explodisse entre nós. Ele usa a mão em meu cabelo para inclinar minha cabeça e aprofundar o beijo. Nunca, nunca vou me cansar de beijar Eros. Ele faz disso uma forma de arte, uma conexão que embriaga, sobe à cabeça.

Eros interrompe o beijo para dizer:

— Preciso de você, esposa.

— Sim. — Seguro a barra de sua camisa e a levanto para tirá-la pela cabeça. — Também preciso de você.

— Sou seu. — Mas segura minhas mãos, impedindo-me de tocar o zíper de sua calça. — Espera. Preservativo.

Essa é a decisão inteligente e racional a se tomar, mas não quero ser inteligente nem racional neste momento.

— Sei que combinamos não tomar essa decisão no calor do momento, mas não quero usar camisinha. — Hesito. — A menos que você queira.

Sinto de novo o tremor nas mãos que seguram meus punhos.

— Pensa bem.

Não quero saber se é inconsequente. Já estou assentindo.

— Não quero nada entre nós. Só quero você.

Ele acata minha decisão. Eros me beija de novo e vai me despindo. Sua calça chega ao chão um momento depois, e seu corpo nu pressiona o meu, a deliciosa fricção da pele nua contra a minha me sobe à cabeça. Agarro seu cabelo e o puxo, deito no chão e o levo comigo.

Só por um momento consigo sentir e aproveitar seu peso me empurrando contra o piso de mármore, antes de ele se ajoelhar entre minhas pernas. A expressão em seu rosto... Não duvido de que me veja como uma deusa, como disse. Minha autoestima é bem saudável, mas, quando Eros olha para mim com tamanha intensidade, sinto que sou capaz de andar sobre água.

Quero lhe dar a mesma sensação. Tento tocá-lo, mas ele balança a cabeça.

— Ainda não. Se me tocar agora, vou entrar em você no segundo seguinte.

— Gosto do plano.

Eros balança a cabeça de novo.

— Ainda não — repete. Eros desliza as mãos por minhas coxas, as afasta e continua subindo até alcançar minha boceta. Enfia dois dedos em mim e resmunga um palavrão. — Você está molhada pra caralho.

— Você faz isso comigo — arfo, arqueando as costas quando ele flexiona o punho e toca meu ponto G. — Mais!

— Vou te dar mais, esposa. Vou dar tudo de que você precisa. — Mas não aumenta o ritmo dos movimentos e, quando tento fincar os pés no chão a fim de elevar o quadril, ele empurra meu ventre para me manter exatamente onde quer. É muito bom, e o jeito como me olha torna tudo ainda melhor.

Eros vira a cabeça.

— Olha.

Sigo a direção de seu olhar e vejo o reflexo de nós dois no espelho. É sexy vê-lo ajoelhado entre minhas pernas, alimentando meu prazer mais e mais, mas olhar para isso como se outra pessoa nos observasse? Quase entro em combustão. Então, Eros começa a fazer círculos em meu clitóris com o polegar, e *realmente* entro em combustão.

Ele mal espera o fim do orgasmo para me fazer virar de barriga para baixo, depois me puxa até eu estar de quatro, apoiada nas mãos e nos joelhos.

— Vejo que tem um gosto pelo exibicionismo. — Ele passa a mão nas minhas costas, e minha resposta é um gemido. — Ou é pelo voyeurismo?

— Os dois. — Levanto a cabeça para vê-lo se posicionando atrás de mim, segurando meu quadril para me colocar na posição que quer. Não consigo respirar direito, mas não me importo. — Mas é só com você. Só assim. — Um espetáculo apresentado só para nós, visto só por nós.

— Que bom. — A resposta é quase um rosnado. — Não quero dividir você, garota bonita.

— Também não quero dividir você. — Nem qualquer parte disso. Com ninguém.

Ele fecha os olhos por um instante.

— Última chance, Psiquê. Tem certeza?

Não preciso perguntar a que ele se refere.

— Sem camisinha — confirmo.

Eros não pergunta de novo. Movimenta o corpo para a frente e guia o pau para a entrada do meu corpo. Fico parada, olhando para a expressão atormentada em seu rosto quando me penetra, centímetro por centímetro.

— Você é lindo — sussurro.

Ele ri baixinho, um som sufocado.

— É só... — Há uma pausa para respirar. — Quando olha para mim desse jeito, sinto que é verdade.

— *É* verdade.

Ele segura meu quadril e começa a se mover, entrando e saindo com movimentos longos e suaves. É tão bom que mal consigo manter os olhos abertos; nem tentaria, não fosse pelo show que estamos dando para essa plateia de duas pessoas. Eros usa todos os músculos do corpo impressionante. Tudo com a intenção de me proporcionar o maior prazer possível. Antes que eu consiga entrar no ritmo das penetrações, ele se inclina e apoia uma das mãos no chão, ao meu lado, enquanto desliza a outra por minha barriga até encontrar o clitóris.

— Safada — murmura junto da minha pele. — Você reclama de todos esses espelhos, como se não gozasse me vendo te foder na frente deles.

Gemo e arqueio as costas, projetando o quadril para recebê-lo mais fundo.

— Acho... — Ele acelera os movimentos, e perco o fôlego. — Que posso ser convencida... sobre os espelhos... a gostar deles.

— Você é um presente, Psiquê Dimitriou. Um *presente*, porra. — Ele beija meu ombro, o pescoço, a área sensível atrás de uma orelha. E o tempo todo continua fazendo movimentos circulares enlouquecedores sobre meu clitóris, mantendo as penetrações igualmente enlouquecedoras.

Tento me segurar. De verdade. Não quero que isso acabe, não quero que este momento perfeito desapareça, deixando espaço para a realidade e todos os problemas que esperam por nós.

Meu corpo pensa diferente.

Grito quando sou acometida por um orgasmo poderoso, contraindo os músculos em torno dele. Eros reage como se eu o surpreendesse e acelera o ritmo, penetrando-me até estremecer e me seguir nesse mergulho.

Ele desaba em cima de mim. É pesado, mas gosto disso. É como se ele continuasse me ancorando no aqui e agora, ao passo que reaprendo a respirar.

Eros afasta o cabelo do meu rosto.

— Machuquei você?

Meus joelhos doem, acompanhando o ritmo do meu coração acelerado. É perfeito. Eu me viro o suficiente para beijá-lo.

— Obrigada.

Ele relaxa, e meu cérebro intoxicado de prazer percebe que Eros estava de fato preocupado, com receio de isso ter sido demais, de algum jeito. Estendo a mão antes de pensar em um motivo para não fazer contato. Meus dedos encontram seu cabelo, e o sorrisinho dele faz meu coração palpitar.

Passo a língua nos lábios.

— Estava falando sério sobre os espelhos. Você me convenceu de que são uma coisa boa.

— Sabia que ia acabar entendendo. — Ele vira a cabeça e beija meu punho. Ficamos ali deitados por mais alguns momentos até ele olhar o relógio e fazer uma careta. — Já consegue sentir as pernas? Temos de correr, senão vamos chegar atrasados.

Isso me faz rir.

— Que arrogante!

— É arrogância falar a verdade?

Ainda estou rindo quando ele fica em pé e me ajuda a levantar.

— É. Mas não para, eu gosto disso.

27

EROS

Encontramos Zeus na Dodona Tower. Na última vez que estive ali para uma reunião, foi com o antigo Zeus. Estou aqui há tempo suficiente para ver vários títulos dos Treze transferidos entre pessoas, mas uma parte de mim acreditava que o velho cretino ia viver para sempre. Sei que Perseu tinha a mesma sensação; ele tinha certeza de que teria mais uma década, pelo menos, antes de Zeus fazer um favor a todos nós e sumir de vez.

Ninguém esperava que ele mergulhasse de cabeça através da janela de seu escritório há alguns meses.

Felizmente, o escritório onde encontramos Perseu — Zeus — não é o mesmo. É a sala onde ele trabalha há anos, desde que assumiu a maior parte das tarefas diárias no comando da empresa do pai. A empresa *dele*, agora.

Espio Psiquê. Por mais que tenha sido inusitado, transar na frente de todos aqueles espelhos parece ter estabilizado o terreno sob nossos pés. Ela não tem mais aquele desespero no olhar e recuperou sua persona pública. Calma, fria e composta. A única evidência de seu nervosismo é a força com que segura minha mão.

Não sou como ela. Sou péssimo para oferecer conforto. Nunca tive de fazer isso, nunca tive de procurar as palavras certas para dizer. Porra, nunca quis isso. Ela me deu um presente tão grande mais cedo que o mínimo que posso fazer é tentar.

— Vai ficar tudo bem.

— É o que vamos ver.

— Perseu não é Zeus.

Ela olha para mim.

— Aí é que está, Eros. Perseu é Zeus. Ele pode ter sido seu amigo até aqui, mas agora é o rei do Olimpo. Isso muda uma pessoa.

Eu sei. É claro que sei. Mas parte de mim se revolta contra a ideia mesmo assim. Nunca fui próximo de Perseu como sou de Helena ou até de Éris. Mas eu o *conheço*.

— Vamos entrar.

Abro a porta e espero Psiquê entrar no escritório antes de mim. A sala é quase idêntica à outra neste mesmo edifício. Aço, mármore, vidro e pouca coisa além disso. Perseu está sentado atrás da mesa enorme, com os dedos cruzados diante da boca. Ele sempre foi bonito e não vai me agradecer se eu disser isso, mas é muito parecido com o pai. Corpo atlético, queixo forte e quadrado, cabelo dourado, os mesmos olhos azuis e frios.

Ele aponta as cadeiras na frente da mesa, e espero Psiquê sentar-se antes de me acomodar na outra. Perseu olha para nós, depois me encara.

— Faz dois meses que meu pai morreu. Não podia ter esperado um pouco mais para começar com a merda toda?

— Você me conhece. Gosto de pôr lenha na fogueira. — Relaxo na cadeira e sorrio para ele com um toque de arrogância. — Mas, neste caso, se quer mesmo começar a distribuir acusações, pode apontar o dedo para Afrodite.

— Mas estou aqui, falando com você. — Ele olha para Psiquê. — Imagino que não soubesse que sua mãe e eu estávamos negociando para você se casar comigo, não é?

Minha primeira reação é de choque, depois vem a raiva, uma fúria forte o bastante para queimar todo este arranha-céu até transformá-lo em cinzas. Psiquê tocou nesse assunto em uma de nossas primeiras conversas, mas nunca levei isso a sério. Com todas as candidatas se jogando em cima de Zeus, ele ia mesmo fazer a escolha polêmica de se casar com uma das filhas de Deméter?

— Só pode estar brincando.

Ele me ignora, obviamente esperando uma resposta.

Psiquê endireita as costas.

— Eu imaginava que isso poderia estar acontecendo, mas minha mãe não achou conveniente me informar de que a situação já estava no nível das negociações.

— Foi o que pensei, mas saber sobre um casamento iminente não impediu sua irmã de correr para os braços de outro homem.

A voz dela fica gelada.

— Não sou minha irmã, e não teria feito nenhuma diferença se minha mãe estava negociando um casamento ou não, porque eu estaria morta. Ou não soube sobre o atentado contra minha vida ontem à noite?

— Cuidado com o tom, Psiquê. — Zeus se encosta na cadeira. — Vou ser bem claro com você. Não tenho provas de que Afrodite está por trás desse atentado. — Levanta a mão antes que eu possa interrompê-lo. — Antes que me diga que ela mandou você matar Psiquê, lembre-se de que, se admitir isso para mim, vou ter de punir você também.

Fico tenso, tomo muito cuidado para não fitar minha esposa. Perseu não está economizando autoridade. E eu não esperava nada diferente. Tudo que Psiquê precisa fazer é dizer que ameacei a vida dela, então se livra de mim e de Afrodite de uma vez só. Depois se casa com Perseu, se casa com *Zeus*, e se torna Hera.

Isso viraria o jogo, e minha mãe e eu não poderíamos fazer nada. Eu não condenaria Psiquê por isso. Não quero que ela use essa vantagem, mas não a condenaria se usasse.

— Você nos chamou aqui para dizer que não pode fazer nada? — A voz dela não se tornou menos gelada. — Ou pretende ajudar?

— Chamei vocês aqui para explicar a situação. Deméter pode estar pronta para pedir a cabeça de Afrodite, mas não foi Afrodite quem insultou minha família, e a posição de Zeus, repetidas vezes. O único motivo para eu não ter interferido até agora foi termos mantido as negociações para o casamento em sigilo.

Eu o encaro. Mesmo com toda a política do Olimpo, esperava honestamente que ele ficasse do nosso lado.

— Então estamos sozinhos. — Podia ser pior, mas esse cenário está longe de ser o melhor.

— Até que possam me trazer provas de que Afrodite está desrespeitando a lei que proíbe de atacar um dos Treze ou seus familiares, estou de mãos atadas. — Ele me encara para mim por um longo instante. — E sugiro que tome providências para não ser envolvido por essas provas.

Psiquê ri com ironia.

— Suas mãos só estão atadas porque você quer que estejam.

A expressão dele não muda.

— Cada vez que um título dos Treze é transferido, existe um risco de instabilidade enquanto a pessoa nova se instala. Não só o título de Zeus foi transferido para mim, como Hades está em cena pela primeira vez em trinta anos. O Olimpo precisa de estabilidade neste momento, e substituir Afrodite não vai colaborar pra isso.

Sem falar que vários títulos podem mudar de mãos nos próximos dois anos. Ares, principalmente, deve ter mais de oitenta anos. Está se agarrando à posição com a ponta dos dedos. Em poucos anos, ou ele morre, ou vai ser forçado a se aposentar, e a substituição de Ares é um tremendo espetáculo, coisa que não pode ser feita com facilidade nem rapidamente. Não quando é um torneio que decide o vencedor.

Perseu tem razão. Odeio que ele esteja certo. Infelizmente, ele também está apostando em uma coisa cujas chances são péssimas.

— Talvez você nem tenha uma chance de resolver isso. Minha mãe não vai parar.

— Vou conversar com ela.

Dou risada, e o som é amargo.

— Boa sorte.

Psiquê tem uma expressão estranha.

— Se as negociações para o casamento não tivessem fracassado, o que você faria?

Ele não hesita.

— Teria protegido você e sua família com todo meu poder. Agora não temos essa opção. Mesmo que vocês se divorciem, a cidade inteira acredita que vocês são um caso de amor. Se você se casar comigo agora, eu seria visto como o vilão, e não tenho interesse nesse papel, no momento.

Ele não pode correr esse risco. Perseu é sagaz e experiente, mas não tem o carisma que permitiu que o pai dele conduzisse o Olimpo inteiro pela coleira. Tudo vai ser mais difícil para ele, inclusive lidar com os veteranos dos Treze. Vai haver disputas por poder e influência, e vão testá-lo para ver até onde podem ir. A posição dele não é invejável. Isso não me faz mais inclinado a perdoá-lo por escolher o caminho mais fácil nessa situação.

Então, o significado pleno das palavras dele ressoa em mim. Ele teria protegido Psiquê e a família dela. O que significa que, se ele se casar com uma das irmãs dela, ele a protegerá. Olho para ela; pela expressão em seu rosto, Psiquê entende a sugestão. Ela se levanta lentamente.

— Fica longe das minhas irmãs.

— Esse recado é para sua mãe.

Ela cerra os punhos, e já estou me movendo, colocando-me entre ela e Perseu.

— Para. Temos coisas maiores para resolver.

— Nada é mais importante que minha família, Eros. — Ela o encara. — Vamos voltar, e eu vou trazer as provas de que Afrodite está por trás disso. Sem implicar mais ninguém.

— Estarei esperando ansioso.

Afago a mão de Psiquê.

— Espera por mim lá fora.

Não tentar argumentar é um sinal da força de sua fúria. Ela sai do escritório e fecha a porta sem fazer barulho. Olho para Perseu.

— Você destruiria Eurídice, e fazer de Calisto um membro dos Treze é um erro.

Ele não se move.

— Se eu quisesse sua opinião, eu pediria.

— Perseu...

— Eros. — Ele adota um tom suficientemente ameaçador para me fazer parar de falar. — Meu nome é Zeus. Independentemente do carinho que tive por você antes, agora eu sou Zeus. Cada decisão que tomo não tem a ver com o que Perseu quer, e sim com o que Zeus exige. Não se esqueça disso.

Um lembrete que não posso me dar ao luxo de ignorar. Respiro fundo.

— Vou manter isso em mente.

— Faça isso. — Os olhos dele endurecem. — Se levar perigo à casa de minha irmã de novo, eu mesmo te mato, com ou sem lei.

— Vou me lembrar disso também. — Não há mais nada a dizer. — A gente se vê, Zeus. — Viro e saio da sala.

Psiquê me acompanha para o elevador. Nenhum de nós fala nada até estarmos dentro do carro, saindo da garagem. Psiquê solta um suspiro.

— Podia ter sido pior.

— Você sabia sobre a negociação do casamento? — Não pretendia fazer essa pergunta. E certamente não quero transmitir nada parecido com ciúme em meu tom de voz.

— Não exatamente. Sabia que minha mãe estava interessada em um casamento político entre nós, mas nunca pensei que Zeus estivesse considerando essa possibilidade. — Ela se recosta no banco e olha para mim. — Se eu soubesse que Zeus estava de acordo com as ambições de minha mãe, teria me casado com ele, não com você, e resolvido todos os meus problemas de uma vez só.

— E se tornado Hera.

— E salvado minhas irmãs de se tornarem Hera — ela corrige, o tom manso. — Você sabe como é esse jogo, Eros. Você o joga. Não pode ficar bravo por isso.

Ela tem razão. Eu sei que tem. Mas isso não me impede de querer parar o carro, enfiar a mão embaixo de sua saia e fazer Psiquê gozar até ela esquecer completamente que um dia existiu a possibilidade de um casamento com Zeus. Não é racional, e é quase imperdoável, em nossa situação atual. Preciso me concentrar no futuro, em como lidar com o próximo ataque de minha mãe, em vez de pensar no que poderia ter acontecido, se Afrodite não fosse dominada por inveja e raiva. Não preciso ficar imaginando um casamento entre minha esposa e Zeus. Com certeza, não preciso ficar pensando na noite de núpcias. Ele vai se dedicar a garantir um herdeiro e mais alguns extras. Zeus é um dos três títulos — Zeus, Poseidon e Hades — que são passados do pai para o filho mais velho.

Pensar na barriga de Psiquê crescendo com uma gestação...

Não, não posso me dar ao luxo de pensar em nada disso agora.

Faço um esforço para segurar o volante do carro com menos força. Ela é minha, pelo menos por enquanto. Tenho de cumprir a promessa de garantir sua segurança, o que significa dar atenção aos próximos passos, não no que poderia ter acontecido.

— Para onde vamos?

— Temos uma entrevista. — Psiquê consulta o celular. — E depois vamos falar com minha mãe.

Deméter.

Outra mulher poderosa e perigosa que não hesita em usar as filhas como peças nos jogos de poder do Olimpo. Sim, eu tenho umas coisinhas para dizer a Deméter.

— Ok.

— Eros. — Psiquê toca meu braço de um jeito quase hesitante. — Preciso que esteja focado no jogo. Posso contar com você?

— Sim. — É verdade. Compartimentalizo tudo desde criança. Não é nenhuma novidade. Meu objetivo final não mudou, embora agora inclua garantir que Zeus nunca toque em Psiquê. Mas não posso dizer isso a ela. Ela diria que estou sendo irracional, que isso já está garantido pelo nosso casamento.

Não me interessa. Não tenho direito a sentir esse ciúme, principalmente porque Psiquê é minha em todos os sentidos que importam, mas nem por isso deixo de querer marcar minha presença em sua pele. Quanto mais tempo passo com ela, mais difícil é controlar meus impulsos básicos. Sinto como se tivesse um monstro dentro de mim, sacudindo a jaula do meu controle. Em algum momento, ela vai abrir, e então vou ter de pagar o preço.

— Eros. — Ela ficou em silêncio por vários quarteirões, antes de respirar fundo como se quisesse se fortalecer. — Não interessa o que eu teria feito, se minha mãe tivesse conseguido o que queria. Não aconteceu. Eu me casei com você, não com Zeus. Sou sua esposa, não dele. Estou comprometida com isso, então pare de pensar no que está pensando agora. Precisamos do apoio de Zeus, e essas circunstâncias já quase eliminaram a possibilidade.

Estou comprometida com isso.

Sei que ela está falando da nossa encenação. Casamento pelo tempo que for necessário para garantir a segurança dela e de sua família contra minha mãe. Psiquê não está falando em para sempre.

Mas, por um momento, queria que estivesse.

Não tenho uma natureza sonhadora. Gosto mais dos fatos e da realidade do que da versão fantástica do que poderia ser. O fato é que Psiquê só disse sim no altar porque a obriguei. Ela não me escolheu; nunca teria me escolhido, se pudesse escolher.

Não importa. Não vou deixar que importe. Já decidi ficar com ela, e agora só me resta pavimentar esse caminho diante de nós. Quero Psiquê em minha cama para sempre. Quero a possibilidade dos anos passando para nós, de novos planos e jogos, de envolver o povo do Olimpo de acordo com nossa vontade.

Quero... filhos.

O pensamento me assusta. Não é algo em que eu tenha pensado muito. Meu pai não faz parte da cena — Afrodite não permite competição —, e minha mãe não é o melhor exemplo de como se deve criar um filho. Até esse ponto, sempre tomei como certo que nossa linhagem acabaria em mim.

Não mais.

Seguro a mão de Psiquê e a afago de leve.

— Minha cabeça está onde deve estar. Vamos resolver tudo isso.

E depois?

Depois, vou convencê-la de que podemos ficar juntos para sempre.

28

PSIQUÊ

A entrevista é uma boa distração. É muito normal, no meio de uma situação que não tem nada de normal. Eros consegue se recuperar o suficiente para ser encantador, mas agora o conheço bem o bastante para reconhecer que ele está um pouco abalado. É desconcertante perceber que o encontro com Zeus foi suficiente para tirá-lo do eixo e que sou capaz de ler os sinais.

Como ficou acertado, Clio se limita aos assuntos que determinamos quando organizei isso. Basicamente, são perguntas inofensivas sobre como nos conhecemos e o casamento propriamente dito. Uma troca justa, por ela ter sido a primeira a fazer uma entrevista. Na maior parte do tempo, o Olimpo se importa menos com a história real do que com as nuances que querem dar às coisas, mas Clio não é das piores, para uma repórter. Eu a conheci antes de ela ter sido promovida, o que aconteceu recentemente, e nos ajudamos várias vezes ao longo dos anos.

Ela é uma mulher negra cheia de curvas e com estilo impecável. Hoje veste uma calça cinza larga e com pregas e uma blusa cor de creme sem mangas que faz maravilhas por sua silhueta. Se não estiver enganada, reconheço o trabalho de Juliette. Parece que ela seguiu meu conselho sobre experimentar peças da designer. Que bom.

Clio pode estar agora no circuito de fofocas, mas se interessa por histórias mais profundas do que sua coluna pode oferecer. Também é inteligente o bastante para perceber que não pode ir atrás das pistas que tem sem sofrer represálias dos Treze. Ainda não, pelo menos.

Isso não a impede de reunir toda informação que aparece, garimpar uma pepita de ouro no meio de tanta lama. Espero ter uma para ela hoje.

Encerramos tudo rapidamente, e beijo de leve a boca de Eros.

— Você se importa de esperar lá fora por um momento?

Ele hesita, mas não tem motivo para protestar. Estamos no prédio de minha mãe, e não há janelas nesta sala de reuniões. Clio não é nenhuma assassina; não teria muitas histórias se matasse suas fontes e é ambiciosa demais para jogar seu futuro fora pela chance de ser protegida por Afrodite. Eros entende tudo isso e assente.

— Não demora, amor.

— De jeito nenhum.

Nós o vemos sair, e Clio assobia baixinho assim que a porta é fechada.

— Escolha ousada, Psiquê.

— Você não faz ideia. — Consigo evitar um rubor, mas é por pouco. Clio não é uma amiga e nunca vai ser, provavelmente, mas temos muitas coisas em comum. — Tenho uma dica para você.

Ela inclina a cabeça de lado, e as tranças longas caem sobre um ombro.

— Isso tem a ver com o verdadeiro motivo que a levou de evitar Eros como uma praga por ter de usar esse diamante enorme no dedo?

— Não. — Não vou expor nossa farsa, nem para Clio. Especialmente para ela. — Tem a ver com uma rixa entre Afrodite e Deméter.

— Notícia velha. — Clio acena com desdém. — Elas se atacam há anos. Não tem nada de novo nisso.

— Você ficaria surpresa.

Ela arqueia as sobrancelhas.

— Hum, fiquei curiosa. Pode me surpreender.

— Afrodite ficou tão furiosa com o casamento do filho com uma filha de Deméter a ponto de promover um atentado.

— Opa. Isso é uma acusação séria. Tem provas?

Nenhuma que me disponha a compartilhar. Não o suficiente. Sorrio para ela de um jeito vago.

— Desde quando colunas de fofoca precisam de provas?

— É verdade. — Ela olha para um ponto distante, e consigo ver como seu cérebro impressionante já considera uma história em cima disso. — Vou precisar de mais material, para ter o que divulgar. Afrodite é uma cretina, não vai hesitar em tirar meu emprego e me processar por calúnia. Rumores, mesmo que trazidos por você, não são suficientes para correr esse risco.

Eu já imaginava. Olho para a porta.

— Houve uma comoção no edifício de Helena Kasios ontem à noite. O pessoal de Ares foi chamado para deter o assassino. Ainda o mantém sob custódia.

Clio ri baixinho.

— Bom, aí já tenho com o que trabalhar. Não posso prometer rapidez, porque vou ter de apurar tudo, mas vou fazer umas perguntas por aí. — Ela pega a bolsa. — Posso esperar um telefonema se acontecer mais alguma *comoção* com um possível envolvimento dela?

— Sim, desde que prometa me avisar antes de publicar a história.

— Negócio fechado.

Trocamos um aperto de mãos. Eros está à espera no corredor, e seguimos para o elevador, enquanto Clio se dirige à porta da frente com uma expressão intensa. Eros olha para mim.

— Vou querer saber sobre o que conversaram?

— Zeus quer que tudo se acalme, mas não vai aceitar nossa palavra sobre o assunto, a menos que haja pressão. Usar Clio é um jeito de pressionar.

— Não vai ser suficiente. Os sites de fofocas publicam escândalos o tempo todo, e ninguém nem liga mais. Ele vai tratar a notícia como ficção.

— Trataria... se fôssemos parar por aí. — Forço um sorriso, embora a última coisa que eu queira neste momento seja sorrir. — Mas aí vem a fase dois.

Ele balança a cabeça devagar.

— Você é realmente aterrorizante, esposa.

Esposa.

Não há motivo para me sentir eufórica por ele me tratar assim. Nenhum motivo. Esse casamento pode ser real, mas não é *real*. Não importa se me apaixonei por Eros; tenho de me lembrar disso. Espero a porta do elevador fechar para me afastar dele, porque preciso de um pouco de distância.

— Espero ser aterrorizante o suficiente para levar isso até o fim. Minha mãe é muito pior que eu. — Mas estou com tanta raiva que não me preocupo com a conversa que vamos ter.

Ela tentou me vender para Zeus.

O problema não é nem com o possível casamento. O problema é que ela nem tentou conversar comigo sobre isso, não confiou em mim para reconhecer o valor de fazer essa jogada. Ela simplesmente passou por cima de mim.

— Vou seguir sua orientação. — Eros olha para mim pelo reflexo do elevador, mas não tenta eliminar a distância entre nós. Ele ainda sente a atração? Eu sinto.

— Certo. — Respiro fundo, endireito as costas e marcho para a cobertura de minha mãe no momento em que a porta do elevador desliza. Decidi não avisar que viríamos, mas minha mãe sempre está em casa no começo da noite de um sábado, normalmente se arrumando para ir a algum evento. Já verifiquei sua agenda, e ela só vai sair daqui a uma hora.

Ergo a voz.

— Mãe!

Ela demora dois minutos para aparecer. Está perfeitamente arrumada, como sempre, com o cabelo escuro penteado e preso, a maquiagem impecável, um elegante vestido verde-escuro e com aquela aura de mãe terra que apresenta ao público com grande capricho. Ela olha para Eros e balança a cabeça.

— Se quer conversar, ele pode esperar lá embaixo.

— Você não está em posição de vantagem, mãe. — Dou um passo adiante. Vejo Calisto no corredor que leva aos quartos, mas ela não se junta à conversa. Melhor que também ouça isso, uma vez que também é afetada. — Quando ia me contar que pretendia me casar com o novo Zeus? Quando me arrastasse para o altar?

Minha mãe é boa demais para demonstrar surpresa, mas a pausa que faz é eloquente.

— Ele te contou.

— Sim, eu fui procurá-lo.

Seu olhar se torna mais atento.

— Por quê?

— Vamos chegar a essa parte em um momento. Responda à pergunta.

— Eu ia conversar com você sobre o assunto esta semana, na verdade. As negociações estavam no último estágio, e eu pretendia me reunir com você e relacionar todos os motivos para essa ser uma excelente união. — Ela continua me encarando. — Perseu não é o pai dele. Duvido que surgisse a necessidade de se livrar dele. Ele é tão chato que você seria perfeitamente capaz de lidar com ele sozinha. — E olha para Eros com ar de desdém. — Seria, se não tivesse se casado com esse aí.

Eros exibe a mesma expressão dura que vi quando Zeus revelou os planos de casamento. Não consigo ler nada ali. É como se tivesse se transformado em uma coluna de gelo. O que disse a ele no carro a caminho daqui é verdade; se minha mãe tivesse conversado comigo sobre esses planos, eu os teria acatado. Sua leitura de Perseu — ou Zeus — é a mesma que faço. Ele pode ser implacável, mas parece se importar sinceramente com as irmãs, o que é mais do que se podia dizer sobre o antigo Zeus. Ele não se importava com ninguém, exceto ele mesmo. Perseu também não tem um histórico de violência. Eu sei. Pesquisei.

Mas isso não significa que quero uma de minhas irmãs ainda solteiras casada com ele.

— Desista disso.

— Você sabe que não vou. — Minha mãe balança a cabeça. — Suas atitudes me deixaram sem alternativa.

Droga, era disso que eu tinha medo. Olho para trás, mas Calisto desapareceu. Tudo bem. A última coisa de que precisamos é que ela decida empurrar o Zeus atual por uma janela, ou qualquer outra coisa igualmente definitiva. Nesse ponto, Helena seria a sucessora e, embora ela pareça ser ótima, também é jovem demais em vários sentidos. Seria desastroso para o Olimpo.

Amando ou odiando a cidade, a verdade é que os Treze a mantêm funcionando bem. Todos têm seus papéis, suas regalias. Se fossem pessoas normais, essas regalias seriam suficientes, mas pessoas normais não teriam a ambição de integrar os Treze. Não, cada um deles é ambicioso o suficiente para atropelar os outros se houver uma chance de subir um pouco mais. Se pudessem escolher, entrariam em guerra uns com os outros em um ano. Não interessa o que eu acho em relação ao título de Zeus, a verdade é que ele requer uma personalidade formidável para manter os outros na linha.

Em mais dez anos, Helena pode ser suficientemente forte. Hoje ela não é.

Há dias em que eu gostaria de ver esta cidade queimada, transformada em pó, mas, no fim, este é meu lar. Se quero manter o povo de Olimpo tão relativamente seguro quanto está agora, Perseu precisa continuar como Zeus. Sem acidentes convenientes. Sem planos francos de assassinato. Não que eu tenha realmente pensado em matá-lo...

Desde que ele fique bem longe de Eurídice.

Calisto sabe se cuidar.

Não posso me preocupar com nada disso agora. Tenho de me concentrar em sobreviver à ira de Afrodite primeiro. Para isso, preciso de minha mãe.

— Mais tarde discutimos os planos de um possível casamento. No momento, há dificuldades mais urgentes.

— Entendo. — Ela suspira. — Entre. Ter essa conversa no hall de entrada é *déclassé*.

Nós a seguimos até a sala de estar, e sinto Eros como uma nuvem de tempestade atrás de mim. Sua energia mudou nos poucos minutos desde que chegamos. Se minha sensibilidade não me engana, ele passou da frieza para a fúria gelada. E minha mãe é o alvo.

Pensando nisso, seguro a mão dele e o faço sentar ao meu lado no sofá. Não *acho* que Eros vai machucá-la, mas é perfeitamente capaz disso. Há momentos em que odeio minha mãe, mas ela é minha mãe, e não a quero ferida.

Desconfio de que esse sentimento conflituoso seja semelhante ao que ele tem por Afrodite.

Minha mãe se acomoda na poltrona à nossa frente e ajeita a saia do vestido, a imagem da rainha paciente.

— Agora me diga em que encrenca você se meteu.

— Podemos dizer que *você* a meteu nessa encrenca. — A voz de Eros é dura.

Ponho a mão sobre a coxa dele e começo a falar. Conto tudo. Ah, omito a parte do sexo porque não é da conta dela, mas recito a sequência de acontecimentos ao longo dos últimos dias e explico como viemos parar onde estamos. Quando termino, minha mãe está um pouco pálida e absolutamente furiosa.

Ela parece fazer um esforço enorme para relaxar as mãos nos braços da cadeira.

— Eu vou matar essa mulher.

— Não vai — respondo antes que Eros possa reagir. — Não a queremos morta.

— E *você*. — Seus olhos, voltam-se para ele. — Pensou que minhas ameaças não tinham fundamento? Você ameaçou minha filha. Você...

— Mãe. — Minha voz é de aço. — Chega. Eros não me fez mal algum.

— Discordo. Ele te prejudicou com esse casamento.

Deixo o comentário sem resposta, porque essa é uma discussão que não vou ganhar.

— Não importa, está feito. Se tentar eliminar Afrodite, levo tudo que sei sobre você à imprensa. Todos os acordos sórdidos e os movimentos questionáveis. O malabarismo que fez para tentar trazer Perséfone de volta à cidade superior. O trabalho de limpeza depois da morte de Zeus. Cada detalhe.

Ela finalmente desiste de encarar Eros e olha para mim.

— Está *me* ameaçando para garantir a segurança da mulher que quer você morta?

— Se quer colocar nesses termos...

— Por quê?

Porque amo Eros e não quero que ele seja prejudicado, mesmo que isso me ponha em risco. Matar Afrodite vai prejudicar meu marido. Ele não precisa me dizer nada disso para eu entender.

Mas não é o que falo. Mesmo que acreditassem em mim, os dois me chamariam de idiota por diversos motivos. Minha mãe nunca deixou as emoções atrapalharem seus planos e suas ambições. E Eros? A única coisa que ele me ofereceu foi segurança e sexo. Nada mais leve, nada *mais*.

— Porque eu vou escolher o método da minha vingança. — Isso ela entenderia.

Minha mãe assente, afinal.

— Não gosto disso, mas vou acatar sua vontade. — E aponta para Eros. — Mas saiba que, se acontecer alguma coisa com minha filha, eu reduzo seu legado a cinzas.

— Anotado.

— Queria que marcasse uma reunião minha com Poseidon. — Eu mesma faria isso, mas posso contar nos dedos de uma das mãos quantas vezes o vi em eventos no último ano, e, mesmo antes disso, ele nunca circulou muito nas festas de Zeus. Se eu aparecer no estaleiro sem ter sido convidada, duvido que consiga acesso a ele.

Sem mencionar que Poseidon odeia Eros, o que significa que não posso contar com nenhuma ajuda desse lado.

Ela franze a testa.

— Poseidon? Devia usar seu tempo para se aproximar de Hades ou Zeus. Poseidon não gosta de jogos de poder.

Eu sei. É com isso que estou contando. Ele costuma ficar longe das intrigas que se desenvolvem entre os Treze, mas, como detentor de um título legado, tem o poder inerente a ele. Minha mãe só tem acesso a ele porque é responsável pela alimentação do Olimpo. A maior parte dos alimentos vem das terras no entorno da cidade, mas há certas coisas que não podem ser cultivadas localmente. Poseidon é responsável pelas importações e exportações, um dos poucos que pode entrar e sair do Olimpo quando quer. Isso resultou em um bom relacionamento de trabalho entre ele e minha mãe.

Precisamos de Poseidon e Hades ao nosso lado, antes de eu voltar a procurar Zeus.

— Por favor, mãe.

Ela assente.

— Vou cuidar disso, mas não posso prometer nada rápido. O homem gosta de ignorar minhas ligações quando pode.

— Tenho certeza de que é capaz de abordá-lo.

— É claro que sou. — Ela se levanta. — Agora preciso terminar de me arrumar para um evento. Você sabe onde fica a saída. — Ela faz uma pausa. — Obrigada por me contar, Psiquê.

— Pode me agradecer encerrando as negociações com Zeus.

Minha mãe sorri para mim e desaparece no corredor para a suíte principal. Não chego a suspirar aliviada quando ela some, mas parte da energia de guerra me abandona. Olho para Eros. Eu...

— Conversamos no carro. — Ele aponta com o queixo para alguma coisa atrás de mim, e, quando me viro, vejo Calisto ali parada.

Tensa, espero que ameace Eros como todo mundo que faz parte da minha vida insiste em fazer. Mas é para mim que ela lança seu olhar duro.

— Isso é verdade? A mamãe ainda quer o título de Hera para uma de nós?

Engulo em seco.

— Sim, mas...

— Não fala que ela vai recuar. Nós duas sabemos que não vai. Se a situação com Perséfone não foi suficiente para ela desistir, nada vai ser. — Ela acena com os dedos na direção de Eros. — Ele é um monstro, mas não é nenhum Hades.

— Obrigado — Eros resmunga.

— Calisto, vamos dar um jeito.

Ela sorri, mas o olhar permanece frio. Minha irmã se aproxima de mim e me segura pelos ombros.

— Você e Perséfone estão cuidando de nós há muito tempo. Eu cuido disso.

Sinto um medo real.

— Não pode matá-lo.

— Eu sei. — Calisto afaga meus ombros e abaixa as mãos.

— Mas...

— Preocupe-se com você, Psiquê. Se Afrodite encostar um dedo em você, vou fazer o que aconteceu com o último Zeus parecer uma morte doce. — E sai da sala.

Merda. Merda. *Merda!*

— Isso é péssimo.

— Psiquê. — Eros espera até que eu olhe para ele. — Não pode lutar todas as batalhas ao mesmo tempo. Temos de escalar nossas prioridades, e neste momento temos preocupações maiores que os possíveis planos da sua mãe para casar suas irmãs. Você resolve isso depois que encerrarmos o assunto com Afrodite.

Ele está certo. Sei que está. Mas não é fácil superar anos de responsabilidade e preocupação. Sempre trabalhei com Perséfone para administrar a raiva de Calisto e proteger Eurídice do pior que o Olimpo tem a oferecer. Abrir mão disso me apavora, um pavor completamente diferente do que sinto por ter de lidar com Afrodite.

Mas deixo Eros me levar ao elevador, pelo saguão e para a rua. Tenho de acreditar que minha irmã sabe o que está fazendo e que não vai nos meter em uma confusão ainda maior.

Espero que Calisto seja digna dessa confiança. Se não for, as coisas vão se complicar muito.

29

EROS

Levo Psiquê para casa. Não há nada a ser feito esta noite, e ela parece tão abalada quanto eu. Esperava honestamente que Zeus intercedesse. Zeus é... *Era* um amigo. Devia saber que isso não significava nada nesta porcaria de cidade.

Mas temos leis por um motivo, e todos sabem o que aconteceu na última vez que um membro dos Treze se voltou contra outro. O último Hades — e sua esposa — foram assassinados, e depois disso o Olimpo passou trinta anos convencido de que esse título havia desaparecido. Essas mortes foram a razão para termos uma lei que proíbe que os Treze se matem. O objetivo é salvaguardar os títulos e as famílias de todos.

Supostamente, se essa lei for violada, todo o peso dos outros membros dos Treze cairá sobre o transgressor.

Indiscutivelmente, isso me submeteria às consequências por minha participação nos esquemas de minha mãe, mas é um preço pequeno a pagar se servir para garantir a segurança de Psiquê.

Estranho como minhas prioridades mudaram tanto em tão pouco tempo.

Olho para minha esposa, que olha pela janela com ar contemplativo. Talvez não seja tão estranho. Sou um filho da mãe egoísta. Ela é importante para mim, então é claro que não quero que seja prejudicada. É assim, simples e complicado.

Quando chegamos à minha cobertura, Psiquê reduz a velocidade dos passos na entrada e olha para a estátua por um longo instante.

— Meu plano pode não funcionar. Se Zeus e os outros admitirem que Afrodite foi responsável por isso, vão ter de tomar providências, e é muito mais fácil fazer vista grossa.

Paro atrás de Psiquê e a enlaço pela cintura, puxando-a contra o peito com gentileza.

— Hades vai te ajudar.

— Eu sei. Minha irmã vai garantir essa parte. — Ela suspira. — Mas, em última análise, Hades é um só. Mesmo com minha mãe envolvida, são dois dos Treze. Não são números muito animadores, seja qual for a análise.

Psiquê tem razão. Fecho os olhos e inalo seu cheirinho de biscoito. Temos de fazer isso dar certo. Minha mãe é esperta, astuta e ambiciosa, mas, quando cisma com alguém, fica obcecada a ponto de não enxergar mais nada. *Vai* recuar, se conseguirmos o apoio de um número significativo de membros dos Treze. Acredito que sim. *Preciso* acreditar. Mas...

— Se o plano falhar, vou resolver isso. — Não importa quais meios eu tenha de usar. Não quero. Porra, não quero que chegue a esse ponto, mas não vou deixar que Psiquê seja atingida. Esse é o meu limite, o que não vou ultrapassar, independentemente de quem mais vai sofrer as consequências. Mesmo que *eu* tenha que arcar com elas.

Psiquê se vira em meus braços e agarra minha camisa.

— Não, Eros. Não vou permitir que faça isso. Nem que custe minha vida.

Ela está falando sério. A sinceridade está estampada em seu rosto bonito. Deuses, essa mulher me mata. Eu a puxo para mais perto, como se a pressão do corpo contra o meu fosse suficiente para banir meus pensamentos obscuros. Não funciona. É claro que não funciona. Deixo escapar uma risada amarga.

— Eu perco de qualquer jeito.

— Como assim?

— Ainda não percebeu, Psiquê? Eu gosto de você. E te perder vai me machucar.

Ela balança a cabeça.

— Está falando por falar.

— Não estou. — Respiro fundo e apoio a testa na sua. — Quando estou com você, me sinto humano. Eu *sinto*, porra! Entende o que isso significa para uma pessoa como eu? Pensei que essas partes estivessem mortas e enterradas tão fundo que nunca mais veriam a luz. Tive de eliminá-las para continuar fazendo o que era esperado de mim.

— Eros...

Mas não terminei.

— Mesmo assim, não sei se sou realmente capaz de amar, não como uma pessoa normal ama. Não importa. Gosto de você, e racionalizar o que sinto não vai mudar a realidade. Nem perca seu tempo.

Ela emite um ruído que pode ser uma risada... ou um soluço.

— Estamos muito ferrados.

— Acho que é óbvio. — Deslizo as mãos nas costas dela. — Prometi que vou te proteger, e é o que pretendo fazer.

— E você?

— Como assim, e eu?

Ela se inclina para trás e me fita nos olhos.

— Quem vai te proteger, Eros?

— Não entendi a pergunta.

De novo aquele barulhinho estranho. Agora que posso enxergar seu rosto, reconheço que é uma risada.

— Não, é claro que não entende. Está tão empenhado em arrancar o próprio coração em busca de me proteger que nunca pensou que eu poderia sentir a mesma coisa. — Ela puxa minha camisa. — Não vou deixar você pagar o preço de prejudicar sua mãe. Vamos encontrar outro jeito.

— Talvez não exista outro jeito. — É horrível admitir. A situação seria muito mais simples se eu de fato não tivesse um coração para arrancar do peito, se fosse tão insensível quanto minha mãe tentou me tornar. — Não quero discutir. Só estou estabelecendo os fatos.

Psiquê sorri, mas seus olhos continuam perturbados.

— Eu também. Não vou deixar você carregar esse fardo. Nem por mim nem por ninguém. Vamos encontrar outra solução.

Podemos ter essa conversa mil vezes e não vamos mudar os fatos. Afago Psiquê.

— Devia comer alguma coisa.

Ela faz uma careta.

— Boa maneira de mudar de assunto.

— Nada vai ser decidido até amanhã, na melhor das hipóteses, e hoje você pulou no mínimo uma refeição. — Algo a que eu devia ter estado atento, mas é muita coisa acontecendo ao mesmo tempo, estou deixando de fazer coisas importantes. Inclusive as que não deveria deixar de fazer, como garantir que Psiquê esteja bem cuidada. Ela já se mostrou determinada e incansável quando se trata de garantir que vai cair em pé. É um ponto favorável, mas também significa que ignora necessidades que considera menores, enquanto dá atenção às maiores. — Vem.

Seguro sua mão, satisfeito por Psiquê não resistir. É mais fácil me concentrar nesse ponto de contato, em medir os passos necessários para nos levar até a cozinha, do que voltar a pensar no que ela disse antes.

Ela gosta de mim.

Importa-se comigo, não quer que eu seja prejudicado, ainda que sejam consequências dos meus atos.

Não sei o que fazer com essa informação. Parte de mim quer cantar vitória, e o restante só tenta entender o que isso significa. Não sou alguém que precisa de proteção. Sou a faca no escuro, a ameaça pronta para ser lançada contra qualquer inimigo que surgir. Para que merda preciso de um escudo?

Mas é isso que Psiquê está oferecendo, do seu jeito. Talvez não um escudo; uma descrição melhor do que ela me oferece é um lugar seguro onde pousar. As duas ideias são estranhas para mim, tanto quanto desenvolver asas nas costas e voar.

— Quer um sanduíche?

— Quero.

Começo a preparar um para cada um, à medida que ela me observa. Percebo mais uma vez quanto é *fácil* estar com Psiquê. Mesmo quando estamos nos desafiando ou trepando até eu não conseguir pensar direito, encaixamos na vida um do outro quase sem atrito. É um presente que nunca esperei receber. E me faz... querer coisas. Coisas que nunca imaginei que fossem para mim.

Tipo filhos.

— Estava falando sério quando disse que queria ter filhos, Psiquê?

Ela se sobressalta.

— O quê?

Corto seu sanduíche ao meio e empurro o prato por cima do balcão na direção dela.

— É uma pergunta simples.

— Eu... — Ela olha para o prato, depois para mim. — Sim. Estava. Não foi só um truque para provocar sua empatia. Quero mesmo ter uma família.

Há um mês, eu teria gargalhado até expulsar daqui qualquer pessoa que sugerisse que eu poderia querer a mesma coisa. Mas, desde a conversa com Zeus, não consegui tirar da cabeça a imagem desse tipo de futuro com Psiquê. Quero tudo. Não importa se ela merece alguém melhor que eu. Nenhum outro parceiro atearia fogo ao mundo inteiro por ela, como eu. Não sei se seria um bom pai — nunca tive um exemplo —, porém acho que poderíamos aprender a ser pais. Juntos.

Sei que não devo lhe dizer no que estou pensando. Temos um problema gigante para resolver, antes que eu possa falar sobre qualquer coisa que tenha a ver com futuro. Mesmo assim, se conseguirmos remover a ameaça que minha mãe representa, isso também elimina os motivos para estarmos casados. Não vou conseguir fazê-la ficar; nem sou cruel o bastante para obrigá-la a aceitar um para sempre se ela quiser ir embora.

Pensamentos incômodos, desesperados.

Que porra eu vou fazer?

Terminamos a refeição em silêncio. O que mais há para dizer? Ao mesmo tempo, quero amarrá-la a mim para sempre e ficar quieto, evitar dizer qualquer coisa que nenhum de nós vai poder apagar. Admitir que gosto dela é uma coisa. Revelar a verdade que me consome por dentro é outra. Não consigo admitir isso nem para mim mesmo.

Eu a amo.

Testo as palavras enquanto escovamos os dentes, um momento doméstico que deve ser corriqueiro para os casais comuns, mas que desejo gravar para sempre na memória, porque isso também é insubstituível. Todos esses pequenos momentos com ela são novos, e, se acontecer alguma coisa com Psiquê ou isso desabar na minha cabeça, vou ter de vender essa merda de cobertura e me mudar, porque Psiquê conseguiu gravar sua presença em cada pedacinho de espaço no pouco tempo desde que estamos juntos.

Nunca vou conseguir dormir na minha cama lembrando todo o prazer que demos um ao outro ali. Nunca mais vou preparar as refeições na minha cozinha sem lembrar cada palavra de cada conversa que tivemos ali. E o hall de entrada? Esqueça.

Ela não teve tempo nem de fazer as modificações que queria no espaço principal. Não vou conseguir viver aqui imaginando quais mudanças ela teria feito se tivesse tido tempo. Isso vai me matar.

— Eros.

Percebo que estou olhando para o meu reflexo no espelho há muito tempo e balanço a cabeça.

— Não é nada. Tudo bem.

— Tem certeza?

Não. Nem um pouquinho. Olho para ela. Seria muito simples beijá-la e eliminar a necessidade de qualquer outra palavra esta noite. Sei que seu corpo oferece salvação que não encontro em nenhum outro lugar. Mas fomos além de só trepar, e acho que nós dois sabemos disso.

— Psiquê.

Ela enrola o cabelo no dedo, franze a testa.

— Sim?

— Eu... — Porra, por que é tão difícil? Pigarreio e tento de novo. — Eu preciso de você hoje.

Seu rosto fica mais relaxado.

— Tudo bem.

Isso quase me faz rir. Eu riria, se houvesse ar suficiente neste banheiro para encher meus pulmões.

— Não vai perguntar para que preciso de você, antes de concordar?

— Não. — Ela sorri. — Por quê? Devo ficar com medo?

Se ela soubesse o que está passando pela minha cabeça, o jeito como quero prendê-la a mim de todas as maneiras possíveis, poderia ficar. Esfrego a mão no peito.

— Eu... quero te abraçar esta noite.

Isso a surpreende.

— Abraçar? Pensei que ia propor algum tipo de perversão sexual.

— Talvez mais tarde. — Deveria. Ela já admitiu que não consegue separar sexo de envolvimento emocional, então seduzi-la é o caminho mais certo para fazer Psiquê se apaixonar por mim assim como me apaixonei por ela.

Mas hoje à noite não tem a ver com a minha necessidade. Preciso do corpo dela colado ao lado do meu, enquanto fico deitado contando os movimentos de sua respiração estável. Só preciso abraçá-la. Desvio o olhar e sei que estou vermelho, apesar de todo o esforço.

— Tudo bem. Deixa pra lá.

— Não. Não, desculpa. Essa resposta foi idiota. — Ela se aproxima e me abraça. É criminoso como seu corpo se encaixa perfeitamente no meu. Como posso continuar vivendo depois de saber que existe uma pessoa que é a outra metade do meu quebra-cabeça? Droga, estou perdido.

Ela me aperta.

— Vestidos ou sem roupa?

— Sem roupa.

Ela ri baixinho.

— Ok. Vem. — Psiquê me solta e sai do banheiro, e vou atrás dela. Vejo minha esposa se despir a caminho da nossa cama. Ela olha para mim por cima do ombro. — Estava olhando para a minha bunda, não estava?

— Vai me condenar? Sua bunda é maravilhosa. — Grande e boa de morder.

— Eu sei. — Ela se deita embaixo das cobertas e escorrega para o lado, abrindo espaço para mim.

Tiro a roupa rapidamente e vou me deitar com ela. Os lençóis estão frios, e Psiquê cola o corpo ao meu e encosta o nariz em meu pescoço.

— Você mantém este lugar muito frio.

Deito de barriga para cima, com ela cobrindo metade do meu peito. Isso. É disso que preciso. Sinto as batidas de seu coração em minhas costelas, sua respiração na pele. Um lembrete de que está aqui, segura, e vai ficar assim a noite toda.

Ela enrosca as pernas nas minhas e se aproxima mais.

— Eros?

— Hum? — Passo os dedos em seu cabelo, deliciando-me com o peso das mechas na palma da mão.

— Eu estava falando sério. Não vou deixar as coisas chegarem ao ponto em que você tenha de fazer uma escolha... Escolher entre mim e sua mãe. Tem uma solução para isso. Só preciso de tempo para encontrá-la.

Fecho os olhos, deixando o peso do corpo sobre o meu reduzir a velocidade dos meus pensamentos.

— Se existe alguém que pode encontrar essa solução, esse alguém é você.

— Só... confia em mim, está bem?

— Eu confio. — É verdade. Não temos tempo e nem espaço suficiente para criar um plano melhor do que já temos, mas tudo depende de Deméter conseguir marcar a reunião com Poseidon. — Agora dorme.

— Vou dormir. — Psiquê me aperta com força. — Vamos pensar nisso juntos. Prometo.

Quando o sono chega e me envolve, quase acredito nela.

30

PSIQUÊ

Quando a manhã chega, tenho uma espécie de plano reserva. Não é um bom plano, e, se eu contá-lo a Eros, ele pode me trancar na sala segura e jogar a chave fora. De todas as coisas que nunca esperei desse casamento, a que mais me surpreende é como ele me protege. Não só em relação ao problema atual com a mãe dele. Eros está constantemente... cuidando de mim.

E não é encenação.

Eros tem o que quer de mim, absolutamente tudo. Somos casados. Fazemos sexo. Considerando como a história de Clio sobre nós dois chegou a vários sites de fofoca hoje de manhã, estamos conseguindo convencer o Olimpo de que nossa história de amor é para sempre. Ele não tem motivo algum para mentir para mim, nem com palavras nem com atos.

E isso significa que estava falando sério ontem à noite. Eros gosta de mim. Não sou ingênua a ponto de pensar que gostar significa amar, mas é mais do que eu poderia sonhar. É quase o suficiente para me dar esperança.

Primeiro temos de sobreviver ao confronto iminente com Afrodite.

Meu celular vibra na mesa de cabeceira, e me estico o suficiente para pegá-lo sem incomodar Eros, que está abraçado a mim. Ele me abraçou desse jeito durante a noite toda, apertando-me como se pensasse que eu poderia sair da cama no escuro e nunca mais voltar.

Considerando que foi exatamente isso que minha irmã fez com Hades quando ela saiu para salvá-la do último Zeus, Eros não está em uma situação muito diferente aqui. Eu poderia dizer que ele não tem com que se preocupar nesse sentido; tentar lidar com Afrodite escondido vai ser um tremendo tiro no pé. Manter as coisas fora do radar foi o que nos colocou nessa confusão. É hora de abrir o jogo, expor o problema.

Vejo o nome da minha irmã na tela e deslizo o dedo sobre o ícone para atender a ligação.

— Cedo demais para você, Perséfone.

— Cedo, ou tarde. — Ela parece um pouco ofegante. — Por que Hades está recebendo ligações da mamãe e de Zeus hoje?

Estão trabalhando depressa, o que não sugere nada de bom. Eu planejava ligar para Perséfone esta manhã e colocá-la a par dos acontecimentos, mas, se queria ficar à frente da movimentação toda, devia ter feito isso ontem à noite. Não gosto de saber que nossa mãe já está em pé e se movimentando. A conversa com Poseidon não deve ter dado bons resultados. Suspiro.

— Tivemos um probleminha.

— Um problema maior do que você se casar com Eros sem avisar ninguém?

— Perséfone, pensei que isso estivesse superado.

— Faz menos de uma semana. Não superamos.

Reviro os olhos, frustrada e confortada com sua atitude protetora. Nessa situação, é normal e esperado.

— Se não fosse Eros, teria sido Zeus.

Minha irmã fica em silêncio por um longo instante.

— Ela não fez isso. De novo, não.

— Mamãe é determinada. Você sabe. Ela decidiu que uma de nós vai ser Hera.

Perséfone fala um palavrão.

— Tudo bem, lidamos com isso mais tarde. No momento, preciso saber o que aconteceu com você, porque parece que isso é mais urgente.

— Afrodite tentou me matar. — É bom dizer isso em voz alta, é quase catártico.

— *O quê?*

— É isso. — Sinto Eros tenso ao meu lado, um anúncio silencioso de que está acordado. — Zeus não vai interferir se não levarmos provas definitivas, por isso planejamos conseguir o apoio de Hades e Poseidon para pressioná-lo. Nem Afrodite consegue enfrentar esses três.

Perséfone fica em silêncio por um instante.

— Não é um plano ruim, mas também não é bom.

— Eu sei.

Outra pausa.

— Você já pensou em um plano B.

Minha irmã me conhece muito bem. Normalmente, eu gostaria de ouvir sua opinião sobre o que tenho em mente, mas Eros está ao meu lado, ouvindo tudo.

— Vamos tentar isso primeiro — respondo, por fim. E é verdade. O fato de achar que não vai dar certo não significa que tenho razão. Quero muito estar errada.

— Hades vai te apoiar.

Isso me faz sorrir.

— Não vai conversar com ele primeiro?

— Não preciso. Primeiro porque ele está bem aqui, ouvindo tudo como um marido intrometido. E segundo porque ele é seu cunhado e gosta de você, então é evidente que vai fazer o que for necessário para garantir sua segurança. Certo, Hades?

Ouço uma resposta afirmativa abafada ao fundo. Bem, essa parte está resolvida. Não esperava nada diferente, mas me surpreendi tanto na última semana que não trato mais nada como garantido.

— Obrigada.

— Ele vai falar com Zeus, mas você precisa cuidar de Poseidon. Normalmente, ele fica fora desse tipo de situação, só um incidente muito sério o convenceria a se envolver nisso.

Eu sei disso.

— Vou deixar a mamãe cuidar do assunto. — Ficamos em silêncio por um momento, pensando no que nossa mãe pode fazer para conquistar a cooperação do homem. Estremeço. — Tenho de levantar e dar uns telefonemas.

— Está bem, se cuida. Se precisar de nós, estamos aqui.

Minha garganta fica apertada, e tenho de engolir com esforço para empurrar as palavras além desse nó.

— Amo você.

— Também te amo.

Jogo o telefone de lado e me viro nos braços de Eros para olhar para ele.

— Você ouviu.

— Ouvi. — Ele me abraça mais forte. Para um homem tão frio, Eros gosta de me tocar. Quase tanto quanto eu gosto de ser tocada por ele. Meu marido apoia o queixo em minha cabeça. — Um já foi, falta o último.

Beijo seu peito, desfrutando da proximidade. É como se tivéssemos ultrapassado um marco. Não sei o que o futuro vai trazer se conseguirmos superar toda essa confusão, mas um tipo estranho de esperança se aloja em meu peito. Eu o amo. Ele gosta de mim, o que parece indicar que pode me amar, se tiver oportunidade.

— Eros?

— Sim?

Tento guardar os pensamentos para mim, mas nunca consegui ficar de boca fechada perto desse homem. Em especial quando seus sentimentos estão em jogo.

— Ontem à noite, você disse que não sabe amar.

Ele fica tenso.

— Não sei.

— Está enganado.

Eros deixa escapar uma risadinha sufocada.

— Vamos aceitar, eu sou mercadoria danificada.

— Para com isso. — Sento na cama. — Para de falar de você desse jeito. Eu não deixaria ninguém falar de você com essa crueldade, e também não vou aceitar que você faça o mesmo.

O choque em seu rosto fere meu coração.

— É verdade.
— Eros, você ama Helena.
Ele faz uma careta.
— Ela é como uma irmã para mim.
— Eu sei. — Apoio a mão no centro de seu peito. — E você a ama como uma irmã. Esse amor conta. Pode-se dizer que é ainda mais importante que o amor romântico, porque o sexo confunde muito as coisas.
Ele abre a boca, hesita, e finalmente cobre minha mão com a sua.
— É difícil argumentar contra isso.
— Porque estou certa. — Respiro fundo. — Se o que temos vai ou não vai se transformar em amor, nenhum de nós dois tem controle sobre isso. — Mesmo que seja tarde demais para mim. — Mas nunca duvide de que é capaz disso.
Eros estuda meu rosto por um momento, depois sorri.
— Eu não mereço você, sério.
— Não, mesmo. — Dou risada. — Mas não pelos motivos que citou antes. Eu é que sou uma joia rara.
— Eu sei.
O momento se prolonga, e aquelas três palavras dançam na ponta de minha língua. *Eu te amo.* Não posso dizê-las. Não agora, depois dessa conversa. Vai parecer que estou tentando manipular Eros, ou pior, que espero que diga a mesma coisa imediatamente.
Desesperada por uma distração, pigarreio.
— Estou morrendo de fome.
Isso o coloca em movimento, como eu esperava.
— Vamos comer, então.
Uma hora depois, comemos e tomamos banho. Estamos planejando o restante do dia quando meu celular toca. Prendo a respiração ao notar que é minha mãe.
— Alô?
— Poseidon está fora. Lamento, Psiquê. Tentei usar todo tipo de argumento, mas ele se recusa a entrar na história.
A decepção enfraquece minhas pernas. Consigo cair na cadeira e evitar o chão, mas é por pouco.
— Entendo.

— Ele é jovem, teimoso e ingênuo, e ainda acredita que pode participar desse jogo do jeito dele, sem descer ao fundo do poço onde todos nós estamos. Se me der um tempo...

— Obrigada, mas não é necessário. — Tempo é uma coisa que não tenho. Neste momento, Afrodite deve estar ordenando o próximo ataque. Ela não lida bem com decepção, e, sob seu ponto de vista, eu a superei duas vezes. Não vai permitir que aconteça pela terceira vez. — Vou cuidar disso.

— Psiquê... — Pela primeira vez desde que consigo lembrar, minha mãe parece insegura. — Deixe-me ajudar.

Palavras terrivelmente venenosas ameaçam sair de mim. *Eu não estaria nessa situação se Afrodite não te odiasse tanto. Eu não estaria nem no Olimpo, se sua ambição não fosse tão grande.* Não as pronuncio. Em última análise, tenho quase tanta responsabilidade nesta situação quanto os demais envolvidos. Podia ser como Perséfone e tentar encontrar um jeito de sair do Olimpo. Esse nunca foi meu objetivo. Também fiz minha parte no jogo e agora tenho de articular uma jogada melhor do que todas que jamais fiz.

Perder é morrer.

Inspiro lentamente.

— Tenho tudo sob controle. Ligo para você mais tarde. — Desligo, olho para Eros e descubro que ele me observa. — Poseidon não vai interferir.

— A chance era muito pequena, mas eu esperava estar errado. — Ele fica parado, como costuma fazer quando está pensativo, e vislumbro a frieza em seus traços. — Vou cuidar disso.

— Eros, não. — Meu corpo recupera a força, uma reação provocada pelo pânico. Eu me aproximo dele e seguro suas mãos. — Não. Não pode fazer mal à sua mãe.

— Não quero. — Ele parece sofrer. — Mas ambos sabemos que ela não vai parar. — Eros balança a cabeça lentamente. — Não tem outro jeito. O tempo está passando.

Sei disso. Tenho consciência de cada segundo.

— Eros, por favor. — Deslizo as mãos por seu peitoral e seguro seu rosto. Deuses, acho que vou chorar. — Eu te amo. — Dizer isso agora é um movimento cruel, baixo e tão manipulador quanto eu temia que fosse. Não me importo. Vou fazer coisa pior para impedi-lo de levar isso adiante. É a verdade, afinal.

Se achava que Eros estava parado antes, agora está praticamente congelado.

— Repete.

— Eros, eu te amo. — As palavras saem da minha boca com muita facilidade. Meus dedos mergulham em seus cachos dourados. — Eu te amo.

Seu rosto reflete agonia.

— Eu estava falando sério. Não mereço isso.

— Amor não tem a ver com merecimento. Não é condicional... ou não deveria ser, pelo menos.

Ele segura meu quadril.

— Eu, de todas as pessoas, não mereço ser amado por você. — Eros respira fundo. — Mas foda-se. Você disse isso. Não pode voltar atrás.

Sorrio, apesar da sensação de que meu coração está se partindo.

— Por favor, não vai. Por favor, me dá um tempo para pensar em outra solução. — Para pôr em movimento as coisas que o salvarão disso.

Ele segura minhas mãos e as tira de sua cabeça. Eros beija uma palma, depois a outra.

— Prometi que vou garantir sua segurança. É exatamente isso que vou fazer. — Eros me solta e dá um passo para trás. — Vai para a sala segura e fica lá até eu voltar. Não abre a porta para ninguém, só para mim.

Estou perdendo Eros. Talvez o tenha perdido no momento em que Poseidon se retirou da equação. Não sei, mas sinto Eros escorregando por entre meus dedos, apesar de estar bem ali, na minha frente. Ele pode pensar que é um monstro, no entanto, se isso fosse verdade, não seria capaz de se importar comigo como se importa.

Se ele fizer mal à própria mãe, vai perder o pouco que resta de sua alma.

Não posso permitir isso, não por mim.

— Eros, por favor.

Ele me beija com delicadeza. Parece um adeus.

— Fica na sala segura, Psiquê. Promete.

— Prometo — sussurro. É a primeira vez que minto para ele desde que nos casamos.

Ele assente e me solta.

— Não vou demorar.

Fico ali com o coração apertado enquanto ele veste o casaco e calça os sapatos. O som da porta é alto demais no silêncio da cobertura. Percebo que estou contando baixinho.

— Um... dois... três... — No vinte, faço um esforço para me mover.

O primeiro passo é o mais difícil. Estou fazendo uma aposta alta. Além de estar apostando minha vida, Eros talvez nunca me perdoe pelo que vou fazer.

Não importa. Eu pago esse preço com prazer se servir para poupá-lo de carregar o peso de ter feito mal a uma das poucas pessoas de quem gosta no mundo.

Pego o celular e, na pressa, quase o derrubo. Só tem uma pessoa a quem posso recorrer, e essa é realmente a aposta alta. Respiro fundo e faço a ligação.

Helena atende com voz de quem estava dormindo.

— Alô?

— Helena, preciso do número de Afrodite.

— Oi, Psiquê. Que bom falar com você. Estou bem, obrigada por perguntar.

Engulo a necessidade de gritar.

— Helena — falo devagar —, Eros está encrencado, e preciso do número de Afrodite. Não tenho tempo para explicar o porquê.

Ela fica em silêncio por um instante.

— Gosto de você, Psiquê, mas Afrodite me esfola viva se souber que dei o número dela a você. Pede para o Eros.

— Helena! — Subo o tom, apesar do esforço para me manter calma. — Eros vai matar Afrodite.

— *O quê?* Ele nunca faria isso. O relacionamento dos dois é tóxico pra cacete, mas ela é mãe dele.

— Eu sei, por isso preciso do número dela, e tem de ser agora.

Mais uma pausa, desta vez mais curta. Finalmente, ela diz:

— Se isso for mentira e ele acabar sofrendo as consequências, eu acabo com você. Não vai sobrar nada quando eu terminar.

— Se eu não conseguir fazer o que estou pensando, fique à vontade, vai me fazer um favor. O número, Helena, por favor.

Ela resmunga um palavrão e recita o número. Desligo sem me despedir. Tempo é essencial, mas ainda me permito alguns segundos para respirar e pôr a cabeça no lugar. Só tenho uma chance; não posso me dar ao luxo de errar.

Meu coração está longe do ritmo normal quando ligo para o número de Afrodite. Tudo bem. Ela não vai acreditar em mim se eu estiver muito calma. É esperta o bastante para sentir que tem mais coisa por trás disso do que parece, e minha missão é garantir que ela esteja tão interessada na possibilidade de me pegar que não se preocupe com uma armadilha. Ou que seja arrogante o bastante para pensar que uma armadilha minha jamais a prenderia.

Quando atende, ela é fria como gelo.

— Afrodite falando.

— Mudei de ideia. — Não preciso fingir o tremor na voz. — Não escolhi nada disso, quero sair. Você pode me tirar do Olimpo, não pode?

Ela não hesita.

— Psiquê? Que prazer ouvir sua voz. Reconheço que estou surpresa com o contato.

Droga, isso tem que ser mais rápido. Respiro fundo.

— Quero sair. Você quer que eu saia. Isso interessa a nós duas.

— E eu aqui pensando que você e meu filho viviam uma história de amor. — As palavras são ácidas.

— Você sabe que não.

Afrodite ri.

— É, eu sei. Deu o passo maior do que a perna com Eros, mas isso não vem ao caso. Qual é a proposta?

— Vai me encontrar no... Sei lá, nos jardins da área da universidade? Se conseguir me mandar para fora daqui no próximo carregamento que sair das docas, nunca vai mais me ver. — O tremor em minha voz fica mais forte. — Não escolhi nada disso. Não quero morrer.

— É claro que não, meu bem. Ninguém quer morrer. — Ela fica em silêncio, parece estar considerando a oferta. — Tive a impressão de que não pretendia deixar a cidade.

— Não é fácil sair do Olimpo — retruco, irritada.

— Hum, é verdade. — Outra pausa. — Eu tiro você daqui. Encontro você nos jardins hoje à noite.

— Não! — Percebo que gritei e me advirto mentalmente. — Eros saiu para resolver alguma coisa. Precisa ser agora. Se eu não sair antes de ele voltar, ele vai me manter aqui.

Afrodite suspira.

— É, meu filho é bem teimoso quando enfia alguma coisa na cabeça. Acho que posso mudar minha agenda de hoje. Vou te encontrar nos jardins em uma hora.

Quase não tenho tempo para chegar lá com alguma folga. Já estou pegando o casaco e correndo para a porta.

— Certo. Obrigada, Afrodite.

Consigo ouvir o sorriso maldoso em sua voz.

— Por nada, querida. Mães sabem o que é melhor, afinal de contas.

31

EROS

Não sei o que alguém deve sentir quando está a caminho de ameaçar e, possivelmente, matar a própria mãe. Eu não sinto nada. Só tenho lampejos de memória e pensamentos que julgava ter enterrado há muito tempo.

Aos oito anos, encontrei minha mãe chorando no sofá. Aos soluços, ela me disse que a cidade inteira estava contra ela. Prometi que sempre a protegeria.

Aos treze anos, era capaz de detalhar com perfeição todos os inimigos de minha mãe, os que ela dizia querer mortos. Relatava-lhe detalhes pessoais sobre eles e seus supostos pecados, e ela sorria para mim como se eu fosse sua pessoa favorita no mundo.

Aos dezessete, minha mãe me pediu um favor, uma coisinha pequena. Foi muito fácil fazer as perguntas certas, que revelaram a verdade sobre Apolo e Dafne. Ela então despejou sobre mim toda a sua atenção, como o sol de verão.

Aos dezoito, disse a ela pela primeira vez que não atenderia a um pedido. Lembro o modo como ela removeu rapidamente sua atenção, sua presença. Como me puniu com crueldade desaparecendo por dias, semanas, até que finalmente cedi e fiz o que ela pedia. Minha mãe pode ser um monstro, mas é a única família que tenho. Não fui forte o bastante para resistir ao gelo que ela me deu. Não tinha mais ninguém.

Aos vinte e um anos, entendi a lição que devia ter aprendido anos antes: ela não me ama de verdade. Duvido que seja capaz disso. Afrodite me vê como uma ferramenta conveniente que pega e larga de acordo com a necessidade. Todos os momentos de suavidade, as lágrimas, as mágoas, todos foram armas que ela usou contra mim. Entender isso matou alguma coisa aqui dentro, algo que nunca pensei que poderia recuperar, até conhecer Psiquê.

Depois disso, Afrodite recorreu a medidas mais extremas para me controlar sempre que eu a enfrentava.

Mesmo com todos os anos de amor e ressentimento que se transformaram em ódio, a verdade é que ela tem sido a única constante em minha vida. Desorientação ou luz que guia, ela sempre esteve ali. Nunca pensei que um dia não estaria.

Que um dia seria minha a mão que a levaria à morte.

Demoro quarenta minutos para chegar ao prédio dela. Minha mãe passa a maior parte do tempo no entorno da Dodona Tower, mas mora na periferia do distrito dos teatros. Nunca consegui entender se ela realmente gosta de teatro ou se gosta apenas de ser patrona e musa dos artistas. De qualquer maneira, foi ela quem me levou aos espetáculos que acabaram por me conduzir ao Bacchae.

Ela mora em uma casa, em vez de um dos muitos arranha-céus que entopem o Olimpo. Tem até um quintalzinho com cerca, e é por lá que entro na propriedade, pelo portão da alameda nos fundos. Devia ter seguranças cuidando da casa, insisti para isso, mas ela os dispensou novamente, pelo jeito. Afrodite odeia ter uma escolta de pessoas armadas, por isso se livra delas sempre que tem a oportunidade. Isso me irritava além do que posso explicar.

Agora, me favorece.

Paro no quintal. Na primavera, é uma explosão de cores e flores, tudo muito bem cuidado e pronto para ser fotografado. Nunca entendi isso. Afrodite é anfitriã de muitos eventos, mas raramente em casa. É raro postar fotos deste espaço. É quase como se toda essa beleza fosse só para si, mas não posso pensar no assunto agora.

Uso minha chave para abrir a porta dos fundos e entro sem me anunciar. É domingo, ela deve estar em casa. Afrodite não frequenta nenhuma igreja e prefere os domingos preguiçosos, já que não precisa aparecer em público.

Mas a casa está estranhamente vazia.

Ando de cômodo em cômodo, odiando a enxurrada de lembranças que cada um provoca. Cresci nesta casa e, se minha infância muitas vezes foi privada de ternura e segurança, ela não foi tão ruim. Paro na porta do meu antigo quarto. É uma relíquia do passado, e está exatamente como o deixei quando saí de casa, aos dezoito anos, desesperado para colocar alguma distância entre mim e minha mãe. Uma cama king size, lençóis caros, um travesseiro sobre o colchão enorme.

Entro no quarto e olho em volta. Não há pôsteres nas paredes, mas há duas pinturas emolduradas que minha mãe me deu de presente durante uma fase particularmente angustiada. O pseudônimo do artista que as pintou é Morte, o que me pareceu muito apropriado na época, e as telas dão ênfases nas mãos machucadas e encharcadas de cor, transmitindo uma impressão de violência cometida recentemente.

Sobre a escrivaninha há papéis, fotos e bobagens aleatórias que adolescentes colecionam. Bilhetes de Helena. Tarefas do colégio que nunca joguei fora. Cadernos cheios de comentários e pensamentos reunidos durante minhas primeiras e frágeis tentativas de vigilância.

Abro o armário e vejo o cofre das armas lá dentro. Isso é algo que a maioria dos adolescentes não tem. Abaixo-me e digito a senha, mais por força do hábito do que por qualquer outra coisa. Embora mantenha várias armas e venenos na cobertura, usar o arsenal que Afrodite mantém sob seu teto é melhor para este cenário. Minha mãe não vai sentir nada; vai dormir, apenas, nem vai saber de nada.

Não posso pensar que esse é o mesmo veneno que eu pretendia usar em Psiquê.

Há muitas coisas em que não posso pensar agora.

Abro o cofre e me surpreendo.

— Que porra é essa?

Uma das armas desapareceu. Passo a mão sobre o espaço vazio. Estava aqui duas semanas atrás, quando Afrodite solicitou minha presença para um jantar. Onde foi parar?

Sinto um arrepio na nuca. Tem alguma coisa muito errada. Deixei as emoções me dominarem, e elas encobriram a única coisa em que eu *devia* estar pensando. Ou melhor, a pergunta que deveria estar fazendo.

Onde está Afrodite?

O celular vibra no meu bolso quando me levanto. Pego o aparelho, vejo o nome de Helena e recuso a chamada. Falo com ela mais tarde. Mas o telefone vibra de novo antes que o devolva ao bolso. Helena de novo. Franzo a testa e atendo.

— Estou ocupado.

— Eros, acho que Psiquê está com algum problema. Ou melhor, sua mãe está. Não sei, mas está acontecendo alguma coisa e você precisa saber disso.

O medo que já ameaçava me dominar cresce.

— Fala devagar e explica isso direito.

Ela respira fundo, como se tivesse corrido.

— Há mais ou menos uma hora, Psiquê me ligou e disse que precisava do número de Afrodite para te impedir de fazer alguma coisa, algo que você não poderia desfazer. E eu... pensei que ela ia... Deuses, nem sei o que pensei, mas o DeOlhoNaMusa acabou de postar uma foto de Psiquê nos jardins da universidade e outra de Afrodite, dirigindo em direção aos jardins. Desculpa, demorei muito para ligar os pontos, mas acho que elas vão se encontrar, e não vai demorar.

Ela não faria isso.

Mas me lembro da expressão determinada no rosto de minha esposa e percebo que ela faria, com toda a certeza.

— Você deu o número do telefone da minha mãe para Psiquê.

— Eu não sabia o que fazer. Sua mãe é uma cretina, mas é sua mãe. Não pode... Não posso ficar parada e deixar que alguma coisa aconteça com ela. Você vai se arrepender pelo resto da vida. — Porque a mãe de Helena morreu e não há como mudar esse fato. — Pensei que Psiquê tivesse um plano, mas nunca imaginei que o plano era um confronto direto com Afrodite.

— Você não tinha como saber.

— Existe alguma coisa que eu possa fazer?

Evito dizer que ela já fez o suficiente. Helena não tem culpa por Psiquê e eu estarmos nessa confusão. Ela só fez o que achou melhor, e não posso a condenar por isso.

— Fica atenta ao DeOlhoNaMusa e me avisa se tiver alguma atualização.

— Ok. Eros, sinto muito, de verdade.

— Eu sei. — Desligo e tento pensar.

Se Psiquê foi vista nos jardins da universidade e minha mãe está a caminho, é lá que vão se encontrar. Tenho uma chance de controlar a situação, e envolver mais gente acrescenta muitos elementos incontroláveis. Penso nas minhas opções. Se eu for de carro, vou perder alguns minutos procurando uma vaga , um tempo que não tenho à disposição.

Respiro fundo. Minha mãe foi de carro. É claro, ela jamais percorreria a pé a distância entre sua casa e os jardins. Isso me dá um tempo.

Começo a correr.

Enquanto meus passos devoram os quarteirões que me separam dos jardins, pensamentos frenéticos ocupam minha cabeça. Por que Psiquê faria isso? Por que correria esse *risco*?

Mas... eu sei por quê, não sei?

O amor transforma todo mundo em idiotas. Nunca percebi que isso era uma verdade tão literal. Estamos tão determinados a salvar o outro de dor e sofrimento que nos colocamos justamente à mercê dessas coisas. Psiquê é tão ardilosa e inteligente que me deixa maluco, mas minha mãe tem outro tipo de inteligência. E está armada. Nunca imaginei que ela sujaria as mãos, mas Psiquê a superou em todas as suas tentativas. Quando é encurralada, Afrodite ataca sem hesitar.

Vai atacar Psiquê.

Não posso perdê-la. Acabei de encontrá-la, porra.

Quando chego aos jardins, estou ofegante e suando. Onde Psiquê pode estar? Penso desesperado em quando estivemos ali juntos. Faz só alguns dias? Parece uma vida. Percorremos as alamedas até que não pudéssemos ser vistos da rua, e ela comentou que aquela era sua parte preferida do jardim. Aposto que foi para lá.

Meu corpo dói quando acelero o passo. Meus sapatos não são apropriados para correr, mas quase nem sinto a dor. Especialmente quando viro em uma esquina e vejo Psiquê encarando minha mãe. Ela está segurando a *minha* arma com as duas mãos, com uma postura horrorosa, mas a uma distância de onde é impossível errar. Minha esposa se encolhe contra os gravetos que ela disse que eram flores.

Paro, tento não surpreender minha mãe e induzi-la a apertar o gatilho. Levanto as mãos.

— Chega, mãe.

Ela não olha para mim.

— Vai embora, Eros. Tenho tudo sob controle aqui. — Sua voz é tão tranquila que ela poderia estar falando sobre o clima.

— Não posso deixar você fazer isso. — Não consigo pensar, não sei o que fazer para garantir que Afrodite abaixe a arma sem apertar o gatilho. Tudo em mim é pânico, e pânico vai causar a morte de Psiquê. Chego um pouco mais perto, bem devagar.

— Vai para casa, Psiquê. Eu resolvo isso.

— Ela está armada! — Sua voz treme, e ela está semiabaixada, com os braços erguidos, como se isso fosse suficiente para deter uma bala. Também está em pânico, e não há nada que eu possa fazer sobre isso. — Ela vai me matar!

— Não vai. Não vou permitir. — Espero não estar mentindo.

Dou mais um passo lento à frente, mas Afrodite balança a cabeça.

— Não se aproxime mais, senão eu atiro.

Isso me faz parar, e sinto o coração bater na garganta. Tenho de encontrar as palavras certas para dizer, mas meu cérebro é só estática. E não estou perto o bastante para tentar desarmá-la, então preciso tentar.

— Vai correr o risco de atrair a fúria de Zeus por causa disso?

— Sim, e muito mais. — Ela não desvia o olhar de Psiquê. — Mas não sou eu quem vai matar a filha de Deméter, Eros. É *você*.

Só então entendo. O casaco que ela não usa há anos. As luvas de couro que vão eliminar os resíduos de pólvora — e suas digitais. As únicas digitais na arma registrada em meu nome serão as minhas.

O medo me reveste de gelo. Ela vai realmente fazer o que pretende. Não é um blefe.

— Por que eu mataria minha esposa? Eu a amo.

— Não mente para mim. — Seu rosto bonito se transforma em uma imagem horrível. — Você não ama essa vadia. Não é capaz de amar. Ela já devia estar morta, Eros. E o coração dela deveria estar em uma bandeja. Que porra deu em você para se *casar* com ela?

Psiquê não está chorando, mas parece bem perto disso.

— Por que quer me matar? Nunca fiz nada contra você! — Ela treme tanto que tem de unir as mãos diante do peito.

Afrodite vira um pouco o corpo para não me perder de vista, enquanto encara minha esposa.

— Sua mãe fez muita coisa. Ela precisa de um pouco de humildade. Ela não vai escolher a próxima Hera. *Eu* vou.

Psiquê choraminga.

— Mas isso não tem nada a ver comigo.

— Tem tudo a ver com você. — Ela se inclina para a frente, mostra os dentes. — Deméter realmente acredita que *você* é boa o bastante para se casar com Zeus. Olha para você. Uma gorda brincando de faz de conta.

— Não pedi nada disso!

— Acorda, garota. Ninguém pede nada no Olimpo. — Afrodite ri, e é um som descontrolado e insano. — Não pode nadar com os tubarões e depois chorar para não ser devorada. Você tentou participar do jogo e perdeu. — Ela muda de posição, levanta um pouco a arma. — Agora vai pagar o preço.

— Já *chega*. — Dou mais um passo, mas minha mãe me faz parar ao mostrar que o dedo está no gatilho. Se estivesse apontando a arma para mim, eu não hesitaria. Correria o risco. Mas não vou arriscar a vida de Psiquê. — Não vai falar com ela desse jeito. Não vai atacá-la por ela ser melhor do que você, mais bonita do que você por dentro e por fora. Abaixa a porra da arma, mãe.

— Esta conversa acabou!

Psiquê suspira.

— É, acho que sim. Já estou mais que farta. E o restante do Olimpo também. — Sua voz não treme mais, o medo desapareceu como se nunca tivesse existido, restam apenas a calma fria e a determinação de aço. Ela se abaixa e pega um celular do canteiro de flores atrás dela. Vira a tela para Afrodite, e, por um momento, a calma dá lugar a um sorriso trêmulo. — Então é isso, como vocês podem ver, não está tudo bem. Não tem nada bem. Afrodite quer me matar e incriminar meu marido.

Afrodite está boquiaberta.

— Você está fazendo uma live.

— Cem mil pessoas assistindo, e não para de aumentar. Antes do fim do dia, o Olimpo inteiro terá escutado você confessar que está tentando me matar. — O sorriso trêmulo de Psiquê fica mais firme. — Tubarões não são os únicos predadores no oceano, Afrodite.

Puta merda. *Puta merda!* Não vai ter como empurrar essa sujeira para baixo do tapete nem fingir que nunca aconteceu. Ela acabou de abrir caminho para uma transferência de poder; minha mãe não vai conseguir manter o título de Afrodite depois disso. O alívio me deixa zonzo.

— Acabou. Não tem como escapar dessa. Finalmente acabou.

— Não acaba enquanto eu não disser que acabou! — Afrodite está de frente para Psiquê, e sua expressão é feia, carregada de ódio. — Se eu cair, você cai comigo!

— Não! — Corro, me movo mais depressa do que jamais me mexi antes. E sei que não vou ser rápido o bastante. A distância entre mim e Afrodite é muito grande, muito maior do que a distância entre o dedo dela e o gatilho.

Não conto com Psiquê.

Ela avança, joga-se em cima de Afrodite, segura seus punhos e os levanta, aponta as mãos dela para o céu no momento do disparo. Depois pisa forte nos pés de minha mãe, arranca a arma das mãos dela e a arremessa longe. Afrodite xinga, mas Psiquê a joga no chão. Toda essa ação acontece em dois segundos.

Agarro Psiquê e a envolvo em meus braços. Sei que ela não foi atingida pelo tiro, mas não consigo me conter, procuro ferimentos em seu corpo.

— Está machucada?

— Estou bem. Em segurança. Nós dois estamos.

— Puta que pariu. — Aponto para minha mãe, que está tentando se sentar no chão. — *Não* se mexe.

Ouço sirenes distantes. Psiquê apoia a testa em meu peito por um momento, depois levanta a cabeça.

— Agora é hora do último ato.

32

PSIQUÊ

As coisas acontecem depressa depois disso. O pessoal de Ares chega. Metade da equipe leva Afrodite em uma van preta; a outra metade nos conduz até a Dodona Tower para uma audiência com Zeus. Ótimo. Tenho umas coisinhas para dizer a ele.

Eros senta ao meu lado no banco detrás do carro. Ele não disse uma palavra desde que o pessoal de Ares chegou. Ficou perto de mim, mas não consigo ler a expressão em seu rosto. Está me dando um gelo. Abro a boca para falar, mas desisto antes de a primeira palavra escapar. Não estamos sozinhos, e isso tudo tem de ser resolvido antes que possamos ter uma conversa honesta.

Não sei se ele vai me perdoar por mentir e agir por conta própria.

Chegamos à Dodona Tower e somos levados ao escritório de Zeus, que está à nossa espera na mesma posição em que estava em nossa última reunião. Ele levanta a cabeça quando entramos na sala e olha para os soldados atrás de nós.

— Podem sair.

Eles obedecem de imediato.

Nunca quis adquirir poder por causa do poder em si, mas essa capacidade de dar ordens e ser respeitada seria muito útil. Especialmente agora.

Zeus massageia as têmporas, parece meio cansado, mas isso passa, e ele volta a ser o homem frio e implacável que sempre foi em minha presença.

— Quando eu disse que precisava de provas, não sugeri que transmitisse essas evidências para metade do Olimpo.

— O Olimpo inteiro terá visto até a hora do jantar. — Uno as mãos na frente do corpo, torço para que ele não perceba o tremor. — Em particular, depois que o DeOlhoNaMusa retransmitir, e sabemos que isso vai acontecer. Uma Afrodite homicida produz manchetes suculentas.

— Ela vai ser exilada. — Zeus encosta na cadeira. — Era isso que queria, não era?

Era exatamente o que eu queria. Matar Afrodite, seja uma execução legal ou não, vai ferir Eros. Ele já sofreu demais, o suficiente para uma vida inteira. Sei que não posso o proteger de tudo para sempre, mas isso eu posso fazer.

— Sim, era o que eu queria.

Zeus olha para Eros.

— E você tem muitos crimes nas costas. Eu poderia exilar você também. Não são só os Treze que pagam o preço por desrespeitar uma das nossas leis mais sagradas. Quem participa do plano também é responsabilizado.

— Não! — grito.

Zeus balança a cabeça.

— Eu teria imposto a punição. No entanto, a situação mudou.

Isso é tão inesperado que o encaro sem me manifestar. O que pode ter mudado a ponto de salvar Eros da punição?

— Porque tudo foi transmitido ao vivo?

— Não. — Ele me encara por um longo momento. — Porque você agora é da família, e isso permite que você e seu marido tenham alguma leniência, infelizmente. Portanto, não vou acusar formalmente nenhum dos dois. No entanto, vou dar um aviso, e vai ser o último. Se continuarem tramando, aprontando e complicando minha vida, transformo os dois em exemplo.

Família? Não entendi.

— Do que está falando?

Ele se inclina sobre a mesa e aperta uma tecla do telefone.

— Mande-a entrar.

A porta se abre atrás de mim, e ouço passos familiares. O horror me mantém plantada no lugar, mas não me salva da verdade. Minha irmã mais velha passa por mim e Eros, contorna a mesa e para atrás do ombro de Zeus. Calisto usa um vestido preto, e o corte simples só realça sua beleza incisiva. Ela não toca em Zeus, mantém uns trinta centímetros de distância, mas não há como negar os fatos.

Está ali, no diamante enorme em seu dedo.

— Não — murmuro.

Zeus não parece muito envaidecido. Ele só aparenta tédio com toda essa conversa.

— O noivado será anunciado em questão de dias. O casamento vai acontecer na primavera. Você não fará nada para impedir nem dificultar, senão *vou* exilar todos os membros da sua família. — Ele olha para Eros. — E seu marido.

— Mas... — Engulo o protesto quando Calisto balança a cabeça de modo discreto. Quando ela disse que ia cuidar disso, tive medo de que tentasse assassinar Zeus ou cometer alguma outra violência. Nunca pensei que ela aceitaria *se casar* com ele. Eu me lembro do que ela disse no dia anterior.

Você e Perséfone estão cuidando de nós há muito tempo. Eu cuido disso.

Tenho de respeitar sua escolha; mesmo que não a entenda, conheço Calisto bem o bastante para acreditar que alguém a obrigou a isso; teria sido impossível se ela não quisesse tomar essa decisão.

Pigarreio.

— Bem-vindo à família, Zeus.

— Melhor assim, mas espero sorrisos e comentários felizes quando anunciarmos oficialmente o noivado. Não aceito menos que entusiasmo e apoio. — Ele olha pela janela por um longo momento, depois novamente para nós. — Isso encerra o assunto. Não terão permissão para fazer contato com Afrodite até ela ser removida da cidade. Vai haver uma coletiva de imprensa de manhã, e *não* quero vocês lá.

— Vai modificar a história.

— É claro que vou. — Ele balança a cabeça. — Vão para casa. Fiquem lá. Continuem trocando olhares apaixonados por um mês, pelo menos. Não quero nem saber o que vão fazer depois, mas insisto nesse período para evitar que as pessoas comecem a fazer perguntas incômodas. Entenderam?

— Sim — sussurro.

Zeus olha para Eros com frieza.

— E você?

— Perfeitamente.

— Ótimo. Agora saiam do meu escritório.

Não sei se teria argumentado mais. Eros não me dá essa chance; apoia a mão em minhas costas e me guia para fora da sala. É um toque sutil, mas nem por isso menos dominador. Não nos pronunciamos enquanto o elevador desce até o piso térreo. Só então ele hesita.

— Está preparada para andar até nossa casa?

Nossa casa.

Ele fala com tranquilidade, sem hesitação nem tropeços. Como se a cobertura fosse realmente nossa, não só dele. Como se esse casamento não fosse só uma farsa. Um mês. Um mês é tudo que nos resta. Depois disso, não teremos mais motivos para continuar casados. Nenhuma razão, exceto o amor que ameaça abrir um buraco em meu peito.

Eros disse à mãe que me ama. Ele me disse que gosta de mim. Mas passamos tanto tempo fingindo para outras pessoas que não sei mais o que é real e o que não é.

— Estou, sim.

— Ótimo. — Ele segura meu braço e me leva na direção do prédio.

Meio quarteirão depois, os sentimentos me dominam.

— Eros...

— Aqui não.

É claro. Estamos na rua, onde todo mundo pode nos ouvir. Eu devia estar sorrindo para ele como a recém-casada que sou, mas não consigo.

À medida que estamos em movimento, tudo fica bem, porém, assim que entramos na cobertura de Eros e ele fecha a porta, meus joelhos desistem de mim.

Ele me pega antes que eu chegue ao chão. É claro que sim. Eros me carrega para o quarto que se tornou nosso. Ele me põe na cama e se abaixa ao meu lado. Ainda vejo a frieza em seus olhos, mas o jeito como segura minhas mãos é doce e carinhoso.

— Respira, Psiquê.

— Estou respirando. — Mas minha voz é aguda, trêmula. E não consigo parar de tremer. — O que está acontecendo comigo?

— Baixa de adrenalina. — Ele massageia minhas mãos com suavidade. — Vai passar.

Ele sabe. Já esteve em situações perigosas muitas vezes. Só enfrentei duas delas, e a sensação que borbulhou dentro de mim depois da tentativa de assassinato no estacionamento não foi nada comparada a isso.

Sinto a garganta comprimida, mas preciso falar.

— Desculpa.

Ele me encara, intrigado.

— Do que está falando?

— Desculpa. Você disse para eu ficar aqui, mas eu não podia. Não podia deixar você carregar o fardo de fazer mal a ela. É sua mãe.

— Ela é um monstro.

— E isso não significa que você não a ama.

Ele suspira e se deita comigo na cama.

— Não, isso não me impede de amá-la, se é que se pode chamar isso de amor. Eu... estou furioso. Você se colocou em perigo, não falou comigo. Pensei que ia encontrá-la morta. Não posso... Psiquê, não me interessa quais fardos tenho de carregar, eles valem a pena se você estiver em segurança.

Estendo a mão e, hesitante, toco seu cabelo.

— Eu tinha tudo sob controle.

— Agora eu sei disso, mas eram muitas variáveis. — Eros balança a cabeça. — Estava fingindo, não estava? Aquele medo todo.

Sinto um arrepio quando penso no momento em que me encolhi no chão e olhei para o cano da arma.

— Mais ou menos. Ela precisava pensar que tinha vencido. É vaidosa demais para não falar em voz alta todas as coisas feias, e eu precisava daquilo no vídeo.

— Você é aterrorizante. Sabe disso? Absolutamente aterrorizante.

— Não sei se isso é um elogio.

— Também não sei. — Ele encosta a testa na minha, um toque que ameniza um pouco a tensão em meu peito. — É isso. Temos um mês.

E, do nada, essa história está de volta.

— Foi o que Zeus disse. Acho que não há nada que possa contestar a narrativa que ele vai criar, e depois que anunciar o noivado com Calisto... Não acredito que ela fez isso.

— Sério? Eu acredito. — Eros tira minha mão do seu cabelo e entrelaça os dedos nos meus. — Sua irmã vai ser Hera.

— Parece que sim. — Não consigo pensar em como isso vai ser. O último Zeus teve três Heras enquanto manteve o título. Dizem que matou as duas últimas, mas nunca foi acusado formalmente. O resultado é que o título de Hera ficou vazio. Tecnicamente, ela ainda tem obrigações e uma área para comandar, assim como os outros Treze, mas as últimas três pessoas que ocuparam essa função foram suplantadas por Zeus. Não sei o que minha irmã vai fazer com o título, mas posso garantir que ela não vai ser a esposa fácil e maleável que o Zeus *atual* espera ter.

Mas não quero falar sobre Calisto.

Respiro lentamente e olho para nossas mãos unidas.

— Boa parte disso foi fingimento. Desde o começo, estamos mentindo para o público.

— Eu te dou o divórcio.

— O quê? — Olho para ele, surpresa.

— Divórcio. — A noite de inverno lá fora é mais quente que a voz de Eros. — Você se casou comigo para ter segurança contra as ameaças de minha mãe. Ela não é mais uma ameaça, e sei que você não teria escolhido nada disso. Quando esse mês passar, vou providenciar os documentos do divórcio. Pode ter o que quiser. Fez por merecer.

Tenho de soltar suas mãos para não fazer algo de que vou me arrepender.

— Eros.

— Sim?

— Posso acabar de falar, antes de se jogar do precipício para me salvar de você?

É a vez de ele reagir surpreso.

— Sou tão monstruoso quanto minha mãe. Isso é um fato empírico.
— Você falou a verdade para sua mãe? Você me ama?
— Não sei que importância isso tem.

Deuses, esse homem. Seguro seu rosto e o aproximo do meu, quase perto o bastante para um beijo.

— Responde.

Sua respiração toca meus lábios.

— Sim, eu disse a verdade. Eu te amo. Mas isso não é motivo para te manter acorrentada a mim. Sou um filho da mãe egoísta e pensei que seria capaz disso, mas não suporto pensar em você presa. Nem por mim.

Fecho os olhos. É isso ou vou cair no choro em cima dele, o que vai dar a impressão errada.

— Eros, talvez você seja um monstro, mas é o *meu* monstro. Eu também te amo. Não quero droga nenhuma de divórcio. Quero você.

Ele fica em silêncio por tanto tempo que abro os olhos. Eros está me fitando e toca meu rosto com a mão trêmula.

— Se está falando sério...
— Estou.
— Pensa bem, Psiquê. Não fale se não tiver certeza. Não posso... Não tenho forças para desistir de você duas vezes.

Viro a cabeça e beijo sua mão.

— Não precisa desistir de mim.
— Felizmente. — Ele me abraça, aperta-me com força. Sinto o tremor das mãos dele no corpo todo.

Beijo seu pescoço, o queixo, o canto da boca.

— Estou aqui. Vou estar sempre aqui. — E o beijo de verdade. Ele me abraça mais forte, como se não conseguisse proximidade suficiente, e sinto a mesma coisa. As coisas poderiam ter dado errado hoje. Não deram, mas isso não muda o fato de que preciso desse homem. Agora. Esta noite. Para sempre. Interrompo o beijo só para dizer: — Eros.

Ele já está em movimento, em pé, arrancando as roupas.

— Preciso de você.
— Sim. — Deixo que ele tire meu vestido e o atire longe. E então ele está aqui, em cima de mim, tocando todo o meu corpo como se

quisesse garantir que estou inteira, que estou aqui. Empurro seus ombros, e ele rola e me deixa montar seu corpo.

Deuses, o jeito como esse homem me observa.

Ele segura meu quadril, me devora com seus olhos azuis.

— Você me faz pensar em virar fotógrafo.

A surpresa me faz rir.

— Eros, não pode estar pensando em tirar fotos safadas.

— É exatamente o que estou sugerindo. — Ele segura meus seios e se levanta para beijá-los. — Só para nós. Vai ser sempre só para nós.

Lembro novamente que temos *tempo*. Podemos viver cada fantasia, explorar cada nuance dessa coisa que ganhou vida entre nós. Giro o quadril, esfrego-me em seu membro.

— Com uma condição.

— Qual?

Sorrio, tão feliz que me sinto exuberante.

— Você vai me pegar na frente de todos os espelhos da casa, marido. Vamos dar uma utilidade para eles.

Ele me beija.

— Isso vai levar anos, esposa.

— Ótimo.

Eros sorri sem afastar a boca da minha.

— Essa é minha garota. — Eros desliza a mão entre nós, e levanto o quadril para ele poder encaixar o membro. Continuo beijando sua boca e começo a me mexer, aceitando-o por inteiro dentro de mim, guiada por suas mãos em meu quadril.

Só quando me penetra completamente é que paro e apoio as mãos em seu peitoral.

— Amo você.

Ele sorri, um sorriso feliz e livre de todas as sombras.

— Fala de novo.

Cavalgo lentamente, garantindo-nos com toque e prazer que isso é real, que não vai desaparecer.

— Amo você.

Eros toca meu clitóris, e cada movimento leva o prazer um degrau acima, um grau mais quente.

— De novo, esposa.

— Outra vez? Sério? — Gemo e acelero o ritmo.

— Nunca vou me cansar de ouvir você dizer isso. — Eros me aperta com mais força, me faz mexer mais depressa, vai atrás do orgasmo que já sinto se formando dentro de mim. — Também amo você, Psiquê. Amo muito.

Palavras e toque se juntam, e estou perdida. O orgasmo explode em ondas, e eu grito:

— Amo você!

Eros me joga na cama e me penetra mais fundo, mais rápido, seu rosto tomado por necessidade e amor. Ele me abraça, me aperta enquanto se move dentro de mim. Enterro as unhas em sua bunda e o puxo para mais perto, precisando deste momento de conexão tanto quanto ele. Quando chega ao orgasmo, ele cola o rosto em meu pescoço.

Eros começa a sair de mim, mas eu o seguro. Envolvo sua cintura com as pernas e o mantenho bem perto.

— Ainda não. Não vou te soltar.

— Não precisa me soltar nunca. — Ele beija meu rosto e levanta a cabeça para poder olhar para mim. Eros sorri, um sorriso meio de lado. — Olha para nós. A Bela e a Fera. Com final feliz e tudo. Talvez os contos de fada existam.

— Você é muito mais bonito que a Fera jamais foi.

Ele ri.

— E muito mais feroz do que ele jamais poderia ser.

— Não ligo. Fera, monstro, homem, para mim não importa. Você é meu, Eros Ambrosia. — Levanto a cabeça e beijo sua boca. — E eu sou sua.

EPÍLOGO

EROS

— Está pronto?

— Quase. — Termino de abotoar a camisa e olho para o espelho. Estou bem. Melhor que bem. O terno é novo, criação de Juliette, e o caimento é tão superior que entendo por que ela cobra tão caro. O roxo intenso devia ser ridículo, mas ficou ótimo. Quem olha para mim não percebe que estou com o estômago fervendo de nervosismo.

Psiquê está encostada no batente da porta. Pronta para a foto, como sempre, com uma blusa floral e saia cor-de-rosa que desce ampla até os tornozelos.

— Para de enrolar, vamos chegar atrasados.

— Podemos só não ir. — Eu me aproximo dela. — Posso tirar essa sua saia bonita e esquecer que horas são.

— Eros. — Ela sorri, mas seus olhos cor de avelã são sérios. — Não tem motivo para ficar nervoso. É só um jantar na casa da minha mãe.

— É um jantar de *domingo* na casa da sua mãe, com toda a sua família. — Também é a primeira vez que conseguimos comparecer desde que Afrodite foi exilada, há um mês. Como Zeus temia, minha mãe criou muitos problemas na saída. Nomeou *Éris* como sua herdeira, o que provocou uma onda de fofocas na cidade superior. Eu nem sabia que Éris estava trabalhando subordinada a Afrodite, e parece que fazia anos. Sua indicação significa que dois dos Treze são da família Kasios, o que leva todo mundo a especular como isso vai afetar o equilíbrio de poder daqui para a frente.

Éris, é claro, não achou que devia tranquilizar ninguém. Desconfio de que ela está florescendo no caos.

Deméter anda ocupada apagando fogueiras políticas e se aproximando da nova Afrodite com cuidado, na tentativa de entender como vai ser a relação entre ambas. E agora Ares está doente, e tudo indica que não vai se recuperar...

Sim, o Olimpo está uma merda.

Ironicamente, esse foi o mês mais feliz da minha vida.

Quando sigo Psiquê para fora do quarto até a cozinha e pego o vinho que comprei para levar ao jantar, evidências dessa felicidade estão em todos os lugares para onde olho. O potinho de chaves que Psiquê comprou no mercado de inverno na cidade inferior com suas cores berrantes, rosa, amarelo e um tom azulado de verde. Os copos personalizados iguais — um copo de uísque para ela, uma taça de vinho para mim — no escorredor de louça, gravados com inscrições em letras estilizadas, *Dela* e *Dele*. Ela se divertiu muito tirando fotos de nós dois bebendo desses copos e as publicou nas redes sociais.

A mesa de jantar sempre exibe um arranjo de flores frescas, e elas sempre parecem combinar com a roupa que Psiquê vestia ao comprá-las. Debocho dela e digo que é vaidosa, mas adoro tudo isso. É como se minha esposa deixasse um pedaço de si na cobertura quando sai.

Todos os cômodos receberam novos detalhes. Travesseiros extras no nosso quarto. Uma manta de tricô na sala, junto a uma pilha de livros que, a julgar pelos dorsos marcados, ela releu muitas vezes.

Paro diante da minha adição favorita. Psiquê revira os olhos, mas está sorrindo.

— Toda vez isso!

— Ficamos bem juntos. É um desperdício não apreciar. — Na parede do hall de entrada, tem uma ampliação enorme da foto do nosso casamento. É de que mais gosto do álbum, nosso primeiro beijo como casal. Hermes nos fez um grande favor e saiu do enquadramento, embora eu não tenha percebido na hora.

— Você é um emocionado. — Psiquê me empurra com o ombro. — Vamos, marido. Não queremos chegar atrasados.

Passo um braço em torno de sua cintura e pegamos o elevador para a garagem. É *fácil* demais estar com Psiquê, ouvindo-a falar em detalhes sobre seus planos de divulgar uma nova designer recomendada por Juliette, especializada em roupas plus size, tão fácil que me esqueço de ficar nervoso quando estamos do lado externo do prédio onde sua mãe mora.

Meu peito fica apertado quando olho para a porta.

— Quais são as chances de ela decidir me envenenar?

— Podemos fingir que está realmente preocupado com isso, se quiser. — Ela segura minha mão sobre o console central. — Ou podemos falar sobre o problema real.

— Não me diz que Deméter não é capaz de envenenar alguém.

— Eu nem sonharia com isso.

— Quer me acalmar ou não? Está se divertindo com isso.

— Um pouco — ela admite. — É tão raro te ver nervoso!

— Psiquê.

— Eros. — Ela afaga minha mão. — Amo você. Minha mãe pode ter resistido à ideia no início, mas se conformou. Não vai ser mais difícil que o normal durante o jantar, e homicídio não faz parte da lista de possibilidades.

A família de Psiquê é importante para ela. A coisa *mais* importante. Ela me ama, mas as irmãs são sua fortaleza. Até a mãe, apesar de todas as brigas, exerce papel fundamental em sua vida. Se eu não conseguir viver em paz com elas, realmente em paz, isso pode nos afastar no futuro. Pode fazer com que se *machuque*.

Engulo em seco.

— Vamos.

Ela me solta só para descer do carro, depois segura minha mão novamente quando nos dirigimos ao prédio. Posso fingir que é simplesmente pela alegria de me tocar, mas é evidente que ela me oferece seu apoio silencioso. Sou grato por isso.

Já enfrentei inúmeras situações perigosas. Matei pessoas. Andei sem piscar com os piores predadores que o Olimpo tem a oferecer.

É claro que um jantar em família me deixaria nervoso. Corro o risco de passar mal.

O apartamento de Deméter continua idêntico ao que era na última vez em que estivemos aqui, em uma das muitas viagens para levar o guarda-roupa de Psiquê para nossa casa. O quarto de hóspedes já virou uma réplica perfeita de seu quarto aqui, por isso contratei um empreiteiro para reformar todo o espaço e transformá-lo em um closet gigante. Vai ser uma surpresa de aniversário para ela no mês que vem. Assim que Psiquê aprovar o projeto, começamos a obra.

Espero minha esposa me levar à cozinha, onde ouço Deméter e Perséfone conversando em voz baixa, mas ela passa direto pela porta e me leva à escada. Resmungo um palavrão quando tropeço em um degrau.

— Se queria uma rapidinha, a gente podia ter transado no carro, não na casa da sua mãe.

— Engraçadinho. Quero te mostrar uma coisa.

— A sua...

— *Eros.* — Ela finge estar irritada, mas se esforça para não rir.

— Foco.

— Estou completamente focado. — A brincadeira diminui um pouco a tensão. Não importa o que mais o dia de hoje pode trazer, *isso* é sempre igual. Deixo Psiquê me conduzir como se eu fosse seu brinquedo favorito até pararmos na frente da parede de fotos.

— Olha.

Aqui não é igual ao que vi na última vez. Tem duas fotos novas. A primeira é uma ampliação em preto e branco de Hades e Perséfone. Ela usa um vestido de noiva branco e tradicional. Tem até um véu cobrindo o cabelo loiro. Ele, é claro, está de terno preto, mas sem a habitual expressão carrancuda. Em vez disso, Hades olha para a noiva com um sorriso indulgente. Ela sorri também, praticamente irradiando luz. É tão doce que sinto um arrepio nos dentes.

Psiquê puxa meu braço.

— Sim, sim, minha irmã é linda. Mas *esta aqui.* — Ela aponta para a segunda adição. Ali, ao lado do retrato de Hades e Perséfone, tem uma em que apareço ao lado de Psiquê. Não é da cerimônia, mas é uma das fotos para as quais posamos depois do casamento. Estou segurando-a com um braço em torno de sua cintura, e a outra mão levantando seu queixo com a evidente intenção de beijá-la. Ela parece doce, feliz e perfeita.

E eu?

Meu coração está nos olhos.

Não se esqueça do significado desta foto estar aqui, entre as outras fotos felizes das mulheres Dimitriou. Deméter pode não ter me recebido na família de braços abertos e com palavras doces, mas, ao pendurar essa foto, está me acolhendo em sua família.

Dou risada, apesar do nó na garganta.

— Ora, ora.

— Que foi?

Não consigo traduzir essa sensação estranha com palavras. Nunca tive uma família, não uma família em que cada interação não fosse transacional, pelo menos. Uma acolhida carinhosa, mesmo tão sutil, me faz sentir estranho e constrangido, como se não soubesse o que fazer com as mãos.

— Sua mãe tem um jeito direto de acolher alguém na família.

— Ela tem, não tem? — Psiquê se apoia em meu braço. — Ei.

— O quê?

— Te amo.

Beijo sua boca cor-de-rosa.

— Também te amo. Agora vamos descer e cumprimentar sua mãe.

Encontramos todas as Dimitriou na cozinha. E Hades, o que me surpreende. Ele arqueia as sobrancelhas ao me ver, mas parece satisfeito em seu canto, longe das mulheres que interagem como uma boa equipe. Psiquê afaga minha mão mais uma vez e vai se juntar a elas.

Eurídice mexe o que parece ser um molho marinara enquanto conversa com Perséfone, que tira pães quentes do forno. Deméter despeja a massa cozida em um escorredor, enxágua e gesticula para Perséfone se afastar, antes de despejar o macarrão no molho. Calisto corta vegetais para uma salada e maneja a faca com uma velocidade que faz meu estômago encolher. Psiquê lava as mãos e começa a transferir os vegetais picados para uma tigela gigantesca na qual já tem alface.

Vou me juntar a Hades do outro lado da ilha da cozinha.
— Elas são sempre assim? — murmuro.
— Sim.

Ninguém tropeça na outra. Ninguém hesita. E conseguem fazer tudo isso sem parar de falar. É impressionante. Não só a competência, mas o amor que se pode sentir a cada palavra, a cada movimento.

— Então isso é uma família de verdade. — Não pretendia falar em voz alta. Muito menos para Hades ouvir.

Ele ri.

— É, também fiquei muito chocado nas primeiras vezes. Você vai se acostumar. E pode até ser legal, de vez em quando, principalmente quando elas deixam você ajudar.

Percebo que Hades é outra pessoa no Olimpo que não teve muita experiência com família. Os pais morreram quando ele era garoto.

— Que coragem entrar nesse furacão.

— Espera só até estar no meio dele.

É estranho, mas mal posso esperar.

Dez minutos depois, as mulheres nos mandam levar a comida para a mesa. O jantar é tão movimentado quanto foi sua preparação. Psiquê e as irmãs falam ao mesmo tempo, com Deméter fazendo comentários secos em intervalos regulares. É caótico e um pouco avassalador.

Mas Hades está certo. É... legal.

Sinto o amor que elas nutrem uma pela outra, inclusive quando Perséfone e Calisto começam a discutir um caso de injustiça fraternal na infância. Eu me limito a comer e absorver a energia. Isso é viver em família. Isso é ter um *lar*.

Gosto disso.

Quando todos terminam de comer, Hades pigarreia e anuncia:

— Nós lavamos a louça.

— Rapazes espertos. — O sorriso de Deméter é afiado como uma lâmina. — Estaremos na sala.

Hades vai para a cozinha, e as mulheres desaparecem. Todas, exceto Psiquê. Ela olha para a família e segura minha mão.

— Tudo bem? Sei que a gente pode ser demais no começo. Se quiser ir embora...

— Estou bem. — O amor que sinto pela mulher quase explode do peito. É claro que ela parou para verificar como estou, deixar claro que podemos ir embora mais cedo, embora esteja se divertindo. Afago sua mão. — Melhor que bem. Vai curtir sua mãe e suas irmãs. Encontramos vocês assim que terminarmos a louça.

— Se tem certeza...

— Tenho.

Ela sorri.

— Ah, já ia esquecendo. Tenho uma surpresa para você quando chegarmos em casa. — E se aproxima, abaixa a voz. — Comprei lingerie nova. Se for bonzinho, deixo você rasgar com os dentes.

— Sua tolinha — murmuro. Tenho de ajeitar a calça, o que a faz rir. Até a risada dela é sexy. — Por causa disso, *vou* rasgar com os dentes cada tirinha de renda.

— Ah, não, nem pensar — ela reage.

Dou risada. É uma gargalhada franca e libertadora e remove o que restava do nervosismo depois do jantar. Uma esposa bonita que é tudo que nunca sonhei merecer. Uma família amorosa que parece pronta para me acolher. Sério, eu sou o filho da puta mais sortudo do Olimpo.

AGRADECIMENTOS

Um enorme obrigada a todos os meus leitores. Eu não seria capaz disso sem o apoio de vocês e me sinto constantemente lisonjeada e grata pelas respostas às historinhas sensuais que gosto tanto de escrever.

Toda gratidão à minha equipe editorial na Sourcebooks por me ajudar a lapidar *Ídolo Elétrico* até alcançar sua melhor versão. Mary Altman e Christa Désir, o *insight* de vocês era exatamente o que me faltava! Obrigada Jessica Smith, Rachel Gilmer, Jocelyn Travis e Susie Benton.

Obrigada à Dawn Adams pelo design! Este livro é especial por conta disso. Muito, muito obrigada à Stefani Sloma e Katie Stutz pelo apoio de vocês com o marketing e RP. Vocês se superaram! Obrigada à Liz Otte por divulgar tanto essa série!

Agradeço, como sempre, à minha agente, Laura Bradford, por me defender sempre!

Obrigada à minha equipe no sentido oficioso. Piper J Drake, você sugeriu um momento que eu seguisse meu coração, e ele fez toda a diferença neste livro. Minha gratidão à Asa Maria Bradley e Jenny Nordbak por estarem sempre a uma mensagem de distância quando fico presa em um trecho ou só tenho uma ideia maluca. Um grande agradecimento a Andie J Christopher e Nisha Sharma por me manterem alimentada de TikToks. Muito, muito obrigada ao grupo WordMakers por escrever comigo dia após dia e por sempre acreditar em mim quando digo "vai ficar TUDO BEM", mesmo quando mal estou controlando meu próprio caos.

Por último, mas não menos importante, agradeço à minha família por me manter presa à realidade, ou alguma coisa parecida com ela. Obrigada às crianças, por terem enfrentado bem tempos sem precedentes (sério, eu adoraria poder me referir a qualquer coisa que parecesse um *precedente*) com todos nós presos em casa há treze meses, e sem saber até quando. Todo o meu amor ao Tim por ser o melhor parceiro com que uma pessoa pode sonhar. Seu apoio e sua confiança em mim me sustentam nos altos e baixos e nas muitas voltas. Você é realmente inspiração para um herói de romance!

Primeira edição (novembro/2023)
Papel de miolo Ivory slim 65g
Tipografia Calluna e Jupiter Pro
Gráfica LIS